Der Rabe

Von Kevin Groh

Omni Legends

Der Rabe

Blutrache

Von Kevin Groh

admin@omni-legends.de
www.omni-legends.com/de

OMNI LEGENDS

Die Deutsche Nationalbibliothek verzeichnet diese Publikation in der Deutschen Nationalbibliografie; detaillierte bibliografische Daten sind im Internet über http://dnb.dnb.de abrufbar.

Covergestaltung: Trif Bookdesign
Kartengestaltung: Sarah Richter Art

1. Auflage, 2023
© 2023 Kevin Groh – alle Rechte vorbehalten.
Kastanienweg 2
35321 Laubach
Hessen, Deutschland
Herstellung und Verlag: BoD – Books on Demand, Norderstedt
admin@omni-legends.de
www.omni-legends.com/de
ISBN Paperback: 978-3757820312

Inhaltsverzeichnis

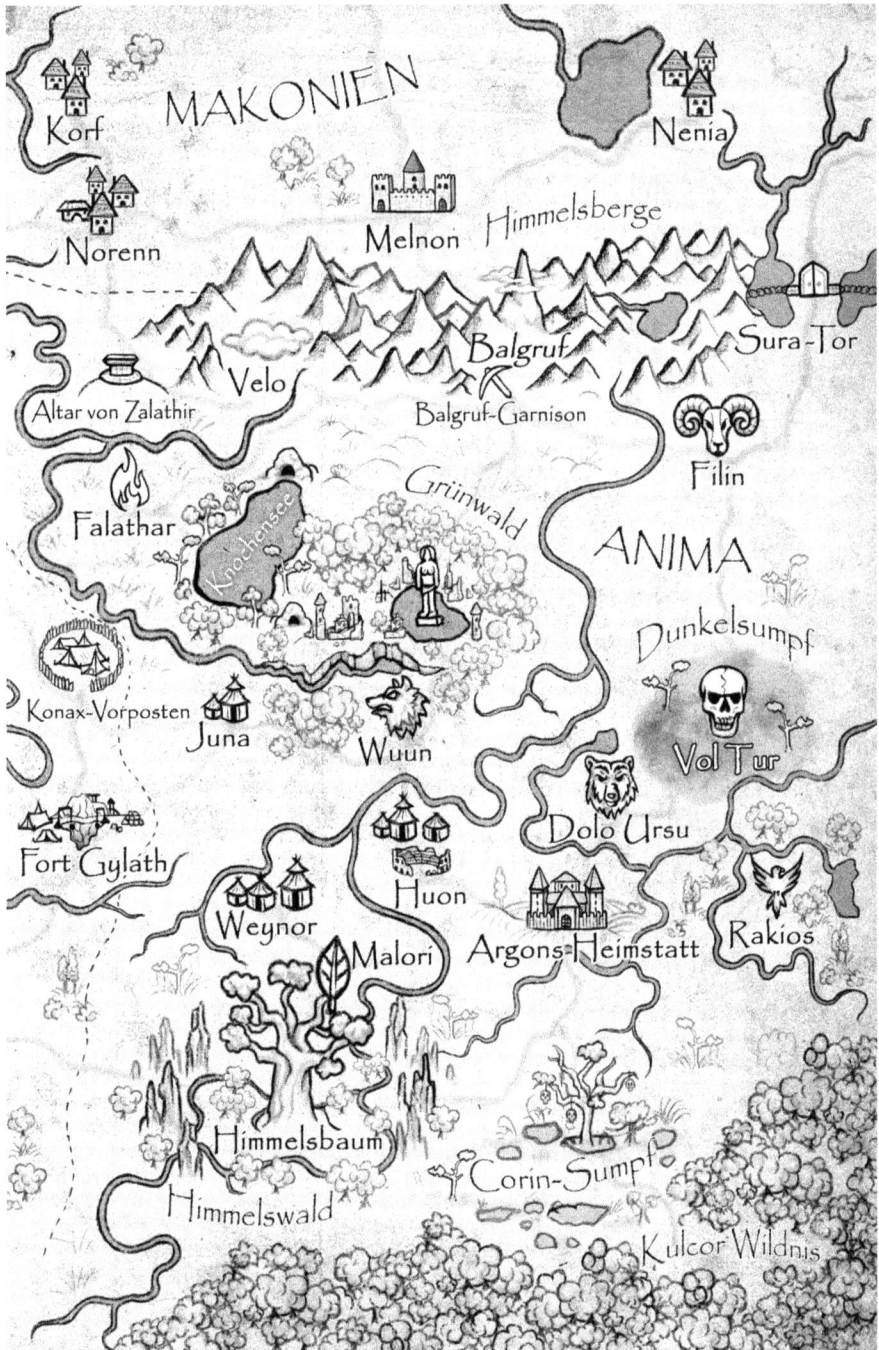

MAKONIEN

Korf

Nenia

Norenn

Melnon

Himmelsberge

Sura-Tor

Velo

Balgruf

Balgruf-Garnison

Altar von Zalathir

Filin

Falathar

Grünwald

ANIMA

Knochensee

Dunkelsumpf

Vol Tur

Konax-Vorposten

Juna

Wuun

Dolo Ursu

Fort Gylath

Huon

Rakios

Weynor

Malori

Argons-Heimstatt

Himmelsbaum

Corin-Sumpf

Himmelswald

Kulcor Wildnis

Der Gezeichnete

Zwei große Springhirsche, so sah die Ausbeute des Tages aus. Es war nicht sonderlich schwierig, die Tiere im Unterholz aufzuspüren, aber sich lautlos anzupirschen und blitzschnell zuzuschlagen war die wahre Kunst, dachte Baldor. Ohne seinen Bruder Vargas wäre es ihm an diesem Tag nicht gelungen, die Jagd erfolgreich zu beenden. Auch die anderen Jäger in der kleinen Gruppe hatten Glück, dass sie einen Animagus bei sich hatten. Als Säbelzahntiger konnte er die Herde problemlos in jede beliebige Richtung scheuchen und sie so direkt in ihre Fallen treiben. Nur aufgrund seiner Kräfte konnten die Männer an diesem Tag Fleisch nach Hause bringen.

Man hörte das stete Keuchen von Vargas, der einen Kadaver auf den Schultern trug, während er über Äste und Steine stieg. Seine muskulösen Beine wurden nur teilweise von dem Fell verdeckt, das um seine Hüfte hing. Auch über den Schultern hatte er einen kurzen Umhang aus unsauberem Fell hängen. Es stammte von seiner ersten Beute, einem ausgewachsenen Grauwolf, den er mit dreizehn erlegt hatte und knapp mit dem Leben davongekommen war. Vargas hatte stark gebräunte Haut und straffe Muskeln, wobei seine Unterarme und auch seine Wangen und Stirn von Tätowierungen bedeckt waren, die er zu Ehren der Götter Heylda, Ymira und Balgr trug. Eine Halskette aus Tierzähnen mit einem dunkelgrünen Anhänger zierte seinen breiten Hals und einige Strähnen seiner dunkelbraunen Mähne fielen darüber, die er teilweise zu einem Zopf gebändigt hatte. Mit seinen braunen Augen sah er Baldor an und seine groben Gesichtszüge sahen fragend aus.

»Was ist?«, brummte er.

»Bist ganz schön am Keuchen für jemanden, der fast jeden zweiten Tag auf der Jagd ist, Bruder. Du wirst wohl alt.«, neckte er ihn.

»Ach, halt's Maul, Baldor. Ohne mich hätten wir mal wieder gar nichts erlegt, weil du selbst nach all den Wintern immer noch keinen geraden Pfeil abschießen kannst. Würdest nicht mal deinen eigenen Fuß treffen.«, gab Vargas brummelnd zurück.

Sie mussten beide grinsen. Seit ihrer Kindheit hatten sie sich stets gegenseitig aufgezogen und herausgefordert.

»Du kannst dich nur so gut in den Bäumen verstecken, weil deine Tätowierungen dich aussehen lassen, wie einen Totempfahl. Fällst gar nicht weiter auf.«, fügte Baldor hinzu.

Vargas hob eine Braue. »Wie oft willst du dich noch über meine Symbole lustig machen? Du weißt schon, dass du damit die Götter verspottest?«

»Was denn, ich beleidige den Göttervater, die Göttin der Natur und die Göttin der Jagd in nur einem Satz? Da hab ich mir ja was eingebrockt!«, kicherte Baldor und erntete dafür einige finstere Blicke von den anderen Jägern.

»Deine Gotteslästerung wird dich irgendwann ins Grab bringen, Bruder. Mir ist deine blasphemische Art ja inzwischen egal, aber die anderen finden das weit weniger lustig.«, warnte Vargas ihn.

»Wieso Lästerung? Ich glaube an die Götter. Ich bezweifle nur, dass es sie kümmert, was du oder ich tun. Die haben sicher Besseres zu tun, als uns bei der Jagd zuzusehen.«, meinte Baldor.

»Darüber macht man keine Scherze, Rabe!«, ermahnte ihn ein anderer Jäger.

»Ich werde gleich nachher zu Jachwe gehen und um göttliche Vergebung bitten, wenn ihr euch dann besser fühlt.«, entgegnete er. »Ich wollte sie sowieso besuchen.«

Das schien die Männer zu beruhigen. Baldor konnte nicht mehr zählen, wie oft er schon zur Schamanin des Stammes gehen musste, um dem Zorn der Dorfbewohner zu entgehen, nachdem er die Götter verspottet hatte. Dabei war er zweifellos gläubig. Er hatte jedoch eher spezielle Ansichten, wenn es um den täglichen Einfluss der Götter auf das Leben ging.

Nach einer Weile schweigenden Marschierens traten sie aus dem Wald und sahen Rakios, ihr Heimatdorf. Es lag idyllisch am Ufer eines kleinen Flusses. Die einfachen Häuser aus Holz oder zusammengebundenen Stöcken mit Strohdächern und die vereinzelten Zelte wirkten ein wenig zusammengewürfelt. Bäume standen um den Ort verteilt und verliehen ihm ein behütetes Aussehen. Rauchsäulen stiegen von mehreren Stellen auf, die in der Abenddämmerung am Himmel verschwanden. Bereits aus dieser Entfernung hörten sie die Trommelgeräusche, die sich mit dem Vogelzwitschern und dem Zirpen der Insekten vermischten. Es war der Tag der Opferung, ein heiliger Feiertag des Vogelstamms. Die Bewohner würden über die Früchte der Jagd erfreut sein.

Sie wanderten auf das Dorf zu und wurden bereits von einigen der Anwohner erwartet. Die Frauen und Kinder sowie die Alten erhoben alle die Hände zum Gruß, als sie sie sahen. Die meisten Dorfbewohner trugen Kombinationen aus Fellen, Lederröcken und leichten, dunklen Stoffen. Da das Klima im Westen von Anima warm war, ließ man möglichst viel Haut frei, um nicht zu schwitzen. Viele Frauen beschränkten sich auf einen Rock und etwas Stoff um den Brustkorb. Die meisten von ihnen und auch die Kinder liebten es, Schmuck aus Holz und Knochen anzufertigen, die sie im Haar oder am Hals trugen.

Die Männer legten die Kadaver auf einen Platz neben einem Zelt, in dem der Ausweider lebte, der sich mit seinen Söhnen um die Zubereitung des Fleisches kümmerte. Er zeigte ein anerkennendes Nicken, als er die Ausbeute sah.

Vargas stieß Baldor an und meinte: »Geh dich waschen, Bruder. Du stinkst wie ein fünf Tage alter Fisch. Außerdem willst du doch vorzeigbar aussehen, wenn die Rituale beginnen.«

Baldor verzog das Gesicht, machte sich aber auf den Weg zum Fluss, um sich den Schmutz und den Schweiß der Jagd abzuwaschen. Am Ufer legte er seine Kleidung ab und watete ins kalte Wasser. In der Nähe wuschen sich auch einige der anderen Jäger und ein paar Frauen säuberten ihre Kinder vor dem Fest.

Ein Blick in das spiegelnde Wasser zeigte Baldor seinen eigenen Anblick. Er hatte gebräunte Haut und sein gesamter Körper war durchtrainiert und muskelbepackt, da er seit jungen Jahren Krieger und Jäger war. Zahllose Narben an Brust, Armen und Beinen bestätigten das. Sein langes, schwarzes Haar fiel ihm nass bis auf den oberen Rücken. Das Gesicht war markant und maskulin, aber seine Züge zeigten neben den klassischen Merkmalen der Stammesvölker auch einige fremde Charakteristika vom Volk seines Vaters. Seine grauen Augen starrten sich selbst an.

Er spürte die Blicke der umstehenden Jäger. Das war er bereits gewohnt. Auf seinem Rücken hatte er eine große Tätowierung in Form eines Raben, die den gesamten oberen Bereich einnahm und sich zum Teil bis zum unteren Rücken zog. Die meisten Bewohner konnten den

Blick nicht davon abwenden, wenn er mit freiem Oberkörper herumlief, was oft der Fall war.

Als er sich gesäubert hatte, legte er seinen Lederschurz an, der mit Fell und Stoff behangen war. Dazu zog er grobe, gefütterte Stiefel an und wickelte sich eine frische Bandage um den Unterarm, wo ihn ein Springhirsch mit dem Geweih erwischt hatte. Anschließend lief er am Dorfrand entlang zu seinem Haus. Er hatte es aus stabilerem Holz errichtet und sich dabei viel Mühe gegeben, damit es seiner Gefährtin Arania gefiel.

Die Tür sprang auf und seine kleine Tochter kam zu ihm geeilt und rief freudig: »Papa! Papa! Du bist wieder da!« Ihre schwarzen Zöpfe flogen mit jedem Schritt auf und ab und ihr dünnes Stoffkleidchen wehte dabei. Baldor ging auf ein Knie herunter und hob sie hoch.

»Enjaya, mein kleiner Kranich! Papa hat sich schon den ganzen Tag darauf gefreut, dich zu knuddeln!« Er drückte sie sachte an sich und sie gab ihm einen feuchten Kuss auf die Wange.

»Guck mal, Papa! Ich trage mein Band immer bei mir!«

Dabei deutete sie auf ein Lederband, das ihr gleich mehrmals um den Hals reichte. Er hatte es ihr gegeben, damit sie etwas von ihm bei sich tragen konnte, wenn er unterwegs war. Er hatte ihr erzählt, dass es ein Kriegerband war, das einem Mut und Kraft gab. Seither hing sie an ihm, wann immer er da war.

Kurz darauf kam auch sein vierzehnjähriger Sohn dazu und schlug spielerisch mit einem dicken Stock gegen das Bein seines Vaters.

»Hab ich dich erwischt, Vater! Gegen meine überlegene Stocktechnik hast du keine Chance!«

Baldor schmunzelte und der Junge landete nach einer kurzen Bewegung mit seinem Fuß auf dem Hintern.

»Du musst immer auf deinen Stand achten, Calder. Ein Krieger steht auf der Erde wie ein Fels. Das üben wir morgen zusammen, wenn du willst.«, versprach er und der Junge jubelte und rannte davon, um mit seinen Freunden zu fechten.

Er setzte Enjaya ab und nahm seine Frau Arania in den Arm. Sie war schlank, wohlgeformt und ihr hübsches Gesicht war für ihn jeden Tag das Licht seines Lebens. Ihre grünen Augen musterten ihn und er küsste sie.

»Wie war die Jagd? Ich habe schon gehört, dass ihr ziemlich viele Hirsche erwischt habt. Das war aber bestimmt nicht dein Verdienst, oder?«, scherzte sie.

Er kicherte kurz. »Nein, natürlich nicht. Ich hatte den Bogen in der Hand, habe angelegt, die Luft angehalten und hätte das erste Tier fast gehabt, wenn ...«

»Wenn du kein so furchtbarer Schütze wärst!«, lachte sie und er stimmte mit ein.

»Du kennst mich einfach zu gut.«

»Und deshalb liebe ich dich, Baldor.«, sagte sie und sie küssten sich erneut.

»Ohne Vargas wären wir wohl leer ausgegangen.«, musste er zugeben.

Sie legte ihren Kopf auf seine Brust. »Er ist zwar kein sehr guter Jäger, aber seine Kräfte machen ihn besonders, genau wie deine.«

»Ich vermeide es, sie während der Jagd einzusetzen. Es fühlt sich falsch an.«, gab er zurück und strich über ihr Haar.

»Ich weiß, aber so ist die Natur. Manche Wesen müssen sterben, damit andere leben können.«

Er sah sie an und fragte: »Wie lief es mit den Kindern? Ich war immerhin drei Tage fort.«

»Das Schlimmste ist überstanden. Calder wird immer wilder und prügelt sich jeden Tag. Ich denke, es ist bald an der Zeit für ihn, den Übergang anzutreten.«, sagte sie und sah stolz aus.

Baldor grinste: »Sehe ich da Zufriedenheit? Du wolltest deinen kleinen Sohn doch nie erwachsen werden lassen. Ich weiß noch, wie du mal gesagt hast, du würdest ihm nur Kinderkleidung nähen, damit er nicht herauswachsen kann.«

Sie lachte bei der Erinnerung. »Hat leider nicht funktioniert. Wenn ich ihm keine größeren Kleider mache, dann muss er nackt herumlaufen. Das würde nur die ganzen Mädchen abschrecken.«, lächelte sie. »Enjaya war ziemlich traurig, als du weg warst. Sie braucht dich im Moment sehr. Es gibt niemanden, den sie so liebt wie ihren starken Papa.«

Sie strich ihm mit der Hand über den Arm, als sie das sagte. Dabei spürte er das Metall des Rings, den er ihr geschenkt hatte. Es war ein Silberring, für den er extra in einen Vorposten der Dominus geschlichen war, um ihn zu stehlen.

Baldor atmete tief ein. »Es ist tatsächlich schon wieder Tag der Opferung. Kommt mir vor, als wäre der Letzte erst gestern gewesen.«

Arania nickte. »Das stimmt. Die Zeit verfliegt. Bald müssen wir uns wieder verstecken, wenn die Dominus kommen. Calder ist jetzt alt genug, dass sie ihn als Tribut verlangen können. Das darf nie passieren.«

Er sah zur anderen Seite des Flusses hinüber. »Sie waren seit Ewigkeiten nicht mehr hier. Unser Dorf liegt zu weit von den Grenzen ihres Reiches entfernt. Selbst ihre Festung bei Argons Heimstatt ist kaum besetzt. Mach dir keine Sorgen, Liebling.«

Sie lächelte. »Wir sollten uns langsam auf den Weg ins Dorf machen. Das Fest beginnt bald und du weißt ja, was passiert, wenn wir uns verspäten. Vargas kommt her und schleift uns persönlich ins Dorf.«

»Ja, ich muss morgen auch wieder zu Jachwe.«

»Hast du schon wieder über die Götter gelästert? Baldor, du weißt doch, wie empfindlich die Leute deswegen sind! Wann wirst du es endlich lernen?« Sie sagte das jedoch mit einem verzweifelten Kopfschütteln, weil sie wusste, dass es hoffnungslos war.

»Ach, und Liebling? Wenn du getrunken hast, dann mach nicht wieder mit Riana rum, in Ordnung? Diese Frau teilt mit jedem das Bett und das finde ich nicht sehr angenehm.«

Er lächelte. »Vielleicht laden wir Malina heute ein, sich zu uns zu legen. Das war beim letzten Mal gar nicht schlecht.«, zwinkerte er und Arania grinste frech.

»Vielleicht will ich dich ja heute für mich allein …«, entgegnete sie vielsagend.

Er gab ihr einen Klaps auf den Po und sie lief ins Haus, um sich umzuziehen. Enjaya folgt ihrer Mutter und Baldor ging schon vor zum Dorfplatz.

***

Es wurde Abend und immer mehr Feuer erhellten das Dorf mit ihrem lodernden Licht. Trommeln und vereinzelte Flöten waren bereits zu hören, als die Bewohner langsam in Feierstimmung kamen.

Baldor erreichte den zentralen Platz und sah das imposante Totem in der Mitte. Es war ein hoher Holzpfahl, auf dessen Spitze ein großer Adler mit ausgebreiteten Flügeln saß. Obwohl er aus Holz geschnitzt worden war, sah er im Dämmerlicht erstaunlich lebensecht aus. Entlang des

Totems waren überall die Symbole der Göttin Heylda eingeritzt, zu deren Ehren es dort stand. Sie war die Göttin der Natur, des Wetters und des Windes und man stellte sie gern als Vogel dar. Baldors Stamm wurde deshalb auch Vogelstamm genannt, weil sie vor allem Heylda huldigten. Zumindest taten das die meisten von ihnen.

Die Anwohner waren überall verteilt und saßen auf Holzbänken oder an aufgestellten Tafeln, wo sie redeten, lachten und grölten. Die Kinder rannten kreuz und quer zwischen ihnen herum und spielten. Ein großes Feuer brannte nahe dem Totem, vor dem ein steinerner Altar stand. Daneben entdeckte er Jachwe, die Schamanin des Stammes. Sie war eine alte Frau in einem langen Rock aus Leder und Stoff sowie einem Oberteil aus grünem Leinen. Auf ihrem Kopf thronte ein Hirschschädel und überall hing klimpernder Knochenschmuck an ihr herunter. Sie hielt einen knorrigen Gehstock in der Hand, auf den sie sich meist stützte.

Er trat zu ihr und sie sah ihn mit ihren Schildkrötenaugen an. »Ah, Baldor, mein lieber Junge. Ich habe dich eine Weile nicht gesehen. Man hat mir bereits mehrfach von deinen provokativen Aussagen auf der Jagd berichtet, und dass ich dich züchtigen müsste. Wir hatten dieses Gespräch doch nun schon so oft. Jeder von uns muss seinen eigenen Umgang mit den Göttern finden. Wir alle haben unsere Beziehung zu ihnen und leben so, wie sie es für uns vorgesehen haben. Dich haben sie offenbar ganz besonders gern, wenn man deine Geschichte bedenkt.«, schmunzelte sie.

»So kann man das natürlich auch sagen.«, gab er zurück.

Sie kicherte leise. »Du weißt, dass ich deine Ansichten akzeptiere, mein Junge. Die Götter wirken auf unergründliche Weise durch uns alle. Ob sie nun unser Handeln direkt lenken oder wir selbst unseren Weg wählen und sie uns durch die Natur ihren Willen verkünden und uns beeinflussen, kann ich nicht immer sagen. Es ist auch nicht wichtig, wie es genau geschieht, denn das wissen nur die Götter selbst. Es fällt den anderen jedoch schwer, diese Sichtweise zu begreifen. Es erfordert einiges an Weisheit, es zu sehen. Es mag störend für dich sein, Baldor, aber je häufiger du derartige Dinge aussprichst, desto stärker überforderst du die Leute.«

»Es ist doch nicht mein Fehler, dass sie nicht klug genug sind, um es zu verstehen.«, protestierte er.

»Und doch lebst du hier in einer Gemeinschaft. Wir können nur harmonisch zusammenleben, wenn wir gegenseitig auf uns achtgeben. In deinem Fall bedeutet das, ihnen das Leben nicht mit Gedanken schwer zu machen, für die sie nicht bereit sind. Man muss die Dinge schrittweise erlernen und begreifen, sie selbst entdecken. Ich konnte dir schließlich auch nicht alles über deine Vergangenheit erzählen, als du noch ein Kind warst. Du musstest erst dafür bereit sein. Manche Ayaner brauchen lange, bis sie Erleuchtung erfahren, andere erreichen sie niemals. Doch solange sie es nicht verstehen, wird dein Lästern sie verärgern. Vielleicht kannst du dich mit dem Gedanken begnügen, dass du klüger bist als sie.«

Baldor brummte unzufrieden. »Es ist schwer, sie nicht für ihre Engstirnigkeit zu verachten.«

»Halte dich an jene, die damit umgehen können. Deine Gefährtin ist eine solche Person. Ansonsten komm zu mir, wenn du darüber sprechen möchtest. Ich bin für alle Belange des Dorfes da, nicht nur für Heilung und spirituelle Führung.«

Sie legte ihm eine Hand auf den Unterarm, wo er verletzt war. »Jetzt solltest du zu den anderen gehen, mein Junge. Bereite deine Opfergabe vor, wir fangen bald an.«

***

Eine Weile später stand Jachwe vor dem versammelten Dorf und hob die Arme zum Holzadler hinauf.

»Gütige und heilige Mutter Heylda! Heute ist der Tag der Opferung, den wir begehen, um deinen rachsüchtigen Bruder Sel zu besänftigen und das Unheil von unserem Stamm fernzuhalten, Wache über uns, während wir ihm unsere Opfer darbringen!«, rief sie in den Himmel.

Anschließend knieten alle Anwohner auf dem Boden nieder und die Schamanin sprach erneut. »Großer und mächtiger Sel, Herr der Raben und Gebieter über die Toten, hör uns an! Wir bringen dir heute Opfer dar, um dir unsere ewige Treue und Hingabe zu beweisen. Wir bitten dich: Nimm diese Gaben an und verschone uns vom Unheil und der Finsternis deiner Brüder Zef und Chal! Beschütze uns vor ihrer Bosheit und geleite unsere Toten sicher in das Reich deines Vaters Balgr, durch das Tor des Bergvaters, anstatt sie zu verdammen und durch das Hulgrir hinab nach Brujun zu verbannen!«

Baldor schüttelte innerlich den Kopf angesichts der vielen hohlen Worte. Er war überzeugt, dass man weder die Unterwelt Brujun noch die Erlösung im Reich des Göttervaters oder das Feld der Krieger durch göttliches Zutun erreichte. Er glaubte, dass nur die eigenen Taten entschieden, wo man nach dem Tod endete.

Nachdem Jachwe ihre Anrufung beendet hatte, traten alle Anwohner nacheinander an den Altar und legten einen Gegenstand darauf ab, den sie dem Gott Sel als Tribut anboten. Zwar hielt Baldor auch das für ein

Ritual, das den Leuten einfach nur ein Gefühl der Sicherheit geben sollte, aber er sagte nichts dazu. Die Schamanin und auch seine Mutter hatten ihn einst gelehrt, dass es langfristig klüger war, wortlos daran teilzunehmen, als sich durch Zweifel unbeliebt zu machen.

Als er an der Reihe war, trat er an den Altar und blickte in den Himmel.

»Sel. Ich weiß nicht, warum du mich mit deinem Segen bedacht hast, aber es muss bedeuten, dass du mich für eine Aufgabe ausersehen hast. Solange du mir allerdings keine Anweisungen gibst, werde ich sie einfach weiterhin so benutzen, wie es mir gefällt. Wenn dir das nicht passt, dann lass es einfach kurz donnern.«, sagte er leise. Als nichts geschah, meinte Baldor nur: »Hab ich auch nicht erwartet.«

Er legte ein geschnitztes Knochenmesser auf den Altar und trat zurück zu den anderen, die ihn zwar skeptisch, aber zufrieden ansahen. Vargas opferte einen glänzenden Stein, den er im Fluss gefunden hatte, und kniete sich neben seinen Bruder.

»War doch nicht so schwer, oder?«, flüsterte er ihm zu.

»Wenn es euch glücklich macht, dann verbrennt gerne eure Sachen.«, gab Baldor zurück, woraufhin Vargas nur verständnislos den Kopf schüttelte.

Nachdem alle ihre Opfergaben abgelegt hatten, nahm die Schamanin sie nacheinander und warf sie ins Feuer, wodurch verschiedene Arten von Qualm entstanden, was die Leute als gutes Omen betrachteten.

Anschließend ergriff Jachwe noch einmal das Wort. »Sel hat unsere Gaben akzeptiert! Für das nächste Jahr wird er uns vor den dunklen Machenschaften seiner Brüder beschützen und über uns wachen. Also freut euch, meine Lieben! Lasst uns nun feiern und unsere Herzen mit

Leichtigkeit erfüllen, weil wir erneut den Schutz des Rabengottes haben!«

Die Leute erhoben sich, jubelten und sofort setzten Musik, Tanz und Gespräche ein.

***

Nach einer Weile war Baldor gut angetrunken. Er hielt ein Bier in einem Ziegenhorn in der Hand und saß auf einer Bank nahe einer mit Essen beladenen Tafel. Nicht weit von ihm saß Arania mit ihrer Tochter und Calder rannte irgendwo mit seinen Freunden herum.

Vargas holte seinen Bruder an die Tafel und stellte ihm einen Teller mit Hirschfleisch und Kartoffeln hin. »Komm, Bruder! Du bist zwar ein gotteslästerlicher Bastard, aber du hast dir große Mühe gegeben, unsere Jagd zu versauen. Da solltest du auch was vom Fleisch abbekommen!«

Auf diese Aussage folgte Gelächter am Tisch, selbst Baldor musste grinsen.

Einer der Männer fragte: »Wie kannst du an den Göttern zweifeln, wo du doch ein Günstling von Sel bist? Deine Kräfte sind der Beweis, dass es die Götter gibt!«

Calder kam zu ihnen und setzte sich neben seinen Onkel. »Vielleicht hat er seine eigene Geschichte vergessen! Erzähl sie uns, Onkel Vargas! Erzähl uns die Geschichte vom Rabenkrieger!«, forderte der Junge.

Die meisten Männer und auch einige der Frauen und Kinder sahen den Animagus erwartungsvoll an. Als dieser den gequälten Gesichtsausdruck seines Bruders sah, grinste er und sagte: »Also gut! Da mein Bruder ganz offensichtlich nicht will, dass ich die Geschichte erzähle, werde ich sie euch natürlich gern vortragen!«

Erneut folgte Gelächter, aber als Baldor gerade unzufrieden brummte, legte Arania ihre Arme von hinten um seinen Hals und lehnte sich an ihn, während Enjaya sich auf seinen Schoß quetschte.

Vargas erhob seine Stimme. »Ihr alle wisst, dass Baldor nur mein Halbbruder ist. Vor vielen Wintern, als die Dominus anfingen, die Stämme unseres Landes anzugreifen, war der Vogelstamm bereits hier. Der damalige Schamane Olias hatte eine Tochter, Yulina. Sie war eine Schönheit, sagt man. Sie lebte hier in Rakios, war aber auch dem Abenteuer zugetan, sodass sie sich manchmal heimlich aus dem Dorf schlich, um sich da draußen umzusehen. Zu dieser Zeit marschierten die verdammten Dominus hier in der Nähe entlang und fingen einen Kampf mit dem Bärenstamm an, den sie kläglich verloren, das miese Pack!«

Auf diese Aussage folgte zustimmendes, verärgertes Gebrummel.

»Als die versprengten Reste ihrer Leute sich durch die Wälder verzogen, begegnete einer von ihnen Yulina, die dort neugierig alles beobachtet hatte. Zuerst wollte der Kerl sie töten, doch als er ihre Schönheit erblickte, ließ er seine Waffe fallen und fiel vor ihr auf die Knie.«

»So wie sie es alle tun sollten, die Dreckschweine!«, knurrte ein Jäger.

Vargas nickte und fuhr fort. »Die beiden verliebten sich ineinander und der Mann, der sich dem Stamm als Marius Raven vorstellte, desertierte, um bei Yulina zu bleiben. Aus dieser nicht ganz üblichen Liebe entstand ein Mischling namens Baldor, dessen Leben bereits unter einem Schatten begann. Er wurde unter dem Zeichen des Sel geboren und am Tag seiner Geburt starb sein Vater an der Klauengrippe und nahm gleich sieben andere Dorfbewohner mit sich. Anstatt das Kind jedoch den Göttern zu übergeben oder es auszusetzen, weil es Unheil bringen würde, liebte Yulina es und zog es auf. Ihr Vater nutzte seine Schamanenkräfte, um den Fluch des Rabengottes in dem Kind einzuschließen, auf dass er sich nicht ausbreiten konnte. Yulina kam mit dem alten Kriegsmeister Virgol zusammen und hatte mit ihm einen weiteren Sohn, der später enorm gutaussehend und stark werden sollte.«

Die Leute lachten, weil er damit sich selbst meinte.

»Die beiden Jungs sollten trotz der finsteren Voraussetzungen wahre Brüder und Freunde werden, während sie beim Kriegsmeister zusammen mit den anderen Jungen zu guten Kämpfern und schlechten Jägern geformt wurden.«

Auch an dieser Stelle kicherten einige Kinder, darunter auch Enjaya.

»Er meint dich, Papa!«, lachte sie.

»Als die beiden Jungen gerade alt genug für das Ritual des Übergangs waren, starb Yulina bei einem Überfall der dreckigen Damas vom Sumpfstamm.«, erzählte Vargas und mehrere der Dorfbewohner spuckten auf den Boden.

Baldor sagte: »Der junge Günstling des Rabengottes hatte immer wieder mit Schwierigkeiten und Misstrauen zu kämpfen, auch gegenüber seinem eigenen Bruder. Die Leute fürchteten die Dunkelheit, die er in sich trug. Also beschloss die neue Schamanin Jachwe, ihn beim Übergangsritual zu übergehen, um die Finsternis nicht versehentlich zu entfesseln. Als es dann aber so weit war und der Junge, der sich stets hervorgetan hatte und allen Widrigkeiten zum Trotz ein wertvolles Mitglied der Gemeinschaft geworden war, vor ihr stand, konnte sie ihm diese Ehre nicht verweigern.«

Bei diesen Worten blickten einige der Anwesenden unzufrieden drein, sagten aber nichts.

Vargas nickte ernst bei der Erinnerung. »Wie ihr ja alle wisst, wird beim Ritual des Übergangs ein besonderes Gebräu getrunken und es werden heilige Worte gesprochen, um die Fähigkeiten zu erwecken, die die Götter einigen Auserwählten unter uns geschenkt haben. Da Baldor unter dem Zeichen des Raben geboren wurde, wäre es eine Beleidigung für Sel gewesen, ihm das Ritual zu verweigern. Während ich an diesem Tag die Kraft erlangte, mich in einen Säbelzahntiger zu verwandeln, war die Veränderung bei meinem Bruder etwas Unerwartetes. Um Sel zu besänftigen, wurde ihm das Symbol des Raben auf den Rücken tätowiert, um ihn für alle Zeit als Günstling eines Gottes zu zeichnen.«

Baldor übernahm: »Während die meisten Leute erwartet hatten, dass er von Sel mit verheerenden dunklen Kräften ausgestattet werden würde, um Unheil über die Welt zu bringen, erwachte ihn ihm statt-dessen etwas völlig anderes. Er erhielt die Fähigkeit, mit Tieren zu kommunizieren, ihre Absichten zu spüren und ihnen seine eigenen mit-zuteilen. Eine weitaus friedlichere Kraft als befürchtet.«

Sein Bruder brummte zustimmend. »Ebenso gehörte zum Ritual die Verleihung der ersten Waffe. Die meisten von uns wählen Bögen, Kurz-schwerter oder Speere. Baldor erhielt jedoch die Klinge seines Vaters, das Rabenschwert. Es war die Waffe des Clans der Ravens, gleichzeitig berühmt und geächtet, da ihr Besitzer sein Land verraten hatte. Mit diesem Einhänder gelang es ihm, zu einem der besten Krieger zu werden, die unser Stamm jemals hervorgebracht hat.«

Baldor nahm einen Schluck aus seinem Horn. »Und dann eines Tages während einer Reise zum Bärenstamm traf er dort die schönste, stärkste und mutigste Frau, die er je gesehen hatte. Er nahm sie sich als Gefährtin und hatte zwei Kinder mit ihr. Einen störrischen Quälgeist und einen anhänglichen kleinen Engel.«, beendete er die Geschichte.

Calder grinste frech und Enjaya drückte ihren Papa, während Arania ihn auf die Wange küsste. Die meisten Leute waren still und tranken zufrieden, wobei sie der Musik lauschten. Kurz darauf wurden noch andere Geschichten erzählt, darunter auch einige Abenteuer von Baldor, die ihm als Krieger Respekt eingebracht hatten.

Er saß schweigend dort und dachte, dass die Dorfbewohner zwar ein wenig einfältig waren, wenn es um die Götter ging, aber ansonsten waren sie freundliche, loyale und fürsorgliche Ayaner. Vor allem aber waren sie seine Familie.

Der Tribut

Etwas später waren die Kinder im Bett und Arania unterhielt sich mit der Schamanin. Baldor stand mit Vargas am Feuer und sie tranken zusammen.

»Erinnerst du dich noch daran, wie Mutter immer versucht hat, uns ins Bett zu schicken, als wir zwölf und zehn waren? Wir sind jedes Mal vor ihr weggelaufen und haben uns versteckt.«, schmunzelte Vargas.

»Ja, und dann hat Virgol uns den Arsch versohlt, weil wir frech waren. Manchmal wenn ich mich hinsetze, spüre ich immer noch seinen Stock.«, schnaufte Baldor belustigt.

»Das hat bei dir doch noch nie geholfen. Du warst schon immer ein stures Arschloch, Bruder. Weder der Kampfmeister, noch Mutter, die Schamanin oder ich konnten dich zu irgendwas zwingen. Ich weiß noch, wie Jachwe dir erklären wollte, dass du nicht alle Frauen im Dorf vögeln kannst. Anstatt aufzuhören, hast du dir welche in den umliegenden Stämmen gesucht und stattdessen die gevögelt.«

Die beiden Brüder lachten bei der Erinnerung.

»Das hat erst nachgelassen, seit ich Arania habe. Sie beschwert sich manchmal, wenn ich bei einer anderen liege, aber selbst ist sie auch nicht besser. Ich habe sie mal mit Halgar hinter dem Holzlager erwischt. Es stimmt aber, dass wir lieber jemanden zu uns holen, wenn es uns mal zu eintönig wird. Trotzdem ist es mit keiner so gut wie mit ihr.«, erzählte Baldor.

»Genau so sollte es auch sein. Deine Gefährtin sollte immer deine Königin sein, neben der alle anderen verblassen. Ihr beide folgt dem Weg von Numairi.«

»Was hat denn die Göttin der Liebe damit zu tun?«

»Sie will, dass wir uns der Liebe und den körperlichen Freuden hingeben, aber sie belohnt auch die Hingabe zweier Liebender, die immer wieder zueinanderfinden.«, meinte Vargas.

»Jetzt mach doch nicht ständig alles mit deinem Gerede über die Götter kaputt, Bruder. Du verbringst zu viel Zeit mit dem Kopf in den Wolken. Ich ziehe es vor, hier unten auf Aya zu leben.«

»Ich weiß, die Götter bedeuten dir nicht viel, aber sie sind mir wichtig. Und es freut mich, dass du zumindest in manchen Bereichen nach ihrem Willen lebst.«

Baldor leerte sein Horn und entdeckte jemanden in der Nähe. »Hey Vargas, ist das da drüben nicht Tracker?«

Sein Bruder kniff die Augen zusammen, was nach neun Hörnern Bier nicht so ganz einfach war.

»Sieht so aus. Hab sie ewig nicht mehr hier gesehen. Hat sich ja den richtigen Tag ausgesucht, so passend zur Feier.«

Baldor klopfte ihm auf die Schulter und er schwankte bereits ziemlich. Er näherte sich der Person, die man Tracker nannte. Es war eine schlanke Frau, die dafür bekannt war, Botschaften zwischen den zum Teil weit voneinander entfernten Stämmen in Anima zu überbringen. Sie reiste durch das gesamte Land und war die beste Fährtenleserin, die es gab. Er kannte sie bereits seit vielen Jahren.

»Manuki! Wer hätte gedacht, dass ich ausgerechnet dich hier auf einer Feier für die Götter finde?«, grüßte er sie.

»Baldor Raven. Ist lange her, mein Freund. Du hast noch mehr Muskeln zugelegt, falls das überhaupt möglich ist. Aber ich wette, du kannst trotzdem immer noch nicht geradeaus schießen.«

»Da hast du leider recht! Wir können ja nicht alle so zielsicher sein wie du. Für meine bescheidenen Ansprüche hier in Rakios reicht es meist aus.«

Sie kicherte und stieß mit ihm an. »Mit deinen Fähigkeiten solltest du ein bisschen herumreisen. Ich kenne mindestens drei Stämme, die für die Hilfe eines erfahrenen Kämpfers dankbar wären. Die Welt außerhalb dieses Waldstücks könnte dir gefallen.«

Er grinste und sein Blick fiel auf Arania. »Ich habe hier alles, was ich je brauchen werde. Was soll ich mit Ruhm oder großen Taten, wenn der einzige Lohn, den ich will, bereits mit mir zusammen ist?«

Tracker schüttelte belustigt den Kopf. »Was ist nur aus dem Frauenheld geworden, den ich aus Wuun schmuggeln musste, damit der Wolfsstamm ihn nicht häutet? Du hast damals vier Frauen gleichzeitig bestiegen, von denen zwei die Töchter des Häuptlings waren. Und jetzt willst du mir erzählen, eine Frau genügt dir?«

»Sie ist weit mehr als nur irgendeine Frau. Aber lassen wir das. Wir sehen uns nur so selten, Manuki! Wie ist es dir ergangen? Du siehst noch genauso zerzaust und fit aus, wie ich dich in Erinnerung habe.«, erkundigte sich Baldor und trank einen Schluck.

Die Frau seufzte. »Es ist schwieriger geworden, durch das Land zu reisen. Die Dominus breiten sich aus wie eine Insektenplage. Wo man auch hinkommt, gibt es Außenposten, Lager oder umherziehende Patrouillen. Sie fordern wieder öfter Kinder als Tribut, um ihr Militär zu verstärken. Viele Stämme geben nach, weil sie nicht die Macht haben, sich zu widersetzen. Göttliche Kräfte sind das einzige Mittel, um gegen die Disziplin und zahlenmäßige Überlegenheit dieser Leute anzukommen. Nur haben die meisten Stämme kaum Günstlinge der Götter, so wie dich.«

»Das klingt nicht besonders gut. Denkst du, sie könnten auch hier auftauchen?«, wollte er wissen.

»Wer weiß? Argons Heimstatt wurde verstärkt und es liegt nur knappe sechs Tagesreisen entfernt. Wenn ihr klug seid, lasst ihr das Dorf zurück und geht nach Norden. Ich kenne ein paar Stämme oben in Makonien, wo ihr Zuflucht suchen könntet.«, schlug sie vor.

»Im Norden liegt der Dunkelsumpf, das weißt du doch. Wir können nicht riskieren, zu nah an Vol Tur vorbeizukommen. Die Sumpfbewohner hassen uns.«

»Ihr könnt östlich oder westlich am Sumpf vorbeiwandern. Ich kenne die meisten Pfade dort und man kann sie halbwegs sicher passieren. Derzeit sind die Dominus noch mit dem Feuerstamm im Norden beschäftigt, doch selbst die Rote Horde wird ihnen nicht ewig Widerstand leisten können, wenn sie keine Hilfe bekommen.«

Baldor brummte nachdenklich. »Ich möchte meine Familie in Sicherheit wissen, aber du kennst ja den Vogelstamm. Trotz des Namens sind wir alles andere als wendig und flexibel. Ich fürchte, die meisten hier würden eher sterben, als das Dorf zu verlassen.«

Tracker nickte ernst und nippte an ihrem Horn. »Du solltest zumindest versuchen, sie zu überzeugen. Im Moment seid ihr noch sicher, aber ich kann nicht sagen, wie lange das so bleibt.«

Das Fest dauerte bis in die Nacht hinein und irgendwann packte Arania seine Hand und zog ihn mit sich. Die beiden liefen Arm in Arm zu ihrem Haus und summten gemeinsam ein Lied. Sie betraten ihr Heim und Baldor seufzte innerlich, als er das weiche Fell auf dem Bett sah.

Er drehte sich zu seiner Gefährtin um und küsste sie. Dabei löste er ihren Gürtel und sie fuhr mit ihrer Hand über seine Muskeln. Mit einigen wenigen Handgriffen hatte er ihr die Kleider ausgezogen und seine eigenen ebenfalls fallenlassen. Er betastete ihren Körper, während er sie überall küsste.

Sie stöhnte in sein Ohr: »Du hast mir gefehlt ...«

Er raunte: »Jede Nacht musste ich an deine warme, weiche Haut denken. Eine Nacht ohne dich neben mir ist eine kalte Nacht.«

Er packte sie, hob sie hoch und legte sie auf das Bett. Da Enjaya einen festen Schlaf hatte, fielen die beiden regelrecht übereinander her.

***

Mitten in der Nacht schreckte Baldor aus dem Schlaf. Er spürte eine innere Unruhe, wie eine düstere Vorahnung. Er hatte schon lange gelernt, auf sein Bauchgefühl zu vertrauen.

Arania drehte sich zu ihm um, die Decke nur über ihren Beinen.

»Was ist, Liebster? Möchtest du nochmal?«

Er sah sie ernst an und sie spürte seine Unruhe.

»Ich weiß nicht ... irgendwas stimmt nicht. Bleib hier, ja? Ich werde mal nachsehen, ob draußen alles in Ordnung ist. Vermutlich ist es nichts, aber ich kann nicht schlafen, bis ich sicher bin. Wo ist Calder?«

Sie setzte sich auf. »Er schläft bei einem Freund, drüben beim Zelt der Schamanin.«

»In Ordnung, ich sehe mal nach ihm.«

»Weck aber niemanden auf, wenn nichts ist, ja? Die Leute sind im Augenblick schon verärgert genug.«, warnte sie ihn.

Er zog sich an und ging an der Wandhalterung mit dem Rabenschwert vorbei, steckte sich allerdings nur ein kleines Beil an den Gürtel.

Als er aus dem Haus trat, wehte ihm der frische Nachtwind ins Gesicht und er hörte das friedliche Zirpen der Insekten. Es war still geworden, da die Feier beendet war. Dennoch lag etwas in der Luft. Baldor lief zwischen den Häusern entlang in Richtung des Dorfplatzes. Dort glomm noch die Restglut des großen Feuers und ein paar der Männer lagen betrunken schnarchend auf dem Boden oder auf den Tischen.

Er schüttelte belustigt den Kopf und als er sich umdrehte, stand Tracker neben ihm.

»Hey, warum bist du denn noch auf?«, wollte er wissen, aber sie packte ihn am Arm.

»Baldor! Weißt du noch, worüber wir vorhin geredet haben? Darüber, dass die Dominus kommen werden, um erneut nach euren Kindern zu verlangen? Sie sind hier! In ein paar Minuten haben sie das Dorf erreicht!«, zischte sie.

»Geh und wecke so viele, wie du kannst! Ich versuche, sie zu beschäftigen. Sie rechnen vermutlich nicht damit, jemanden in wachem Zustand anzutreffen. Los!«

Sie eilte davon und er hörte, wie sie an diverse Türen hämmerte. Er selbst blieb regungslos stehen und überlegte fieberhaft, was er tun sollte. Die Dominus waren disziplinierte Krieger und da die meisten Dorfbewohner betrunken waren, sahen ihre Chancen auf Gegenwehr schlecht aus.

Es dauerte noch einige Minuten, bis aus dem Dunkel vor dem Dorf die ersten Bewegungen zu sehen waren. Etwa dreißig im Gleichschritt marschierende Soldaten mit metallenen Brustpanzern und Beinschienen sowie Helmen näherten sich. Die meisten von ihnen trugen Speere und Schwerter bei sich. Sie wurden von einem Mann angeführt, der eine glänzende, dunkelgraue Ganzkörperrüstung trug, die aus vielen kleinen Teilen bestand. Sein Gesicht wurde von einem geschlossenen Helm bedeckt, der nur die Augen freiließ. Darauf verliefen weiße Borsten bis zum Nacken, wo ein beiger Umhang bis an die Knie reichte. Sie blieben einige Meter vor Baldor stehen.

Die vom Helm gedämpfte Stimme des Anführers schallte zu ihm herüber.

»Das hier ... ist also der Vogelstamm, ja? Verglichen mit den anderen Bauerndörfern, die ich bisher gesehen habe, ist das hier doch eher wie eine Ansammlung von Viehställen als ein Dorf. Wahrlich ein Ort für Wilde und ihre primitiven Gebräuche.«

Als er das sagte, sah er zu den schlafenden Betrunkenen herüber.

»Was wollt ihr mitten in der Nacht hier in Rakios? Ihr seid hier nicht willkommen.«, gab Baldor zurück.

Der Mann sah ihn an. »Sieh an, es kann sprechen. Ich hatte eher eine Art Grunzen erwartet.« Die Soldaten hinter ihm lachten. »Was wir hier wollen? Nun, wir sind Gesandte des stolzen und überlegenen Reiches Dominium. Im Namen des hohen Imperators Circinus sind wir hier, um euer barbarisches, ungebildetes Dasein zu erleuchten. Da es jedoch ein hoffnungsloses Unterfangen wäre, verwilderte, schmutzige Wilde zivilisieren zu wollen, nehmen wir stattdessen eure Kinder mit. Sie sind noch nicht ganz so sehr von euren Wahnvorstellungen besessen und man kann sie noch retten.«

»Retten, ja? Vor was? Vor einem Leben in Freiheit?«

»Vor einem Leben in Ignoranz im Dreck der Wildnis, wo sie zu Holzpfeilern beten.«, gab der Mann mit einem Deut auf das Totem zurück.

»Betrunken und nackt wie wilder Schweine, die sich im eigenen Dreck suhlen.«

Baldor bemerkte, wie mehrere der Jäger aufwachten und einige andere halb verschlafen oder torkelnd hinter ihn kamen. Auch Vargas tauchte auf und schien erstaunlich nüchtern zu sein, als sein Blick gnadenlos auf dem Anführer haftete.

»Und deshalb kommt ihr mitten in der Nacht wo alle schlafen und wollt unsere Kinder aus ihren Betten zerren? Klingt nicht sonderlich zivilisiert für mich.«

Der Hauptmann nahm den Helm ab und ein breites, verschwitztes Gesicht mit unsauberem Stoppelbart und rötlichen, dünnen Haaren kam zum Vorschein.

»Wir kennen euresgleichen inzwischen recht gut, Barbar. Ihr wehrt euch immer wieder gegen das bessere Leben, das wir euch bieten wollen. Bei uns erhalten eure Kinder Bildung, Disziplin, Ordnung und einen Sinn, anders als ein Leben zwischen euch stinkendem Haufen. Die meisten eurer Stämme weigern sich, unserer Forderung nachzukommen. Also testen wir hier bei euch ein neues Vorgehen. Wir fragen nicht mehr.«

Wie auf Kommando verteilten sich die Soldaten und zogen ihre Waffen.

»Ich habe eure Gebräuche studiert. Mir war klar, dass ihr nach eurem Gelage am Tag der Opferung alle völlig besoffen und nutzlos sein würdet. Tief im Schlaf versunken und nichts ahnend. Scheinbar hat der Plan nicht ganz so gut funktioniert, aber das soll uns nicht hindern. Übergebt uns eure Kinder, Barbar! Dann dürft ihr eure unbedeutende Existenz fortsetzen, bis ihr aussterbt.«

»Ihr solltet jetzt gehen, Dominus! Ihr und eure gierigen Herren habt in Anima nichts verloren.«

Diese Worte kamen von der Schamanin, die vor Baldor und damit direkt vor den Anführer trat.

»Sonst was? Streckt mich eure erfundene Gottheit sonst mit einem Blitz nieder?«

Wieder lachten die Soldaten und schubsten die ersten Anwohner.

»Eure Leute haben uns noch nie verstanden. Wenn ihr den Konflikt sucht, wird euch sicher nicht gefallen, was euch erwartet.«, warnte sie.

Der Mann setzte den Helm wieder auf. »Mein Name ist Zenturio Leonhardt. Soeben hat eine Stammesführerin der Wilden eine offene Drohung gegen das Reich von Dominium ausgesprochen. Nehmt alle Kinder, Frauen und Wehrlosen, tötet den Rest und brennt diesen Schandfleck nieder!«

Sofort zog er seinen breiten Speer und durchbohrte die Schamanin mit einem schnellen Stoß.

Die Männer brüllten und stürmten auf die Angreifer los. Sie waren jedoch betrunken und einige konnten kaum ihre Waffe halten, geschweige denn geradeaus laufen. Vargas hob eine lange Keule vom Boden auf und wehrte sofort mehrere Angriffe ab, bevor er einen Schädel knackte. Baldor zog sein Beil und wich einem Stoß des Zenturios aus. Ein harter Faustschlag schickte einen anderen Soldaten auf den Boden.

Es schien unmöglich, die sich ausbreitenden Feinde aufzuhalten, die anfingen, Strohdächer in Brand zu stecken. Kurz darauf hörte man neben dem Kampfeslärm auch die Schreie der panischen Anwohner.

Ein Schwert schnitt Baldor in die Seite und er knurrte, bevor er den Schuldigen entwaffnete, ihm den Arm brach und ihn dann in die Glut schleuderte. Sofort packte er einen anderen Gegner und schmetterte ihn gegen eine Hauswand, wo ihm das Beil den Schädel spaltete.

Einer der Jäger mit Windkräften wollte Vargas unterstützen, wurde aber vom Zenturio von hinten erstochen. Der Animagus brüllte und warf sich auf den gerüsteten Mann. Baldor wollte ihm helfen, doch die zunehmenden Feuer erinnerten ihn daran, dass seine Familie in Gefahr war. Er sprintete los, um seinen Sohn zu finden. Ein paar der Soldaten zerrten bereits einige schreiende und weinende Kinder gefesselt aus dem Dorf.

Im Lauf schlug er einen Angreifer nieder, der eine halbnackte Frau hinter sich her schleifte. Sie starb kurz darauf an ihren Verletzungen und er musste weiter. Arania hatte gesagt, der Junge sei nahe dem Zelt der Schamanin gewesen, also hielt er darauf zu. Mitten in einem Gerangel sah er Calder, der mit seinem Holzschwert auf einen toten Soldaten einprügelte.

Baldor rannte zu ihm und der Junge sah auf.

»Papa! Ich helfe dir, diese Mistkerle zu vertreiben!«, rief er zornig.

»Komm, wir müssen zu Mutter und Enjaya! Bleib dicht bei mir!«

Die beiden eilten los und er machte langsamer, damit der Junge mithalten konnte. Ein Dominus versuchte, Calder zu packen, doch Baldor brach ihm die Hand, schlug seine Waffe weg und hieb ihm das Beil in den Hals. Sein Sohn stand mit aufgerissenen Augen daneben.

»Komm weiter!«

Überall kämpften Leute und die Stammesmitglieder waren im Nachteil. Mehr als die Hälfte der Häuser und Zelte standen lichterloh in Flammen. Aus der Ferne hörte er das Brüllen eines Tieres. Vargas musste sich verwandelt haben, aber seine Familie hatte jetzt Vorrang.

Baldor konnte sich mit seinem Sohn einigermaßen sicher zum Dorfrand durchschlagen, wurde jedoch am Arm verletzt, als er Calder abschirmte. Die beiden eilten um ein Haus und ihr Heim kam in Sicht.

Sein Herz machte einen Aussetzer, als er sah, wie Arania vor dem Gebäude stand und eine Hacke hielt, während ihr gegenüber der Zenturio mit seinem Speer wartete. Die zwei kämpften miteinander und die Frau schlug sich überraschend gut. Baldor wusste, dass er sie mit Rufen nur ablenken würde, aber der Junge reagierte impulsiv und rannte kreischend auf den gerüsteten Krieger zu.

»Calder!«

Es half nichts. Baldor musste selbst losrennen, wenn er eine Katastrophe verhindern wollte. Mit vollem Tempo stürzte er sich auf den Zenturio und rollte mit ihm über den Boden. Die massive Rüstung machte es ihm jedoch unmöglich, mit bloßen Fäusten Schaden anzurichten. Der Hauptmann warf ihn ab und sie richteten sich auf.

»Sieh an, eine Familienzusammenführung. Dieser kleine Mann hat Mumm in den Knochen. Er wird einen hervorragenden Rekruten abgeben.«, sagte der Dominus.

Baldor ging mit dem Beil auf den Kerl los und Arania schlug mit der Hacke nach ihm. Er wehrte das Werkzeug ab und ließ das Beil einfach an seiner Rüstung abgleiten. Ein harter Schlag ins Gesicht des Stammeskriegers schickte ihn zu Boden.

»Du verdammtes Monster!«

»Sagt der Mann, der brüllt wie ein Verrückter. Dieser Ort hier ist verloren und deine primitiven Leute sind tot oder gefangen. Gib dich geschlagen, Barbar, dann kannst du leben und für ein höheres Ziel arbeiten als einen heidnischen Gott.«

Baldor kam wieder hoch und die beiden kämpften erneut.

»Los haut ab!«, rief er seiner Gefährtin zu.

Sie wollte gerade ins Haus, als drei weitere Feinde dazustießen. Sie hob die Hacke an und stellte sich vor Calder, doch er rannte an ihr vorbei und versuchte, einen von ihnen mit seinem Holzschwert anzugreifen. Der Soldat kicherte und schlug den Jungen bewusstlos. Sofort griff Arania an und hieb wie wild um sich.

Der Zenturio hielt Baldor spielend auf Abstand.

»Ihr wollt Krieger sein? Da können ja selbst unsere Frauen besser kämpfen!«, spottete er.

Baldor wich dem Speer aus und hieb den Beilkopf gegen dessen Helm, sodass ihm der Kopf dröhnte. Mit einem Tritt beförderte er den überheblichen Kerl ins Gras und eilte dann los, um seiner Gefährtin zu helfen. Calder wurde fortgeschleift, aber er konnte ihm nicht folgen, weil Arania an der Hüfte von einem Speer durchbohrt worden war. Er ging also auf die beiden Feinde los und zerbrach einen der Holzspeere. Das spitze Ende rammte er dem Besitzer unter dem Kinn in den Schädel.

Bevor er sich dem anderen Kerl widmen konnte, wurde er von gleich vier Männern gepackt und festgehalten. Derweil tauchte der Zenturio hinter Arania auf und schlitzte ihr mit seiner Waffe die Kniekehlen auf. Sie fiel schmerzerfüllt schreiend auf die Knie und er riss sie an den Haaren wieder hoch und sah sie an.

»Eine Schande, dass solche Schönheit an diese Wilden vergeudet wird. Ich wollte dich nicht töten, aber dein sturer Mann hat mich viele meiner Leute gekostet und das kann ich nicht tolerieren. Deshalb muss ich ein Exempel statuieren.«

Man rammte einen dicken Holzstamm in den Boden und fesselte Baldor mit dem Rücken daran. Zenturio Leonhardt hielt die wimmernde Arania noch immer an den Haaren gepackt und sah dabei zu. Als der Mann nur noch verzweifelt knurrend an den Seilen zerrte, aber nichts tun konnte, nickte er langsam.

»Du wirst als Beispiel dafür dienen, was mit all jenen geschieht, die sich dem Imperator widersetzen.«

Die Frau sah ihren Gefährten an und sagte nur weinend: »Enjaya …«

Ihm wurde klar, dass ihre kleine Tochter sich im Haus verstecken musste.

Der Zenturio brach Aranias Beine und Arme, während Baldor zornig schäumend mit aller Kraft an den Seilen riss. Die Frau weinte und brüllte vor Schmerz, als er sie an den Haaren in ihr Haus warf. Er schloss die Tür und seine Männer steckten das Strohdach in Brand. Die Fenster waren zu hoch, als dass Enjaya hinausklettern könnte, und Arania konnte sich nicht mehr bewegen. Die beiden würden lebendig verbrennen.

Baldor schrie und brüllte und fluchte, doch die Soldaten knebelten ihn und Leonhardt rammte ihm ein Messer in den Bauch. Anschließend schlitzte er ihm die Arme mehrmals auf.

»Du wirst hier ganz langsam verbluten. Aber erst, nachdem du deine Familie hast sterben sehen.«, sagte der Zenturio abfällig und ging mit seinen Männern davon.

Fast eine Stunde lang versuchte Baldor, sich zu befreien, doch der Blutverlust schwächte ihn und die Seile waren neu. Er musste mitansehen, wie sein Haus niederbrannte und seine Familie dabei starb. Innerlich war er dankbar, dass er seine Tochter nicht schreien hörte. Er hoffte, dass sie am Rauch erstickt war, bevor die Flammen sie erreichten.

Der Lärm im Dorf verebbte und er hörte irgendwann nur noch das Lodern der vielen brennenden Häuser. Nach einer Weile verlor er das Bewusstsein.

***

Als er erwachte, war er zunächst überrascht, dass er überhaupt noch lebte. Er spürte den Schmerz an Bauch und Armen, doch er war betäubt und fühlte sich stumpf an.

Baldor brummte und wollte sich aufrichten, als jemand sagte: »Bleib liegen! Deine Bauchwunde ist noch zu frisch und du darfst nicht noch mehr Blut verlieren.«

Es war die Stimme von Vargas.

»Bruder! Du hast überlebt! Was ist geschehen?«

Der Animagus kam in sein Blickfeld und setzte sich zu ihm. Sein Gesicht war voller Schnittwunden und sein linker Arm war bandagiert.

»Diese miesen Drecksäcke kamen über uns wie ein Rudel Wölfe. Sie müssen von unserem Fest gewusst haben und haben dann die Gelegenheit ergriffen, um uns zu überfallen. Sie wollten ein Exempel statuieren. Es ging nicht um den Tribut. Sie wollten uns auslöschen, damit die anderen Stämme sich nicht mehr wehren, wenn sie davon erfahren.«

Baldor knurrte: »Das zeigt, wie wenig sie uns kennen.«

Sein Bruder nickte. »Verdammt richtig. Jetzt werden die anderen Stämme sich noch heftiger zur Wehr setzen.« Er sah ihn an. »Tracker und ich haben dich an dem Pfahl gefunden, an der Schwelle des Todes. Dein Haus war vollständig niedergebrannt. Was ist mit dir passiert?«

Baldor erzählte ihm, was der Zenturio getan hatte, und Vargas starrte voller Entsetzen.

»Und sie nennen uns Barbaren ... Bruder, es tut mir so unendlich leid. Arania war die beste Frau, die ich kannte. Sie hat bis zum letzten Moment für eure Familie gekämpft. Aber die kleine Enjaya ... das hat sie nicht verdient.«

»Was ist mit Calder?«, wollte er wissen.

Vargas schüttelte den Kopf. »Sie haben alle Kinder und einen Haufen Frauen und betrunkene Männer gefesselt und mitgenommen. Ich habe Calder nicht gesehen, aber seine Leiche habe ich auch nicht gefunden. Er muss bei ihnen sein.«

»Das bedeutet, er lebt zumindest.«, atmete Baldor auf.

»Schon, doch was nutzt das? Sie werden ihn in ihren Dienst zwingen und entweder versklaven oder umerziehen. Keine rosigen Aussichten. Der Tod wäre gnädiger gewesen.«

»Wo ist Tracker?«

Der Animagus sah sich um. »Sie ist den Bastarden gefolgt, um ihre Spur aufzunehmen. Sie ist schon ein paar Stunden weg. Falls wir den Wichsern folgen wollen, wird sie uns Hinweise hinterlassen, damit wir sie finden. In deinem Zustand kannst du aber nicht losziehen. Außerdem haben wir noch eine traurige Pflicht zu erfüllen. Die Toten müssen den letzten Ritus erhalten.«

Baldor knurrte, als sein Bruder ihm einen Verband anlegte.

»Sie sind tot, mein Sohn nicht. Die göttlichen Riten helfen ihnen nicht mehr.«

»Bruder, ich weiß, du hast Schmerzen und dein Verlust ist unermesslich, aber sei bitte einmal in deinem Leben kein Arschloch! Du magst die

Riten für Unsinn halten, doch sie glaubten daran, also solltest du ihnen den Respekt erweisen, ihre Gebräuche zu befolgen.«

Nachdem Vargas seinen Bruder grob zusammengeflickt hatte, half er ihm auf die Beine. Es war später Morgen und das Tageslicht zeigte die Ausmaße der Vernichtung. Die meisten Häuser waren nur noch glimmende Asche, überall lagen gekrümmte Leichen und am Pfahl der Heylda hingen drei nackte Frauen, die man dort mit Nägeln befestigt hatte.

Während Vargas sich daran machte, die Toten zusammenzutragen, ging Baldor zu den Überresten seines Hauses. Es qualmte noch und er spürte die Restwärme, als er sich durch die Trümmer arbeitete. Arania fand er zuerst. Ihr Körper war nur teilweise verbrannt und man konnte ihr Gesicht noch erkennen, allerdings war der Ausdruck darauf das Schlimmste, was er je gesehen hatte. Er trug ihren gebrochenen Körper zum Flussufer und legte sie dort ab. Danach kehrte er zum Haus zurück und suchte nach seiner Tochter. Was er fand, konnte er kaum ertragen.

Er wickelte ihre Überreste in verschiedene Stoffe und legte sie sanft neben ihrer Mutter ans Ufer. Anschließend holte er sich eine Schaufel und hob zwei Gräber aus, weit genug vom Wasser entfernt. Er legte die beiden behutsam dort ab und stand dann über ihnen. Obwohl er die Körper eingewickelt hatte, konnte er sie sehen. Erst wenige Stunden zuvor waren sie eine glückliche Familie gewesen. Tränen liefen seine Wange hinab und er schluchzte eine lange Zeit, während er die Gräber mit frischer Erde füllte und zwei Markierungen aus Stein hineinsteckte.

Irgendwann waren keine Tränen mehr in ihm. Er kniete sich hin.

»Vergebt mir ... ich war nicht stark genug. Es hat lange gedauert, aber der Fluch von Sel hat nun doch seine Wirkung entfaltet. Es tut mir so leid, dass ihr den Preis dafür zahlen musstet. All meine Liebe wird hier bei euch bleiben, mit euch begraben. Denn das, was ich nun tun muss, darf sie nicht beflecken. Ich schwöre, dass ich erst zurückkehre, wenn dieser Zenturio durch meine Klinge sein Ende gefunden hat. Und ich schwöre, ich werde Calder finden und zurückbringen, was es auch kosten mag.«

Bei diesen Worten schnitt er sich in die Handfläche und tropfte sein Blut auf den Silberring von Arania und das Lederband seiner Tochter. Ein Blutschwur vor Sel, der sein Leben daran knüpfte, ihn zu erfüllen. Anschließend knotete er den Ring an das Band und wickelte es sich um den rechten Oberarm.

»Ihr werdet für immer bei mir sein und mir Kraft geben, wenn es schwer wird.«, sagte er.

Dann erhob er sich und ging ein weiteres Mal zu den Trümmern seines Hauses. Dort schob er einige verkohlte Balken und Bretter zur Seite, bis er fand, wonach er suchte. Das Rabenschwert lag in der Asche unter ein paar Holzresten. Er zog es aus dem Schmutz und betrachtete es. Es war ein zweischneidiges Einhandschwert mit silberner Klinge, einer abgerundeten Parierstange und einem Rabenkopf als Knauf. Die Waffe seines Vaters, eines Dominus-Zenturios.

»Vater, du wirst mir dabei helfen, dieses Unrecht in Ordnung zu bringen.«

Aus dem Schuppen neben dem Haus holte er einen dreischlaufigen Ledergurt, den er an seinem Oberkörper befestigte. Das Schwert konnte er damit auf dem Rücken tragen. Auch das Beil steckte er in den Gürtel. Mehr Besitz hatte er nicht mehr.

Nachdem er seine Sachen beisammen hatte und sich von seiner Familie verabschieden konnte, kehrte er zu Vargas zurück und half ihm dabei, die Toten aus dem Dorf zu verbrennen, da sie unmöglich so viele Gräber ausheben konnten.

Sein Bruder legte gerade den leblosen Körper der Schamanin ab und sah auf.

»Da bist du ja. Ich hätte dir geholfen, aber ich dachte, du willst vielleicht lieber allein Abschied nehmen.«

Baldor nickte. »Danke, Bruder. Ich habe sie an einem friedlichen Ort begraben.«

»Ich kann nicht glauben, dass sie alle tot sind. Sie waren unsere Familie, unser Stamm, unser Leben. Wir kennen nichts anderes und jetzt ist das alles fort. Wie können die Götter so etwas nur zulassen?«

Baldor wusste es besser, als in diesem Moment einen spitzen Kommentar dazu abzugeben. Er begnügte sich damit, seinem Bruder die Hand auf die Schulter zu legen.

Es dauerte bis zum nächsten Morgen, bis sie alle Toten aufgebahrt und verbrannt hatten. Sie liefen zur Dorfgrenze, um dem Geruch des brennenden Fleisches zu entgehen.

»Du bist immer noch ziemlich stark verwundet, Baldor. Willst du wirklich die Verfolgung aufnehmen?«, fragte Vargas unsicher.

»Willst du etwa hier sitzen bleiben und die Reste unserer Heimat anstarren, während viele unseres Stammes als Sklaven abtransportiert werden? Der Schuldige ist noch nicht weit und wenn es nach mir geht, kommt er auch nicht viel weiter.«

Sein Bruder bemerkte das blutige Lederband um seinen Arm.

»Du hast einen Blutschwur geleistet. Ich verstehe. Jeder Atemzug dient nun dem Ziel, den Schuldigen auszulöschen. Dann sollten wir wohl besser reiten und Trackers Markierungen folgen.«

Er holte sein geschecktes Pferd von einer nahen Weide und Baldor lief derweil in ein Waldstück hinein und brüllte: »Gorm!«

Ein träges Brummen war die Antwort. Ein paar Minuten später kam aus dem Unterholz ein großer Schwarzbär, der ihn sofort beschnüffelte und dabei weiter brummte.

Baldor streichelte die Seite des Tieres und spürte dessen innere Unruhe. Der Bär hatte die Schlacht bemerkt und sich gefürchtet, herauszukommen.

»Es ist alles vorbei, Dicker. Du brauchst keine Angst mehr zu haben. Aber ich muss die bösen Leute töten, die das getan haben. Sie haben Enjaya umgebracht und Calder entführt.«, sagte er und schickte diese Gedanken durch seine Fähigkeit in den Kopf des Tieres.

Gorm hatte oft mit Enjaya und Calder gespielt und sie hatten ihn immer geärgert, nachdem sie ihm Honiglachs gebracht hatten. Der Bär begriff zwar nicht die Einzelheiten dessen, was geschehen war, aber aufgrund von Baldors Kräften verstand er die wichtigsten Eckpunkte und brüllte zornig.

»Ich weiß, Kumpel. Geht mir auch so.«

Dann schmiegte Gorm den Kopf an Baldor, um ihm sein Mitleid zu zeigen, und der streichelte ihn.

»Danke, mein Freund. Leider können wir nicht mehr tun, als den Bastard zu jagen, der das getan hat. Hilfst du mir?«

Ein zustimmendes Knurren war die Antwort.

»Auf dich kann ich mich immer verlassen, Gorm.«

Er legte dem Schwarzbären einen speziellen Sattel an. Aufgrund seiner Gabe konnte er auch mit gefährlichen Tieren kommunizieren und sie reiten.

Gemeinsam traten die beiden aus dem Wald und sahen seinen Bruder, der auf dem Pferd saß, das den Bären nervös beäugte.

»Zerstörung, Tod und Entweihung. Die Dominus brachten die drei Todsünden über uns. Du weißt, was das bedeutet.«, meinte Vargas.

»Sel verlangt Blutrache für dieses Grauen, ich weiß.«, erwiderte Baldor mit fester Stimme.

»Du magst vieles nicht respektieren, was mit den Göttern zu tun hat, aber als Günstling des Rabengottes ist es deine Pflicht, die Blutrache zu vollziehen.«

»Oh, glaub mir, Bruder, das werde ich. Dieser Leonhardt wird den Tag verfluchen, an dem er beschlossen hat, unser Dorf anzugreifen.«

Verfolgungsjagd

Die beiden setzten sich in Bewegung. Es war zwar bereits Vormittag, aber jeder Moment zählte. Da die Dominus zu Fuß marschierten und zudem Gefangene auf Karren transportierten, würden sie nicht sonderlich schnell vorankommen.

Vargas entdeckte an einer Weggabelung einen Hinweis.

»Sieh mal da drüben! Tracker hat einen Pfeil in den Baum dort geritzt. Wir müssen nach Süden.«

Baldor bemerkte es und auch Gorm reckte die Nase in den Wind und schien die Reste des Geruchs wahrzunehmen.

»Was hat denn dein Bär?«

»Bären haben im gesamten Tierreich die besten Nasen. Er kann sogar Personen wittern, die schon am Vortag hier waren. Selbst ohne Manukis Hinweise könnte er sie finden.«

»Und wieso sieht er so ... aufgebracht aus?«

»Ich habe ihm erzählt, was diese Monster getan haben. Er hatte Calder und Enjaya gern. Jetzt will er seine Zähne ins Fleisch der Schuldigen schlagen und sie mit seinen Pranken zerreißen, genau wie ich.«, erklärte Baldor und holte ein paar Streifen Trockenfleisch aus einer Satteltasche.

»Ich finde es immer wieder unheimlich, dass du mit Tieren sprechen kannst. Wenn du nicht wärst, würde Gorm mich und mein Pferd vermutlich fressen.«, meinte Vargas und sah seinen Bruder an.

»Meine Güte Bruder! Wie oft denn noch? Bären fressen keine Leute, wenn es sich vermeiden lässt. Sie sind zwar Allesfresser, aber wir sind nicht ihre bevorzugten Beutetiere. Er mag Fisch und er mag Honig. Manchmal gönnt er sich auch mal was anderes, wenn es sich anbietet, aber abgesehen von Fischen im Fluss tötet er für gewöhnlich nicht, um was zu fressen. Bärenangriffe auf Ayaner sind in den meisten Fällen das Ergebnis eines Eindringens in ihr Revier oder weil sie Angst haben.«, erklärte Baldor mit einem Kopfschütteln.

»Trotzdem unheimlich.«

»Du kannst dich in einen Säbelzahntiger verwandeln, eines der gefährlichsten Landraubtiere. Das findest du weniger bedenklich als meine Fähigkeit, mit den Tieren zu reden?«

Vargas kratzte sich am Kopf. »Na ja, ich habe ja immer die Kontrolle. Du kannst Pech haben und das Tier greift dich trotzdem an. Andere Ayaner können deine Worte ja auch ignorieren.«

Baldor lachte. »Du hast da, glaube ich, eine falsche Vorstellung. Tiere verstehen keine Worte, so wie wir. Manche sind klüger, andere weniger. Meistens sende ich ihnen eher Emotionen und Absichten, keine ausformulierten Gedanken. Ich kann ihre Absichten und Gefühle spüren, mehr nicht. Ein Raubtier, das ich beeinflusse, wird immer den Angriff einstellen. Meine Annäherung ist für sie unbekannt und potenziell gefährlich, daher werden Tiere immer erstmal vorsichtig.«

»Ich habe nie viel Zeit damit verbracht, mir Gedanken zu machen, wie ein Tier denkt oder die Welt wahrnimmt. Es scheint komplexer zu sein, als ich dachte. Was denkt mein Pferd gerade?«, wollte Vargas wissen, als sie durch einen Bach ritten.

Baldor sah zu dem gescheckten Tier herüber und konzentrierte sich auf dessen Geist.

»Ich spüre Nervosität wegen Gorm, Aufmerksamkeit für die Umgebung und ein bisschen Durst. Nichts Besonderes.«

Die beiden ritten eine Stunde lang schweigend und machten dann an einem Teich Halt, um ihre Wasservorräte aufzufüllen. Außerdem pflückte Vargas einige Beeren und Pflanzen.

»Willst du uns nachher ein Festmahl zubereiten?«, scherzte Baldor.

Sein Bruder packte alles in verschiedene Beutel an seinem Gürtel.

»Nein, aber wir reiten in einen Kampf zwei gegen viele. Es ist sehr wahrscheinlich, dass wir dabei verletzt werden, sofern wir überleben. Ich werde unterwegs ein paar Pasten und Salben zubereiten, nur für den Fall.«

»Hätten wir diese Schweine nicht längst einholen müssen?«, fragte sein Bruder.

Vargas kratzte sich am Kinn. »Sie haben mehr als einen Tag Vorsprung und wenn sie Karren für die Gefangenen hatten, dann hatten sie sicher auch Zugpferde. Ich habe Hufspuren gesehen. Möglicherweise reiten sie auch.«

»Wir haben einige getötet, vielleicht sind sie deswegen jetzt schneller. Lass uns weiterreiten, sonst holen wir sie nie ein.«

Am Abend waren sie immer noch nach Süden unterwegs, doch die Spur bog nun südwestlich ab.

»Wo wollen die denn hin? Argons Heimstatt liegt westlich von hier, nicht im Südwesten.«, wunderte sich Baldor.

»Sei froh. Trotz aller Wut könnten wir beide niemals die Festung allein angreifen. Unsere einzige Chance ist ein Überfall auf ihr Lager. Und auch das klappt nur, wenn wir unsere Stammesbrüder befreien, damit sie uns helfen.«

»Denkst du, sie würden trotz ihrer geringen Anzahl einen weiteren Stamm angreifen? Es gibt südlich von hier noch einen Vogelstamm und im Südwesten liegt der Corin-Sumpf. Da gibt es einen Ableger des Sumpfstamms, wenn ich mich nicht irre.«

Vargas strich seinem Pferd über den Hals und es wieherte müde.

»Der südliche Sumpfstamm betet zwar auch Chal und Zef an, aber sie sind keine Kannibalen, soweit ich weiß. Man hört recht wenig von dort, vielleicht wurden sie auch schon ausgelöscht.«

»Du bist der Experte für die Götter und Stämme, Bruder. Wer lebt noch in dieser Richtung?«

»In der direkten Nähe niemand mehr. Östlich gibt es ein paar Dörfer an der Küste, die Alvaron verehren. Südlich liegt eigentlich nur noch die Kulcor-Wildnis, das endlose Waldgebiet. Ob da abgesehen von ein paar Wildhexen irgendwer lebt, kann ich nicht sagen, weil niemand je wieder lebend dort rausgekommen ist. Im Westen gibt es ein paar kleinere Bären- und Wolfsstämme, aber die sind eher Nomaden als wirkliche Stämme. Wenn die Dominus durch die Lande ziehen, werden sie nach Norden wandern.«, zählte Vargas auf und lehnte sich im Sattel zurück.

»Im Gebiet um die Festung dürfte es keine anderen Ansiedlungen geben, zumindest keine von uns.«, vermutete Baldor.

»Sicher nicht. Und die Dominus wagen es nicht, hier in Anima Dörfer für Zivilisten zu errichten. Sie kommen mit der Wildnis nicht zurecht und fürchten Überfälle, diese Heuchler.«

Baldor brummte zustimmend. »Was ist mit den Baumhirten? Können sie zu denen wollen?«

»Das denke ich nicht. Sie leben etwa zehn Tagesreisen westlich im Himmelswald. Selbst mit einer Armee könnten sie die Dörfer des grünen Prinzen nicht erreichen. Gegen die Natur selbst haben nicht einmal die Dominus eine Chance.«

Die beiden richteten sich in der Nähe einiger uralter, überwucherter Ruinen ein Nachtlager ein und entfachten ein Feuer, an dem sie sich wärmten. Die abgebrochenen, verwitterten Überreste der Statue eines Eroberers aus alter Zeit funkelten finster im flackernden Schein der Flammen.

Vargas fragte: »Sag mal, Baldor, warum zweifelst du eigentlich so sehr an den Göttern, obwohl sie dir Kräfte geschenkt haben?«

Er rieb sich den Bauch, nachdem er den letzten Bissen Fleisch verspeist hatte. »Wie gesagt, ich zweifle nicht an ihrer Existenz, sondern an ihren Motiven. Sicher, sie haben die Welt geformt und uns geschaffen, sie geben uns sogar Kräfte, aber woher wollen die Schamanen wissen, was die Götter wollen? Solange sie keine klaren Wünsche äußern, ist das doch alles nur geraten. Im Grunde folgen wir also dem Willen der Schamanen oder ihrer Interpretation der Natur.«, erklärte der Günstling des Sel.

»Du bist vom Rabengott gesegnet worden! Wie kannst du dann seinen Willen anzweifeln?«

»Mit mir hat er nie gesprochen. Kein Wort, kein Zeichen, nicht der kleinste Hinweis. Alles, was man mir über meine Gabe und mein Schicksal erzählt hat, kam von den Schamanen und unseren Geschichten. Ich bin dankbar für die Gabe, die Sel mir verliehen hat, aber nur er selbst kann mir sagen, was ich damit tun soll.«, erklärte Baldor.

Vargas war verärgert. »Es ist arrogant, zu glauben, ein Gott würde sich dazu herablassen, mit dir direkt zu kommunizieren. Nicht einmal die Schamanen erhalten diese Ehre!«

»Und deshalb tue ich, was ich will. Wenn Sel oder ein anderer Gott etwas von mir will, wissen sie, wo sie mich finden.«

»Du hast kein Vertrauen.«, murrte sein Bruder und holte seine Schlafsachen vom Pferdesattel.

»Sollen wir zurück zu den Ruinen von Rakios reiten? Dort siehst du das Ergebnis deines Vertrauens, Bruder. Wir opfern Sel, er verspricht uns Schutz und noch in derselben Nacht wird unser Dorf ausgelöscht. Wenn ich es nicht besser wüsste, würde ich sagen, der Rabengott hat einen makaberen Sinn für Humor.«

Diese Worte schockierten Vargas zutiefst. »Die Götter müssen einen Grund gehabt haben, weshalb sie das zuließen. Ihre Wege sind unergründlich.«

Baldor schüttelte den Kopf. »Rede es dir ruhig schön, Bruder. Wenn unsere Götter dieses Leid zulassen, dann will ich ihnen nicht folgen. Ich verlasse mich nur auf meinen Schwertarm und auf dich. Alles andere hat mich enttäuscht. Ich werde dir deinen Glauben nicht ausreden, falls du das befürchtest. Und wenn du wahrhaft gläubig bist, sollten dich meine Worte nicht von deinem Weg abbringen können. Falls sie es doch tun, dann solltest du mit dir selbst klären, warum das so ist.«

Er gähnte und breitete ein weiches Kuhfell aus, um sich zum Schlafen hinzulegen.

»Wie kannst du nur ohne das Vertrauen zu den Göttern leben? Ohne es ist die Welt nur ein grausamer Ort voller Gewalt und Ungerechtig- keit.«, sagte Vargas verständnislos.

»Genau das ist sie ja auch. Ich kann das entweder akzeptieren und meine Stärke beweisen, indem ich standhalte, oder ich kann daran zer- brechen und verzweifeln. Beides ist besser als sich hinter einer

Geschichte zu verstecken. Die Götter, was auch immer sie wollen oder nicht wollen, werden dich weder beschützen noch am Leben halten. Das musst du schon selbst tun, also widme ich meine Zeit lieber der Verbesserung meiner Fähigkeiten, als mit dem Kopf in den Wolken zu hängen.«

Als Vargas schweigend dasaß und in die Flammen starrte, meinte Baldor noch: »Betrachte es doch mal so: Wen würden die Götter wohl mehr schätzen? Einen Mann, der sich in der Welt behaupten kann, oder einen Mann, der den ganzen Tag auf den Knien herumrutscht und um ihre Hilfe fleht? So oder so schadet es nicht, wenn du etwas weniger Zeit mit beten und etwas mehr Zeit mit der Welt um dich herum verbringen würdest.«

Mit diesen Worten schlief er ein, während sein Bruder noch eine ganze Stunde grübelte.

***

Drei Tage später erreichten sie einen ausgetrampelten Pfad, wo die Spuren der Dominus und ihrer Karren deutlicher wurden, nachdem es am Vortag geregnet hatte. Sie waren nun seit einer Weile nach Süden unterwegs und hatten bald die ersten Ausläufer des Sumpflands erreicht. Der Boden wurde bereits weicher und schlammiger, zumal es seit mehr als einem Tag ununterbrochen regnete. Das erleichterte zwar die Spurensuche nach schweren Rädern, zehrte aber auch an den Nerven.

»Wir sind ganz nah. Gorm kann die Bastarde wittern.«, sagte Baldor über das Regenrauschen hinweg.

Vargas beugte sich im Sattel vor und gab seinem Pferd einen Apfel, während sie langsam trotteten.

»Ich bin besorgt, Bruder. Hier in der Gegend gibt es keine Dörfer oder Stämme. Ich frage mich, was sie hier wollen.«

»Da sie nicht mit uns rechnen, ist es zumindest keine Falle. Wenigstens nicht für uns.«

Der Tag verging langsam, da sie nun vorsichtiger ritten und die Ohren offenhielten, was bei dem endlosen Regen nicht ganz einfach war. Als sie an einer moosbewachsenen Statue von Noringoth, einem Feldherrn zur Zeit der Cossitar vorbeikamen, entdeckten sie Tracker. Sie lehnte seitlich an der Skulptur und wartete auf sie.

Die fitte Ayanerin mit der gebräunten, wettergegerbten Haut hatte die Kapuze ihrer wild zusammengewürfelten Reisekleidung hochgezogen und starrte sie an.

»Ich wusste, ihr beiden würdet kommen. Ihr seid viel zu stur, um es auf sich beruhen zu lassen. Nicht, dass das etwas ändern würde. Der Trupp hat wegen des Wetters etwa zehn Minuten von hier ein Lager aufgeschlagen. Die Soldaten hocken unter Zeltplanen, während den Gefangenen das Wasser auf die Köpfe plätschert. Bastarde!«

Die Männer stiegen ab und Baldor verzog dabei das Gesicht. Die Schnitte an seinen Armen waren nicht das Problem, aber die Stichwunde am Bauch tat höllisch weh und er knurrte leise.

»Wie viele sind sie?«, wollte er wissen.

»33 Soldaten, zwei Befehlshaber und der Zenturio. Selbst wenn ihr sie überraschen könnt, habt ihr keine Chance. Fallen werden auch nichts nutzen, weil sie immer ein paar Gefangene vorschicken. Ich sehe keinen Weg, wie das funktionieren kann.«, schätzte sie, während sie die beiden in ihr Lager brachte, das in einer nahegelegenen Felshöhle lag.

»Du sagtest *ihr*. Also hilfst du uns nicht?«, fragte Vargas.

Sie warf die Kapuze zurück und setzte sich auf eine modrige Holzkiste am Feuer.

»Ich will schon, aber selbst zu dritt ist das Selbstmord. Was hilft es irgendwem, wenn wir in ihr Lager stürmen und uns umbringen lassen? Ich wandere schon viele Winter durch die Wildnis und ich habe schon vor langer Zeit gelernt, dass Stolz in dieser Welt nichts bringt. Man muss einsehen, wenn man verloren hat. Ich warne lieber die umliegenden Dörfer und erzähle die Geschichte von Rakios, damit andere sich vorbereiten können.«, sagte sie ernst.

Baldor ließ sich ihr gegenüber nieder und wirkte nicht überrascht.

»Das kann ich dir nicht verübeln. Ich habe einen Blutschwur geleistet, daher gibt es für mich nur diesen Weg.«

Vargas fragte: »Was wäre, wenn wir die Gefangenen befreien, damit sie uns helfen?«

Tracker schüttelte den Kopf. »Davon hättet ihr nichts. Der Überfall ist jetzt knapp fünf Tage her und in dieser Zeit haben sie kaum geschlafen, sie frieren, sie hungern. Inzwischen dürften sie nicht mal mehr die Kraft haben, aufrecht zu stehen.«

»Trotzdem würden sie den Tod der Sklaverei vorziehen. Wenn sie nach Valtur wollen, müssen sie im Kampf sterben. Sie würden niemals den Kopf einziehen und sich einfach umbringen lassen.«, beharrte der Animagus.

Baldor brummte: »Sie haben mitangesehen, wie die Schamanin und ihre Familien vor ihren Augen abgeschlachtet wurden, auf einem Fest für Sel. Ich könnte mir denken, ihr Glaube ist aktuell nicht unbedingt gefestigt.«

»Dann müssen wir sie erinnern!«

»Und wie? Sobald du den Mund aufmachst, bist du tot, Vargas. Wenn ihr vor eurem Ende zumindest ein paar von ihnen erledigen wollt, solltet ihr auf Heimlichkeit setzen. Wartet bis zur Nacht und schleicht in ihr Lager. Dann erwischt ihr wenigstens einige im Schlaf.«, empfahl Tracker.

»Das ist unehrenhaft und gewissenlos. Wenn wir dem Weg des Nephalos folgen, sind wir nach dem Tode verdammt, in Brujun zu verweilen. Ist es das wirklich wert?«

»Der Gott der Tücke hat damit nichts zu tun. Die Dominus waren es, die diesen Weg zuerst eingeschlagen haben. Es ist nur gerecht, wenn wir es ihnen gleichtun.«, gab Baldor zurück und wärmte seine Hände am Feuer.

Tracker nickte. »Nephalos würde sie grundlos überfallen. Das hier ist Auge um Auge und fällt damit unter Gerechtigkeit, also wird es Alvaron gefallen, wenn ihr einen Ausgleich anstrebt.«

»Könnten wir mal aufhören, über die Götter zu reden? Ich muss mich konzentrieren.«, sagte Baldor und schloss die Augen.

Die beiden blickten ihn eine Weile lang an, bevor die Waldläuferin fragte: »Was genau treibt er denn da? Schläft er? Oder ist das so eine Art Meditation, wie es die vom Feuerstamm und manche Schamanen tun?«

Vargas verteilte eine seiner Salben auf den Wunden an seinem Körper. »Er nimmt Kontakt zur Tierwelt auf. Keine Ahnung, was er vorhat.«

Eine halbe Stunde später hörten sie etwas. Es war ein Rascheln in den Büschen, ein leises Knurren und Hecheln. Dann kamen fünf Wölfe aus dem Wald und blieben am Höhleneingang stehen. Sie blickten die drei Personen an und entblößten ihre Zähne.

Tracker und Vargas sprangen auf und zogen ihre Waffen, aber Baldor blieb seelenruhig sitzen und starrte die Tiere nur an. Er sah ihnen in die Augen und der Alpha-Wolf setzte sich auf die Hinterbeine und jammerte leise.

Der Günstling des Sel trat zu dem Tier und ignorierte das Brummen der anderen Wölfe.

Er gab ihnen mit seiner Kraft zu verstehen, dass sein Rudel gefangen wurde und die Dominus eine Bedrohung waren. Er bat um ihre Hilfe. Nach einigen Minuten der Anspannung legten sich alle fünf Tiere neben das Feuer und fingen an, sich zu putzen.

»Ich habe uns Verstärkung besorgt.«, sagte er zu seinem Bruder.

Vargas schüttelte den Kopf. »Egal, wie oft ich solche Kunststücke miterlebe, es fühlt sich jedes Mal seltsam an.«

Tracker hingegen war beeindruckt. »Ich habe die Geschichten gehört, dass du mit den Tieren sprechen kannst, doch ich hatte es nicht geglaubt. Einen Bären zu zähmen ist eine Sache, aber das hier ... war anders. Du bist in der Tat ein Herold der Götter.«

***

Als der Abend alt wurde und der Regen nachließ, packte Tracker ihre Habseligkeiten zusammen und machte sich zum Aufbruch bereit.

»Wohin gehst du?«, fragte Vargas.

»Es gibt hier in den Sümpfen einige kleine Stämme. Außerdem liegt das Reich der Baumhirten nur ein paar Tagesreisen westlich von hier. Ich werde sie warnen. Der Schrecken von Rakios darf sich nicht wiederholen. Zumindest kann ich so ein paar Leben retten.« Sie sah die beiden Männer an und fügte hinzu: »Nehmt so viele mit, wie ihr nur könnt. Diese Bestien verdienen es, im Dreck zu verfaulen. Ich werde in ein paar

Tagen auf dem Weg nach Westen wieder hier halten. Sollten eure Leichen dann noch hier sein, werde ich euch die letzten Riten gewähren.«

Vargas legte seine Hand auf sein Herz. »Ich danke dir, Tracker. Die Götter seien mit dir.«

»Mögen sie auch euch beistehen. Viel Glück.«

Dann verließ sie die Höhle und verschwand im leichten Regen der Nacht.

Baldor legte sich einen frischen Verband an, zog den Lederriemen an seinem Arm fest und betrachtete sein Beil im Feuerschein.

»Wir sollten bald losschlagen. Es macht keinen Sinn, noch länger zu warten. Ich bin bereit, den Drillingsgöttern gegenüberzutreten, so es sie denn kümmert.«

Sein Bruder lehnte seine lange Keule an die Höhlenwand.

»Ich wurde als Animagus gesegnet und wenn ich sterbe, dann in der Gestalt, die mir von den Göttern geschenkt wurde.«, sagte er und legte seine Kleider ab.

Nackt stand er vor Baldor und sein gesamter Körper wurde wie im Zeitraffer behaart. Er ging in die Hocke und seine Muskeln wurden dicker und verschoben sich unter dem immer dichter werdenden Fell. Der Kopf des Ayaners zog sich in die Länge und aus der Schnauze ragten kurz darauf zwei lange, gebogene Zähne heraus. Aus den Händen wurden breite Pranken mit scharfen Klauen und das angestrengte Brummen wurde zu einem tiefen Knurren. Das Letzte, was sich verwandelte, waren seine Augen. Die runden Pupillen zogen sich zusammen und wurden zu dunkelbraunen Katzenaugen, die selbst im Dämmerlicht der Nacht perfekt sehen konnten.

Baldor stand auf und war nun von fünf Wölfen und einem Säbelzahntiger umringt. Auch Gorm kam dazu und brummelte unruhig.

»Bleibt zurück und umkreist ihr Lager. Ihr werdet wissen, wann ihr eingreifen müsst.«, sagte er und die Tiere rannten zielstrebig in den Wald.

Er selbst lockerte seine Schultern und zuckte erneut wegen seiner Bauchwunde zusammen, doch das würde ihn nicht aufhalten.

***

Baldor brauchte etwa 15 Minuten, bis er zwischen den Bäumen mehrere flackernde Lichter von Lagerfeuern entdeckte. Er pirschte dichter heran und bemerkte einen Bogenschützen in der Nähe, der die Umgebung im Blick behielt. Ohne Zögern schleuderte er seine Axt und sie traf ihn direkt ins Gesicht. Nur ein leises Röcheln war zu hören, bevor der zornige Barbar die Waffe herauszog und sich wieder vorwärts bewegte.

Er war nun nahe genug, um mehr zu erkennen. Mehrere Zelte standen dicht beieinander und einige der Soldaten waren noch wach und saßen mit Bechern an den Lagerfeuern. Ein Stück weiter hinten standen drei große Karren mit Käfigen auf der Ladefläche, in denen die Überlebenden von Rakios zusammengepfercht waren. Sie hatten weder Schutz vor dem Regen, noch wärmendes Feuer oder die Möglichkeit, sich zum Schlafen hinzulegen. Tracker hatte recht gehabt. Sie zu befreien würde im Kampf keinen Vorteil haben. Es war am Besten, wenn er sie erst danach befreite, sofern er dann noch lebte. Er strengte sich an, Calder zu finden, aber in der Dunkelheit konnte er keine Gesichter erkennen und es war zu riskant, näher an die Käfige heranzuschleichen.

Baldors Zorn wuchs noch weiter und er verspürte das Bedürfnis, jeden der Dominus in Stücke zu reißen. Der Zenturio war nirgends zu sehen, daher musste er wohl schlafen. Einer der Soldaten hielt lachend ein Stück Brot vor einen Käfig, blieb aber außer Reichweite der sich streckenden Arme.

So lautlos wie möglich zog er das Rabenschwert und behielt die Axt in der linken Hand. Der Regen war noch immer laut genug, um seine Schritte zu verschleiern, sodass er sich der Rückseite des äußersten Zelts nähern konnte. Eine der Nähte hatte sich durch die starke Beanspruchung gelöst und er konnte sie mit etwas Mühe lösen und den Spalt erweitern.

Als er hindurch spähte, sah er darin zehn Männer auf dünnen Matten schlafen. Sie hatten ihre Rüstungen abgelegt, was ihm sehr gelegen kam. Baldor huschte hinein, hielt dem ersten Kerl den Mund zu und schlitze ihm die Kehle auf. Sofort ging er zum nächsten über und er hatte bereits vier von ihnen erledigt, als einer panisch um sich schlug und seinen Kameraden aufweckte. Der rief laut aus, um das Lager zu alarmieren.

Der Barbar schlitzte zwei Weitere von ihnen auf, bevor die übrigen vier nach draußen flohen. Nun war er im Blutrausch und seine Wut übernahm das Steuer. Anstatt zurück hinaus zu eilen und sich für einen erneuten Überraschungsangriff zu verbergen, stürmte er hinterher.

Rascheln und Klappern deutete an, dass sich die anderen Soldaten in den Zelten nebenan schnell rüsteten. Er fokussierte jedoch die Männer und Frauen im Freien. Er brüllte laut und schlug einer von ihnen die Waffe aus den Händen. Von unten rammte er ihr das Beil in den Hals und warf sie über sich zu Boden. Beim Aufrichten traf ihn etwas Hartes an der Schulter, doch er packte es, stieß es zur Seite und durchbohrte den Kopf des Angreifers mit dem Schwert. Seine bloße Faust schlug eine weitere Frau hart nieder, bevor er die Waffe aus der Leiche zog.

Eine Klinge ritzte in seinen Oberschenkel und er zischte, trat sie weg und warf sich auf den Feind. Er rollte über ihn und schlug ihm das Gesicht zu Brei, bevor ein anderer ihn herunterstoßen konnte. Sofort wälzte er sich im Schlamm und verhinderte so, dass man ihn packen konnte. Alle Hände rutschten an seiner schleimigen Haut ab und er schmetterte die Axt in den Nacken eines Gegners, bevor er ihn mit einem Aufschrei in seine Kameraden stieß.

Kurz darauf traf ihn ein Pfeil in die Seite und er schrie erneut, diesmal vor Schmerz. Eine Kriegerin nutzte das, packte den Schaft und drehte ihn. Voller Wut und Pein griff Baldor ihre Hand und brach dabei ihr Gelenk. Sie kreischte und er versetzte ihr einen Kopfstoß, der sie wimmernd zu Boden schickte.

Im Augenwinkel sah er, wie der Zenturio mit freiem Oberkörper und ohne Helm aus seinem Zelt kam, um den Ursprung des Tumults auszumachen. Baldor wehrte mehrere Angriffe ab, zog einen Soldaten vor sich, um einen Pfeil zu vermeiden, hob den Mann mit einem Ruck über seinen Kopf und warf ihn nach dem Anführer. Diese Aktion war jedoch unüberlegt, da sie ihn anfällig für Attacken machte. Er wurde mehrfach am Körper getroffen und brüllte, als man ihn packen konnte.

Bevor er allerdings getötet wurde, kam ein Heulen aus dem Wald und seine Verbündeten kamen dazu. Die Wölfe stürzten sich auf die Soldaten und versetzten sie damit in Panik. Als Vargas auftauchte und einem Kerl direkt den gesamten Rücken zerfleischte, konnte Baldor die beiden Krieger, die ihn festhielten, gegeneinanderstoßen und auf den Zenturio zuhalten.

Im Lauf warf er die Axt, traf damit aber nur eine Frau, die in die Wurfbahn lief. Der Kerl wirbelte herum und konnte gerade noch seinen Speer heben, um den ansonsten tödlichen Schwerthieb zu kontern.

»Kennst du mich noch?!«, rief Baldor.

Leonhardt knurrte und grinste. »Kriegst wohl nicht genug davon, gedemütigt zu werden, was? Wenn du unbedingt sterben willst, dann will ich dich mal nicht enttäuschen!«

Mit einem Ruck schubste er ihn auf Abstand und ging in Kampfposition.

»Ohne Rüstung bist du nicht mehr so arrogant!«

»Die brauche ich nicht, um mit einem Wilden fertigzuwerden.«, gab er selbstbewusst zurück.

Die beiden stürmten aufeinander zu, mussten aber einem Wolf ausweichen, der zwischen ihnen hindurch rannte. Aus einer Drehung heraus griff der Zenturio an und Baldor sprang hoch, erwischte den Kerl aber nicht mit dem Schwert. Stattdessen trat er etwas Schlamm vom Boden gegen dessen Brust, um ihn zu überraschen. Das genügte auch, damit er näher herankam. Mit einem schnellen Schulterstoß lenkte er dessen Waffenarm zur Seite und setzte zum finalen Hieb an. Wie durch ein Wunder traf ihn in dem Moment ein Pfeil in den Rücken und sein Angriff ging daneben, sodass er Leonhardt lediglich die Wange aufschlitzte.

Der wich zurück und zog den Speer seitlich zu Baldors Kopf. Er duckte sich, doch der Speerschaft blieb an dem herausstehenden Pfeil hängen und brachte den Barbaren ins Taumeln. Ein Tritt gegen dessen Bein ließ ihn auf ein Knie gehen und sofort setzte der Zenturio einen Stoß nach. Der Speer durchbohrte Baldors Brust und trat am Rücken wieder aus. Aufgrund des Blutrauschs spürte Baldor zwar den Schmerz, aber obwohl er wusste, dass es vorbei war, wollte er den Mistkerl mit sich nach Brujun, in die Unterwelt, nehmen.

Er packte den Schaft und mit einem lauten Aufschrei und einem Schlag mit dem Schwert brach er ihn ab, erhob sich und schlug Leonhardt mit der Faust ins Gesicht. Er spürte dessen Nase brechen und genoss den Moment. Kurz darauf bekam er einen harten Hieb gegen den Kopf und fiel zu Boden. Er wollte aufstehen, doch sein Körper verweigerte den Dienst und das Letzte, was er hörte, war Gorms Brüllen, bevor er das Bewusstsein verlor.

Die Knochenmutter

Baldor sog ruckartig die Luft ein, bis seine Lungen voll waren. Dabei spürte er heftige Schmerzen am ganzen Körper, doch zumindest lebte er noch. Er öffnete die Augen und sah eine knorrige, unförmige Holzdecke durchzogen von Harzadern. Eine leichte Brise war zu hören und erzeugte etwas, das wie das Klappern von Knochen klang. Er lag auf einem alten Bett aus Wurzeln, bedeckt mit weichem Moos. Es stand in einem seltsamen Raum voller Totenschädel, Kerzen und Regalbrettern mit Pflanzen und Schalen.

Ein Stöhnen entwich seiner Kehle, als er sich bewegte. Daraufhin kam jemand durch einen dunkelroten, löchrigen Vorhang in den Raum. Es war eine Frau mit einer ungewöhnlichen Erscheinung. Sie sah aus, als sei sie um die vierzig Winter alt, doch ihre Augen hatten etwas Zeitloses. Ihre Haut war gebräunt und ihr Gesicht zeigte die ersten Fältchen des Alters. Sie trug ein grünes Tuch um die Hüfte, aus dem ihr rechtes Bein herausragte. Es war, ebenso wie ihr Oberkörper, übersät mit seltsamen roten und schwarzen Bemalungen. Schuhe trug sie keine und während ihre rechte Brust von einem Lederstreifen und braunem Tuch verdeckt war, war die linke Brust sichtbar. Sie trug an Armen, Knöcheln und Hals viele hölzerne Ringe und mehrere Halsketten mit Knochenschmuck. Ihr angegrautes, schwarzes Haar fiel ihr leicht zerzaust bis auf den Rücken und auf dem Kopf hatte sie einen seltsamen Schmuck aus verschiedenen Holzelementen und dem Geweih eines ihm unbekannten Tieres. Sie wirkte grazil und schlank, aber auch hart und unbeugsam. Bei jeder Bewegung klapperte ihr Schmuck.

»Endlich bist du aufgewacht. Bist ein ganz schöner Holzkopf, dich so unbedacht in den Tod zu begeben. Wie kann man nur so kurzsichtig sein? Aber was will man von einem Jungspund wie dir auch erwarten?«

Ihre Stimme war rau und ernst, aber sie hatte auch etwas Fürsorgliches in ihrem Kern.

»Wo bin ich hier und warum atme ich noch?«, wollte er wissen.

»Dein Verdienst ist das sicher nicht, das ist mal klar! Woran kannst du dich noch erinnern?«, verlangte sie, zu erfahren, während sie ohne Umschweife seine Decke wegzog und seinen nackten Körper untersuchte.

»Ich hatte es fast geschafft, diesen verfluchten Zenturio zu töten und meine Familie zu rächen, als mich irgendwas am Kopf getroffen hat ... Scheiße! Ich war so nah dran!«

Die Wut stieg wieder in ihm auf und er wollte aufstehen, doch die Frau legte ihm die Hand auf die Brust und er konnte nicht dagegen ankommen.

»Wie kannst du so stark sein?!«

»Die eigentliche Frage ist, wie kannst du so starrköpfig sein? Du bist mit Verletzungen losgezogen, um mit ein paar Wölfen gegen mehr als 30 Männer zu kämpfen und hast verloren. Jetzt bist du noch stärker verwundet und willst es gleich nochmal versuchen? Du bist nicht sonderlich schlau, oder?«, fragte sie verständnislos.

»Du verstehst das nicht! Ich habe einen Blutschwur geleistet! Nichts anderes ist jetzt noch wichtig!«

»Du meine Güte! Ihr Männer und eure Schwüre! Narren, allesamt! Du hast geschworen, deine Familie zu rächen, aber auch, deinen Sohn zu retten, oder etwa nicht?«

»Woher weißt du das?«

Sie ignorierte seine Fragen. »Wie sieht wohl die Zukunft deines Jungen aus, wenn du dich umbringen lässt, hm? So weit hast du aber nicht gedacht in deinem Blutrausch. Jetzt bleib gefälligst liegen und lass mich deine Wunden untersuchen, sonst rächst du gar nichts mehr!«

Er gab widerwillig nach und ließ den Kopf sinken.

»Wer bist du? Wie bin ich hergekommen?«

Sie sagte nichts und rieb einige Salben und Pasten auf seine verschiedenen Wunden. Danach deckte sie ihn wieder zu und sagte: »Du wirst jetzt schlafen und dich ausruhen. Morgen kannst du aufstehen, aber die nächsten Tage wirst du mit diesen Verletzungen weder weit laufen noch reiten können. Also nutze die Zeit und schalte zur Abwechslung mal deinen Kopf an.«

Sie nahm ein gelbliches Pulver aus einem Beutel an ihrem Seilgürtel und pustete ihm den Staub ins Gesicht, woraufhin er sofort einschlief.

***

Das nächste Mal, als er erwachte, kam niemand herein. Da er allerdings einen Bärenhunger hatte, zwang er sich unter Schmerzen, aufzustehen. Auf einem Hocker in der Nähe lagen sein Lendenschurz und auch sein Lederrock. Er legte beides an und sah dann seine Stiefel unter dem Bett. Halbwegs normal gekleidet und von oben bis unten mit Bandagen umwickelt, schob er den Vorhang beiseite und trat hinaus. Es war eindeutig, dass er sich im Sumpf befand, vermutlich im Corin-Sumpf.

Er konnte zahllose Tümpel, Morast, Schilf und knorrige, krumme Bäume sehen, jedoch versperrte der dichte, bodennahe Nebel die Sicht. Man hörte Zirpen, Zwitschern und Summen aus allen Richtungen.

Als er sich umdrehte, war er verwundert, dass es keine Hütte war, in der er gelegen hatte, sondern der enorm breite Stamm eines Baumes, dessen Krone er aufgrund des Nebels nicht sehen konnte. An den tiefer hängenden Ästen des dunklen Riesenbaums hingen große, dunkelgrüne Blätter und, zu seinem Erstaunen, haufenweise Knochen an dünnen Fäden. Er sah Rippen, Armknochen, Beinknochen, Handknochen, Schädel und Wirbelsäulen, die im Wind wehten und gegeneinanderschlugen, was auch das Geräusch erklärte, das er gehört hatte.

Bei dem Anblick erinnerte er sich an die Geschichten aus seiner Kindheit. Die Schamanin hatte den Kindern manchmal vom Totenbaum im südlichen Sumpf erzählt. Dort sollte eine mächtige Wildhexe leben, die Leute frisst und ihre Knochen als Dekoration benutzt. Es war wohl etwas Wahres dran.

Langsam und schleppend ging Baldor um den Baumstamm herum, da das Zimmer, in dem er gelegen hatte, wesentlich kleiner war, als der Umfang vermuten ließ. Es musste weitere Räume geben, wo sich die Hexe aufhielt. Er hatte derzeit keine andere Wahl, als darauf zu vertrauen, dass sie ihn nicht gerettet hatte, um ihn dann zu fressen.

Als er sich über eine hochstehende Wurzel gekämpft und vor Schmerzen gejault hatte, weil der Schorf einiger Wunden durch die Bewegung aufgerissen war, entdeckte er eine Feuerstelle mit zwei liegenden Baumstämmen. Auf einem davon saß Vargas und starrte in die Flammen. Baldor verspürte eine Woge der Erleichterung, als er seinen Bruder lebend vorfand.

»Hey!«, sagte er und der Animagus wurde aus seinem Tagtraum gerissen. Er sprang auf und stützte ihn bis zum Feuer.

»Bruder! Du verdammter Idiot! Wieso hast du mich nicht viel früher gerufen? Der Tod war zwar eine Möglichkeit, aber du musstest ihn ja nicht gleich heraufbeschwören! Ich wette, Zef und Chal haben sich schon die Hände gerieben.«

Baldor setzte sich mit einem Ächzen auf den Stamm und seufzte dann erleichtert, dass er sich nicht mehr bewegen musste.

»Was ist passiert? Ich sollte tot sein.«, wollte er wissen.

»Tja, du warst verdammt nah dran. Ich habe die Soldaten zusammen mit deinen Wölfen abgelenkt, daher konnte ich nicht sehen, was du gemacht hast. Als du zu Boden gegangen bist, haben die Tiere sich aus dem Staub gemacht. Scheinbar war ihre Angst vor den Feuern größer als ihre Loyalität zu dir. Tja, und als du dann da lagst, wollte der Zenturio dir den Rest geben, aber ich habe ihn aufgehalten. Hat mich ziemlich gut erwischt, der miese Dreckskerl.«, sagte er und hielt einen bandagierten Arm hoch.

»Das war doch bestimmt nicht alles. Und bitte verschone mich jetzt mich irgendwelchen Rettungsaktionen der Götter ... das ist jetzt wirklich kein guter Moment für Metaphern.«

»Nun ja, dann wurden wir gerettet. Von ihm.«, meinte Vargas und deutete auf einen Mann, der aus einer Öffnung im Stamm trat.

Er war hochgewachsen und sein Körperbau war weniger breit wie der der Brüder. Er trug eine rissige, grünliche Stoffhose und feste Stiefel, ein Stoffhemd über einem Kettenhemd und einen grauen Mantel mit ausgefransten Rändern, der sehr mitgenommen aussah. Seine Arme waren von den Schultern bis zu den Lederarmschienen bandagiert, allerdings wirkten sie nicht, als seien sie aufgrund einer Verletzung dort. An jeder Armschiene waren drei Wurfmesser befestigt, ebenso wie am Band seines ledernen Rückenhalfters, an dem jedoch aktuell keine Waffe hing. Er hatte dunkelbraunes, krauses Haar, eine Narbe am Kinn und Bartstoppel. Seine Züge wirkten jugendlich und kraftvoll, aber auch erfahren. Seine Gesichtszüge waren unscheinbar, doch in den braunen Augen lag etwas Schelmisches und Sympathisches.

Der Mann trat auf sie zu und setzte sich neben sie.

»Hallo, freut mich, dass du wach bist. Einen Moment lang haben wir befürchtet, es wäre aus mit dir.«, grüßte er Baldor. Seine Stimme war energetisch und jung.

»Und wer bist du? Welches Interesse hast du an uns?«, wollte Baldor wissen.

»Du bist neugierig, das verstehe ich. Und ob du es glaubst oder nicht, ich auch. Mein Name ist Cormac. Wenn ich ganz ehrlich sein soll, ich hatte im Grunde nicht das geringste Interesse an dir oder dem Säbelzahn. Ich bin Teil einer Gruppe von Leuten, die den Dominus bei jeder sich bietenden Gelegenheit in die Suppe spucken. Wir waren hier in der Gegend unterwegs und hatten keine Ahnung, dass sich welche von ihnen in der Nähe herumtrieben. Plötzlich kam ein schwarzer Rabe mitten in unser Lager geflattert und hat einen Höllenlärm gemacht. Die meisten von uns haben schon geschlafen. Ich stamme aus der Gegend hier und ich weiß genau, welche Bedeutung Raben haben. Ich konnte unseren Anführer überreden, zumindest nachzusehen, was mit dem Tier los ist. Und wie ihr euch vermutlich denken könnt, führte er uns direkt zu euch.«, erklärte der Mann.

»Sel hat uns doch nicht verlassen! Er hat uns Hilfe geschickt, um seinen Günstling zu beschützen.«, rief Vargas und lobte den Gott.

»Was ist dann passiert?«

Cormac biss von einem Streifen Trockenfleisch ab und kaute einen Moment. »Wir stießen auf das Lager und sahen den Kampf. Du warst am Boden, ein paar Wölfe liefen davon und ein Säbelzahntiger hatte das gepanzerte Bein eines Zenturios im Maul, um ihn daran zu hindern, dich abzustechen. Ich habe schon viel gesehen, aber so ein Bild hat sich mir noch nie geboten. Es war definitiv interessant und ungewöhnlich genug, dass wir eingriffen. Die Dominus hatten ihre paar Pferde und die Käfigwagen geschnappt und sind getürmt. Wir waren nicht auf eine Verfolgungsjagd vorbereitet, daher konnten wir nichts tun. Der Zenturio stieß deinem Bruder den Speer in den Arm und rannte mit seiner Rüstung in den Wald. Meine Kameraden folgten ihm, aber der Rabe flatterte ständig vor meinem Gesicht herum und wollte mich zu euch treiben. Unser Anführer hat eingesehen, dass wir euch helfen sollten, also hat er mich gebeten, euch herzubringen.«

Baldor schüttelte den Kopf. »Eine seltsame Geschichte, das ist mal klar. Und wo genau sind wir hier? Den Baum kenne ich aus den Erzählungen meines Stammes, aber wer ist diese merkwürdige Hexe?«

Vargas sah nervös in Richtung des Baumes, doch Cormac kicherte nur.

»Sie mag dieses Wort nicht besonders. Ihr Name lautet Hinumah, aber man nennt sie meist einfach die Knochenmutter. Ob sie eine der Wildhexen ist, kann ich nicht beurteilen, aber sie ist die weiseste Schamanin der südlichen Lande. Außerdem kennt sich niemand besser mit Heilkräutern und Krankheiten aus als sie. War nicht leicht, dich herzuschaffen, doch sie konnte dich von der Schwelle des Todes zurückholen. Frag mich nicht nach Einzelheiten, es sah wirklich seltsam aus. Sowas habe ich nicht mal bei Stammesschamanen gesehen. Aber es hat dich gerettet, also wen kümmert, was sie genau gemacht hat?«, meinte er leichtfertig.

Baldor wärmte sich die Hände am Feuer und brummte: »Sie ist vermutlich eine Wildhexe. Hier am Rand der südlichen Wildnis sollen doch immer wieder welche gesehen worden sein.«

Vargas machte *Hmm*, und sagte dann: »Soweit ich weiß, sollen diese Hexen viel weiter südlich in der Kulcor-Wildnis leben. So weit nördlich sieht man sie so gut wie nie. Ich war mir nicht mal sicher, ob es sie überhaupt gibt.«

Cormac reichte Baldor einen Becher Wasser. »Oh, es gibt sie, mein Freund. Ich bin ein paar von ihnen begegnet. Eine wollte mich umbringen, eine wollte mich verführen und eine hat mich nicht mal angesehen. Ihre Bräuche und Verhaltensweisen sind für unsereins absolut nicht nachvollziehbar. Es stimmt aber, dass sie kaum Gründe haben, ihre Gebiete zu verlassen. Ich glaube, sie besuchen hier nur ab und zu alte Ritualstätten aus der Zeit der Cossitar. Man vermutet, es gäbe dort unten noch ein paar alte Stämme von ihnen und die Wildhexen gehören dazu. Aber wer weiß das schon?«

»Du scheinst ziemlich viel zu wissen, besonders für dein Alter. Warum bist du noch hier? Ich bin dir ja dankbar für die Rettung, aber wartet deine Gruppe nicht auf dich?«, erkundigte sich Baldor.

»Doch, natürlich. Allerdings taucht dieser Rabe jedes Mal auf, wenn ich gehen will. Hinumah sagte, er sei ein Bote des Sel und würde mir damit sagen, dass ich bei euch bleiben soll. Ich bin zwar nicht der frommste Anhänger der Götter, aber das sind mir zu viele Zufälle. Außerdem ist es nie klug, die Warnungen der Knochenmutter zu ignorieren. Meine Leute werden im Lager warten und wenn ich zu lange fort bin, werden sie nach mir suchen kommen.«

Vargas war völlig aus dem Häuschen, dass ein Zeichen des Sel seinen Glauben bestärkt hatte. Baldor musste insgeheim zugeben, dass er die Götter zwar nicht angezweifelt hatte, aber dennoch nicht gedacht hätte, dass sie jemals wirklich mit der Welt interagieren würden. Sollte dieser Rabe wahrhaftig ein Bote sein, wäre es eine reale Botschaft eines Gottes an ihn. Konnte er vielleicht tatsächlich von Sel auserwählt worden sein?

***

Zehn Tage lang musste Baldor Ruhe bewahren und seinem Körper Zeit geben, zu heilen. Die Umschläge, Salben und Tinkturen der Knochenmutter beschleunigten den Prozess spürbar, doch je länger er stillsitzen musste, desto unruhiger wurde er. Insbesondere, weil der Tod seiner Familie ihn mangels Ablenkung nun so richtig traf. Hinumah sprach nur wenig und antwortete auf keinerlei Fragen, ansonsten blieb sie für sich und man sah sie kaum.

Eines Nachmittags saß Baldor wieder am Feuer, nachdem sie aufgrund eines Sturms zwei Tage hatten drin bleiben müssen. Er atmete tief ein, auch wenn die feuchte Luft des Sumpfes nicht gerade erfrischend war. Er zuckte zusammen, als seine Wunde an der Brust dabei schmerzte. Vargas war auf der Suche nach Kräutern, aber Cormac saß ihm gegenüber und rührte in einem Eintopf.

»Sag mal, ich bin zwar kein Heiler und ich habe auch keine Ahnung von sowas, aber wie konnte ich diesen Speerstoß überleben? Mitten durch die Brust und dann noch die Bewegung des Schafts ... es hätte mich eigentlich töten müssen. Mein Bruder beharrt darauf, dass Sel verhindert hat, dass ich den Tod finde, doch ich denke eher, dass es die

Knochenmutter war. Mit Salben und ein paar Tränken kann man das aber sicher nicht erreichen, das weiß sogar ich.«

Der junge Mann sah zu ihm hinüber und nickte dabei. »Das habe ich mich auch schon gefragt. Einmal bin ich in dein Zimmer geplatzt, als ich sie was fragen wollte und habe gesehen, wie sie einen seltsam leuchtenden Gegenstand über dich hielt und fremdartige Worte gemurmelt hat. Sie hat mich sofort unsanft rausgeschmissen, du kennst sie ja inzwischen. Es kam mir aber nicht vor, wie die Worte, die die Wildhexen normalerweise von sich geben. Was immer das war, es hatte nichts mit den üblichen Heilmethoden zu tun.«

»Es sind einfach so viele ungewöhnliche Dinge mit meinem Überleben verbunden ... Sag Vargas nicht, dass ich das gesagt habe, aber es wirkt so unmöglich, dass mir außer den Göttern keine bessere Erklärung einfällt. Das gefällt mir alles nicht.«

»Wärst du lieber gestorben?«

»Vielleicht. Ich sehe in meiner Zukunft keine angenehmen Tage auf mich zukommen. Hat mein Bruder dir erzählt, was passiert ist?«

Cormac füllte eine Schüssel und reichte sie ihm. »Er hat es erwähnt, aber viele Details ausgelassen. Ich habe mir das Wichtigste zusammengereimt.«

»Dann weißt du, was ich tun werde, sobald ich wieder reisen kann. Der Tod ist gewiss, ich habe nur einen Aufschub erhalten.«, meinte Baldor finster.

»Das gilt für uns alle.«, kam es von Hinumah, die mit Vargas und einigen dicken Kräuterbündeln aus dem Nebel trat.

»Du redest ja mit mir. Das ist neu.«

»Spar dir deinen kindischen Sarkasmus, Kind des Rabengottes. Du willst wissen, warum ich dir geholfen habe, obwohl du ein starrköpfiger Narr bist, der sich sowieso irgendwann selbst umbringen wird? Wegen deiner Aura. Und ich rede hier nicht von deiner Fähigkeit, die Seelen der Tiere zu berühren, das ist nur ein Symptom. Du bist gezeichnet.«, sagte sie und warf einige Kräuter in den Eintopf.

»Du meinst die Tätowierung auf meinem Rücken? Die hat unser alter Schamane mir gegeben, nicht Sel.«, erklärte Baldor.

Sie winkte kopfschüttelnd ab und verzog das Gesicht. »Nicht doch! Ich rede nicht von etwas so Weltlichem wie dem Bildnis auf deiner Haut, obwohl das keine Tätowierung ist. Das haben sie dir gesagt, weil sie es nicht verstanden und fürchteten, was sie herausfinden würden, wenn sie die richtigen Fragen stellten. Das Symbol ist nichts anderes als die hiesige Manifestation deiner Aura, einer uralten Kraft in deinem Inneren, die dich mit dem Rabengott verbindet.«

Vargas nickte bekräftigend. »Ich habe dir ja gesagt, es ist kein Unsinn.«

Hinumah sagte: »Sel hat die Macht über die Seelen aller Lebewesen und verkörpert außerdem Rache und den Tod. Von allen Göttern ist er der Mysteriöseste, da seine Absichten stets verborgen bleiben. Du bist sein Herold, daher gebietest auch du über seine Domäne. Die Kraft der Seele lässt dich mit den Tieren sprechen, das ist einer der drei Aspekte. Du stirbst nicht so leicht, weil Sel den Tod befehligt. Und dein Innerstes sinnt nach Rache für deine Familie. Du magst es nicht sehen, doch du bist die Verkörperung des Rabengottes, das konnte ich sofort spüren. In welcher Form sich das auf dich und die Welt auswirken wird, kann niemand sagen.«

Während Vargas und Cormac schwiegen und ihre Worte verarbeiteten, entgegnete Baldor: »Also hast du mich gar nicht geheilt, sondern es war Sel, der meinen Tod verhindert hat?«

Sie wirkte verärgert und zog die Augen zusammen. »Der Rabengott mag deinen Tod hinausgezögert haben, doch wäre ich nicht gewesen, hätte er dich dennoch ereilt. Ich begreife nicht, was er in dir sieht, aber das ist seine Sache. Ich habe dein Leben gerettet. Die Wunde an deiner Brust war tödlich. Der Speer hat dein Herz gestreift. Dagegen gibt es keine Medizin.«

»Und dennoch sitze ich hier. Wie ist das möglich?«

Sie setzte sich und fragte: »Kennt einer von euch die Legende von Thorald Stahlfaust?«

Cormac erinnerte sich. »Ja ... da war was. War er nicht ein mächtiger Krieger der Cossitar vor der Zeit des Dargonischen Feldzugs?«

»Thorald lebte vor langer Zeit, noch bevor sich das Reich von Dargo die ersten Gedanken um den Feldzug machte, sogar noch vor den ersten Cossitar. Er war ein Krieger, der seinesgleichen suchte. Er bezwang jeden Feind, der sich ihm entgegenstellte, er vernichtete Monster auf dem gesamten Kontinent und darüber hinaus. Es gab niemanden, der sich ihm in den Weg stellen konnte. Seine berühmte Axt trug den Namen Wuunrahk, wobei die Bedeutung des Wortes in Vergessenheit geriet. Seine Macht war so groß, dass er irgendwann einen Krieg auslöste, nur um sein Können im Kampf zu beweisen. Es war ihm egal, wen er bekämpfte, solange er nur eine Schlacht schlagen konnte. Als die Ureinwohner die Götter um Beistand anflehten, forderte er in seinem Größenwahn selbst sie heraus. Zu ihrem Erstaunen konnte er sich tatsächlich mit ihnen messen.«, erzählte sie und ihr Knochenschmuck klimperte bei jeder Bewegung.

»Welche Torheit, die Allmacht der Götter anzufechten.«, schüttelte Vargas den Kopf.

Die Schamanin reagierte nicht darauf, sondern redete weiter. »Um dem Kriegswahn Thoralds ein Ende zu setzen, rief der Göttervater Balgr seine Söhne Alvaron und Sel zu sich. Gemeinsam verfluchten sie ihn, auf das er sich nie wieder von Wuunrahk trennen könne. Doch solange die Axt in seinem Besitz war, konnte er niemals Ruhe finden. Er wäre niemals ausgeruht, wie lange er auch schlief. Er wäre niemals satt, wie viel er auch aß. Er wäre niemals befriedigt, wie viele Frauen auch sein Lager teilten. Er wurde von diesem Fluch in den Wahnsinn getrieben und verschwand vom Angesicht der Welt.«

»Eine düstere Geschichte, aber warum erzählst du sie uns, Knochenmutter?«, wollte Cormac wissen.

»Die Götter besaßen einst uralte Magie, von der heute nur noch wenig auf der Welt übrig ist. Schamanen nutzen diese Überreste, um ihre Stämme zu segnen und die Fähigkeiten der Auserwählten zu aktivieren. Es sind uralte Flüche und Segen, die durch die Macht der Götter gewirkt werden. Es gab jedoch schon vor den Göttern Kräfte, die so etwas bewirken konnten. Ich kenne ein paar dieser uralten Segen und ich habe dir dieses Geschenk zuteilwerden lassen. Du solltest dir bewusst sein, dass es nur wenigen vergönnt ist, diesen Segen zu erhalten.«

»Und was soll ich mit diesen *Gaben* anfangen? Es ist ja nicht so, als hätte ich eine Aufgabe zu erfüllen, die Sel oder sonst jemand mir aufgetragen hat.«, fragte Baldor und sein Bruder brummte:

»Wie kann man nur so undankbar sein!? Du bekommst göttliche Kräfte und uralte, lebensrettende Segen und bedankst dich nicht mal!«

Cormac schmunzelte nur, doch Hinumah zog lediglich einen Mundwinkel leicht nach oben.

»Dankbarkeit mag ein Zeichen der Wertschätzung sein, aber es ist auch ein Zeichen von Demut. Der Herold eines Gottes sollte keine Demut haben, sondern ein Ziel. Denk darüber nach, was du mit dieser zweiten Chance anfangen willst, Rabe. Deine Entscheidung wird weitreichendere Folgen haben, als du dir vorstellen kannst.«, sagte sie kryptisch.

***

Nach drei weiteren Tagen hatte Baldor sich genug erholt, um wieder aufbrechen zu können, aber er hatte sich noch immer nicht entschieden, was er genau tun wollte. Die vielen seltsamen Geschehnisse ließen ihm keine Ruhe und er fragte sich, ob nicht doch ein Gott eine Aufgabe für ihn hatte. Nach langer Überlegung entschied er, dass seine Blutrache Vorrang hatte, da ein solcher Schwur bindend war, selbst vor den Göttern.

Er legte am Morgen seines geplanten Aufbruchs seine Kleidung an, und diesmal auch den Waffengurt. Vargas hatte das Rabenschwert und seine kleine Axt vom Schlachtfeld geholt, sodass er beides am Körper tragen konnte.

Er trat vor die anderen, die mit Hinumah vor dem großen Baum am Feuer saßen. Das Wetter war ungewöhnlich freundlich und es gab kaum Nebel, sodass sogar etwas Mahakilicht durch die Baumwipfel fiel. Sein Körper fühlte sich noch immer gepeinigt an, aber der Schmerz hatte nachgelassen und bis auf ein lästiges Ziehen an den Wundrändern der größeren Verletzungen fühlte er sich wieder fit. Auch Vargas war genesen und hatte jetzt eine neue Narbe am Arm.

Cormac sah ihn und meinte: »Sieh an, wer da durch die Gegend schleicht. Guten Morgen, Baldor. Du siehst aus, als wäre es heute endlich Zeit für den Aufbruch, was?«

Er nahm sich ein Stück frisches Brot und setzte sich. »Es wird Zeit, dass ich die Suche nach meinem Sohn fortsetze. Diese verdammten Dominus haben die Käfige noch immer dabei.«

Die Knochenmutter raschelte mit ihrem Kopfschmuck und Cormac sagte: »Vielleicht solltest du die Suche vorerst abbrechen. Die Überlebenden der Karawane sind nach Norden gezogen und haben ihre Festung bei Argons Heimstatt inzwischen sicherlich erreicht. Egal, wohin dein Sohn von dort aus gebracht wird, du kannst ihn unmöglich erreichen. Nicht ohne Hilfe.«

»Ich habe einen Schwur geleistet, vor meiner Familie und vor den Göttern. Ich muss Vergeltung üben. Sagtet ihr nicht, dass das eine meiner Aufgaben als Herold von Sel ist?«, fragte er Hinumah.

Sie warf ein Pulver ins Feuer und die Flammen färbten sich violett.

»Es mag sein, dass Rache ein fester Bestandteil deines Wesens ist, Rabe. Rache hat jedoch viele Formen und Gesichter.« Sie holte eine weitere Prise Pulver heraus und zeigte es ihm. »Das hier ist die Essenz deiner Wut, deiner Rachegelüste und deiner Stärke. Das Feuer ist die Macht deines Feindes.« Sie warf es hinein und die Flammen erhoben sich kurzzeitig zu fast doppelter Größe und sie alle mussten die Gesichter abwenden, um der Hitze zu entkommen.

»Übereilte Rache an einem übermächtigen Feind ist wie Zunder bei einem Brand. Es verschlimmert die Lage, anstatt den Schmerz zu lindern. Der stete Tropfen höhlt den Stein. Du kannst einen Gegner wie die Dominus nicht mit Stärke bezwingen, doch mit Beharrlichkeit und Hingabe ...«

Sie warf schnell mehrere Pulver in die Flammen und das Feuer erlosch. »... kann selbst der mächtigste Feind in die Knie gezwungen werden.«

Eine kurze Handbewegung später loderte das Lagerfeuer wieder wie zuvor und die drei Männer staunten über den Trick.

Baldor erhob sich und schüttelte den Kopf. »Ich will nicht die Dominus vernichten, sondern mein Kind retten. Calder hat keine Zeit für lange Planung und Zermürbung. Auch wenn es meinen Tod bedeutet, ich muss ihn finden.«

Vargas stand ebenfalls auf und meinte: »Du bist mein Bruder. Wir müssen Rakios rächen. Ich bin an deiner Seite, was auch geschehen mag.«

Die Knochenmutter schüttelte geräuschvoll den Kopf, sagte aber nichts. Als die beiden Männer losgehen wollten, trat Cormac ihnen in den Weg.

»Wartet! Wenn ihr nach einem Weg sucht, den Dominus zu schaden oder auch nur Informationen über deinen Sohn zu finden, dann wüsste ich da einen Weg.«

Baldor fragte: »Einen schnelleren Weg als die Straße nach Argons Heimstatt?«

Der junge Mann sah ihn mitfühlend an. »Schneller nicht, vielleicht sogar wesentlich langsamer, aber dafür auch um ein Vielfaches effektiver. Wenn ihr beiden jetzt allein gegen die Festungsmauern anrennt, seid ihr sofort tot und deinem Sohn ist damit nicht geholfen. Wenn du

Rache willst, dann solltest du auch sicherstellen, dass die Dominus den Schaden wirklich zu spüren bekommen. Das könnt ihr niemals allein schaffen.«

»Also was? Willst du uns begleiten?«, wollte Vargas wissen und packte einige Brote und Kräuter in einen Beutel.

»Nein, ich biete euch an, dass ihr *mich* begleiten könnt. Ich kehre zum Schlachtfeld zurück und suche meine Truppe. Wir sind ein bunter Haufen verschiedenster Kämpfer, die alle dasselbe Ziel verfolgen: die Dominus zu besiegen. Ich bin mir sicher, unser Anführer würde euch mit Freude aufnehmen. Gemeinsam können wir mehr erreichen.«, schlug Cormac vor.

Baldor sah nur das Bild seines Sohnes in einem Kerker vor sich und schob den jungen Mann beiseite.

»Tut mir leid. Ich bin dir dankbar für die Rettung, aber ich kann nicht ruhig schlafen, solange mein Sohn in der Gefangenschaft dieser Bastarde ist.«

Er ging keine fünf Schritte weit, als direkt vor ihm ein großer Rabe auftauchte, der laut krächzte und seinen Weg versperrte. Baldor wollte erst links, dann rechts an ihm vorbei, aber das Tier flatterte immer wieder in seinen Weg.

»Was soll der Mist!?«, knurrte er, doch Vargas hielt ihn zurück.

»Das ist der Rabe, der mich zu euch führte. Es muss ein Zeichen sein.«, stellte Cormac fest.

Baldor schickte seinen Geist aus und wollte mit dem Tier Kontakt aufbauen. Was er spürte, war überwältigend. Er riss die Augen auf und der Vogel flatterte zu Hinumah und setzte sich auf eine hölzerne Querstange über dem Feuer.

Die Knochenmutter sah Baldor an und sagte: »Du hast es gespürt, nicht wahr?«

Er stand völlig verwirrt da und stammelte: »Das ... ist kein gewöhnlicher Rabe. Ich habe schon oft mit Raben und Krähen kommuniziert, aber das dort ist etwas gänzlich anderes. Normalerweise haben diese Tiere eine zwar interessante Intelligenz, doch sie sind spürbar immer noch Tiere mit den üblichen Trieben und Bedürfnissen. Dieses Wesen ist jedoch mehr als nur ein einfacher Vogel. Er hat ein Bewusstsein, ist klug und undurchschaubar. Was ist er?«

Hinumah strich dem Tier mit einem Finger über den Kopf.

»Das hier ist kein gewöhnlicher Rabe. Es ist ein Bote des Sel, ein Valdah. Diese Wesen tauchten in der Vergangenheit nur selten auf, weit seltener als die zum Teil falschen Boten des Zef und des Chal, wie man sie in Dargo verehrt oder die heiligen Tiere des Ursus oder der Ymira, die es kaum je gegeben hat. Wenn ein Valdah erscheint, bedeutet das meist, dass ein Umbruch bevorsteht. Der letzte Bote des Rabengottes erschien kurz vor dem Aufstand der Cossitar gegen die Dargonier während des Feldzugs. Es ist mehr als unklug, die Hinweise zu ignorieren, die er euch gibt.«, erklärte sie.

Baldor schnaufte verärgert. »Was soll dieser Unsinn? Ich muss meinen Schwur erfüllen und Calder retten! All die Zeit habe ich die Götter herausgefordert, mir ein Zeichen zu senden, wenn sie wirklich wollen, dass wir ihre Wünsche erfüllen, aber nie tat sich etwas. Und jetzt, wo es wirklich ein Problem gibt, lässt Sel sich dazu herab, mich zu rufen? Und dann will er mich von meinem Ziel wegführen?«

Hinumah schmunzelte über seine Engstirnigkeit. »Wie gesagt: Rache hat viele Formen. Vielleicht hat Sel auch einfach nur Erbarmen mit seinem Schützling und schickt seinen Valdah, um dich auf den Weg zu führen, auf dem du dein Ziel erreichen kannst.«

Cormac hakte sich an dieser Stelle wieder ein. »Du bist nicht der Einzige, der Zenturio Leonhardt verfolgt und ihn zur Strecke bringen will, Baldor. Auch meine Gruppe von Freiheitskämpfern will ihn erledigen, denn er hat schon zu viel Leid über Anima gebracht. Unser Anführer Drakon kennt ihn besser als jeder andere. Er kann dir helfen. Ihr beiden müsst das nicht allein durchstehen.«

Der Valdah krähte bestätigend.

Vargas rieb sich den Hinterkopf. »Wenn sogar der Rabengott selbst uns rät, mit Cormac zu gehen, sollten wir uns vielleicht anhören, was dieser Drakon zu sagen hat.«

Baldor seufzte und atmete mehrmals tief aus, um seine angestaute Wut entweichen zu lassen. Dann sagte er: »Also schön. Wir werden dich begleiten und mit deinem Anführer reden. Wenn er uns etwas anbieten kann, um Leonhardt zu töten, können wir weiterreden.«

Die Freiheitskämpfer

Da sie ohne Reittiere im Sumpf angekommen waren, mussten sie auch zu Fuß wieder aufbrechen. Obwohl es regnete, fühlten sie sich besser, sobald sie vom Sumpfland zurück in trockeneres Waldgebiet kamen. Die Überreste des Dominus-Lagers waren zwei Tage vom Totenbaum entfernt.

Cormac meinte zu Baldor: »Das waren zwei ziemlich stressige Tage, als wir dich halb tot in den Sumpf schleifen mussten. Wir dachten, du würdest jeden Moment aufhören zu atmen.«

Vargas fügte hinzu: »Es muss Sel gewesen sein, der dein Leben beschützt hat, denn du warst im Grunde schon tot.«

»Hat einer von euch diesen Valdah-Raben gesehen?«

»Nicht, seit wir vorgestern aufgebrochen sind. Er kommt vermutlich immer nur dann, wenn du einen falschen Weg einschlägst.«, schätzte Cormac und blickte zum verregneten Himmel.

»Hier im Süden pisst es aber wirklich andauernd ...«, murrte Vargas.

Als sie den Ort erreichten, wo der Kampf stattgefunden hatte, hörten sie als Erstes ein lautes Brüllen, als Gorm aus dem Unterholz gelaufen kam und sich auf Baldor stürzte. Cormac wich panisch zurück und zog seinen Bogen, aber Vargas hielt ihn auf.

»Ganz ruhig, Bogenschütze, die beiden kennen sich!«

»Bitte was?!«

Der große Schwarzbär leckte über das Gesicht des Barbaren und der achtete darauf, den Mund geschlossen zu halten, während er versuchte, das massige Tier von sich zu drücken.

»Ist ja gut, Gorm, alter Junge! Ich hab dich auch vermisst. Wenn du mich plattdrückst, bin ich aber gleich tot.«, murmelte Baldor und das Tier bewegte sich sorgsam rückwärts und beschnüffelte Cormac, der erstarrt war und dessen Augen pure Angst ausstrahlten.

»Keine Panik, Cormac. Das ist Gorm, mein treuer Weggefährte und Reittier, obwohl er das Wort nicht sehr schätzt.«, meinte der Rabe und der Bär brummte und schnaufte.

Auch Vargas' Pferd graste in der Nähe, doch sie sahen sich zunächst das Schlachtfeld an. Die Leichen der Dominus-Soldaten lagen noch unverändert verrenkt im Schlamm, aber die Zelte waren zusammengefallen und Wölfe und andere Tiere hatten Löcher in die Planen gefressen, um an die Rationen zu kommen. Von den Papieren des Zenturios fehlte jede Spur, aber Cormac hatte recht gehabt, was die Gefangenen anbelangte. Die Wagenspuren führten nach Norden, also hatten sie ihre Festung inzwischen erreicht, sofern kein weiterer Zwischenfall sie endgültig erledigt hatte.

»Trotz allem muss ich zugeben, ihr habt hier ziemlichen Schaden angerichtet. Das sind bestimmt ... 25 Leichen hier. Verdammt beeindruckend. Drakon wird euch mit Kusshand empfangen, möchte ich wetten.«, kam es von Cormac, der die Taschen einer toten Soldatin durchwühlte. »Nichts mehr drin. Ich hätte wissen müssen, dass die Zwillinge alles geplündert haben.«

Während Vargas die Wagenspuren untersuchte, betrachtete Baldor die Fußabdrücke im näheren Umfeld. Einige davon waren leichter als die schwer gerüsteten Stiefel der Dominus. Der Regen und die Tiere hatten vieles verwischt, aber er erkannte dennoch ein paar Abdrücke von weichen Ledersohlen und der Größe nach auch weibliche Füße. Nach einigen Minuten hörte der Regen auf und die ersten Vögel begannen, zu zwitschern.

Cormac stemmte die Hände in die Hüften. »Am besten gehen wir zu der Stelle, wo wir vor dem Angriff gelagert haben. Sie werden einen Hinweis hinterlassen haben, wo sie hingegangen sind.«

Sie traten in den Wald hinein und Baldor blieb an einem Baum stehen und hielt einen Finger waagerecht vor sich, als dort ein kleiner Vogel landete. Es war ein gelber, flauschig aussehender, kleiner Singvogel, dessen Kopf ruckartig in verschiedene Richtungen blickte. Der Günstling des Sel spürte die Freude des Tieres über den verschwundenen Regen. Er bat den Vogel durch Emotionen und Bilder, nach dem Lager der Jäger Ausschau zu halten, woraufhin das Tier davonflatterte.

Cormac stand daneben und grinste fasziniert. »Das ist beeindruckend. Manchmal wundert es mich, dass gerade Sel eine so … friedvolle Macht besitzt.«

Vargas zog sein Pferd weiter. »Es gibt keinen Tod ohne Leben. Wer die Schwelle kontrolliert, hat Zugang zu beiden Seiten.«

Sie setzten ihren Weg durch den Laubwald fort. Ihre Füße wirbelten einiges altes Laub vom letzten Herbst auf. Gorm trottete ein Stück hinter ihnen und sie hörten ihn manchmal schnaufen oder brummen.

»Wieso hast du dich entschieden, einen Bären als Reittier zu verwenden?«, war Cormac neugierig.

Baldor pflückte einen Kernapfel und antwortete: »Wenn ich ganz ehrlich sein soll, tue ich es einfach nur, weil ich es kann. Gorm ist nicht schneller als ein Pferd, er ist kaum eine Gefahr für Feinde, solange ich auf seinem Rücken sitze, und er schläft viel. Aber es macht Eindruck und wer sonst könnte so etwas tun?«

»Hast du mal versucht, deinen Bruder zu reiten, wenn er verwandelt ist?«, lachte der junge Mann.

Vargas übernahm die Antwort: »Als wir jünger waren und ich die Gabe gerade erst erhalten hatte, wollte er das andauernd. Aus Spaß haben wir das ein paar Male gemacht, aber das ist lange her. Die Säbel-zahn-Form ist ein Geschenk, welches ich in Ehren halte und für den Kampf nutze. Es ist kein Kunststück.«

Einige Minuten später erreichten sie die kleine Lichtung, wo Cormacs Gruppe vor fast zwei Wochen ihr Lager aufgeschlagen hatte.

»Es war wohl närrisch, darauf zu hoffen, sie wären immer noch hier.«, meinte Baldor.

»Drakon lässt uns nie länger als drei Nächte an einem Ort lagern, wenn wir unterwegs sind. Er ist hin und wieder etwas ... paranoid.«, erklärte Cormac und suchte am Boden und in der Umgebung nach einem Hinweis auf ihren Verbleib.

Am Fuß eines dicken Baumstamms, an dessen niedrigstem Ast ein Fetzen rotes Tuch hing, hatte jemand ein Symbol in die Rinde geritzt.

»Ah, eine Nachricht von Algae! Sie sind nach Westen weitergezogen. Wenn wir uns also in diese Richtung aufmachen, müssten wir entweder auf sie oder den nächsten Wegweiser stoßen.«, zeigte er.

»Wird das jetzt eine Spurensuche?«, fragte Vargas genervt.

Sie liefen weiter und eine knappe Stunde später kam ein großer, grüner Vogel auf Baldors Arm geflogen und piepste aufgeregt. Der Bar-bar konnte die Orte sehen, die das Tier wahrgenommen hatte. Er sah eine Feuerstelle an einem Bach südwestlich von ihnen. Mit einem Finger strich er dem Tier über den Rücken und bedankte sich für die Hilfe, bevor er den Arm anhob und der Vogel zurück in den Himmel stieg.

»Und?«, wollte Vargas wissen.

»Etwa zwei Stunden südwestlich lagert jemand an einem Bach. Wenn deine Leute immer noch auf dich warten, dürften sie das sein.«

»Das war ja einfach. Einen wie dich hätten wir früher schon gut gebrauchen können. Das hätte mir stundenlange Spurensuchen erspart.«, meinte Cormac kopfschüttelnd.

***

Als sie sich der Stelle näherten, die Baldor in den Erinnerungen des Vogels gesehen hatte, hörten sie als erstes ein lautes Lachen.

Cormac schmunzelte: »Wir sind richtig. Ulonga lacht so laut, dass wir nie Witze erzählen, wenn Feinde in der Nähe sind.«

Plötzlich blieb Vargas wie angewurzelt stehen. Über ihnen hockte jemand auf einem Ast und richtete einen Pfeil auf ihn. Kurz darauf trat ein Mann hinter einem Baum hervor und hielt ihnen ein seltsam geformtes Schwert entgegen, dessen Klinge sich zur Spitze hin nach oben abrundete wie bei einem Haken. Der Mann selbst war ebenso breit gebaut wie die Brüder, hatte aber gelbblondes, schulterlanges Haar. Er trug neben Stiefeln nur einen kurzen Lederrock, Schulterschutz und Armschienen, alles mit dunklem Metall verstärkt. Seine Muskeln waren fast so ausgeprägt wie bei Baldor.

Cormac trat vor die Brüder und sagte: »Hey, Firian. Ich bin's nur, Kumpel.«

Die tiefe, raue Stimme des Kerls antwortete: »Und wer sind die da? Deine neuen Freundinnen?« Er grinste.

Kurz darauf umarmten sich die beiden und die Person auf dem Ast ließ den Bogen sinken und landete neben ihnen.

Es war eine schlanke Frau mit tief dunkelbrauner Haut, wie sie in den nördlichen Reichen üblich häufig anzutreffen waren. Sie war in eine Lederkluft aus Stiefeln, Hose, und Harnisch gehüllt, hatte nur einen Schulterschutz, Bogenhandschuhe und eine Kapuze. Die Art, wie sie ihre Waffe hielt, deutete auf großes Können hin. Ihr Gesicht war auf seine Art hübsch. Sie hatte dicke Lippen, mandelförmige, tiefblaue Augen und eine etwas platte Nase. Mehrere Narben waren erkennbar.

Cormac umarmte auch sie und erklärte dann: »Dass hier sind Firian und Algae. Ihr lernt sie sicher bald gut kennen, aber gehen wir erst zu Drakon.«

Die Brüder wurden flankiert und begleiteten die drei ins Lager, wo noch einige andere Personen zu sehen waren. Baldor bemerkte einen Schamanen am Feuer, einen weiteren Krieger, der auf einem Baumstumpf saß, einen Mann aus dem Nordwesten mit einer Angel in der Hand und jemanden, der die strengen Gesichtsmerkmale der Dominus aufwies. Instinktiv legte sich seine Hand auf den Axtkopf an seinem Gürtel.

Der besagte Mann untersuchte gerade eine Karte des südlichen Anima und blickte auf, als sie sich näherten.

Er trug gepanzerte Stiefel, eine Stoffhose, einen schartigen Zenturio-Brustpanzer, darüber einen dunklen Mantel, metallene Armschienen und einen rissigen, blauen Umhang mit weiter Kapuze. Neben ihm lehnte ein langer Speer mit pfeilförmiger Spitze und Lederwicklung, dessen Metallschaft auf Nahkampftauglichkeit hinwies.

Sein Gesicht war markant, er hatte kurzes, angegrautes Haar und passende Bartstoppeln, gelbe Augen und einen stählernen Blick.

»Cormac. Du bist zurück, das ist gut. Wen hast du da mitgebracht? Ein paar neue Streuner für unsere Truppe?«, wollte er wissen. Als er Baldors Hand an der Axt bemerkte, sagte er: »Keine Sorge, mein Freund. Ihr seid hier nicht in Gefahr, es sei denn, ihr hättet sie mitgebracht.«

Daraufhin berichtete der junge Kämpfer, was in den vergangenen beiden Wochen geschehen war. Anschließend schien der Anführer zu überlegen.

»Das ist in der Tat eine eigenartige Geschichte. Ich kenne mich mit den Bräuchen der Anima-Stämme nicht so gut aus, aber wenn die Knochenmutter es für bedeutsam hält, werde ich das nicht ignorieren.«

Wie zur Bekräftigung dieser Tatsache landete der Valdah auf einem dünnen Ast über ihnen.

Vargas knurrte den Mann an: »Du bist einer dieser verfluchten Dominus, oder nicht?«

Er seufzte und winkte sie mit sich, während er den anderen signalisierte, dass sie sich entspannen konnten. Die Brüder folgten ihm in ein großes Zelt mit ein paar alten Hockern. Der Anführer goss ihnen Met in Holzbecher und reichte sie ihnen, bevor er sich gegenüber hinsetzte.

»Mein Name ist Drakon. Es stimmt, ich bin ein Dominus. Wie ihr anhand meiner Rüstung sicher bemerkt habt, war ich einst Zenturio Drakon. Als einer der besten Krieger meines Jahrgangs habe ich die militärische Erziehung meines Landes genossen, mich nach oben gearbeitet und durch Eroberungen hier im Stammesreich Ruhm erlangt. Ich habe nie gefragt, warum wir eure Leute angreifen oder töten sollten, weil man bereits den Kindern beibringt, keine Fragen zu stellen. Es gibt jedoch einen Unterschied zwischen den Soldaten der Dominus. Da sind jene, die sich an den alten Ehrenkodex von Hizinus halten und jene, die keine Ehre kennen. Ich wurde nach den Lehren des Kodex erzogen und ausgebildet und auch ich gab diese Werte an meine Rekruten weiter. Leider lässt der Einfluss des Kodex nach, und mit der Zeit hatte ich einige Männer und Frauen unter meinem Kommando, die mich für die Achtung der Ehre weniger respektierten.«

»Und was hat das mit uns zu tun?«, wollte Vargas wissen.

»Ihr sollt wissen, mit wem ihr es zu tun habt, bevor wir weitermachen.«, erklärte Drakon. »Es gab einen jungen Zenturio-Anwärter unter meinem Kommando, der zwar ein hervorragender Krieger war, aber keinerlei Gnade, Mitgefühl oder Selbstbeherrschung kannte. Eines Tages brachte er meine Leute gegen mich auf und ich musste fliehen. Dadurch wurde ich vogelfrei und mein Volk verstieß mich. Ich kann nicht länger mitansehen, wie der Imperator die Leute in Anima unterdrückt, tötet und ausbluten lässt, daher habe ich Gleichgesinnte gesucht, die mir dabei helfen, sie von hier zu vertreiben. Cormac sagte, auch ihr habt unter der Grausamkeit meiner Landsleute leiden müssen, deshalb möchte ich euch anbieten, euch uns anzuschließen.«

Baldor entgegnete: »Ich habe meine Frau und meine Tochter verloren und mein Sohn wurde mir geraubt. Ich habe Blutrache geschworen und werde nicht ruhen, ehe der Schuldige tot ist. Ich will Leonhardts Kopf. Was kannst du uns anbieten, was wir nicht auch selbst tun könnten? Warum sollten wir uns euch anschließen?«

Drakon sah die beiden gelassen an. »Es gibt zwei Dinge, die ich und meine Kameraden für euch tun können. Wir bieten euch Wissen und Training. Beides ist nötig, wenn ihr Leonhardt erwischen wollt. Er ist derjenige, der mich verraten hat, und ich will seinen Kopf ebenso sehr wie ihr. Allerdings war ich es auch, der ihn ausgebildet hat, daher weiß ich, dass man ihn durch einen bloßen Angriff bei Nacht nicht besiegen kann. Mein Wissen über ihn und die Dominus als Ganzes ist eure beste Chance, an den Mann und deinen Sohn heranzukommen, Baldor.«

Der Angesprochene rieb sich über das Kinn. »Ich verstehe. Und was meinst du mit Training? Wir können kämpfen.«

Drakon schaute amüsiert drein. »Das unüberlegte Stürmen eines Nachtlagers, einer gegen fünfzehn, brüllend und wie ein wilder Eber um dich schlagend nennst du kämpfen? Lass mich dir eine Frage stellen: Gegen wen kämpfen eure Leute normalerweise?«

Vargas grunzte: »Andere Stämme, Wildtiere und manchmal Dominus-Patrouillen.«

»Also Barbaren, die, genau wie ihr, wild auf alles einschlagen, wilde Tiere und Fußsoldaten ohne Felderfahrung. Wenn ich euch so ansehe und raten müsste, würde ich sagen, du, Baldor, kämpft meist mit sehr viel Wut im Bauch. Du gehst offen auf deine Gegner los und überwältigst sie mit Wildheit und Kraft. Und du, Vargas, hast eine Keule. Das bedeutet, bei dir ist es ähnlich, allerdings wette ich, dass du nur selten als Ayaner kämpfst, sondern lieber deine Verwandlung nutzt, habe ich recht?«

Die beiden sahen ihn verdutzt an.

»Was würdet ihr tun, wenn gerade keine Tiere in der Nähe sind, die euch helfen können? Was, wenn für eine Verwandlung keine Zeit bleibt? Wisst ihr, wieso euer Dorf so leicht gefallen ist? Leonhardt studiert seinen Feind. Er beobachtet, plant, bereitet sich vor und schlägt dann hart zu. Er kennt weder Moral noch Respekt vor Traditionen und genau das macht ihn so gefährlich. Er und seine Leute sind jahrelang im Kampf ausgebildet worden. Sie haben dicke Rüstungen, hochwertige Waffen und beherrschen verschiedene Kampfstile. Wenn ihr auch nur den Hauch einer Chance haben wollt, ihn zu schlagen, müsst ihr das ebenfalls erlernen.«, erklärte Drakon.

Baldor schnaufte: »Bislang sind wir ziemlich gut mit unseren Fähigkeiten zurechtgekommen.«

Der Anführer stand auf und winkte einem seiner Leute. Es war ein hellhäutiger, schlanker Mann mit einem sehr langen, feuerroten Pferdeschwanz. Er hatte ein schmales Gesicht und trug dünne Schuhe, eine Stoffhose und einen Kimono mit weiten Ärmeln. Baldor bemerkte die vielen Narben an seinen Armen. Der Mann zog zwei schlanke, gebogene Schwerter und blieb regungslos stehen.

»Das ist Keros, ein ehemaliges Mitglied der Roten Horde, einer berüchtigten Truppe des Feuerstammes. Seinen Zwillingsbruder Firian kennt ihr ja bereits.«, deutete Drakon auf den breit gebauten Kerl, der sie empfangen hatte. »Wenn einer von euch der Ansicht ist, ihr seid Leonhardt gewachsen, dann solltet ihr ihn problemlos besiegen können. Ihr dürft es gern beide auf einmal versuchen.«

Baldor zog das Rabenschwert und Vargas nahm seine Keule zur Hand. Beide stürmten mit Gebrüll auf den regungslosen Mann zu. Der machte zwei kurze Schritte zur Seite und schlug Baldor gegen den Hinterkopf, sodass er eine Rolle auf den Boden machte. Vargas sah das und wollte sich verwandeln, doch Keros kam dicht an ihn heran und trat ihm die Beine weg, woraufhin er auf die Erde krachte und den Prozess anhalten musste. Der Rabe rappelte sich auf und rannte wieder los. Mit einer leichten Bewegung flog sein Schwert davon und eine der gebogenen Klingen pikste ihn am Hals. Baldor schlug sie beiseite und wollte den Kerl packen, während Vargas sich hinter ihm aufbaute. Mit einem

Ruck stand der Mann von Kopf bis Fuß in Flammen und seine Haut färbte sich tiefrot, selbst die Schwerter brannten. Beide Brüder mussten auf Abstand gehen, um der Hitze auszuweichen.

»Das genügt, Keros! Danke.«, beendete Drakon den Test.

»Was war das denn?!«, ärgerte sich Baldor.

Die beiden Männer kamen zu ihm gelaufen und er fragte sie: »Keros ist einer der besten Kämpfer des Feuerstammes und selbst er konnte Leonhardt nicht bezwingen. Es gibt also das Eine oder Andere, was wir euch zeigen können. Was sagt ihr dazu?«

Nach einem Moment des verletzten Stolzes meinte Baldor mit einem Blick auf den Valdah: »Ich gebe zu, das war beeindruckend. Ich will meinen Sohn retten, aber ich muss einsehen, dass ich meinen Feind nicht kenne. Und sowas wie den da habe ich auch noch nie gesehen.«, meinte er und deutete auf Keros. »Angenommen wir wären an einer Zusammenarbeit interessiert, wie lauten die Bedingungen?«

Drakon setzte sich auf die hölzerne Tischkante seines Kartentisches.

»Nun, wir nennen uns selbst Freiheitskämpfer. Ich erwarte von meinen Leuten, dass sie den Ehrenkodex befolgen. Er ist recht einfach. Keine Heimtücke, kein Geschleiche, keine Ungerechtigkeit. Wir kämpfen offen, ehrlich und verhalten uns respektvoll. Jeder Einzelne hier im Lager hat unter den Dominus gelitten, daher ist es unser Ziel, sie zu besiegen. Das kann man aber nicht mit nur ein paar fähigen Leuten schaffen. Für so etwas braucht man Verbündete und Gleichgesinnte. Deshalb ziehen wir durch Anima und verdingen uns als Söldner. So behalten wir alles im Blick und können von der Bezahlung leben. Gleichzeitig sprechen wir mit den Anführern der Stämme und versuchen, sie für unsere Sache zu gewinnen.«

Vargas brummte belustigt: »Das ist sicher nicht leicht, wenn man die religiösen Unterschiede bedenkt.«

»Völlig richtig. Es ist mir jedoch gelungen, im vergangenen Jahr ein Bündnis mit dem Himmelsstamm und dem Widderstamm im Norden zu schließen. Mit der Zeit werden sich weitere Stämme anschließen und irgendwann sind wir genug, um zurückzuschlagen. Bis dahin bereisen wir das Land und bekämpfen die Dominus, wo wir können. Wie klingt das?«

Baldor verschränkte die Arme. »Und was haben wir davon, außer Wissen und Training?«

Drakon grinste. »Ganz einfach: Ich und meine Leute profitieren von eurem religiösen Wissen und euren Stammeskontakten sowie euren besonderen Fähigkeiten. Im Gegenzug bieten wir euch eine Kampfausbildung, lehren euch mehr über euren Feind und ihr seid Teil der Familie. Das bedeutet, ihr nehmt an unseren Aufträgen teil und erhaltet dafür einen Anteil der Bezahlung. Und am Ende, hoffentlich schon sehr bald, werden wir dir dabei helfen, Leonhardt zu töten und deinen Sohn zu retten.«

Nach diesem Vortrag sah Vargas seinen Bruder an. Der nickte langsam und sagte: »Also schön, Drakon. Dann haben wir eine Abmachung.«

***

Nachdem sie alles geklärt hatten, wurde es Zeit, ihre neuen Kameraden kennenzulernen. Zuerst gab der Anführer Baldor jedoch sein Schwert zurück.

»Diese Klinge ist aus lorvesischem Stahl und nach dominischer Art geschmiedet. Hast du sie erbeutet?«, erkundigte er sich.

Baldor erzählte ihm von seinem Vater und Drakon sah ihn überrascht an.

»Du bist der Sohn von Zenturio Marius Raven? Er war eine Legende, als ich gerade zum Militär kam. Er hat den Ehrenkodex neu definiert und war ein Held in der Schlacht bei Cronach. Ich hatte gehofft, in seine Legion zu kommen, aber er desertierte und verschwand. Ich habe mich immer gefragt, was aus ihm wurde. Also hat auch er die Fehlerhaftigkeit des Imperators erkannt und sich abgewendet ...«

»Ich kannte meinen Vater nicht. Er starb an der Klauengrippe am Tag meiner Geburt. Als Mischling zweier verfeindeter Völker war es nicht leicht, aber ich habe meine Herkunft angenommen.«, entgegnete der Barbar.

»Es muss schwer für deinen Stamm gewesen sein, dass gerade der Bastardsohn eines Zenturios von Sel gesegnet wurde.«, meinte Drakon.

Vargas kommentierte grinsend: »Das ist eine Untertreibung. Weißt du, wieso er so ein Bär geworden ist? Damit ihn die anderen nicht hänseln konnten.«

Der Anführer nickte und verstand. »Ausgrenzung ist wohl bei keinem Volk eine Seltenheit. Man hat die Wahl, daran zu zerbrechen oder zu wachsen. Du bist eindeutig stärker daraus hervorgegangen. Nun gut, lasst mich euch die anderen offiziell vorstellen!«

Er trat zum Feuer hin und sagte laut: »Leute! Wir haben uns soeben geeinigt. Baldor und Vargas sind Überlebende des Vogelstammes von Rakios. Sie haben ebenfalls Bekanntschaft mit Leonhardt gemacht und teilen unseren Hass auf ihn. Sie haben sich bereiterklärt, sich unserer kleinen Gemeinschaft anzuschließen, wenn wir im Gegenzug dabei helfen, Baldors Sohn Calder zu retten, der sich zusammen mit den restlichen Überlebenden des Dorfes in der Gewalt des Imperators befindet.«

Die übrigen Mitglieder der Bande traten näher und Drakon stellte sie einander vor. »Die Zwillinge Firian und Keros habt ihr bereits kennengelernt. Sie sind Mitglieder des östlichen Feuerstamms und waren einige Jahre Teil der Roten Horde.«

Der breit gebaute Bruder schlug sich mit der Faust auf die Brust, der andere nickte wortlos. Neben ihnen stand die Bogenschützin mit den vielen Narben.

»Das dort ist Algae, ein Mitglied der berüchtigten Augen Ymiras. Eine meisterhafte Schützin, aber sie redet nicht viel, ebenso wie Keros.«

Direkt am Feuer saß er hellhäutiger Mann mit blondem Haar, der seinen Zügen nach aus einem der nördlicheren Reiche stammte. Seine Kleidung war zwar die eines Vagabunden, doch er trug sie mit einer gewissen Eleganz.

»Hier haben wir Nivek von Koren, einen ehemaligen Edelmann aus Lorves, dem Reich des Stahls. Er mag sich zivilisiert benehmen, aber im Kampf ist er ein Schurke.«, grinste Drakon.

»Zu freundlich, furchtloser Anführer.«, scherzte der Mann.

»Hinter ihm steht unser eigener Schamane, Ulonga Twarin. Er kommt aus dem Norden, aus Makonien. Als ehemaliges Mitglied eines Himmelsstamms kennt er sich hervorragend mit den guten Göttern aus, hat jedoch weniger Erfahrung mit den finstereren Gottheiten wie Sel, Chal und Zef.«

Der besagte hellhäutige Mann war breit und muskulös gebaut. Er trug ein Schamanengewand mit Stiefeln, türkiser Hose, darüber einen langen Stoffrock bis zu den Stiefeln in Blau, Rot und Gold. Der Oberkörper war zur Hälfte von einer blauen Toga mit langem Ärmel bedeckt und er hatte Schulter- sowie Armschützer in Rot und Gold. Die andere Seite war nackt bis auf goldene Armreife. Die Seite mit sichtbarer Haut war mit blauen Tätowierungen verziert. Ulonga hatte sein blondes Haar zu einem langen Pferdeschwanz geflochten und sein Bart reichte bis zum Schlüsselbein, doch er war nicht älter als in seinen Dreißigern.

Drakon meinte: »Tja, und Cormac kennt ihr bereits. Er ist ein Mitglied des Sumpfstammes nicht weit von Rakios, verließ sie aber schon vor Jahren.«

Als er diese Worte hörte, kam tiefe Wut in Baldor hoch. Seine Augen verengten sich und er starrte den jungen Mann mit völlig anderen Emotionen an.

»Du bist eines dieser Monster?! Die Damas sind nichts weiter als hirnlose Bestien, Kannibalen und Abschaum!«

Auch Vargas ging mit geballten Fäusten auf ihn zu und Algae und Keros mussten sich vor Cormac stellen, damit es keine Schlägerei gab.

Drakon war völlig überrascht und hielt Baldor zurück.

»Was ist denn das Problem? Soweit ich das verstehe, hat er euch das Leben gerettet.«

»Sein von Zef und Chal verfluchter Stamm hat über die Zeit immer wieder Mitglieder unserer Gemeinschaft verschleppt, gefoltert, verstümmelt und gegessen. Auch unsere Mutter fiel diesen Tieren zum Opfer! Wie kann ich ein Mitglied dieses Packs ansehen und ihn nicht in Stücke reißen wollen, wie sie es mit ihr getan haben? Sie alle verdienen die ewige Qual in Brujun!«, presste er zwischen seinen Zähnen hervor.

Cormac sagte: »Ich bin schon als Jungspund weggelaufen, weil mich die Rituale meiner Familie angewidert haben! Ich kann nichts für meine Abstammung! Jetzt bin ich kein Damas mehr!«

Es dauerte fünfzehn Minuten, bis die Brüder sich beruhigt hatten. Drakon hatte sie in sein Zelt gebeten, wo sie erneut auf den Hockern saßen.

»Habt ihr euch wieder im Griff? Ich kann verstehen, dass ihr gewisse Vorbehalte gegenüber Cormacs Vergangenheit habt. Aber wir alle haben eine. Ich war ein Zenturio, aber mich wollt ihr nicht in Scheiben schneiden. Der Junge ist schon mehrere Jahre ein loyaler Mitstreiter, also werdet ihr einen Weg finden müssen, über euren Groll hinwegzusehen. Bekommt ihr das hin?«

Vargas hatte die Arme verschränkt. »Ich kann ihn tolerieren, aber mehr auch nicht.«

Drakons Blick wanderte hinüber zu Baldor, der immer noch zornig auf den Boden starrte. »Wenn du dich nicht beherrschen kannst, könnt ihr nicht bei uns bleiben. Allerdings ist Disziplin eines der Dinge, die für den Kampf gegen die Dominus unerlässlich sind. Du musst mir vertrauen, schaffst du das?«

Baldor seufzte. »Wenn das der Preis für meinen Blutschwur ist, werde ich ihn bezahlen.«

»Nie zuvor hat Sel uns einer derart schweren Prüfung unterzogen.«, fügte Vargas hinzu.

Der Anführer nickte und stand auf. »Gut. Wir waren schon viel zu lange hier in der Gegend. Wenn wir nicht stetig auf der Hut sind, finden uns die Jäger der Dominus. Da ihr ja scheinbar darauf brennt, euch zu rächen, fangen wir am besten gleich mit dem Training an. Es wird einige

Zeit dauern, bis ihr euch wirklich verbessert habt, doch wenn ich mit euch fertig bin, könnt ihr es mit einer ganzen Einheit Fußsoldaten und einem Zenturio aufnehmen. Es wird nicht einfach werden, aber es lohnt sich, vertraut mir.«

Der grüne Prinz

Ein Jahr später ...

Innerhalb eines Jahres formte Drakon aus den beiden ungestümen Barbaren fähige Kämpfer. Sie trainierten jeden Tag und redeten viel mit ihm. Er lehrte sie, dass rohe Kraft allein kein Garant für einen Sieg war. Zahllose Male demonstrierten ihre Kameraden ihnen, dass Technik und Agilität, ebenso wie das Studium des Feindes, einen wichtigen Einfluss hatten. Sie übten den Umgang mit dem Schwert, der Axt, dem Speer und dem Bogen, wobei es nicht um das Meistern der Waffe selbst ging, sondern darum, die Bewegungen zu erkennen. So konnten sie Gegnern zuvorkommen, anstatt nur durch Glück auszuweichen.

Neben Waffenkunst trainierten sie auch waffenlosen Kampf und als sie gut genug waren, sollten sie sogar mit auf dem Rücken gefesselten Händen gegen einen bewaffneten Feind antreten. Insbesondere nutzte Drakon die Gespräche, um den Brüdern die Taktiken der Dominus zu erklären. Er beschrieb ihnen, wie sie ihre Soldaten ausbildeten, und wie sie üblicherweise vorgingen. Wer seinen Gegner verstand, konnte dessen Handlungen vorhersehen.

All das neu erworbene Wissen konnten sie meist umgehend in der Realität testen, da die Gruppe durch ganz Anima wanderte, um in den Dörfern als Söldner zu arbeiten oder Patrouillen und Karawanen der Dominus zu überfallen. Immer häufiger hörten sie von Angriffen auf die Anwohner des Landes und auch der Name Leonhardt fiel in diesem Zusammenhang nicht selten.

Baldors Schmerz über den Verlust seiner Familie verblasste, aber sein Rachedurst war mit der Zeit nur weiter angestiegen, als er von all den anderen Gräueltaten des Zenturios hörte.

Eines Abends saß er mit den Zwillingen am Feuer und bewachte das Lager, während die anderen eine Gruppe Dominus-Späher verfolgten. Er sah selbst nach all der Zeit noch immer jedes Mal fasziniert zu, wenn einer von ihnen einen Körperteil in Flammen aufgehen ließen.

Firian erhitzte sich in seiner brennenden Hand einen Kräutertee.

»Es ist frustrierend, ehrlich. Ich meine, wie lange geht das mit den Übergriffen jetzt schon so? Und immer noch weigern sich die meisten Stämme, etwas gegen die Dominus zu unternehmen. Es ist, als wollten sie unterdrückt werden.«, murrte er kopfschüttelnd.

Sein Bruder starrte in die lodernden Flammen und entgegnete: »Was willst du denn? Ein Vogelstamm, der westliche Widderstamm und der Himmelsstamm im Norden haben bereits eingewilligt. So etwas braucht Zeit. Außerdem soll inzwischen auch der Bärenstamm im Osten zu Gesprächen bereit sein.«

»Das sind immer noch viel zu wenige, um etwas zu verändern. Die Feuerstämme schützen nur sich selbst, die Baumhirten kümmert das alles nicht und die Küstendörfer der Anbeter von Alvaron leben zu weit im Osten, als dass es sie beträfe. Was denkst du, Baldor? Sollten wir nicht deine Kräfte als Argument nutzen? Vor dem Herold des Sel sollten sie doch Respekt haben, besonders, wenn Valdah dabei ist.«, klagte Firian weiter und warf dem großen Raben ein Stück Brot hin, der sich oft bei ihnen aufhielt.

Der Barbar schärfte sein Beil im Feuerschein und antwortete: »Wieso sollten Kräfte, insbesondere derart unbeeindruckende Kräfte wie meine, irgendwen zum Zuhören bewegen? Ihr beiden seid wesentlich aufsehen-erregender, aber das hat uns bislang auch nichts genutzt, oder?«

Keros machte *Hmpf* und sagte: »Unsere Gaben sind ein Geschenk von Zalathir und viele unseres Stammes erhalten sie. Das ist kaum etwas Besonderes, zumal die meisten Ayaner keine sonderlich hohe Meinung von Zalathir haben. Feuer und Zerstörung sind nicht gerade beliebt.«

Baldor hatte lange gebraucht, um das Vertrauen der Gruppe zu gewinnen, doch nun hatte er es sich verdient. Er war schon ewig neugierig.

»Sagt mal, wie genau funktionieren eure Kräfte eigentlich? Was könnt ihr alles?«

Firian nahm einen Schluck aus seinem Becher. »So kompliziert ist das nicht. Junge Anwärter des Feuerstammes gehen zu einem Altar von Zalathir und bitten um die Gabe der Flammen. Wer sie erhält, kann ab diesem Moment das innere Feuer spüren. Jeder Teil des Körpers kann mehr oder weniger bewusst entflammt werden. Es macht uns immun gegen Verbrennungen und resistenter gegen Kälte. Es schützt aber nicht vor anderen Verletzungen, ist also keine Siegesgarantie.«

»Manche von uns erhalten auch die Gabe, Dinge in Brand zu stecken, ohne sie zu verbrennen. Das nutzen wir meistens, um Waffen mit Feuer zu überziehen und ohne Holz Lagerfeuer zu entfachen. Es ist weit weniger alltagstauglich, als man vielleicht denkt.«

Baldor prüfte die Schärfe der Axtschneide. »Es ist dennoch praktischer, als mit Tieren zu kommunizieren. Und wieso habt ihr um die Gabe gebeten?«

Wieder reagierte Firian. »Nun ja, Zwillinge sind eher selten, wie du sicher weißt. Ganz automatisch achten die Leute mehr darauf, was man tut. Wir wuchsen mit unserer Schwester Leria im Stamm auf. Wie alle Jugendlichen wollten auch wir nichts sehnlicher, als der Roten Horde beizutreten. Es ist die höchste Ehre. Wir übten also das Kämpfen und ehrten Zalathir, wie es sich gehörte. Dann gingen wir zum Altar und führten das Ritual durch. Es war nicht überraschend, dass wir die Gabe beide erhielten. Wir traten der Horde bei und waren der Stolz unseres Stammes.«

»Und wieso seid ihr fortgegangen? Wenn ich Drakon richtig verstanden habe, hat es etwas mit Leonhardt zu tun?«, erkundigte sich Baldor.

Keros verzog das Gesicht. »Wir waren ausgerückt, um einen Vorposten der Dominus auszuräuchern, der zu nahe an unserem Territorium lag. Leonhardt nutzte die Gelegenheit, um in unserer Abwesenheit das Lager anzugreifen. Er tötete viele unserer Kameraden und Freunde, aber insbesondere unsere Schwester.«

»Wir kamen zu spät, um ihn noch zu erwischen, aber wir erkannten das Wappen des Mistkerls bei einem seiner Leute. Die meisten von uns kannten das Risiko und machten wie gewohnt weiter, aber wir konnten das nicht. Wir wollten Vergeltung. Da solche Aktionen jedoch nicht dem Wohle des Stammes dienen, konnten wir es nicht offiziell tun, also hat uns unser Schamane freigestellt, bis der Mann tot ist.«, beendete Firian die Erzählung.

Baldor dachte einen Augenblick darüber nach. »Eure Geschichte unterscheidet sich gar nicht so sehr von meiner, nur dass ihr den Tod eurer Schwester nicht mitansehen musstet.«

Keros kommentierte: »Wir alle haben Verluste erlitten. Jeder auf seine Weise. Genau das eint uns.«

Das stimmte, allerdings hatte selbst ein ganzes Jahr nicht ausgereicht, um Baldor und Vargas dazu zu bewegen, Cormac zu vertrauen. Ihr Groll war unverändert und sie redeten kaum mit ihm.

»Ich habe mich gefragt, wieso die Dominus keine göttlichen Gaben haben. Ich meine, klar, sie glauben nicht an die Götter, aber das habe ich damals auch nicht, als Sel mich gesegnet hat.«, grübelte Baldor.

Firian überlegte laut: »Na ja, ich schätze, in ihnen schlummern auch Kräfte, aber sie halten weder Rituale ab, noch haben sie Schamanen, die es für sie tun. Du bist doch auch ein Mischling und hast trotzdem Kräfte erhalten.«

»Dumm, einen potenziellen Vorteil nicht zu nutzen.«, kam es von Keros.

Dem konnten sie nicht widersprechen. Kurze Zeit später kamen die anderen zurück zum Lager und hatten einige Rationen und Waffen dabei, die sie erbeutet hatten. Vargas ließ sich neben seinen Bruder fallen und rieb sich eine rote Stelle am Bein.

»War da jemand zu langsam?«, stichelte Firian.

»Allerdings, aber der Schuldige hat es sofort bereut. Sein Hirn ist jetzt überall verteilt und sein Mittagessen gehört mir. Es waren mehr als zwanzig dieser Arschlöcher, die auf dem Weg zu einem Wolfsstamm waren. Ich fühle mich immer viel besser, nachdem wir ein paar von denen getötet haben.«, seufzte er erleichtert und nahm von Baldor eine Hirschkeule entgegen.

Die anderen kamen kurz darauf ebenfalls dazu und Drakon reinigte seine Speerspitze mit einem alten Tuch.

»Das war hervorragende Arbeit. Zwar hat uns niemand für diesen Überfall angeheuert, aber die hatten genug Münzen dabei, dass es sich trotzdem gelohnt hat. Außerdem haben wir jetzt ausreichend Essen für drei Tage und sogar etwas Wein. Keine schlechte Ausbeute für eine zufällige Karawane. Wir sollten dennoch weiterziehen, falls man nach den verschwundenen Soldaten sucht.«

Cormac ignorierte den finsteren Blick von Baldor und ließ sich neben Keros sinken.

»Haben wir denn ein neues Ziel? Wir waren seit Wochen in der Wildnis. Ein Dorf wäre mal wieder eine nette Abwechslung.«

Algae stieß ihn mit dem Fuß an. »Du willst doch nur mal wieder vögeln, gib es zu!«, meinte sie scherzhaft.

»Da würd ich auch nicht nein sagen.«, brummte Vargas.

»Spricht doch auch nichts dagegen, oder?«, grinste Cormac die Jägerin an.

Sie schnaufte kopfschüttelnd und lächelte. »Spitzzüngiger Lustmolch.«

Er entgegnete: »Du kannst dir nicht vorstellen, wie viele Frauen über meine spitze Zunge schon hocherfreut waren.«

Ein Lachen ging durch die Runde. Drakon stellte seinen Speer weg und sagte dann: »Um auf deine ursprüngliche Frage zu antworten, Cormac, wir ziehen nach Westen. Gerüchten zufolge sucht der grüne Prinz derzeit Unterstützung bei einem Problem. Klang mir stark nach Dominus-Aktivitäten im Flusstal. Bedenkt man die Nähe zur Grenze nach Dominium, wundert es mich, dass dort nicht viel häufiger Konflikte entstehen.«

»Die Wälder dort sind tückisch, wenn man Stadtbewohner ist. Außerdem leben dort einige sehr gefährliche Kreaturen, denen man lieber nicht begegnen möchte.«, kam es von Ulonga.

Der Anführer stemmte die Hände in die Hüften. »Jedenfalls könnte es unserer Sache dienen, wenn wir dem Prinzen diese Gefälligkeit erweisen. Daher ziehen wir in diese Richtung. Packt alles zusammen, damit wir heute noch ein paar Meilen zurücklegen können, bevor es dunkel wird.«

***

Die Gruppe reiste eine Woche lang nach Westen, die meiste Zeit durch die Wälder und nur selten auf den Wegen oder Straßen, da die Dominus immer häufiger dort anzutreffen waren. Drakon war sich sicher, dass man ein paar Mitglieder ihrer Bande bereits aktiv suchte oder sie erkannte.

Am Morgen des achten Tages erreichten sie die Grenze zum Flusstal. Baldor und Vargas waren beide noch nie dort gewesen und Algae führte sie und Nivek bis an eine Felsklippe. Als die Brüder an den Rand traten, weiteten sich ihre Augen. So weit man sehen konnte, erhoben sich schmale, spitze Felssäulen in den Himmel, wie schlanke Berge, die niemand erklimmen konnte. Ihre Gipfel waren grün bewachsen und sie bildeten eine Art Ring um ein riesiges Tal. Es war durchzogen von einem Netz aus Flüssen, die sich teilten und mit anderen zusammenliefen, nur um sich dann erneut zu teilen. Zwischen den vielen Gewässern war alles hellgrün, wie ein Meer aus bewaldeten Inseln. Wasserfälle stürzten von einigen der schmalen Berge hinab in die Flüsse und die Gischt sowie weißer Nebel erzeugten kleine Regenbögen. Eine Myriade verschiedener Vögel flogen im Tal oder weiter oben in Schwärmen umher und zwitscherten über das Wasserrauschen des nächstgelegenen Wasserfalls hinweg.

Ein Stück weiter auf der südlichen Seite des Tals befand sich jedoch die Hauptattraktion des Ortes, die zeitgleich der Grund für seine Bekanntheit war: Der Himmelsbaum. Ein gigantischer Baum, der fast so hoch war, wie die ihn umgebenden Berge. Sein Stamm war so breit wie eine Großstadt und seine Äste beschatteten ganze Gebiete des Tals mit ihren hellgrünen, großen Blättern.

»Das ist mal ein Anblick ...«, staunte Baldor.

»Wenn dieser Baum kein Beweis für die Größe der Götter ist, dann weiß ich es auch nicht.«, meinte Vargas ehrfürchtig.

Nivek hatte die Arme verschränkt. »Ich war zwar schon ein paar Male hier, aber dieses Bild verliert nie seine Erhabenheit.«

Algae deutete auf einen der großen Äste. »Seht ihr die Bewegungen da links?«

Mit zusammengekniffenen Augen konnten sie ein paar winzige Punkte sehen, die sich über die freiliegenden Teile der Äste bewegten wie Insekten.

»Ja ... irgendwas ist da. Bei der Größe des Baums sind es aber sicher keine Käfer. Oder etwa doch?«, wollte Vargas scherzhaft wissen.

Nivek übernahm die Erklärung. »Nicht doch. Das sind die Baumhirten. Der große Stamm des grünen Prinzen lebt in den Ästen und dem Blattwerk des Himmelsbaums. Sie haben dort Aufzüge, Leitern, Straßen, Dörfer und mehr. Es ist wie eine kleine Welt oberhalb der unseren. Deshalb ist es auch der einzige Stamm, der nicht über das ganze Land verteilte Ansiedlungen hat. Es gibt sie nur hier.«

»Und deswegen sind sie auch in größerer Gefahr als alle anderen. Wenn die Dominus sie hier vernichten, existieren sie nicht mehr.«, machte Algae ihnen klar.

Baldor streckte sich und rieb sich die müden Waden. »Sieht nach einem anstrengenden Abstieg und Aufstieg aus. Wir sollten wohl losziehen, bevor ich es mir anders überlege.«

***

Sie brauchten mehrere Stunden, um die gefährlich abschüssigen, schmalen Wege hinunter ins Tal zu nehmen, wobei sie auch an einigen Stellen klettern mussten.

Drakon sagte: »Es gibt nur wenige Zugänge zum Flusstal, die man leicht benutzen kann. Deshalb dürfte es den Dominus auch so schwerfallen, hier mit Truppen einzumarschieren.«

Sobald sie unten angekommen waren, gingen Firian und Keros vor und nutzten ihre Schwerter und Feuer, um Lianen und andere dichte Vegetation zu beseitigen. Das Vogelzwitschern und die vielen Summ- und Zirpgeräusche hörten sich nach einer Weile wie andauernder Lärm an.

Nivek fragte die Brüder: »Wie gefällt es euch hier? Der Ort ist einmalig, oder nicht?«

Vargas richtete die Keule über seinem Rücken und meinte: »Diese Gegend ist so voller Leben, dass es schon zu viel wirkt. Ich fühle mich etwas unwohl.«

Sein Bruder war weniger besorgt. »Erst durch die Reise mit euch ist mir klar geworden, wie wenig ich von der Welt gesehen habe. Geschichten und Legenden sind eben nicht alles. Aber was ist das dort?«

Er deutete auf eine Lichtung, auf der ein riesiger, steinerner Fuß stand. Daneben fanden sich uralt aussehende Ruinen.

Der ehemalige Adlige folgte seinem Finger. »Ah ja, die Überreste dort. Vor dem Dargonischen Feldzug lebten neben den Cossitar auch noch andere hier in der Region. Die Historiker nennen sie die Enai. Sie sollen beeindruckende Handwerker gewesen sein, aber furchtbare Krieger. Daher wurden sie von den Dargoniern beinahe ausgelöscht. Diesen Fuß dort nennen sie den Fuß des Giganten. Niemand weiß, wozu er einst gehört hat oder wo der Rest ist.«

»Anhand der Größe des Fußes müsste die Statue ja mindestens bis zur Hälfte des Himmelsbaums gereicht haben. So viel Stein kann doch nicht einfach verschwinden.«, wunderte sich Cormac.

Sie überquerten eine alte, hölzerne Brücke über einen Flussarm und wanderten weiter auf einem Trampelpfad in Richtung des Baumes, dessen Größe ihnen immer unglaublicher erschien, je näher sie kamen.

Besonders Vargas verbrachte viel Zeit mit dem Kopf im Nacken, um hinauf zu den Ästen zu starren.

»Hier hat Heylda ein wahres Wunder geschaffen! Die Schamanin hat mir mal erzählt, dass die Baumhirten dem Vogelstamm am nächsten sind, weil auch sie die Göttin der Natur verehren.«

Baldor wollte schon etwas entgegnen, doch in dem Moment sah er den Valdah am Himmel kreisen.

»Ihr seid jetzt zwar schon eine ganze Weile bei uns, aber noch heute sorge ich mich, ob unsere Pferde im Lager oben sicher sind, wenn sich auch Gorm da rumtreibt.«, scherzte Nivek.

Nach mehreren weiteren Brücken, von denen einige aus zerfallenem Stein bestanden, erreichten sie die ersten Wurzeln des Himmelsbaums. Sie waren so dick, dass sie wie eine Wand wirkten. Algae kannte sich in der Gegend aus und führte sie zwischen die richtigen Ausläufer, um den Zugang zum Reich der Baumhirten zu finden.

Sie hielten vor einer langen, seltsamen Leiter an, deren Sprossen aus getrocknetem Harz bestanden und dort natürlich entstanden zu sein schienen. Etwas weiter oben sahen sie einen dicken Ast, von dem aus ein per Flaschenzug betriebener Aufzug weiter hinauf führte. Nacheinander machten sie sich daran, an den schiefen und ungleichmäßig breiten Harzsprossen hinaufzuklettern. Anschließend stiegen sie in den sechseckigen Aufzug, an dessen Seiten jeweils ein Seil pro Ecke hing, mit denen sie sich in einem gemeinsamen Bestreben nach oben ziehen konnten.

Der ganze Prozess dauerte fast eine Stunde. Sie erreichten einen weiteren, dicken Ast, wo man sie mit auf sie gerichteten Speeren begrüßte. Die Männer und Frauen trugen nur ein paar Blätter und aus Holzfasern gewobene Lendenschurze, etwas Holzschmuck und Bemalung in verschiedenen Farben.

»Nennt euer Anliegen!«, forderte eine Frau, deren Speer auf Baldor gerichtet war.

Drakon übernahm die Antwort. »Wir sind die Freiheitskämpfer. Wir hörten, der grüne Prinz hätte ein paar Schwierigkeiten, bei denen er sich über Unterstützung freuen würde. Wir würden ihm diese Hilfe gern anbieten.«

Kurz darauf erkannte ein anderer Wächter die Brüder anhand ihres Aussehens und der Kleidung als Mitglieder des Vogelstammes. Sie begrüßten sich nach Art der Heylda und das genügte ihnen, damit sie die Besucher passieren ließen.

Bereits von diesem niedrigeren Ast aus erschienen die Wälder unter ihnen klein. Es dämmerte schon und es wurde dunkel im Schatten der darüberliegenden Äste. Die Einheimischen zeigten ihnen den Weg zum nächsten Aufzug, der von den Baumhirten bedient wurde. Eine ganze Stunde lang liefen sie von Aufzug zu Aufzug und nahmen zwischendrin Leitern und Treppen immer weiter hinauf.

Durch ein hohles Astloch kamen sie dann in der oberen Baumkrone an und erreichten die Stadt der Baumhirten: Malori. Einen solchen Ort gab es in Anima kein zweites Mal. Malori bestand aus sechs Stadtteilen, von denen fünf am Ende der größten Äste lagen, während das Stadtzentrum genau in der Kronenmitte zu finden war. Das meiste waren Hütten, mehrstöckige Gebäude und viele Plattformen, wobei neben unzähligen Lianen, Efeu und Blattwerk auch Myriaden von Laternen überall aufgehangen worden waren, die bei Nacht einen goldenen Schein auf alles warfen. Alles war in Braun- und Grüntönen gehalten, aber es brannten auch Feuer in speziellen Steinschalen an mehreren Orten.

»Ist das schön hier ...«, staunte Vargas.

Einige der Baumhirten sahen unfreundlich zu den Zwillingen herüber, die es aber ignorierten.

»Was haben die denn gegen Firian und Keros?«, wollte Baldor wissen.

Nivek erklärte: »Sie sind Mitglieder des Feuerstammes. Auf einem riesigen Baum. Holz und Feuer verstehen sich für gewöhnlich nicht so gut, daher das Misstrauen.«

Die Gruppe folgte Drakon eine seltsam natürliche Treppe hinauf zu einem hölzernen, mit Efeu bewachsenen Tor, vor dem vier Wachen standen.

Nachdem sie sich erneut vorgestellt hatten, öffnete man den Eingang und sie konnten eine weitläufige Halle betreten. Sie befand sich genau dort, wo sämtliche Äste der Baumkrone zusammenliefen. Der Boden bestand aus zahllosen kleineren Ästen und Verwurzelungen, die unnatürlich glatt und gerade zu einer Fläche zusammengewachsen waren. Die Wände waren schlicht die dicken Äste, die in alle Richtungen hinausragten. Vargas bestaunte besonders die Decke, denn es gab keine. Lediglich hunderte schlanker, krummer Zweige, deren Blattwerk ein Gefühl eines geschlossenen Raumes erzeugte. An einigen Stellen hing buntes Obst herunter, welches man einfach pflücken konnte. Im ganzen Raum verteilt saßen Männer und Frauen auf Decken und plauderten oder fütterten sich gegenseitig mit Obststücken.

Gegenüber des Eingangs der annähernd runden Halle stand eine Art Thron aus Wurzeln. Darin saß ein jung aussehender Mann mit ungewöhnlich heller Haut. Er hatte langes, tiefgrünes Haar und war schlank. Sein Gesicht war ebenmäßig und hatte einige weibliche Züge. Sein Körper wurde von einer beigefarbenen Toga verhüllt, auf der Blütenmuster abgebildet waren. Seine Hände waren grün verfärbt und seine Schultern und sein Kopf waren mit bunten Blättern und Kränzen geschmückt.

Während die anderen stehenblieben, trat Drakon näher an den Anführer heran. Der bemerkte ihn, blieb aber weiterhin lässig in seiner bequemen Sitzhaltung, die fast damenhaft war.

»Besucher hier in Malori! Welch seltenes Vergnügen. Nur wenige Wanderer machen sich die Mühe, bis hier hinaufzusteigen, nur um mit mir zu sprechen. Ich erinnere mich an dein Gesicht. Du bist Drakon, dieser geächtete Dominus, der nun eine Bande von Idealisten anführt, nicht wahr?«

Er bewegte seine Finger dezent nach oben und für jeden aus ihrer Gruppe bildete sich im Zeitraffer ein knorriger Stuhl aus Wurzeln, gewachsen aus dem Boden. Vargas riss die Augen auf, aber Baldor drückte ihn auf die Sitzgelegenheit, bevor er etwas sagen konnte.

»Was führt dich und deine Gefährten zu uns?«

Drakon nahm Platz. »Mir wurde zugetragen, ihr hättet hier im Tal einige Probleme mit euren Nachbarn aus dem Westen. Da euer Volk nur wenig Erfahrung im Umgang mit den sturen Dominus hat, möchten wir euch unsere Hilfe anbieten. Sie sind derzeit eine Plage in ganz Anima und wir kennen uns damit besser aus als die meisten.«

Der grüne Prinz schien einen Moment nachzudenken. Ein weiterer Wink seiner Finger und dünne Äste mit frischen, saftigen Pfirsichen wuchsen zu ihnen herunter.

»Bitte greift zu. Ich behandle Gäste stets mit Gastfreundschaft.«

Baldor pflückte eine Frucht und biss hinein. Er hatte nie zuvor einen Pfirsich probiert und die fruchtige Süße war so intensiv und geschmackvoll, dass er einen Moment lang einfach nur den Bissen auf seiner Zunge verweilen ließ, um den Geschmack wirken zu lassen.

»Seid bedankt, Prinz. Der Weg zu euch ist wahrlich keiner, den man leichtfertig auf sich nimmt.«, entgegnete Drakon.

»Deine Informationen sind korrekt. Wir hatten in der Vergangenheit nur selten Kontakt zu den Dominus. Nun haben sie jedoch ein Lager im Tal errichtet. Sie trampeln die Pflanzen nieder, töten die Tiere zum Spaß und fällen Bäume, um ihre unnatürlichen Wälle zu errichten und Feuer zu entfachen. Wir können die Qualen der Natur bis hier oben spüren. Das muss aufhören, aber wenn wir uns ihnen aus der Luft nähern, beschießen sie uns mit Pfeilen. Wir sind klug genug, ihnen nicht in einem Bodenkampf zu begegnen, denn Holz und Stein verlieren gegen Metall. Ich wäre in der Tat dankbar, wenn ihr euch um dieses Ärgernis kümmern würdet. Was verlangt ihr für eure Hilfe? Ihr seid Söldner, also müsst ihr einen Preis haben.«, vermutete der Prinz.

Drakon nickte langsam. »So könnte man es nennen, allerdings verlangen wir weder Gold noch Reichtümer von euch, zumal wir wissen, dass ihr und euer Volk auf weltlichen Besitz wenig Wert legt. Wie gesagt, sind die Dominus nicht nur hier im Flusstal ein Ärgernis. Sie greifen überall in Anima Dörfer und Stämme an und es gibt mehr und mehr Opfer. Die Baumhirten mögen meist für sich bleiben und ihr verlasst euer Tal nur selten, doch im Rest des Landes sind die Dominus weit mehr als nur ein Ärgernis. Dass sie hier ein Lager errichtet haben, deutet darauf hin, dass sie auch dieser Region künftig mehr Aufmerksamkeit schenken werden. Wenn diese Entwicklungen so weitergehen, läuft es auf einen Krieg hinaus.«

Der grüne Prinz wirkte nicht besorgt. »Das sind düstere Vorhersagen, aber von etwas derart Extremem sind wir noch weit entfernt.«

»Das mag sein, aber wenn die Stämme sich sichtbar zusammenschließen und gegen die Dominus zur Wehr setzen, könnte das ein Zeichen setzen. Es könnte dem Feind zeigen, dass sie nicht einfach herkommen und Besitzansprüche bekunden können, wie es ihnen gefällt. So ließe sich ein Krieg möglicherweise komplett vermeiden. Wie ihr sagtet, sind diese Befürchtungen noch nicht dringlich, aber Weitsicht ist immer ratsam, wenn es um mein Volk geht. Meine Truppe und ich haben es uns zur Aufgabe gemacht, die stark gespaltenen Stämme zu diesem Zweck zusammenzubringen. Nicht, um sie zu beeinflussen, sondern um mehr Austausch und Einheit zu fördern, sodass wir näher zusammenstehen. Sollte es dann tatsächlich zu einem Konflikt kommen, würden wir hoffen, dass die Anführer der Stämme sich treffen, um über eine

Reaktion zu diskutieren. Wir streben eine Koalition an.«, erklärte Drakon vorsichtig.

»Und im Gegenzug für eure Hilfe möchtet ihr, dass ich an diesen Gesprächen teilnehme. Ihr dürftet wissen, dass wir uns nicht grundlos in dieses Tal zurückgezogen haben. Die meisten anderen Stämme belächeln uns für unsere Lebensweise. Heylda hat in ihren Herzen nur einen geringen Stellenwert, obwohl es ohne sie kein Land gäbe, welches sie bewohnen könnten. Es bräuchte eine ziemlich deutliche Bedrohung unserer Heimat, damit wir auch nur erwägen würden, an die anderen Stämme heranzutreten. Ich will es nicht ausschließen, denn ich bin durchaus offen für Diskussionen. Ich kann mich aber nicht auf derartige Dinge konzentrieren, solange das Leid der Natur unter uns so laut in meinem Geist widerhallt.«

Drakon erhob sich und neigte sein Haupt. »Dann erlaubt uns, dieses Problem aus der Welt zu schaffen, damit wir reden können. Aufgeschlossenheit ist alles, was wir uns im Gegenzug von euch erhoffen.«

»Ich werde euch ein paar meiner Waldläufer mitgeben, um euch zu führen. Im Tal leben einige Wesen, denen man nur äußerst ungern begegnen möchte.«, erklärte der Anführer.

Sie alle verneigten sich und verließen die grüne Halle. Draußen angekommen, führte Drakon die Gruppe über einen der großen Äste in einen Stadtteil mit einem Gasthaus. Natürliche Geländer verhinderten tödliche Stürze, doch der Ausblick war selbst am Abend unmöglich zu ignorieren. Die tausenden Laternen mussten aus der Ferne einmalig aussehen, aber auch aus der Nähe war es idyllisch und Baldor fühlte sich sicher zwischen den Ästen. Die Welt außerhalb der Baumkrone schien von dort unendlich weit entfernt zu sein.

Sie nahmen sich Zimmer, was einfach war, da sonst keine Besucher vor Ort waren. Baldor und Vargas setzten sich vor dem Schlafen auf eine Veranda hinter dem Gebäude, von wo aus man auf das nördliche Tal hinunterblicken konnte.

»Hättest du gedacht, dass wir mal hier herkommen würden? Ich meine, wir sitzen auf dem Himmelsbaum! Von diesem Ort hört man sonst nur in Geschichten. Und wir sind tatsächlich hier und sehen es.«, freute sich Baldor und nahm einen Schluck Beerenwein.

Sein Bruder lehnte sich zufrieden seufzend zurück. »Ich habe immer gedacht, diejenigen, die das Dorf auf der Suche nach Abenteuern und Aufregung verlassen haben, seien Narren. Wenn ich aber diesen Ort sehe ... man kann Heyldas Präsenz hier regelrecht spüren. Ich wünschte, unsere Familie könnte hier sein und das sehen.«

Baldor berührte den Ring seiner Partnerin. »Meine kleine Enjaya wäre so glücklich gewesen, hier zu sein. Und Calder würde vermutlich mit einem Stock auf die Äste einschlagen und uns allen Ärger einhandeln.« Sein Blick war getrübt von Tränen.

Um seinen Bruder abzulenken, fragte Vargas: »Hast du gewusst, dass der grüne Prinz die Gabe der Heylda besitzt? Er kann tatsächlich Pflanzen wachsen lassen, wie es ihm gefällt. Von so etwas habe ich noch nie gehört. Es ist faszinierend!«

»Dieser ganze Ort hier muss das Ergebnis dieser Gabe sein. Kein Baum wird grundlos so gigantisch. Und auch die Harzleitern, die Treppen, die Häuser hier, das alles wurde mit einer Absicht erschaffen. Ich kann mir nicht vorstellen, dass der Prinz das alles selbst geschaffen hat. Es ist vermutlich wie beim Feuerstamm, wo alle die gleiche Gabe erhalten. Die Baumhirten werden mit der Pflanzenkraft gesegnet.«, vermutete Baldor.

Vargas stellte seinen Becher ab. »Ich weiß, wir suchen immer noch nach Calder, aber ich bin auch dankbar, dass mir die Erfahrungen des vergangenen Jahres vergönnt waren. Wer weiß, was wir noch alles sehen werden? Mir war nie bewusst, wie klein meine Welt in Rakios eigentlich war.«

Baldor machte sich nicht die Mühe, ihn darauf hinzuweisen, dass auch sein Bild der Götter eingeschränkt war, da er nur die Lehren ihres Stammes kannte. Diese Wahrheit würde er von ganz allein erkennen.

Flusstal-Konflikt

Der nächste Morgen begann bereits vor der Dämmerung, als Drakon die Gruppe vor dem Gasthaus zusammenrief. Sofort fiel ihnen auf, dass nun viele sehr große Vögel überall um den Baum herum flogen, deren Gefieder alle Farben des Regenbogens haben konnte. Auf einigen davon saßen sogar Baumhirten und ritten sie.

Ihre Blicke wurden jedoch unterbrochen, als Drakon das Wort ergriff.

»Also, wie ihr gestern gehört habt, hängt jegliche Chance auf ein Bündnis mit den Baumhirten davon ab, dass wir die Dominus aus dem Tal vertreiben. Am Besten töten wir sie einfach. Ich habe mit einem der Waldläufer gesprochen, die uns begleiten werden. Sie haben das Lager gesehen und mir beschrieben. Es klingt so, als hätten wir es mit einem ausgewachsenen Außenposten zu tun. Üblicherweise sind dort zwischen fünfzig und achtzig Soldaten stationiert. Das sind weitaus mehr, als wir allein bewältigen können. Wir müssen also mit Tricks arbeiten.«

Cormac grinste. »Also zwingen wir sie, sich aufzuteilen?«

»Und holen sie uns dann einen nach dem anderen.«, ergänzte Algae und strich über ihren Bogen.

Drakon lächelte. »So in der Art. Die Waldläufer kennen einige Stellen mit Sinkschlamm. Wenn ein gerüsteter Soldat dort hineingerät, zieht es ihn hinab in den Tod. Außerdem gibt es ein paar freie Stellen, wo die Kirizo-Reiter sie aus der Luft angreifen können. Die genauen Taktiken erarbeiten wir noch, aber das alles funktioniert nur, wenn wir die Soldaten aus ihrem Lager locken können. Die Baumhirten sorgen dann dafür, dass sie in die richtige Richtung laufen.«

Baldor fragte: »Und wie bringen wir achtzig Soldaten dazu, ihr Lager zu entblößen?«

Der Anführer sah ihn an. »Es wird deine Aufgabe sein, dir das zu überlegen. Du musst nicht alle von ihnen verjagen. Dir sollte nur klar sein, dass du mit denen, die zurückbleiben, allein fertigwerden musst. Oder besser gesagt, ihr müsst das. Ich werde dir Nivek und Ulonga zur Seite stellen. Zu dritt sollte es euch gelingen, den Plan in Gang zu setzen. Der Rest von uns kümmert sich um die Hinterhalte. Einer der Waldläufer begleitet euch, aber sie werden nicht mit uns kämpfen. Er ist nur euer Führer, sonst nichts.«

Baldor atmete lautstark aus und überlegte. »Also schön, dann schätze ich, wir sollten uns auf den Weg machen.«

Drakon deutete nach Westen. »Wartet mit eurem Plan bis zum Nachmittag, sonst seid ihr zu früh und es könnte schiefgehen. Wenn Mahaki im Westen steht, legen wir los.«

Gemeinsam mit Nivek und Ulonga machte sich Baldor auf den weg über den großen Ast zurück zu den Aufzügen. Auch der Abstieg würde eine Weile dauern. Unterwegs beobachteten sie immer wieder die riesigen Vögel, die alle möglichen Farben hatten und deren lange Schweife anmutig im Wind wehten, wenn sie die Richtung änderten.

»Ich fand die Kirizos schon immer wunderschön und erhaben. Bei uns im Norden gibt es sie nicht ganz so oft.«, schwärmte Ulonga.

Als sie sich dem zentralen Aufzug näherten, wartete dort ein Baumhirte auf sie, der zusätzlich zu der ansonsten eher spärlichen Bekleidung des Stammes, einen Bogen und ein Messer bei sich trug.

»Seid gegrüßt, Söldner. Mein Name ist Rogun. Ich bin ein Waldläufer und kenne mich im gesamten Tal aus. Ich werde euch zum Lager dieser

Eindringlinge führen, damit ihr sie vertreiben könnt. Bitte folgt mir, es gibt mehr als einen Aufzug und dieser hier führt nicht in die richtige Richtung.«

Er lief an einigen Häusern vorbei und ein großer, blauer Kirizo hockte neben einem weiteren Aufzug. Baldor stellte eine geistige Verbindung zu ihm her und musste feststellen, dass diese Wesen außergewöhnlich klug waren. Der Vogel sah ihn an und er pflückte einen Apfel und hielt ihn ihm hin, sodass dieser ihm die Frucht aus der Hand pickte und zufrieden krächzte.

»Beeindruckend. Nur wenige Außenstehende gewinnen das Vertrauen eines Kirizo so schnell. Du hast eine Gabe, mein Freund.«, meinte der Späher.

Nivek grinste Baldor an, als sie in den Aufzug stiegen.

»Wie kommt es, dass diese Vögel euch tragen? Könnt ihr mit ihnen kommunizieren?«, erkundigte sich Ulonga.

»Auf gewisse Weise. Wir leben symbiotisch mit der Natur und unser Stamm ist schon sehr lange hier. Die Kirizos nisteten schon immer auf den Spitzen der hohen Berge um das Tal. Als der Himmelsbaum immer größer wurde, kamen sie auch hierher. Wir haben sie willkommengeheißen, ihnen beim Nestbau geholfen, ihnen Nahrung gebracht und verletzte Küken gepflegt. Zu Anfang waren sie scheu, aber mit der Zeit haben sie sich an uns gewöhnt und scheinen uns zu akzeptieren. Wenn man sich lange genug mit ihnen beschäftigt, kann man sie lehren, unsere Jäger zu tragen.«, erklärte der Mann.

Baldor sagte: »Sie finden euch niedlich. Für sie seid ihr so etwas wie Pferde für die Bauern in den Dörfern. Ihr seid nützlich und sie begreifen, dass ihr ihnen von Nutzen seid, daher sind sie gutmütig. Sie tragen euch nur, weil ihr sie dazu erzogen habt, das zu tun.« Der Späher sah ihn verwirrt an. »Ich kann mit Tieren kommunizieren, das ist meine Gabe. Deshalb wusste ich auch, dass der Vogel Hunger hatte.«

»Diese Fähigkeit wird dir im Tal eine große Hilfe sein.«

***

Mehr als eine Stunde später erreichten sie den Waldboden. Laut dem Waldläufer befand sich das Lager nahe dem nordwestlichen Rand des Tals. Er führte sie über eine Brücke in diese Richtung. Während Ulonga dicht bei ihm blieb und sich weiter über die Kirizo erkundigte, lief Nivek neben Baldor etwas dahinter.

»Ich gebe zu, ich bin neugierig, Nivek. Wir reisen jetzt schon ein gutes Jahr gemeinsam umher, aber du hast nie erzählt, was es mit deiner adligen Herkunft auf sich hat. Ich kenne mich mit sowas ja nicht aus, aber es ist vermutlich nicht üblich, dass ein Edelmann als Vagabund durch Stammesgebiet zieht.«

Der stets freundliche und gut gelaunte Mann mit dem geschmackvollen Kleidungsstil trug nun seine bevorzugte Waffe auf dem Rücken, eine große Hellebarde. Er grinste und sah zu Baldor hinüber.

»Drakon hat das mal erwähnt, nicht wahr? Ich spreche nicht gern darüber, muss ich zugeben. Was weißt du über Lorves?«

Baldor musste gestehen: »Ich weiß kaum etwas über die Länder außerhalb von Anima. Man sagt, es sei das Land des Stahls und der edlen Ritter, was immer das heißt. Außerdem kenne ich ein paar Geschichten über die Hauptstadt Radogon, aber mehr nicht.«

»Nun, es stimmt, dass Lorves über eine Vielzahl von Erzminen verfügt. Aus diesem Grund waren die Schmiede dort auch schon immer sehr fähig, sodass der Export von Rüstungen und Waffen das Land reich gemacht hat. Dieser Reichtum machte es auch erforderlich, dass Radogon zugleich Stadt und Festung wurde. Der Adel ist seine Stellung gewohnt und es gibt viele alte Familien, die nie etwas für ihren Wohlstand haben leisten müssen. Damit geht eine gewaltige Arroganz einher. Sie behandeln die Minenarbeiter und Bediensteten wie Sklaven und vergessen dabei gerne, dass ihr Reichtum ohne sie verpuffen würde. Ich hasste dieses System schon immer.«, erzählte der Lorveser.

Baldor richtete seinen Schwertgurt. »Nachvollziehbar. Welche Stellung hattest du inne?«

»Mein vollständiger Name lautet Baron Nivek von Koren. Pompös, ich weiß. Ich war immer anders als der restliche Adel. Als Kind spielte ich lieber mit den Botenjungen, als mich auf das Studium alter Philosophen zu konzentrieren. Ich liebte Glücksspiel, nahm an illegalen Kampfturnieren teil, war ständig betrunken und hatte meist mindestens eine Hand an der Brust einer Frau. Meine Eltern haben sich für mich geschämt.«, lachte er, in Erinnerungen schwelgend.

Auch Baldor musste schmunzeln, weil dieses Bild nicht so recht zu seinem stattlichen Anblick passen wollte.

»Da die hohen Damen und Herren blind für die Realität sind, haben sie es trotz aller Warnsignale nicht kommen sehen, dass sich ein Bauernaufstand anbahnte. Meine Eltern wurden dabei getötet, genau wie ein Dutzend andere Landbesitzer. Ich habe nur überlebt, weil einer der Angreifer mich gut kannte und vorgewarnt hat. Die anderen waren Saufkumpane und Eroberungen von mir, die mich aber in ihrem Zorn trotzdem aufknüpfen wollten.«

Das wunderte Baldor. »Wirklich? Es klang so als seien es deine Freunde gewesen.«

Nivek zuckte mit den Schultern. »So ist das in Lorves. Der Aufstand wurde gewaltsam niedergeschlagen. Die Adligen hatten das Ganze selbst verschuldet und ich konnte die Gegenwehr absolut nachvollziehen. Dennoch wurden die Rädelsführer brutal hingerichtet, als Abschreckung für die anderen. Ich konnte in diesem Schlangennest nicht länger bleiben.«

»Und wieso jagst du jetzt in Anima mit uns nach Leonhardt?«

»Cormac und ich haben als Einzige keinen direkten Groll gegen den Mann an sich, aber gegen die Dominus. Sie sind Unterdrücker, genau wie meine Landsleute. Für Lorves ist es zu spät, aber wenn ich helfen kann, eine ähnliche Situation hier in Anima zu verhindern, dann werde ich das tun. Niemand sollte in Knechtschaft leben müssen.«, sagte er voller Überzeugung.

Dem konnte Baldor beim Gedanken an seinen Sohn nur zustimmen.

***

Gegen Mittag hatten sie mehrere Brücken und Waldstücke durchquert und näheren sich dem Zielgebiet. Ulonga blieb stehen, weil er sich erleichtern musste. Derweil warteten die anderen und Nivek lehnte sich an einen Baum. Sofort kam der Waldläufer und zog ihn weg.

»Achtung!«

Als sie den Baum ansahen, bemerkte Baldor eine Bewegung und erkannte eine ziemlich große Schlange dort, deren Farbe der des Baumstamms glich. Ihr Körper war übersät mit dünnen, langen Stacheln und sie schlängelte sich schnell über den Boden davon.

»Die habe ich wirklich nicht gesehen ...«

»Stachelschlangen sind hier überall anzutreffen. Sie fressen keine Ayaner, aber sie fühlen sich schnell bedroht und schießen mit ihren Stacheln oder schnappen nach einem. Das Gift ist nicht stark, aber sehr unangenehm.«, warnte der Mann.

»Um hier zu leben, muss man immer auf der Hut sein.«, stellte Ulonga fest.

Sie setzten ihren Weg fort, bis sie ein Waldstück erreichten, in dem mehrere Bäume entwurzelt auf dem Boden lagen. Einige waren gebrochen, andere sahen aus, als seien sie einfach aus der Erde gerissen worden. Rogun blieb still stehen und lauschte. Man hörte ein leises Stampfen von irgendwoher.

»Was ist das?«, wollte Nivek wissen.

Der Späher sagte: »Das ist der Kreth. Ein Riese aus alter Zeit. Er lebt hier schon seit Urzeiten und mag keine Besucher. Wir sollten ihm lieber aus dem Weg gehen.«

Baldor hatte keine Ahnung, was ein Riese sein sollte.

Ulonga sah seine Verwirrung und erklärte: »Vor der Zeit der Ayaner lebten die Riesen hier. Sie waren stark, barbarisch und brutal. Man sagt, sie seien die Kinder des Göttervaters Balgr gewesen. Als die Vorfahren unserer Völker herkamen, die Cossitar und die Enai, gab es Kämpfe, die die Riesen meistens gewannen. Dann kam Thorald Stahlfaust und rottete sie beinahe im Alleingang aus. Der Legende nach soll der Griff seiner Axt Wuunrahk aus dem Oberarmknochen des Riesen Lasferath gefertigt worden sein, dem König der Kreth. Die wenigen von ihnen, die heute noch leben, hausen an abgeschiedenen Orten.«

»Vargas würde vermutlich alles tun, um einen Blick auf dieses Wesen zu erhaschen. Er liebt alles, was auch nur im Entferntesten mit den Göttern zu tun hat. Aber das weißt du ja sicher.«, meinte Baldor grinsend, da sein Bruder den Schamanen fast täglich mit religiösen Fragen behelligte.

Die vier Männer wollten gerade ihren Weg fortsetzen, als ein großer Steinbrocken direkt neben ihnen aufschlug und sie zur Seite sprangen. Es folgte ein tiefer, wütender Ruf.

Baldor richtete sich auf und entdeckte zwischen den Bäumen den Kreth. Er hatte sie offenbar bemerkt und war darüber nicht erfreut.

Es war ein sechs Meter großes, humanoides Wesen mit einem Lendenschurz aus grobem Leder und Fell. Seine Haut sah aus wie moosbewachsenes, knorriges Holz, während der eckig wirkende Kopf sehr grobschlächtig aussah. Anstelle von Haaren und Bart hatte der Riese ein Geflecht aus Wurzeln und abstehenden Ästen. Dicke Hörner standen seitlich vom Kopf nach oben ab und er hatte zwei Stoßzähne. Als er beim Brüllen den Mund aufriss, teilte er sich vertikal und Baldor sah eine Menge grober Zähne, während die Zunge schmal und lang war wie eine Schlange. Zusätzlich hatte der Kreth Zacken an Ellenbogen, Knien und entlang des Rückens, wobei seine spitz zulaufenden Astfinger wie Klauen aussahen.

»So ne Scheiße!«, hörte man von Nivek und sie wichen einem weiteren Stein aus, während das große Wesen langsam auf sie zuhielt.

»Kämpfen oder laufen?«, wollte Baldor wissen.

»Den kannst du nicht bekämpfen, du Narr!«, rief Rogun und eilte los. Obwohl der Barbar ein Jucken im Schwertarm hatte, wollte er es lieber nicht riskieren und folgte stattdessen den anderen.

Da der Kreth ziemlich groß war und lange Beine hatte, holte er schnell auf. Sie hatten keine Wahl, als sich ihm zu stellen und sich eine Ablenkung zu überlegen.

Baldor hatte inzwischen vier Äxte dabei, zwei auf jeder Seite. Er zog zwei davon und rannte brüllend auf den Riesen zu, was an sich bereits an Todessehnsucht grenzte. Er sah Nivek neben sich mit der Hellebarde im Anschlag. Die beiden duckten sich unter dem heransausenden Arm des Monsters weg und sofort hackten sie auf dessen Beine ein. Der Kreth zog sie immer wieder weg und schlug nach ihnen, aber mit etwas Aufmerksamkeit entgingen sie den langsamen Angriffen.

Dann sah Baldor, wie eine Art Schneeball den Riesen am Kopf traf und er wütend brummte und nach dem Ursprung suchte. Sie hatten keine Zeit, sich ebenfalls umzusehen, sondern griffen weiter an. Nivek blieb am Boden, aber Baldor packte einen herausstehenden Ast und kletterte über das Knie bis auf den Rücken, wo er eine Axt wegsteckte, um sich festzuhalten. Mit der anderen schlug er dann wiederholt zu und viele Splitter lösten sich. Dadurch wechselte die Aufmerksamkeit des Kreth wieder zu ihm und er versuchte, hinter sich zu greifen und den lästigen Barbaren zu packen.

Der lehnte sich aus dem Weg und hackte immer weiter zu. Kurze Zeit später schüttelte sich das Wesen und Baldor verlor den Halt. Er fiel herunter und landete hart auf dem trockenen Boden. Sein Rücken schmerzte und auch sein Arm schien geprellt zu sein. Er konnte aber nicht liegenbleiben, also rollte er sich auf die Füße und beobachtete, wie Ulonga einen Schamanenstab gezogen hatte und die seltsamen Schneekugeln schleuderte, um den Kreth von Nivek abzulenken, der mit seiner Hellebarde ineffektiv gegen die Füße des Riesen schlug.

Keiner ihrer Angriffe schien mehr als ein lästiges Ärgernis für das uralte Wesen zu sein. Es wäre das Klügste, wenn sie verschwinden würden, aber ein Entkommen erschien unwahrscheinlich. Rogun war nicht zu sehen und Baldor konnte auch nicht lange suchen, weil er einem wütenden Fußtritt ausweichen musste, der ihn gegen einen Baum geschmettert hätte.

Immer wieder kamen Angriffe und er tat sein Bestes, nicht erwischt zu werden. Nivek wurde müde, da er die ganze Zeit über angegriffen hatte, ohne damit etwas zu erreichen. Eiszapfen, Schneebälle und kalter Wind trafen ohne Unterlass auf den Kreth, was ihn offenbar stetig mehr verärgerte. Baldor wusste nicht weiter, da er abgesehen von Klingenangriffen keine anderen Möglichkeiten hatte. Der Riese ignorierte seine Versuche, eine geistige Verbindung herzustellen, sondern trat weiter um sich.

Irgendwann erwischte er dann Nivek mit einem Tritt. Der ehemalige Adlige segelte ungebremst davon und landete unsanft rollend auf steinigem Boden. Man hörte das laute Murmeln von Ulonga und als er seinen Stab auf die Erde knallte, schlug ein Blitz vom Himmel in den Kreth ein und er brüllte vor Schmerz, während kleine Flämmchen sein Wurzelhaar versengten.

Baldor nutzte die Chance und eilte zu Nivek, der noch immer am Boden lag und sich Blut vom Gesicht wischte, weil er sich die Stirn angeschlagen hatte.

»Was für eine unschöne Situation. Das Hemd war neu! Aber sei's drum! Irgendeine Idee, wie wir hier wieder rauskommen? Das Ding wird uns zu Mus zertreten, wenn wir nicht entkommen.«, stammelte Nivek und schien sich durch sein eigenes Gerede beruhigen zu wollen.

Trotz der wiederholten Angriffe durch Ulonga, hatte der Riese nun wieder die beiden Nahkämpfer im Visier. Er stampfte auf sie zu und hob den Fuß, während Baldor versuchte, seinen Kameraden irgendwie vom

Fleck zu bewegen. Kurz vor dem Aufprall stolperte der Kreth zur Seite und brüllte erneut. Der Barbar zog Nivek hinter einen Stein und bemerkte, dass der Riese nach oben schaute. Ein großer, tiefroter Kirizo flatterte dort und pickte nach ihm, während Rogun neben ihnen auftauchte und mit einer Steinschleuder feuerte.

»Ich habe mich nach Hilfe umgesehen. Ich dachte, ich komme zu spät. Wo kommt der Kirizo her?«, wollte er irritiert wissen.

»Ich muss ihn unbewusst zu Hilfe gerufen haben.«, überlegte Baldor dem das nicht zum ersten Mal passierte.

Fünf weitere Waldläufer eilten zu dem Wesen und rannten um ihn herum, während sie ein Seil spannten, das sich um dessen Beine wickelte. Als das uralte Monster den nächsten Schritt machen wollte, fiel es stumpf um und knurrte zornig.

Gemeinsam zogen sie Nivek auf die Füße und eilten anschließend davon, solange der Kreth abgelenkt war. Sie rannten mehrere Minuten lang, bis das Geräusch des brüllenden Riesen kaum noch zu hören war. Sie ließen sich unter einem schrägen Felsen nieder und atmeten durch.

»Das war gute Arbeit, Baldor und Rogun. Hättet ihr uns keine Hilfe besorgt, wäre das ganz anders ausgegangen.«, keuchte Ulonga.

Der Barbar entgegnete: »Ganz ehrlich, ich habe nicht mal gemerkt, dass ich die Tiere um Hilfe gebeten habe. Aber ich beschwere mich nicht.« Sein Tonfall zeigte die Erleichterung.

Er betrachtete Ulongas Stab, der einer geraden, gedrehten, knorrigen Wurzel glich, an deren oberem Ende ein Wirbelmuster entstand, in dessen Freiräumen sich hellblaues Licht sammelte, wenn er ihn benutzte.

»Ich wusste nicht, dass Schamanen zaubern können.«, wunderte sich Nivek, der immer noch blutete.

»Es kommt darauf an, welche Gabe man erhält. Auch Schamanen können göttliche Fähigkeiten erhalten, obwohl die meisten von uns sich entscheiden, diese Macht abzulehnen, um uns auf unsere anderen Aufgaben zu konzentrieren. Meine Gabe ist die Kraft des Wetters. Ich kann Schnee, Eis, Regen und Wolken beeinflussen oder, wie ihr gesehen habt, Blitz und Donner rufen.«, erklärte er. »Es funktioniert aber nur mit einem Stab, um die Energie zu kanalisieren. Ich kann das nicht einfach so.«

»Ist trotzdem wirklich faszinierend und praktisch. Pass auf, dass du Vargas nichts davon erzählst, sonst betet er dich noch an.«, scherzte Baldor trocken.

***

Nachdem sie sich eine Weile ausgeruht hatten und das Knurren des Riesen verschwand, wollte Rogun sie weiter zum Lager der Dominus führen, aber Baldor blieb stehen.

»Was ist? Wir haben langsam Zeitdruck und immer noch keine Ahnung, wie wir die Soldaten verjagen sollen.«, drängte Ulonga.

Der Barbar meinte: »Ich denke, ich weiß jetzt, wie wir das anstellen. Wir gehen zurück und ärgern den Kreth. Er wird uns folgen und wir führen ihn direkt ins Lager dieser Arschlöcher. Dann rennen sie von ganz alleine und der Riese macht sogar noch ein paar von ihnen platt.«

Die anderen waren erst dagegen, da sie froh waren, dem Monster entkommen zu sein, aber nachdem sie eine Weile darüber nachgedacht hatten, mussten sie zugeben, dass es ein solider Plan war.

Nivek überlegte: »Wenn da tatsächlich um die achtzig Gegner in Rüstung und mit Waffen sind, könnte uns das wirklich helfen. Außerdem können wir danach verschwinden, weil der Kreth genug andere Ziele hat, denen er nachjagen kann.«

Der Späher war weniger begeistert. »Man sollte dieses Wesen nicht leichtfertig reizen. Er ist ein Teil der Natur.«

Baldor argumentierte: »Wir können entweder ihn benutzen, oder wir rufen die Kirizos, aber von denen würden sicher einige sterben. Der Riese kommt damit klar, denn ich kann mir nicht vorstellen, dass die Speere und Schwerter der Dominus ihm mehr Schaden zufügen, als wir es konnten. Willst du diese Fremden nun vertreiben oder nicht?«

Nach einigen weiteren Argumenten lenkte der einheimische Mann ein. »Also gut. Wenn das der beste Weg ist, dann sollten wir anfangen. Das Lager ist ganz in der Nähe. Es wundert mich, dass der Kreth sie nicht von alleine angegriffen hat.«

Die vier machten sich auf den Weg zurück zu der Lichtung, wo sie gekämpft hatten. Dort lag das Seil in Fetzen auf dem Boden und die tiefen Fußspuren des Riesen führten in Richtung Süden. Sie mussten nicht lange suchen, um ihn zu finden, da er sich am Ufer eines Flusses hingesetzt hatte. Er schien einfach auf das Wasser zu starren und sah kein bisschen bedrohlich aus. Einen kurzen Moment fühlte Baldor sich schlecht, das Wesen zu stören.

Wenig später meinte Ulonga: »Dann wollen wir mal!«

Er feuerte einen seiner Schneebälle gegen den Kopf des Riesen und der stand wütend brummend auf und entdeckte sie, woraufhin er wieder drohend brüllte und sich in Bewegung setzte. Diesmal rannten die Männer direkt los und überließen Rogun die Führung. Drei Male wurden sie fast erwischt, aber Ulonga konnte mit Wind und Hagelkörnern aushelfen.

Als das Lager in Sicht kam, war ihnen sofort klar, dass sie es ohne den Kreth niemals geschafft hätten, sich auch nur zu nähern. Es war ein hoher, nicht ganz geschlossener Palisadenzaun mit breiten Lücken, der auf einer Lichtung stand und etwa fünfzig rote Zelte kreisförmig umschloss. Sie sahen einige Feuer, ein paar Übungspuppen und ein größeres Zelt an der Rückwand am Fuße eines der spitzen Berge.

Sie eilten darauf zu und sobald sie nahe genug waren, gingen sie hinter ein paar Büschen in Deckung. Der Riese stampfte ihnen noch immer hinterher und atmete dabei rasselnd ein und aus. Er kam an dem Gebüsch vorbei und blieb kurz dahinter stehen. Sie hielten den Atem an, damit er sie keinesfalls bemerkte. Es dauerte keine Minute, bis sie die aufgeregten Stimmen aus dem Lager hörten, die den Beobachter entdeckt hatten.

Nivek hielt drei Finger hoch und zählte rückwärts. Als er bei null angekommen war, hörten sie jemanden einen Befehl rufen und Pfeile prasselten gegen die Rindenhaut des Riesen. Sofort brüllte er wieder und machte sich auf den Weg ein Stück bergab zum Lager, wo er das hölzerne Tor einfach niederriss. Die ersten Soldaten rannten bereits panisch davon und Baldor konnte beobachten, wie Kirizos und Waldläufer sie angriffen, damit sie in die Richtung flohen, die sie in die Hinterhalte treiben würde.

»Na das lief doch ganz hervorragend! Wir sollten dem Kreth folgen und uns da unten umsehen. Sobald er die Lust verliert und verschwindet, erledigen wir den Rest von ihnen.«, meinte Nivek zufrieden.

»Genießen wir noch einen Moment den Anblick, wie diese Wichser wie kleine Ameisen fliehen.«, sagte Baldor und sog genüsslich die Luft ein, während er über das Lederband an seinem Arm strich.

Kurz darauf sahen sie sich an und während Rogun dortblieb, eilten die drei Söldner in Richtung Lager. Nivek rannte mit nach vorn gerichteter Hellebarde durch das Tor und spießte direkt einen flüchtenden Soldaten auf. Ulonga zückte seinen Stab und rief große Hagelkörner, die auf seine Ziele niedergingen.

Baldor rannte an beiden vorbei und wich einem fliegenden Körper aus, den der Riese aus dem Weg getreten hatte. Er zog das Rabenschwert und schleuderte eine Axt genau in den Schädel einer Frau. Sie stand noch aufrecht, als er sich auf sie warf und mit ihr zwei Speerträger niederwarf. Er rollte sich über alle drei Körper auf die Beine, trat einem der beiden gegen den Kopf, um ihm das Genick zu brechen, und erstach den anderen. Sofort erwachte der Blutdurst in ihm und er wollte jeden dieser Bastarde töten.

Doch anstatt sich mit lautem Gebrüll auf den nächsten Gegner zu stürzen, rief er sich ins Gedächtnis, was er gelernt hatte. Er beobachtete das Schlachtfeld und suchte sich Ziele bewusst aus. Der Kreth wütete am Ostrand des Lagers, also nahm Baldor den Westen ins Visier. Er sprintete los und schleuderte einen Speer, um einen Schützen vom Wachturm zu holen. Mit Schwung zerbrach er den Bogen eines anderen Fernkämpfers vor sich und rammte ihm seine Klinge durch den Hinterkopf.

Sofort musste er sich ducken, um einer Axt auszuweichen, doch ein Schneeball brachte den Axtkämpfer ins Straucheln, sodass er ihn in den Schwitzkasten nehmen konnte. Mit einem Ruck brach er sein Genick und riss seine Waffe aus dem Kopf des anderen Gegners. Ulonga sprang über ihn und schmetterte einer Frau seinen Stab ins Gesicht. Seite an Seite kämpften die beiden gegen die Feinde, die sie inzwischen bemerkt hatten. Anstatt wie ein Wilder auf alles einzuhacken, was sich bewegte, wartete Baldor ab und beobachtete die Bewegungen seines Gegenübers. Er konnte erkennen, was die Person vorhatte, und dem zuvorkommen.

Eine Frau versuchte es mit einer Finte, doch er wusste, was sie tun würde, und schlug ihr in die Seite. Als sie zuckte, setzte er mit dem Schwertknauf nach und sie knickte ein. Mit einem flüssigen Schwung trennte er der knienden Feindin den Kopf ab und trat ihn gegen die Brustplatte eines ihrer Kameraden, der dadurch so geschockt war, dass Nivek ihn durchbohren konnte. Baldor zog eine weitere Axt und warf sie dicht an dessen Gesicht vorbei, um einen Schützen auszuschalten. Der Baron war erstaunt und sah hinter sich, sodass der Barbar ihm einen anderen Feind vom Leib halten musste.

»Mach die Augen auf, Herr Baron!«, stichelte er.

Der sah ihn halb skeptisch, halb belustigt an und eilte Ulonga zu Hilfe, der von Gegnern umringt war. Baldor schätze, dass die beiden zurechtkamen, daher nahm er sich die nächste Gruppe vor. Er wehrte einen Speerstoß ab und lenkte ihn in den Körper eines Dominus um, bevor er den Angreifer mit der Axt ausschaltete. Er hielt ein herabsausendes Schwert mit gekreuzten Waffen auf, sah aber eine Bogenschützin in einiger Entfernung auf ihn anlegen.

Aus vollen Lungen rief er: »Valdah!«

Daraufhin schoss der große Rabe aus der Luft auf sie hinab und zerhackte der schreienden Frau das Gesicht, während Baldor die Parade durchbrach und seinem Kontrahenten mit dem Axtkopf den Kehlkopf eindrückte. Von irgendwoher traf ihn trotzdem ein Pfeil vorn in die

Schulter und er brüllte auf. Als er den Schützen erspähte, schleuderte er seine Axt mit voller Kraft und spaltete dessen Schädel.

»Vier Äxte reichen immer noch nicht!«, knurrte er und brach den Pfeilschaft ab.

Ulonga und Nivek hatten sich wieder verteilt und kämpften an verschiedenen Stellen, doch sie rückten näher zum großen Zelt, da sich der Riese zum Tor bewegte. Ihm wollten sie nicht erneut entgegentreten.

Aus dem Zelt kamen zwei Zenturios, einer mit einem schweren Kriegshammer und einer mit einem Speer mit Spitzen an beiden Enden. Der Speerträger widmete sich mit seiner schnellen Waffe dem Schamanen, der aufgrund einer Schnittverletzung am Oberschenkel benachteiligt war. Nivek stand dem Hammerschwinger gegenüber, dessen Waffe den ehemaligen Adeligen leicht zu Brei schlagen konnte, zumal der durch das Blut in seinem Gesicht weniger sah.

Baldor beschloss, sich den Groberen der zwei Kerle vorzuknöpfen. Er wartete, bis die beiden ihre ersten Angriffe starteten, und beobachtete die Bewegungen des Zenturios. Er bewegte sich bewusst schwerfällig, um über die ungewöhnliche Wendigkeit seines Hammers hinwegzutäuschen. Wie erwartet, war Nivek zu langsam und er hätte wohl nicht überlebt, wenn Baldor sich nicht dazwischen gestellt und den Schlachthammer mit dem Rabenschwert pariert hätte. Trotz seiner Kraft fühlten sich seine Arme und Schultern an, als würden sie reißen, als sie die Wucht des Hiebes abfangen mussten.

Sofort trat er gegen den Hammerkopf, damit der Kämpfer aus dem Gleichgewicht kam. Mit einer Drehung schlitzte Baldor ihm das Knie an der Verbundstelle der Rüstung auf, wodurch Nivek ihn mit dem Kopf der Hellebarde am Helm treffen konnte. Die wenigsten hochrangigen Dominus waren es gewohnt, getroffen und verletzt zu werden, sodass dieser Zenturio in Rage geriet und brüllend um sich schlug. Daher mussten die beiden Söldner aus dem Weg springen, als der angsterfüllte Mann seinen Hammer wild im Kreis schwang. Dabei übersah er einen Pfosten, der die Zeltplane stützte, und blieb daran hängen. Baldor war zur Stelle und schlug ihm die Waffe aus der Hand. Sofort traf Nivek ihn in die Kniekehlen. Der Barbar hob den Kriegshammer auf und wog ihn in den Händen. Der Baron und er sahen sich an und nickten sich kurz zu. Dann holte er aus und schmetterte dem Zenturio seine eigene Waffe mit voller Wucht gegen den Kopf, sodass der Helm eingedellt und sein Schädel zerquetscht wurde.

Sofort fiel sein Augenmerk auf Ulonga, der vorsichtig rückwärts humpelte und Glatteis rief, um den schnellen Schlitz- und Stoßbewegungen des anderen Befehlshabers zu entgehen. Baldor schleuderte den Hammer nach ihm, aber der Mann lehnte sich zurück und entging dem Treffer ganz knapp. Das genügte dem Schamanen jedoch, um ihm ein Messer in die Rippen zu rammen. Der Doppelspeer fiel klappernd auf den Boden, doch der Zenturio packte Ulonga am Hals. Nivek warf seine Hellebarde wie einen Speer und erwischte den Kerl am Rücken, aber die Waffe prallte ab.

In diesem Moment gestattete Baldor sich, das Tier in seinem Inneren rauszulassen. Mit wahnsinnigem Gebrüll rannte er auf die verkeilten Männer zu. Er stürzte sich auf den Zenturio und warf ihn zu Boden. Die kurze Benommenheit ausnutzend, riss er ihm den Helm herunter. Ein braunhaariger, bärtiger Krieger kam zum Vorschein, doch schon Sekunden später war sein Gesicht blutüberströmt. Der Barbar prügelte mit den

Fäusten ohne Zurückhaltung auf seinen Feind ein und schrie dabei aus vollem Hals. Als nur noch eine blutige Masse übrig war, rief Ulonga: »Baldor! Genug! Er ist tot!«

Der Angesprochene gewann nach einem letzten Brüllen langsam seine Selbstbeherrschung zurück und wischte sich Blut und Gehirn aus dem Gesicht, während er noch auf dem Toten kniete. Er stand auf und versetzte der Leiche einen Tritt.

»Bastard!«

Nivek schüttelte den Kopf. »Das entspricht nicht gerade dem Ehrenkodex, Baldor. Wir sollten unsere Opfer nicht entwürdigen, sondern sie für ihren Mut ehren. Dein Temperament ist immer noch recht ungestüm, wenn ich mir die Leichen deiner Opfer so ansehe. Zerfetzte Gesichter, herumliegende Köpfe, gespaltene Schädel ... das ist nicht unbedingt ehrenvolles Kämpfen.«

»Drakon ist nicht hier, oder?«, spuckte der Barbar auf den Boden.

»Er will doch nur, dass du deinen Feinden etwas Würde lässt. Wenn du jemanden durch einen Schwertstoß töten kannst, musst du ihm nicht den Kopf abreißen. Das ist unnötiger Schmerz.«, erklärte Ulonga.

Baldor trat dicht vor sein Gesicht und knurrte: »Erzähl du mir nichts von Schmerz. Ich sehe immer noch regelmäßig die Gesichter meiner Gefährtin und Tochter, wenn ich die Augen schließe. Jeder Dominus, den ich töte, soll das Leid spüren, das sie spüren mussten. Die Verzweiflung. Eure Ehre kann mir gestohlen bleiben.«

Anschließend sahen sie zu, wie der Kreth einige versprengte Überreste der Soldaten in den Wald verfolgte. Er hatte das Lager regelrecht verwüstet. Die meisten Zelte waren zertrampelt, überall lagen zerrissene oder plattgetretene Feinde, und der Palisadenwall war an mehreren Stellen niedergerissen worden.

»Den Riesen zu benutzen war ein brillanter Einfall.«, lobte Nivek und ging über die letzte Diskussion hinweg.

»Sehen wir mal, was wir hier lernen können.«, meinte Ulonga und betrat das Kommandozelt.

Neben einigen Wertgegenständen fanden sie auch ein paar Befehle und Unterlagen. Sie blätterten sie durch und nach einer Weile hielt Nivek eine Schriftrolle hoch.

»Was haben wir denn hier? Ein Schreiben von einem uns bekannten Zenturio namens Leonhardt. Die Befehlshaber hier sollten die Umgebung auskundschaften und sehen, ob sie mehr über die Baumhirten lernen können.«

»Na und? Das klingt nicht gerade wie ein finsterer Plan.«, warf Baldor ein.

Ulonga erklärte: »Das ist seine übliche Vorgehensweise. Er beobachtet und studiert seinen Feind und greift erst an, wenn er dessen Schwächen genau kennt und sie ausnutzen kann. Das hier beweist, dass das Flusstal sich schon bald in Gefahr befindet. Diese Typen waren ganz sicher nicht die letzten Dominus, die sich hier blicken lassen werden.«

∗∗∗

Nachdem das Lager gesäubert war, machten sich die drei auf den Weg zurück zum Himmelsbaum, wo sie sich mit den anderen treffen sollten. Da der Baum unmöglich zu übersehen war, brauchten sie Rogun nicht mehr als Führer.

Während sie zurückliefen, oder in Ulongas Fall zurück humpelten, hatte Baldor eine Frage an den Mann aus dem Norden.

»Eine Macht wie deine habe ich bislang nie zuvor gesehen. Die anderen haben zwar hier und da etwas angedeutet, aber so direkt habe ich es heute zum ersten Mal bezeugen können. Ein Schamane mit deinen Fähigkeiten muss doch für deinen Stamm die erste Wahl gewesen sein. Was hat dich so weit in den Süden geführt?«

Ulonga stützte sich auf seinen Stab, während er ging.

»Wie gesagt, es ist unüblich für Schamanen, ihre eigenen Gaben zu aktivieren. Es zeugt von Arroganz, beides zu wollen, die Führung und Macht. Ich war nur einer von drei Anwärtern als Nachfolger. Himmelsstämme leben sehr abgeschieden und es ist überlebenswichtig, dass wir einander vertrauen können. Ich habe meine Gabe jedoch aus Scham über meine eigene Schwäche geheimgehalten, mich ihr nicht enthalten zu können. Als man es schließlich herausfand, hatte das entsprechende Konsequenzen. Man behandelte mich wie einen Aussätzigen, also beschloss ich, zu gehen. Erneut die Arroganz der Jugend. Das ist viele Winter her.«

»Konntest du keinen anderen Himmelsstamm finden, der dich aufnimmt? Oder einen anderen Stamm?«, hakte Baldor nach.

»Himmelsstämme haben alle ähnliche Wertvorstellungen, ganz wie bei euren Stämmen auch. Jemanden, der verstoßen wurde oder sein Volk im Stich gelassen hat, den will man nicht um sich haben. Du selbst weißt ja am besten, wie ungern Gemeinschaften Mitglieder anderer Stämme aufnehmen. Und in den neutralen Dörfern misstraut man Schamanen, sodass es keinen Ort gab, an den ich hätte gehen können. Ich dachte damals, ich hätte in Anima bessere Chancen als in Makonien, aber es scheint, die Stämme ähneln sich mehr, als uns bewusst ist.«, erklärte Ulonga.

Baldor empfand diese Geschichte als sehr traurig. »Ich weiß, wie es ist, aufgrund seiner Gabe wie ein Außenseiter behandelt zu werden. Das Symbol auf meinem Rücken war wie eine ansteckende Krankheit für die anderen. Aber sag, wie bist du auf Leonhardt gestoßen?«

Der Schamane sah nach oben. »Das muss jetzt ... bestimmt mehr als zehn Winter her sein. Ich lebte als Vagabund und verbrachte viel Zeit allein in den Wäldern weiter im Norden. Eines Tages kam eine Dominus-Karawane auf der Straße vorbei. Da ich in Lumpen gehüllt und ausgemergelt war, haben sie mich ignoriert. Als ich dann in das nächste Dorf kam, um meine Künste anzubieten, sah ich, wie man die Dorfbewohner zusammentrieb, ihnen gnadenlos mit gezackten Peitschen das Fleisch von den Knochen schlug, die Frauen vergewaltigte und die Kinder in Käfige warf. Leonhardt bemerkte mich, brach mir zum Spaß den Arm und trug mir auf, die Kunde in andere Dörfer zu tragen, was mit jenen passierte, die ihre Abgaben verweigerten. An diesem Tag schwor ich, diese Monster aufzuhalten.«

Der Rabe schüttelte verständnislos den Kopf. »Ich weiß wirklich nicht, wie man mit so viel Genuss Leid verbreiten kann. Dieser Mann ist eine Plage für jeden, dem er begegnet.«

»Da sagst du was.«, stimmte Nivek ihm zu.

***

Eine halbe Stunde später erreichten sie die Wurzeln des Baumes, wo die anderen warteten. Sie berichteten, dass ihr Plan aufgegangen war und Drakon nun den Prinzen über den Erfolg informierte.

Vargas und sein Bruder schlugen die Unterarme aneinander, wie es bei ihrem Stamm als freundschaftliche Begrüßung üblich war.

»Wie ist es dir ergangen, Bruder?«, wollte Baldor wissen.

Der lachte zufrieden. »Ich habe mich seit Wochen mal wieder verwandelt und ein paar der panisch schreienden Drecksäcke erwischt. Es war eine Freude! Aber sag Drakon nichts davon, sonst beklagt er sich wieder wegen seiner seltsamen Ehre.«

»Ich habe mich auch ein bisschen ausgetobt. Arania wäre stolz auf uns.«

Er fragte die anderen, weshalb der Anführer allein gegangen war.

»Er hält es für weniger bedrohlich, unser Anliegen ohne die Anwesenheit so vieler bewaffneter Kämpfer vorzubringen. Aber ich persönlich glaube nicht, dass dieser verweichlichte Grünschopf zustimmen wird. Beim bloßen Gedanken an Krieg fürchtet er um seine kostbaren Pfirsiche.«, sagte Firian abfällig.

Tatsächlich kehrte Drakon am Abend mit unzufriedenem Gesichtsausdruck zurück. Der breite Zwilling meinte nur: »Sag ich ja.«

»Wieder ein Fehlschlag, fürchte ich. Wir sind jederzeit im Reich der Baumhirten willkommen, allerdings sieht der grüne Prinz aktuell keinen Grund dafür, sich an möglichen Kriegshandlungen zu beteiligen. Er hat kein Interesse an einer Koalition mit den, wie er sagt, Flachlandbewohnern, solange die Dominus nur in so kleiner Zahl erscheinen. Er hält es für ein Ärgernis und erwartet keine Konsequenzen für die heutige Säuberung.«, berichtete Drakon.

Cormac meinte: »Er gehört also zu denen, die erst das eigene Heim brennen sehen müssen, bis sie es begreifen.«

»So sind die meisten Leute ... leider. Wegen kurzsichtiger Anführer wie diesem hier konnten die Dominus erst so weit kommen.«, schüttelte Nivek den Kopf, während Algae Ulongas Bein verband und sich dann um Baldors Pfeilwunde kümmerte.

»Er wird schon zur Besinnung kommen, wenn die Gefahr wirklich akut wird.«, vermutete Keros.

»Hoffen wir's, aber was machen wir jetzt? Auftrag erfüllt, keine Belohnung eingesackt und keinen Verbündeten gewonnen. Wohin als Nächstes?«, erkundigte sich Cormac amüsiert.

Vargas brummte: »Findest du das lustig?«

»Sagen wir, es ist nichts Neues.«, entgegnete er.

Drakon befestigte seinen Speer am Rückenhalfter. »Nun, wir sind hier fertig. Ziehen wir weiter. Es gibt immer neue Aufträge, um die wir uns kümmern können.«

Kannibalen im Sumpf

Zwei Monate später ...

Baldor saß auf dem Rücken von Gorm und ritt gemächlich auf einer kleinen Straße in Richtung Nordosten. Neben ihm war Vargas, hinter ihm die restliche Gruppe bis auf Drakon, der auf einem Schlachtross die Spitze übernommen hatte.

Vargas meinte zu seinem Bruder: »Ist ewig her, dass wir beim Bärenstamm zu Besuch waren. Dolo Ursu sieht bestimmt noch genauso aus wie damals, als wir das letzte Mal dort waren. Und die Frauen sind hoffentlich immer noch so scharf.«

»Was habe ich da gehört?«, kam es von Cormac, aber Vargas ignorierte ihn.

»Ihr wart also schon hier, wenn ich das richtig verstehe?«, erkundigte sich Ulonga.

Baldor reagierte: »Schon oft. Als Jugendliche und junge Männer haben wir uns freiwillig gemeldet, Geschenke und andere Güter dorthin zu transportieren. Rakios war nicht unbedingt für seine Fülle an Frauen bekannt und so konnten wir beim Bärenstamm auf die Suche gehen. Als Mitglieder eines anderen Stammes waren wir geheimnisvoll und faszinierend, sodass wir es nicht besonders schwer hatten.«

»Du sowieso nicht, Bruder!«, kam es von Vargas. Zu den anderen meinte er: »Ich hatte den Eindruck, er hat es damals mit so gut wie jeder Frau dort getrieben. Ist immer mit ein paar anderen nach Westen *jagen* gegangen. Anhand der mickrigen Ausbeute wussten alle, was sie eigentlich gejagt hatten.«

Die anderen kicherten und Baldor fügte hinzu: »Ich war ein ziemlich guter Jäger. Dort habe ich auch meine Partnerin kennengelernt.«

Auf diese Aussage folgte betretenes Schweigen.

Firian fragte: »Ich habe gehört, die Jünger des Ursus seien recht ... eigensinnig. Stimmt das?«

Algae stellte eine Gegenfrage: »Sie sind die Anhänger des Gottes der Stärke und Freiheit. Was erwartest du denn?«

»Eigensinnig trifft es nicht ganz. Sie leben nach ihren Regeln, ganz einfach. Sie respektieren Stärke, Mut und Loyalität. Solange man ihre Gebräuche respektiert, kann man sich fast alles erlauben, denn sie sind nicht nachtragend. Wenn sie allerdings bedroht werden oder man ihr Vertrauen missbraucht, braucht man sich dort nie wieder blicken zu lassen.«, beschrieb Vargas.

Keros vermutete: »Solange wir euch beide dabeihaben, sollte uns das doch einen Vertrauensbonus einbringen, oder?«

»Sofern nicht zwei Dutzend Frauen mit faulem Kohl werfen, weil Baldor sich nie mehr bei ihnen hat blicken lassen.«, lachte Cormac und erntete dafür amüsierte Blicke.

Eine Stunde später erreichten sie Dolo Ursu, das größte Dorf aller Bärenstämme. Es lag im zentralen Osten von Anima direkt westlich vom Dunkelsumpf. Das Dorf war an einen Felshang gebaut worden und schmiegte sich dort teilweise in den Stein. Die größeren, wichtigeren Gebäude, wie die Versammlungshalle, das Haus des Schamanen oder die Kaserne waren weiter oben zu finden, während die Wohnhäuser und Hütten abschüssig bis auf die ebene Fläche des Flachlands verteilt waren. Ein Palisadenwall schützte die inneren Bauten, nahe dem Abhang. Im Zentrum befand sich eine Höhle, in der das große Bärentotem stand, welches Ursus, dem Bärengott der Stärke und Freiheit, gewidmet war. Am nördlichen Rand des Dorfes lag ein See, der sie mit Trinkwasser versorgte.

Bereits als sie sich den ersten Häusern aus stabilem Holz und Lehm näherten, wurden sie mit begeisterten Ausrufen in Empfang genommen. Das lag allerdings weder an ihrem Ruf als Gruppe, noch an Baldor oder Vargas. Es lag einzig und allein an Gorm. Der Bär war die symbolische Verkörperung von Ursus, und es war selten, dass sie einen aus der Nähe sahen, weil diese freiheitsliebenden Tiere oft sofort angriffen, wenn man sie störte. Dass Gorm eine gutmütige Natur hatte, war für die meisten Dorfbewohner eine Einladung, sich ihm zu nähern.

»Sieht aus als wären wir in guter Gesellschaft.«, scherzte Drakon mit Blick auf Baldor, der von seinem Sattel abstieg.

Er trat neben den Bären und streichelte dessen Kopf, woraufhin er zufrieden brummte.

In der Gruppe der Personen erkannte er eine Frau wieder, mit der er vor Jahren geschlafen hatte. Sie sah ihn verzückt an und er winkte sie zu sich.

»Du bist es, Baldor. Ich habe von Rakios gehört und dachte, du wärst tot. Ich bin froh, dich wiederzusehen.«, schnurrte sie und ihre Augen wanderten über seinen muskulösen Körper.

»Dakia. So gern ich dich nochmal wie damals ans Bett fesseln und dir die Nacht deines Lebens bescheren würde, muss das leider warten. Ich bin nicht zum Spaß hier. Wir müssen mit eurem Häuptling sprechen. Ist es immer noch Valeska?«, fragte er und zwinkerte ihr zu.

»Ist es. Sie ist hinauf in das große Haus gezogen. Ihr findet sie vermutlich in der Versammlungshalle, wenn sie nicht beim Totem ist.«, erklärte die junge Frau. »Aber falls eure Aufgaben euch ein paar Tage länger hier halten, darfst du gerne in meinem Bett übernachten.«, sagte sie und fuhr ihm mit der Hand über die Brust.

Nivek trat neben ihn und stieß ihn mit dem Ellenbogen an. »Du bist wirklich ein guter Jäger, wie es scheint. Willst du mich ihr vielleicht vorstellen?«

»Sie ist etwas zu wild für dich, Baron. Ich glaube aber, die da drüben hat ein Auge auf dich geworfen.«, nickte er in Richtung einer anderen jungen Frau in einem knappen Stoffkleid, die den adretten Mann unverhohlen musterte.

»Ich habe noch nicht oft erlebt, dass Frauen mich so anstarren. Das ist … seltsam, aber auch irgendwie angenehm.«, meinte Nivek.

Baldor entgegnete: »Das Leben in einem Stamm ist hart und alle möglichen Gefahren können es jederzeit beenden. Daher haben wir, anders als die Bewohner der Dörfer und Städte, weniger Hemmungen. Man genießt hier die körperlichen Freuden des Lebens, so lange und so oft man kann. Es gibt schließlich nur wenige andere Glücksmomente hier.«

Nivek fragte: »Sagte sie nicht, dass du mit ihr geschlafen hast? Ich dachte, du hättest eine Partnerin gehabt.«

Vargas kam dazu und antwortete: »Oh, das ist kein Problem. Bei den meisten Stämmen ist partnerschaftliche Treue eine emotionale Frage. Solange der gewählte Partner sicher sein kann, dass man ihn oder sie nicht verlässt und die Liebe stark ist, sind körperliche Eskapaden ganz normal.«

»Welch freie und unbeschwerte Denkweise. Erfrischend!«, stellte Nivek fest und sah sich um.

Drakon meinte: »Wir sollten mit dem Häuptling sprechen. Da du sie anscheinend kennst, solltest du das Reden übernehmen. Zumindest vorerst. Wir erwähnen erst nach dem Auftrag die Koalition.«

Baldor nickte und erhob seine Stimme. »Das hier ist Gorm! Er ist in den letzten Tagen weit gelaufen und hat Hunger. Außerdem schläft er gern auf weichem Moos. Wenn ihr ihn gut behandelt, wird er sicher gern bis zu meiner Abreise in eurer Obhut bleiben.«

Als sie das hörten, jubelten die Leute und sofort eilten sie los, um Moos, Fisch und andere Leckereien zu besorgen. Baldor klopfte dem Bären auf die Seite. »Lass dich mal so richtig verwöhnen, alter Freund. Hast es dir verdient.«

Abschließend übernahmen die Vogelstamm-Brüder die Führung und liefen gemächlich durch die Aussparung im Palisadenwall und an den ersten stabileren Holzhäusern vorbei. Die Bewohner trugen meist viele Felle und grob gewebte Stoffe, wobei dennoch aufgrund des Sommerwetters viel Haut zu sehen war. Einige der Frauen betrachteten die stattlichen Söldner mit regem Interesse, aber auch die breit gebauten Krieger des Stammes neigten respektvoll die Köpfe zum Gruß.

Ein geschlängelt ansteigender, mit gelegentlichen Steinstufen versehener Weg führte hinauf zur großen Versammlungshalle, einem soliden Holzbau mit vielen Bärenmustern und Verzierungen. Rechts daneben lag das Haus des Schamanen, auf der linken Seite befand sich das Haus des Häuptlings, in diesem Falle der Jarl des Bärenstamms. Es war ein solides Holzgebäude mit Steinfundament, vor dem ein alter, knorriger Baum stand, an dem ein paar Birnen wuchsen.

Drakon bat die anderen, dort zu warten, während er mit den Brüdern hineinging. Vargas hämmerte gegen die Tür und ein junges Mädchen von vielleicht acht Wintern öffnete ihnen. Sie hatte braunes Haar und trug ein rotes Stoffkleid und ein Lederstirnband.

»Grüß dich, Helga! Sag, ist deine Mutter da?«

»Vargas!«, rief sie und umarmte dessen Bein. Er kicherte und nahm sie hoch.

»Hey, Kleines, wie geht es dir? Wir haben uns schon lange nicht mehr gesehen.«

»Erzähl mir eine Geschichte! Eine von Ursus und Bolt, wie sie gegen die bösen Dargonier gekämpft haben!«, rief sie begeistert.

Er entgegnete: »Das mache ich! Aber erst heute Abend, in Ordnung? Wir müssen erst deiner Mutter eine Erwachsenengeschichte erzählen.«

Er setzte sie ab und sie eilte los in den Hauptraum des Hauses, in dem ein großes Feuer in einer dafür vorgesehenen Vertiefung genau in der Mitte prasselte. Neben Regalen und Fässern gab es dort Stühle und eine Tafel. Auf einem Stuhl nahe den Flammen saß die Jarl. Als sie die Besucher sah, stand sie auf und Drakon sog die Luft ein, denn ihre Erscheinung war nicht das, was er erwartet hatte.

Sie war eine durchtrainierte Kämpferin, das sah man auf den ersten Blick. Sie trug einen Lederrock mit Einschnitt, wodurch man eine Seite ihres Hinterns sehen konnte. Dazu hatte sie kniehohe Stiefel, eine schartige Handaxt am Gürtel, ein graues Stoffoberteil, das vorne offen war, sodass man ihren Bauch und den Leder-BH sah, und einen Umhang aus Bärenfell mit einer Kapuze, die aus dem Kopf eines Braunbären gemacht war. Die Freizügigkeit ihres Aufzugs entsprach dem Ruf der Frauen des Stammes, sich gern zu präsentieren.

Baldor stellte sie einander vor. »Drakon, das ist Jarl Valeska Steintatze. Sie führt diesen Stamm bereits seit vielen Wintern und man kennt sie weit und breit für ihre Klugheit, ihren Schwertarm und ihre prallen Titten.«, grinste er.

Ihr hellbraunes Haar wallte, als sie den Kopf beim Lachen zurückwarf. »Baldor Raven, so charmant wie immer. Wäre dein Gemächt nur halb so groß wie dein Mundwerk, würden deine Eroberungen unten im Dorf nicht mehr hinter vorgehaltenen Händen tuscheln.«

Er schnaufte belustigt. »Sie halten sich nur die Hände vor die Münder, weil sie nicht zeigen wollen, wie sie sich die Lippen lecken. Aber wenn du möchtest, kann ich deine Neugier und ein paar andere Dinge gern befriedigen.«

Als der Söldnerhauptmann irritiert neben ihm stand, meinte Valeska: »Keine Sorge, Drakon. Die Brüder und ich kennen uns schon, seit sie als Jugendliche notgeil durch die Gassen gewandert sind, um erste Erfahrungen zu sammeln. Diese Art derbe Sprache ist bei uns üblich.« Sie sah zu Vargas herüber. »Und es ist auch schön, dich wiederzusehen. Helga hat furchtbar geweint, als sie von Rakios hörte. Ich bin froh, dass zumindest ihr überlebt habt. Dennoch trauern wir um Arania.«

Nachdem sie einige weitere Worte gewechselt hatten und Drakon ihr von seiner Truppe berichtete, wollte sie wissen, welches Anliegen sie nach Dolo Ursu führte.

Er erwiderte: »In den umliegenden Dörfern heißt es, ihr hättet Probleme mit dem nahen Sumpfstamm. Wir sind hier, um unsere Hilfe anzubieten.«

Valeska bot ihnen Plätze und Met an. »Probleme mit den Damas sind keine Besonderheit. Ich kenne niemanden außerhalb ihres eigenen Stammes, der keine Schwierigkeiten mit ihnen hat. Wir leben schon seit Jahrzehnten so dicht neben ihnen, aber ihre Übergriffe beschränkten sich stets auf das Sumpfgebiet. Gelegentlich haben sie Reisende auf den Straßen überfallen und entführt, doch ansonsten blieben sie meist für sich. In den letzten Monaten wurden sie jedoch aggressiver. Sie haben vor drei Wochen sogar das Dorf angegriffen. Zwar nur mit wenigen Leuten, aber sie haben dabei drei unserer Anwohner verschleppt. Es macht keinen Sinn, ihnen zu folgen. Wir wissen, was sie mit ihnen getan haben.«

Drakon fragte nach und Vargas antwortete: »Die Damas beten Chal an, den Gott der Unterwelt und der Finsternis. Um ihm zu gefallen, opfern sie Ayaner, trinken ihr Blut, essen ihr Fleisch und vollziehen verstörende Sexualpraktiken. Wer ihnen in die Hände fällt, ist verloren.«

Baldor hatte die Fäuste geballt.

Die Anführerin sagte: »Was immer der Grund für ihr offensives Vorgehen sein mag, es muss aufhören. Normalerweise nehmen wir keine Hilfe von Außenstehenden an, aber wenn Baldor und Vargas zu euch gehören, dann seid ihr Familie. Macht euch jedoch bewusst, dass jeder Schritt in den Sumpf hinein einem Selbstmord gleicht.«

»Wir haben etwas Erfahrung mit solchen Dingen. Ganz so einfach machen wir es ihnen nicht. Kannst du uns irgendetwas erzählen, was uns helfen würde? Schwächen? Gewohnheiten?«, fragte Drakon nach.

Valeska machte ein undefinierbares Gesicht. »Sie sind Monster, keine Ayaner. Ihr Handeln folgt keiner feststellbaren Ordnung. Sie verhalten sich wie Tiere, sie jagen in Rudeln und sie fressen ihre Beute. Wenn ihr sie zur Strecke bringen wollt, müsst ihr sie behandeln wie jede andere Art von Raubtieren.«

In ihrer Stimme schwang ebenso viel Hass mit, wie Drakon in Baldors Augen sehen konnte.

Als sie das Haus zu zweit verließen, weil Vargas sein Versprechen bei Helga einlöste, meinte der Anführer zu Baldor:

»Ich verstehe allmählich, wieso du so zornig bist, wenn du Cormac siehst. Ihr hattet wohl auch häufiger mit den Damas zu tun. Was ich dir jetzt sagen werde, wird dir nicht gefallen, aber die Frau hat recht. Wir wissen nur wenig über den Sumpfstamm und können nicht einfach blind in den Sumpf hineinlaufen. Er ist einer von ihnen gewesen und weiß mehr über sie als jeder andere. Sein Wissen ist unser bester Trumpf.«

Der Barbar sagte nichts und blieb auch weiterhin schweigsam, als Drakon den anderen berichtete, was ihre Aufgabe war.

»Wie sollen wir vorgehen? Gibt es Vorschläge?«, fragte er in die Runde.

Firian meinte: »Lasst uns den Scheiß-Sumpf einfach abfackeln. Nichts von dem, was da drin ist, wird irgendwer vermissen.«

Ulonga schüttelte den Kopf. »Du willst immer alles in Brand stecken. Willst du auch ganz Dominium abbrennen, nur um die Typen loszuwerden?«

»Allerdings, wenn es sein muss!«, knurrte der hitzköpfige Krieger, bis sein Bruder ihn beruhigte.

Drakon meinte: »Ich verstehe deine Wut und wenn ich ganz ehrlich sein soll, würde ich dir fast zustimmen. Aber das ist ehrlos und inakzeptabel. Es geht immer um das richtige Maß. Hat noch jemand eine weniger extreme Idee? Cormac? Du kennst diese Leute. Was würdest du vorschlagen?«

Der junge Mann sah aus, als wäre er lieber woanders.

»Ich ... war schon lange nicht mehr hier. Es gibt einen Grund, wieso ich dieses Leben hinter mir gelassen habe. Vielleicht sollte ich mich da raushalten.«

Baldor machte zwei schnelle Schritte nach vorne und presste ihn mit dem Unterarm an der Kehle an den Baum vor dem Haus.

»Wen willst du beschützen? Bist vielleicht doch nicht ganz von dem Stamm weggekommen!«

Cormac röchelte: »Das ist es nicht, Mann! Aber trotz allem sind sie meine Familie. Ich kann sie nicht einfach umbringen!«

Firian und Algae zogen Baldor zurück und Drakon sagte: »Das verlangt auch keiner von dir. Aber du kennst sie, also bist du ihre und unsere beste Chance, das Ganze mit so wenig Gewalt wie möglich zu klären.«

»Na ja ... ich kenne ihre Rituale und ihre Jagdmuster, aber mein Wissen ist veraltet.«

»Trotzdem ist es mehr als wir sonst hätten. Was wollen diese Leute?«, fragte Nivek.

Cormac seufzte: »Sie beten Chal an. Das bedeutet, sie huldigen ihm, indem sie der Unterwelt näherkommen. Nach ihrem Glauben muss die Seele eines Toten von Sel abgeholt und zu Chal gebracht werden, der mit seinen Richtern entscheidet, wo man die Ewigkeit verbringen wird. Die Damas beten Chal an, aber sie fürchten Sel, daher töten sie andere und nehmen Teile von ihnen, Blut, Fleisch, Knochenmark, durch Verzehr in sich auf. Dadurch hoffen sie auf eine Verbindung zu dem Toten, wenn er bei Chal ist. So wollen sie ihm näher sein und ihm durch die Opfer Geschenke machen.«

»Das ist krank.«, kam es von Keros.

»Deswegen bin ich ja auch abgehauen. Man kann solche Rituale beliebig oft durchführen, doch mein alter Stamm tat es nur einmal pro Monat. Aber jedes Mal wollten sie gleich mehrere Opfer. Wenn sie gewaltsam nicht genügend Gefangene machen können, müssen sie Freiwillige aus ihrem eigenen Stamm opfern. Das bedeutet, wenn sie zu oft keine neuen Gefangenen finden, wird es irgendwann gefährlich. Das ist vermutlich der Grund, wieso sie aggressiver werden.«, erklärte Cormac.

Daraufhin fragte Drakon: »Was ist mit Waffen? Wie gut kämpfen sie?«

»Sie leben im Sumpf, also was glaubst du? Sie können weder Metall verarbeiten noch sonderlich gut kämpfen. Sie erbeuten die Waffen ihrer Opfer und müssen so gut wie nie einen offenen Kampf bestreiten. Damas sind Experten für Fallen, Hinterhalte und Überfälle. Wenn man sie sieht, ist es schon zu spät.«

Mit diesen Erkenntnissen grübelte Drakon einige Minuten lang allein vor sich hin. Derweil kam Vargas aus dem Haus und setzte sich auf die Treppenstufen der Versammlungshalle neben Ulonga. Baldor stand nicht weit an eine Säule gelehnt da und sah in den trüben Himmel.

»Ich habe der Kleinen die Geschichte erzählt, wie Bolt und Alvaron sich zusammentaten und mit der Macht des Meeres und der Berge einen Unterwasservulkan ausbrechen ließen, um mit dem ausgeworfenen Basalt eine Insel für Ymira zu erschaffen. Baldors Tochter Enjaya liebte diese Geschichte auch.«, erzählte Vargas dem Schamanen.

Der nickte. »Meine Mutter hat sie mir und meinen Schwestern auch immer erzählt. Die beiden haben sie geliebt.«

»Aber du nicht?«

»Ach weißt du, ich war immer schon eher ein Anhänger der alten Heldensagen. Du weißt schon, Julion der Bezwinger der Meereshorde, die Ballade von Barindur und Olypide oder das Epos über Herakian und seine Gefährten. Die Götter sind für uns nicht greifbar und sehr weit weg, aber Helden sind gewöhnliche Sterbliche, die Großes vollbringen, obwohl sie keine Berge versetzen können. Es ist etwas, wonach man streben kann.«, fand Ulonga.

***

Eine Stunde später hatte Drakon einen Plan, wie sie es mit dem Sumpfstamm aufnehmen konnten. Sie trafen sich alle am Ufer des Sees neben dem Dorf und blickten auf die friedliche Gegend.

Der Anführer kam mit Cormac zu Baldor und verschränkte die Arme. Der Stoff seines Mantels und kurzen Umhangs flatterte im leichten Wind.

»Mein Plan wird dir nicht gefallen, aber er hat die besten Erfolgsaussichten. Wir wissen, dass die Damas kein wirklich zusammenhängendes Dorf haben. Vol Tur ist eher eine weitflächig angelegte Gegend voller vereinzelt stehender Häuser. Das bedeutet, man kann sie weder umzingeln noch zusammentreiben. Wir müssen sie uns also einzeln vornehmen. Bevor wir jedoch angreifen, sollten wir zumindest versuchen, mit ihnen zu reden. Alles andere hätte keine Ehre.«

Baldor sagte nichts dazu, aber er wusste, dass sein Blick deutlich genug machte, wie wenig ihn Drakons Ehre interessierte.

»Die Chancen auf eine gewaltfreie Lösung stehen am besten, wenn nur zwei Leute die Vorhut bilden. Ich möchte, dass du mit Cormac vorgehst. Redet mit dem Anführer und findet heraus, ob es eine Möglichkeit gibt, dass sie die Angriffe einstellen. Wir wollen eine Waffenruhe. Falls nicht, kommt ihr zurück und wir greifen an.«

»Und wenn sie uns nicht mehr gehen lassen? Wir sind frische Opfer, die freiwillig in ihr Dorf kommen.«, wollte Baldor wissen.

»Sollte das geschehen, sind wir vorbereitet. Greift aber nicht einfach an. So etwas gehört sich nicht, selbst wenn euer Gegenüber es tut.«, ermahnte er.

Der Barbar sah erst zu Cormac und dann zu Drakon. »Du hast recht. Dein Plan gefällt mir nicht.« An den jungen Kämpfer gerichtet, sagte er: »Wollen wir doch mal sehen, wie nützlich dein Wissen wirklich ist.«

Da es bereits Nachmittag war, wollten sie erst am folgenden Morgen losziehen. Daher suchte der Barbar seine alte Flamme auf und erfüllte ihr an diesem Abend ihren Wunsch nach seinem Körper gleich mehrfach.

***

Sobald die ersten Lichtstrahlen am Horizont auftauchten, traf sich Baldor mit Cormac am Dorfrand. Der junge Mann sah nicht begeistert aus. Sie traten in den dunklen Wald hinein und schon nach wenigen Minuten wurde der Boden schlammig und feucht. Die Blätter schluckten immer mehr Licht und das Zirpen der Insekten nahm kontinuierlich zu.

»Warum so nervös? Hast du Angst, ich erschlage dich, bevor wir da sind?«, wollte der Günstling des Sel wissen.

»Ich enttäusche dich ja nur ungern, aber du bist heute mein geringstes Problem. Vargas und du wollt es scheinbar nicht einsehen, aber die Damas entsenden keine ihrer Leute als Spione in Söldnergruppen. Ich bin abgehauen und habe sie alle hinter mir gelassen. Wenn ich ehrlich sein soll, bin ich nicht sicher, wen von uns beiden sie mehr hassen. Es gibt keinen Ort in ganz Anima, an dem ich weniger gern sein will als hier.«, sagte er und seine Augen waren wachsam.

»Na schön, ich spiele mit. Warum bist du abgehauen? Doch nicht nur wegen der Ayaneropfer. Wäre das ein Grund, würden doch sicher mehr von ihnen weglaufen.«

»Es versuchen auch immer wieder welche. Erziehung, Druck und natürlich auch Angst spielen eine große Rolle. Viele, die fliehen wollten, endeten auf dem Opferaltar. Ich bin nur entkommen, weil ich ein guter Jäger bin. So konnte ich mich nachts aus dem Lager schleichen. Keine sonderlich rühmliche Flucht, aber ich bereue es keine Sekunde.«, erklärte Cormac.

Baldor blieb stur. »Rede keinen Mist! Wenn die ihre Kinder wirklich so rigoros erziehen, dann kannst du mir nicht erzählen, dass du keine Freude daran hattest, Unschuldige zu foltern und zu töten.«

»Die normalen Stammesmitglieder haben mit der Grausamkeit nur wenig zu tun. Sie werden erst geholt, wenn das Opfer schon tot ist, um es zu essen. Ich selbst war nur ein einziges Mal bei so einer Zeremonie dabei und danach war mir tagelang schlecht. Du musst aufhören, alle Damas über einen Kamm zu scheren. Der Großteil glaubt nur an die Rituale, weil die Schamanin es uns so lehrt. Wenn man nie aus dem Sumpf herauskommt und nicht mit Gefangenen sprechen darf, ist es doch kein Wunder, dass man diese Ansichten nicht anzweifelt.«

»Und wie kam es dann bei dir dazu?«, wollte Baldor wissen und stieg über einen umgestürzten Baumstamm.

»Es fing an, als ich das erste Mal eine junge Frau gefangen genommen hatte. Ich sah die Todesangst in ihren Augen, hörte ihr Flehen im Käfig und später ihre Schreie aus dem Tempel. Ich konnte nicht verstehen, wieso wir anderen solches Leid antaten. Irgendwann konnte ich es nicht mehr. Ich bereue noch heute jedes Leben, das aufgrund meiner Taten endete.«, sagte Cormac und der Rabe erkannte, dass er die Wahrheit sprach.

Die Umgebung veränderte sich nicht sehr und der Morast wurde immer tiefer. Es kamen große Tümpel und Teiche hinzu, während das Rascheln im Gebüsch sie beide nervös machte.

»Wie jagen deine Leute?«

Cormac sah sich um. »Nenn sie nicht meine Leute! Das sind sie nicht mehr. Die Damas jagen mit Geduld. Sie tarnen sich, klettern auf Bäume, legen sich in die Tümpel oder bedecken sich mit Schlamm. Es ist allerdings unwahrscheinlich, dass sie uns auflauern, da nur sehr selten Fremde durch den Sumpf wandern. Es lohnt sich nicht.«

»Ich fühle mich trotzdem beobachtet hier.«, entgegnete Baldor und sah sich um.

Die Umgebung wirkte selbst ohne ein Dorf von Kannibalen düster und ungemütlich. Wie jemand an diesem Ort leben konnte, war dem Barbaren ein Rätsel. Der leichte Druck des Schwertes auf seinem Rücken beruhigte ihn mehr, als die Tatsache, dass er nicht allein unterwegs war. Jeder Schritt verursachte ein schmatzendes Geräusch und viele verschiedene andere Dinge waren hörbar. Plätschern, Rascheln, Zirpen, Zwitschern und das Wehen des Windes sorgten für eine belebte Kulisse.

»Wie groß ist dieser Sumpf?«

Cormac antwortete: »Du meinst, wie weit es bis nach Vol Tur ist? Wir sind jetzt eine knappe Stunde unterwegs. Ich würde sagen, noch etwa eine weitere Stunde, bis wir die ersten Hütten sehen sollten. Ich war lange nicht dort, also weiß ich nicht, wer gerade Häuptling ist. Das ist auch nebensächlich, denn der eigentliche Anführer ist der Schamane. Ihn zu überzeugen ist weitaus wichtiger, da sein Wort Gesetz ist. Dummerweise ist keiner von uns beiden geeignet, um diese Verhandlung zu führen. Du hasst sie und sie hassen mich.«

Baldor musste schnaufen. »Ja, keine Ahnung, was Drakon sich dabei gedacht hat. Vielleicht will er uns ja loswerden.«

»Tatsächlich dürfte es kaum einen einfacheren Weg geben, als uns zu den Damas zu schicken.«, gab Cormac zu.

Sie liefen durch ein hohes Gebüsch und Baldor drückte dichtes Blattwerk zur Seite, um hindurch zu gelangen. Plötzlich schnappte etwas nach seinem Bein und riss ihn zu Boden. Was immer ihn gepackt hatte, es war stark und zog ihn über den Schlamm. Eine fließende Bewegung seines Kameraden durchtrennte etwas mit der Klinge, bevor er Baldor ein Stück wegstieß.

Als der sich umdrehte, um zu sehen, was ihn angegriffen hatte, entdeckte er eine Art große Pflanze mit dickem, dornenbewachsenem, gebogenem Stängel. Fünf fächerartige Blätter hingen daran und ganz oben saß die Blüte, die einer Tulpe ähnelte. Rot mit gelben Punkten, vier einzelne Blätter, die eine Art Maul bildeten, in dem er eindeutig Reißzähne erkannte. Die Pflanze bewegte sich so bewusst, als wäre sie Teil der Fauna, nicht der Flora.

»Was in aller Welt ist das?«, wollte er wissen.

Cormac erklärte: »Das ist eine Filanduria, auch Schnapper genannt. Diese Scheißdinger gibt es in den Sümpfen oft. Wenn man sie kennt, bemerkt man sie leicht, aber manche sind verdammt gut getarnt. Sie können Ayaner nicht verdauen, doch das wissen sie leider nicht. Daher können sie dir den Arm abbeißen, bevor sie es bemerken. Und kurz darauf versuchen sie es erneut, weil sie kein Gedächtnis haben.«

»Ich kann dir gar nicht sagen, wie sehr ich Sümpfe hasse ...«

»Geht mir auch so.«, bestätigte Cormac.

Sie liefen eine Weile vorsichtig weiter, während Baldor weiterhin absolut aufmerksam blieb. Er hörte ein seltsames Pfeifen und packte seinen Begleiter an der Schulter, damit er stehenblieb.

»Hast du das gehört? Das war kein Vogel.«, sagte er und schickte seinen Geist aus, um mit den Tieren in der Umgebung Kontakt aufzunehmen. Er spürte unzählige Insekten, Dutzende Vögel, ein paar Schlangen und einen trägen, alten Alligator in einem nahen Tümpel. Unter den erspürten Lebensformen war jedoch auch etwas, zu dem er keine Verbindung aufbauen konnte. Ein Ayaner.

Cormac schien irritiert zu sein. »Du bist gerade ein bisschen übervorsichtig. Das Dorf ist noch ein ganzes Stück entfernt. Es macht keinen Sinn, dass sie hier herumschleichen. Entspann dich.«

Kurz darauf spürte Baldor jedoch ein Piksen am Hals und bemerkte, wie ein winziger Blasrohrpfeil auch den jungen Kämpfer traf. Sofort verschwamm seine Sicht und noch bevor er nach seinem Schwert greifen konnte, fiel er in den Schlamm.

Blutritual

Als er erwachte, fühlte er sich seltsam, so als ob der Boden sich bewegte. Ein paar Sekunden später wurde ihm klar, dass es daran lag, dass er sich in einem Käfig aus Holz und Knochen befand, der an einem Ast hoch über der Erde hing und leicht schaukelte. Neben ihm saß Cormac mit dem Rücken an die Seitengitter gelehnt da und starrte in die Ferne. Seine Waffen hatte man ihm abgenommen und man hatte auch die Bandagen an seinen Armen entfernt, sodass Baldor die Bluttätowierungen sah, die für die Damas typisch waren.

Ihn hatte man ebenfalls entwaffnet. Als er seinen Arm berührte, musste er mit Schrecken feststellen, dass auch das Lederband und der Ring verschwunden waren. Seine Atmung wurde schneller und Zorn wallte in ihm auf.

Als der junge Mann bemerkte, dass er wach und kurz vor einem Wutausbruch war, berührte er ihn am Arm.

»Baldor! Nicht! Wenn du sie reizt, werden sie dich mit langen Speeren hier drin aufspießen und dein Blut mit Urnen auffangen, um es zu trinken. Ich weiß, du bist wütend, aber bitte vertrau mir jetzt und reiß dich zusammen!«, zischte er.

Normalerweise wäre es ihm völlig egal gewesen, was irgendwer sagte. Man hatte ihm das Wichtigste genommen, das er besaß. Doch das Training mit Drakon und die neue Selbstdisziplin ermöglichten ihm, eine gewisse Gefahr in der Luft wahrzunehmen, sodass er seinen Zorn mit viel Mühe herunterschluckte.

»Ich wusste doch, dass es eine Falle war! Du hast Glück, dass du auch hier drin hockst, sonst würde ich dich als Erstes in Stücke reißen! Was war das?«, knurrte er.

»Kategonengift. Ein seltenes Gift aus den Drüsen der Kategon-Schlange. Die gibt es hier im Sumpf überall. Es betäubt und lähmt die Opfer, damit sie sie lebend ins Dorf schaffen können. Die Rituale funktionieren nur mit lebenden Opfern.«, erklärte Cormac erstaunlich gelassen.

Baldor ließ den Blick über das Dorf des Sumpfstammes schweifen. Es bestand aus groben, aus Holz und Stein errichteten Hütten, die zum Teil auf hölzernen Plattformen oberhalb des Morasts standen. Die Häuser der Anwohner waren planlos verteilt und ließen den Ort größer erscheinen, als er war. Ein paar Baumhäuser gab es dort ebenfalls, die man über Leitern erreichen konnte. Das einzige große Gebäude, das mit mehr Sorgfalt gebaut worden war, war die Halle des Chal, dessen Symbol über der Tür prangte. Laut dem, was Baldor gehört hatte, war es ein Tempel der blutigen Anbetung des Gottes der Unterwelt und der Finsternis, wo Selbstverstümmelung und grausige sexuelle Praktiken durchgeführt wurden.

An den Ästen der Bäume im Dorf hingen überall noch weitere hölzerne Käfige und auch Leichen, während größere Käfige am Boden zu sehen waren. Dort wurden die Gefangenen gehalten, bis man sie opferte oder verspeiste.

Der ganze Ort war düster, weil die hohen Bäume kaum Licht durchließen. Die Luft erschien teilweise gelblich-grün wegen der vielen Pollen der aggressiven Schlingpflanzen überall.

Einige Dorfbewohner liefen unter ihnen entlang und ein paar bewarfen Cormac mit faulem Gemüse. Andere nannten ihn abfällig einen Verräter oder bedachten ihn mit Beleidigungen. Er ignorierte es, als wären sie nicht da.

»In Ordnung, ich glaube dir jetzt, dass du mich nicht verarscht hast.«, musste Baldor eingestehen.

Der junge Mann schnaufte. »Großartig. Dann kann ich ja zumindest meine letzten Stunden mit dieser beruhigenden Gewissheit leben.«

»Stunden? Was werden sie denn mit uns machen? Können wir nicht mit jemandem reden?«

Cormac deutete auf den Tempel. »Die werden uns hier oben eine Weile hängen lassen, bis wir so ausgehungert und durstig sind, dass sie uns ohne viel Gegenwehr da rein schleifen können. Da werden wir dann nackt auf den Altar des Chal gefesselt, es gibt ein paar unangenehme sexuelle Erfahrungen und dann schneiden sie uns auf und lassen uns langsam ausbluten. Wenn du Pech hast, hacken sie dir schon Körperteile ab, während du es noch bemerkst.«

Baldor ließ den Kopf gegen das Gitter fallen. »Ich hasse dieses von den Göttern verdammte Sumpfvolk. Scheiß Damas!«, fluchte er. »Wie kann man nur so leben?«

»Wusstest du, dass der Name Sumpfstamm nur deshalb verwendet wird, weil sie ausschließlich in Sümpfen leben? Das tun sie aber nicht freiwillig. Sie sind hier, weil die Sümpfe die einzigen Orte sind, wo sie leben können, ohne von allen anderen Stämmen ausgelöscht zu werden.«, erklärte Cormac.

»Und wieso bei Sel leben sie dann so abartig?«

»Dir ist vielleicht nicht bekannt, dass der Name *Damas* nicht von hier stammt. Es ist ein Wort aus Dargo weit im Norden des Kontinents und es bedeutet etwa so viel wie *unrein*. Dort nannte man sie so, weil sie nur Chal anbeten und seinen Zwillingsbruder Zef dabei völlig ignorieren. Ob du es glaubst oder nicht, Dargo ist teilweise noch blutiger, als dieser Stamm es ist. Aufgrund ihrer Weigerung, die noch abartigeren Rituale des Zef durchzuführen, hat man sie von dort verjagt, und auch von überall sonst, wo sie hinkamen. Anima wurde ihr neues Zuhause, weil die meisten Stämme sich nur um sich selbst sorgen und alles andere ignorieren.«

Baldor fragte: »Wieso erzählst du mir das? Sehe ich aus, als bräuchte ich eine Geschichtsstunde?«

Er schnaufte kurz. »Das nicht, aber man sollte selbst seine Feinde niemals als bloße Monster sehen, sondern auch ihre Perspektive verstehen. Die meisten hier kennen kein anderes Leben. Sie haben auch nicht den Mut, wie ich zu fliehen. Es ist nicht richtig, sie alle zu hassen.«, wollte Cormac ihm zu verstehen geben.

Der Günstling des Sel verschränkte die Arme. »Aber genau das tue ich. Keiner von diesen Bastarden verdient es, zu leben! Ebenso wenig wie diese beschissenen Dominus! Wenn ich hier rauskomme, werde ich sie alle auslöschen!«, kam Baldors Zorn zurück.

Cormac stand auf und deutete hinter ihn. »Scheinbar bekommst du deine Gelegenheit!«

Auf einem Ast ein gutes Stück entfernt hockte Algae und hielt ihren Bogen in der Hand. Sie machte ein Handzeichen und einige Meter weit weg, ging eine Hütte in Flammen auf. Kurz darauf brannten mehrere Gebäude lichterloh. Das sorgte für panische Rufe und völliges Durcheinander, als alle Damas versuchten, Eimer und Wasser zu holen. Dieses Chaos nutzte die Schützin, um einen Pfeil genau in ein Stück Holz zu schießen, mit dem ein Teil des Käfigs geflickt worden war. Sofort danach ließ sich die Frau einen Ast tiefer fallen und legte auf die bewaffneten Anwohner an. Schon kurz darauf starben die ersten von ihnen, als aus einer der Hütten Keros kam, der seine beiden Krummschwerter brennend wirbelte und mehrere Wachen erledigte.

Baldor drehte sich zu Cormac um, der den Pfeil in der Hand hatte und damit am Halteseil des Käfigs sägte.

»Was machst du denn da?«

»Ich nutze den schnellsten Weg hier raus! Wenn ich die Tür öffne, kommen wir trotzdem nicht runter, also nehmen wir einfach den direkten Weg.«, erklärte der abtrünnige Damas.

Als ein unheilvoll klingendes, reißendes Geräusch zu hören war, hielten sie sich beide an den Gitterstäben fest und Cormac sprang einmal fest auf den Boden. Das Halteseil riss und der Käfig rauschte nach unten, wo er auf dem harten Erdboden zerbrach. Dabei wurden sie durchgeschüttelt und Baldor prellte sich den Arm, was er jedoch kaum bemerkte, da nun nichts mehr zwischen ihm und seinen Feinden stand.

Cormac rief noch: »Warte!«

Aber der Barbar war bereits wie im Blutrausch und rannte los. Mit voller Wucht schlug er einem Anwohner die Faust gegen den Hinterkopf, sodass dieser vornüber fiel und sich das Genick brach. Eine Frau rammte ihm ein kurzes Messer in die Schulter. Er riss es brüllend heraus und trieb es ihr so hart ins Auge, dass sie durch eine Hüttenwand krachte. Sofort trat er einem anderen Kerl gegen das Knie, woraufhin es brach und durch knickte. Die Schmerzensschreie waren extrem laut, bis Cormac den Mann mit einem Kurzschwert enthauptete.

»Das sind nur einfache Dorfbewohner, Baldor! Richte deine Wut gegen die Wachen und die Helfer des Schamanen!«, versuchte der junge Krieger, ihn etwas zu bremsen.

Der Barbar hörte ihn kaum und warf eine Frau in eines der brennenden Gebäude. Kurz darauf bemerkte er, wie ein mit Schlangenhaut und Federn geschmückter Gegner seinen Axtgürtel über der Schulter trug. Der Günstling des Sel stieß Cormac beiseite und rannte auf ihn zu. In der Nähe gingen noch immer die Pfeile Algaes nieder und forderten Opfer. Keros war weiter entfernt und duellierte sich mit einigen Wachen.

Mit einem gesprungenen Schlag brach Baldor seinem Ziel den Kiefer und er landete unsanft am Boden. Jammernd kroch der Kerl davon, aber der wilde Barbar zog ihn langsam am Knöchel zurück und brach auch diesen. Dann packte er dessen Kopf und schmetterte ihn gegen einen Holzbalken, was ihn tötete.

»Gib mir das!«, knurrte er und legte seine vier Äxte wieder an, von denen er sofort eine zog und sie dem nächstbesten Anwohner in den Kopf schlug.

»Wo ist mein Ring?!«, rief er laut und wiederholte es mehrmals, während er umherlief und jeden tötete, der dumm genug war, ihm zu nahe zu kommen.

Cormac nutzte sein gefundenes Knochenkurzschwert, um es einem Wachmann dreimal durch den Körper zu jagen. Dann nahm er seinen Bogen und sein Schwert wieder an sich und eilte an Algaes Seite, die nun mit ihrem speziellen Jagdbogen einen Feind nach dem anderen im Nahkampf besiegte. Baldor musste zugeben, dass sie erstaunlich effektiv war.

Keros rief: »Rabe!«

Er stand auf einer runden, steinernen Plattform, die wie ein Ritualplatz aussah. Dort war eine verhüllte Frau in einer dunkelbraunen, rissigen Robe mit weiter Kapuze. Sie hatte das Rabenschwert in der Hand. Sofort eilte der Barbar dorthin, doch die seltsame Frau machte keine Anstalten, zu kämpfen.

Als der Feuerkrieger sie ansah und Baldor mit einem Todesblick neben ihm stand, sprach sie: »Was ihr mit unseren fleischlichen Hüllen tut, ist belanglos. Chal wird uns in seinen Hallen empfangen und wir werden auf ewig neben ihm sitzen. Nichts, was ihr tut, wird daran etwas ändern.«

»Wieso tötet ihr so viele unschuldige Leute für eure kranken Rituale?«, wollte Keros wissen.

»Unschuldig? Nein. Sie haben sich schuldig gemacht, als sie beschlossen haben, sich von Chal abzuwenden. Selbst du, Gesegneter von Sel, beleidigst seine Brüder mit Nichtachtung. Wir opfern Chal Unwürdige, damit er Zef in unserem Namen besänftigt. Unsere Seelen werden zu ihm gehen!«

Keros sah Baldor an und meinte: »Das sind Fanatiker. Sie geben bereitwillig ihr Leben für ihre verquere Überzeugung. Ich denke nicht, dass sie ihre Angriffe auf den Bärenstamm beenden.«

Die Frau kicherte. »Valeska hat euch geschickt? Außenseiter, weil sie ihre eigenen Leute nicht opfern will? All die Zeit hat sie es toleriert, wenn ihre Leute verschwunden sind und jetzt plötzlich will sie uns vernichten? Pah! Wir werden immer wieder erstarken, dafür sorgt Chal!«

»Ihr habt meine Mutter getötet! Meine Freunde! Und jetzt besitzt ihr die Frechheit, die Symbole meines Blutschwurs an euch zu nehmen! Wo sind sie? Wo sind der Ring und das Lederband?«, verlangte Baldor zu erfahren.

Die Frau stutzte. »Blutschwur? Hmm. Vath Kor nahm sie an sich, unser Schamane. Selbst uns ist das Ritual der Rache heilig, denn wir würden niemals wissentlich Sel beleidigen. Ich bitte im Namen meines Stammes um Vergebung.«

»Was? Ihr mordet und foltert und entschuldigt euch wegen Diebstahl?«, rief Baldor verärgert.

»Wir folgen den Gesetzen unseres Gottes, so wie alle anderen Stämme ebenfalls. Jene, die durch unsere Hände starben, wurden von Chal aufgenommen und dürfen nun in seinem Reich auf ewig in Frieden existieren. Wir haben sie von ihren weltlichen Lasten erlöst!«, entgegnete die Anführerin.

Keros schüttelte den Kopf. »Ihr seid Kannibalen. Nichts rechtfertigt etwas derart Abartiges!«

Die Frau erboste sich. »Wir essen die fleischlichen Überreste unserer Auserwählten, ja. Es ist eine Ehre, ihnen den Übergang nach Brujun zu erleichtern. Solange ihre Hülle auf dieser Seite noch existiert, können sie nicht vollends dort sein.«

Baldor knurrte: »Das reicht! Ich habe genug von euren Ausflüchten und fanatischen Worten!«

Er wollte eine Axt werfen, doch Keros hielt seine Hand zurück.

»Nicht! Drakon will mit ihnen verhandeln. Schlimm genug, dass wir angreifen mussten, aber wir sollten es nicht noch verschlimmern!«

Der Barbar riss sich los, trat auf die Frau zu und verpasste ihr einen Kopfstoß, der sie umfallen ließ. Er schnappte sich seinen Ledergurt mit der Scheide, in dem das Rabenschwert steckte, zog es und rammte es ihr ins Herz und anschließend in den Kopf. Keros zuckte zusammen, als er diese gnadenlose Brutalität sah.

»Diese Leute haben viele meines Stammes grausam getötet. Ihre Worte machen deutlich, dass sie mit ihren Angriffen niemals aufhören werden. Mit solchen Fanatikern kann man nicht verhandeln. Ihr solltet euer Mitgefühl zuhause lassen, wenn wir arbeiten. Das ist ja peinlich.«, murrte er genervt. »Und jetzt zu diesem Schamanen ...«

***

Der ansteigende Waffenlärm und das Gebrüll deuteten darauf hin, dass nun auch der Rest der Gruppe eingetroffen war. Das wütende Knurren eines Säbelzahntigers sagte ihm zudem, dass Vargas ebenso sauer war wie er selbst. Er bildete sich ein, ihn zu sehen, wie er hinter einem Gebüsch einen weiteren dieser seltsam gekleideten Priester zerfleischte.

Auch Drakon wirbelte seinen Speer, wenn auch zaghaft, da er weiterhin auf eine friedliche Einigung zu hoffen schien. Baldor musste ob dieser lächerlichen Idealvorstellung den Kopf schütteln. Der Mann war trotz seiner Zeit in Anima noch immer an die zivilisierten Werte der Dominus gebunden.

Anstatt ihm zu helfen, hielt er auf das Tempelgebäude zu, dessen steinerner Vorplatz voller Knochen und blutiger Schalen und Töpfe war. Firian und Nivek kämpften in der Nähe, doch er hatte keine Zeit, um ihnen beizustehen. Nur das Lederband und der Ring zählten.

Aus dem Nichts kam eine Frau aus einem Gebüsch und schlitzte ihm in mit einem Messer die Brust auf. Nicht tief, aber es brannte heftig. Er vermutete, es war eine Art Säure oder Gift an der Klinge gewesen. Er packte sie an der Kehle und hob sie mit einem Arm hoch. Sie röchelte und ließ die Waffe fallen. Mit einem finsteren Blick drückte er zu und ein Knacken beendete ihr Leben. Den Körper warf er beiseite und hob die kurze Knochenklinge vom Boden auf. Ein grünlicher Film bedeckte die Schneide. Ohne ein Gegengift würde er bald Probleme bekommen.

Algae kämpfte in der Nähe und Baldor schleuderte eine seiner Äxte, um einen Angreifer auszuschalten, der sich ihr von oben nähern wollte. Sie revanchierte sich mit einem Pfeil, der eine weitere Frau in einem Gebüsch erwischte, bevor sie ihn attackieren konnte.

Cormac tauchte neben ihm auf und hatte seine Waffen zurück. Er steckte den Bogen weg und zog sein Schwert.

»Ich stimme dir zu, Baldor. Die Damas, zumindest dieses Dorf hier, werden niemals damit aufhören, Leute zu opfern. Es gibt keinen friedlichen Weg. Drakon will das nicht akzeptieren, aber ich kenne diesen Stamm. Wir müssen es zu Ende bringen. Ich stehe dir bei.«

Damit hatte der Barbar nicht gerechnet, doch er war froh, nicht allein dazustehen.

»Was hast du da? Ein vergiftetes Messer?« Cormac roch an der Waffe und meinte: »Dieses Gift kenne ich nicht. Wir sollten die Augen nach einem Gegenmittel offenhalten.«

Die beiden sahen sich an und dann trat Baldor die Tür des Tempels ein. Er riss einen schwarzen Vorhang ab, der die Sicht auf das Innere versperrte und stieß das Rabenschwert durch den Hals einer Frau, die sie aufhalten wollte.

Das Innere des rechteckigen Gebäudes war spärlich beleuchtet. Von einem Loch in der Decke fiel das schummerige Licht des Sumpfes auf den steinernen Altar genau in der Mitte, auf dem zahllose Blutflecken zu sehen waren. Hunderte Kerzen brannten überall verteilt und erhellten den hölzernen Boden des einzigen großen Raums. Rissige, blutige Decken lagen an mehreren Stellen herum, auf denen mindestens dreißig Personen lagen, die alle nackt und blutverschmiert waren. Als Baldor genauer hinsah, bemerkte er, dass sie Sex hatten. Männer mit Männern, Frauen mit Frauen, Männer mit Frauen, in allen möglichen Positionen, und weiter hinten sah man sogar eine Ziege. Sie alle waren blutüberströmt, vermutlich von dem bleichen Kadaver am Boden vor dem Altar.

Ein einzelner alter Mann in einer rissigen, schwarzen, mit weißer Farbe beschmierten Kapuzenrobe stand bei dem Leichnam und schärfte ein Tranchiermesser. An seinem Gürtel hingen neben diversen Knochen auch das Lederband und der Ring.

Sofort schleuderte Baldor das vergiftete Messer und traf dessen Schulter. Der alte Kerl schrie kurz auf und viele der Anwesenden sprangen auf, während andere noch immer in Ekstase stöhnten.

Der Schamane zog die Waffe heraus und rief: »Was hast du getan?! Lasarwurz! Schnell!«

Eine nackte Frau rannte mit einer Schale getrockneter Kräuter zu ihm und er ließ eine Prise in seinen Mund fallen. Danach stellte er die Schale auf den Altar und sah die beiden Eindringlinge an.

»Ich erkenne die Zeichen auf deinen Armen wieder, Corr'mahkk. Du bist ein Kind des Verrats und der Einsamkeit. Wie kannst du es wagen, hierher zurückzukehren?«

Cormac entgegnete: »Ich hatte euch gewarnt, dass euch eines Tages jemand für eure schändlichen Taten zur Rechenschaft ziehen wird! Heute ist dieser Tag.«

Der Schamane lachte kurz. »Nur die Götter können über uns richten, und solange Chal uns gewogen ist, stehen wir über den Richtsprüchen geringerer Götter. Nichts, was ihr uns auf dieser Welt antut, wird uns jemals ernsthaft schaden.« Er sah zu Baldor. »Ich kenne dich. Du bist der Rabe, der von Sel gezeichnete Krieger. Es ist vorherbestimmt, dass du kommst. Ich habe deine Ankunft lange erwartet. Als ich damals deine Mutter entführte und sie hier in diesem Tempel Chal opferte, erhielt ich eine Vision, dass ihr Sohn sie eines Tages rächen würde. Ihr Schädel ist noch hier.«, sagte er und deutete auf einen Totenschädel auf einem Regal oberhalb der Eingangstür.

»Ihr seid nichts als blutrünstige Monster! Ihr alle! Ihr treibt es im Blut eurer Opfer? Wie verdorben kann man sein?«, brüllte er.

Cormac schoss dem Schamanen ins Bein und er ging jammernd auf die Knie.

Baldor sah seinen Kameraden an und der sagte: »Tu, was du tun musst.«

Daraufhin spürte er den Blutrausch in sich aufwallen und packte sein Schwert fester. Einige der nackten Leute kamen mit Messern und Keulen auf ihn zugestürmt.

»So sei es.«, grinste der Barbar finster und machte sich bereit.

Er enthauptete den ersten Angreifer, schlug eine Frau dahinter hart zu Boden und trat ihr gegen den Kopf. Danach schmetterte er das Gesicht eines anderen Kerls mit voller Kraft gegen die Wand, schnappte sich eine Kerze und steckte sie in den offenen Mund einer Frau, die einen Kampfschrei ausstieß. Ein Schlag presste sie ihr in den Hals und er warf sie auf drei weitere Personen, die in ein kleines Feuer stürzten und sofort schrien, als die vielen Flüssigkeiten und Talgrückstände ihrer Körperbemalungen entflammten.

Cormac ging ebenfalls zum Kampf über, wählte jedoch ein wesentlich präziseres und effizienteres Vorgehen. Er wirbelte mit seiner Klinge herum und öffnete Hälse oder durchbohrte Herzen, während Baldor seinem aufgestauten Zorn freien Lauf ließ und Knochen brach oder Schlimmeres mit seinen Gegnern anstellte.

Er wehrte einen Faustschlag ab und brach den Arm des Angreifers an drei Stellen, bevor er ihm den Schädel einschlug. Kurz darauf wich er einem Keulenhieb aus und trennte einer Frau das Bein ab. Ihre Schreie waren markerschütternd, sodass Cormac sich erbarmte und sie von der gegenüberliegenden Raumseite erschoss. Baldor merkte davon nichts, da er bereits eine andere Frau durch die Wand geprügelt und einem Mann sein Schwert durch den Schädel getrieben hatte.

Der gesamte Kampf im Tempel dauerte nur wenige Minuten, da die Dorfbewohner dort alle nackt und größtenteils unbewaffnet waren. Baldor kannte jedoch keine Gnade mit ihnen, so wie sie auch keine mit ihren zahllosen Opfern gekannt hatten.

Blutüberströmt stand er am Ende vor dem Schamanen. Der Barbar griff sich die Kräuterschale und aß ein paar davon.

»Euer Gift fällt mich nicht. Nicht bevor ich jeden Einzelnen von euch Monstern persönlich zu eurem geliebten Chal geschickt habe.«, knurrte er mit nichts als Hass in den Augen.

Mit einem kurzen Ruck riss er dem alten Kerl den Gürtel vom Körper und nahm sein Hab und Gut wieder an sich.

»Dieser Blutschwur ist nicht der Eure.«

Der Schamane kicherte erneut. »Eure armseligen Schwüre und Gebräuche bedeuten nichts im Angesicht der Unterwelt. In Brujun sind sie alle wertlos. Na los doch! Töte mich! Du hast hier bereits bewiesen, dass du ebenso grausam bist, wie du uns zu sein beschuldigst. Du wolltest Rache und hast dafür viel mehr Leben genommen und weit mehr Schmerz verursacht, als wir es in mehreren Wintern getan haben. Sel ist nicht besser als Chal oder Zef. Alle drei sind Brüder und ihre Finsternis ist gleich.«

Baldor ging auf ein Knie herunter, um mit ihm auf Augenhöhe zu sein. »Das hier hat nichts mit den Göttern zu tun. Ich bin hier, um euch zu vernichten, damit niemand mehr unter eurem Wahn leiden muss. Ihr habt zu lange Leid gebracht und zu viele Ayaner gequält. Diese Grausamkeit endet heute.«

Der alte Mann erwiderte: »Doch der Wahn, der in deiner Seele lebt und sie langsam zerfrisst, verbleibt auf der Welt. Deine Existenz wird mehr Tod und Zerstörung über die Welt bringen, als alle Damas zusammen. Ich habe es gesehen. Du wirst eine Vernichtung verursachen, die Thorald Stahlfaust ebenbürtig ist. Also töte mich jetzt und beweise deinen Kameraden, was du wirklich bist!«

Cormac sah Baldor an und sagte: »Tu es nicht, Baldor. Gib ihm nicht recht.«

Der Barbar sah, wie der Valdah durch das Loch in der Decke kam und auf dem Altar landete.

»Mich interessiert nicht, ob er recht hat oder nicht. Ich bin hier, um eine Gefahr für ganz Anima zu vernichten. Was irgendwer anders darüber denkt, ist mir scheißegal.«, sagte Baldor hart. Er griff sich das lange Tranchiermesser vom Altar, rammte es dem Schamanen ohne

Umschweife senkrecht in den Kopf und brach den Griff ab, indem er ihn festhielt und mit voller Wucht sein Knie in dessen Gesicht trat.

Als der Mann tot zu Boden fiel, war es für einen Moment unheimlich still. Cormac starrte die Leiche mit stummer Genugtuung an.

»Algae hat noch weitere Gefangene in den Außenbereichen des Dorfes entdeckt. Lass uns nachsehen, ob wir noch jemanden retten können.«, schlug der junge Mann vor. »Was ist mit dem Schädel deiner Mutter?«

»Was soll damit sein? Es ist ein Schädel, weiter nichts. Am Besten sagen wir Vargas nichts davon. Er würde es nur schwer ertragen.«

***

Die beiden verließen den Tempel und gingen gemeinsam mit Algae und Nivek auf die Suche nach Gefangenen. Sie konnten gleich sieben Personen retten, von denen sie jedoch zwei töteten, die sich als Dominus herausstellten.

Während dieser Aktion konnte sich der Barbar von seinem alten Hass lösen und Cormac in einem neuen Licht sehen. Eine Freundschaft war es zwar noch nicht, doch es gab weit weniger Feindseligkeit und Distanz, da er nun auch von sich aus das Gespräch mit dem jungen Kämpfer suchte.

Nachdem das Dorf fast vollständig ausgelöscht war, kehrte Baldor allein nach Dolo Ursu zurück. Er wollte Ring und Lederband vom dortigen Schamanen reinigen und den Blutschwur erneuern lassen.

Als er aus der Hütte trat, die Ursus geweiht war, kamen die anderen den Weg hinauf und Drakon hielt zielstrebig und mit wütendem Gesichtsausdruck auf ihn zu.

»Was hast du angerichtet?! Die anderen haben mir genau berichtet, was du in Vol Tur getan hast! Du solltest vermitteln und eine friedliche

Lösung finden, nicht das gesamte Dorf umbringen! Wir sind doch keine Henker, die einfach jeden töten, der uns nicht passt! Und dann noch diese Brutalität! Ich habe die Leichen im Tempel gesehen. Abgetrennte Gliedmaßen, gebrochene Knochen, zerfetzte Gesichter und überall Blut! Das hat keine Ehre! Und es ist auch nicht die Art, wie wir vorgehen!«, rief er so laut, dass einige umstehende Mitglieder des Bärenstamms neugierig zu ihnen herüberschauten.

Baldor war unbeeindruckt und sah den Anführer mit mahlendem Kiefer an. »Die Damas sind Monster. Dein Dominus-Verstand kann gar nicht begreifen, wie verdorben diese Leute waren. Jahrzehntelang haben sie geliebte Mitglieder unseres Stammes verschleppt und umgebracht, nicht nur meine Mutter. Glaubst du allen Ernstes, sie hätten einfach damit aufgehört, Chal anzubeten und ihm Opfer zu bringen? Du unterschätzt den fanatischen Glauben einiger Stämme gewaltig, Drakon. Keine Worte hätten sie überzeugt, keine Verhandlung hätte sie umgestimmt und kein Angebot hätte sie dazu ermutigt, keine Ayaner mehr zu entführen. Du hast doch die Käfige und Leichen gesehen.«

Cormac warf ein: »Er hat recht, Drakon. Mein einstiger Stamm wäre niemals von seinen Traditionen abgewichen. Es wäre so oder so auf diese Weise gekommen. Das war unvermeidlich.«

Der Anführer hob die Hand. »Auch du bist nicht imstande, das Ganze neutral zu sehen. Vermutlich war es mein Fehler. Ich hatte gehofft, eure Vergangenheit würde euch mehr Einblick und dadurch bessere Argumente ermöglichen. Aber ich habe vorausgesetzt, dass ihr dafür euren alten Groll vergessen könnt. Es war vermutlich zu viel verlangt, dass ihr euch beherrscht.«

»Es ist besser so, glaub mir.«, meinte auch Vargas und Firian, ebenso wie Algae, nickten zustimmend.

Drakon sah wieder zu Baldor. »Wie dem auch sei, es ist inakzeptabel, wie du diese Leute getötet hast. Ich habe dir gezeigt, wie man schnell und schmerzlos tötet. Natürlich klappt das nicht immer, aber was du getan hast, war etwas völlig anderes. Du hast sie bewusst leiden lassen. Das war keine Gerechtigkeit, nicht mal Rache. Das war Grausamkeit. Du hast eine Frau an einer Kerze ersticken lassen!«

»Es gibt Momente, in denen deine Ehre fehl am Platz ist, Drakon. Es mag ja ein edles Ziel sein, so zu handeln, aber du vergisst, dass wir nicht in Dominium sind. Hier in Anima gelten andere Regeln. Leb damit oder lass es.«, sagte Baldor kalt und hatte keinerlei Schuldgefühle.

Als der Anführer voller Wut auf den Barbaren zutrat, flatterte Valdah krächzend vor ihn und landete dann auf dessen Schulter.

»Sel ist auf seiner Seite, Boss. Die Götter von Anima verlangen, dass manche Angelegenheiten in ihrem Sinne geregelt werden. Baldor hat genau das getan. Es ist der Wille des Rabengottes gewesen.«, kam es von Vargas.

Drakon stampfte aufgebracht davon, um mit Valeska Steintatze zu sprechen. Obwohl Baldor der Letzte war, den er jetzt sehen wollte, begleitete er ihn, da er den besten Draht zu ihr hatte.

Die beiden setzten sich zu ihr in ihren Wohnraum. Die erfahrene Frau hörte sich den Bericht an, den Drakon ihr vortrug. Anschließend nickte sie langsam.

»Ich muss sagen, es ist eine weit größere Erleichterung, von der Vernichtung von Vol Tur zu hören, als ich zugeben möchte. Diese Dreckschweine haben im Laufe der Zeit zu viele von uns getötet. Es wird vermutlich ein Fest geben, um diese freudige Nachricht zu feiern.«, sagte sie und atmete erleichtert durch.

Drakon war verwirrt. »Ich dachte, ihr wolltet einen Waffenstillstand. Warum habt ihr nicht gleich gesagt, dass ihr das Dorf vernichten wollt?«

Sie erwiderte: »Weil ihr nur eine Handvoll Leute seid. Wie hätte ich ahnen können, dass euch dieses Kunststück gelingt? Mir wurde von meinen Leuten zugetragen, dass du ein Problem damit hast, was Baldor getan hat.«

Der Anführer der Bande antwortete: »Ihr seid gut informiert.«

»Er hat getan, was jeder von uns getan hätte. Die Damas bedeuten für alle anderen Stämme Angst und Tod. Ihre Erfahrung mit dem Sumpf machte einen gemeinsamen Angriff der Stämme auf sie zu verlustreich, um es zu riskieren. Ihr habt sie unvorbereitet erwischt. Es mag euch hart und grausam vorkommen, doch selbst der einfachste Anwohner dieses Dorfes hat sich furchtbarer Verbrechen schuldig gemacht. Innerhalb der Stämme und auch im Austausch untereinander ist es seit jeher ein unausgesprochenes Recht, Vergeltung zu üben, wie Sel es verlangt. Nichts anderes habe ich erwartet.«

Darauf hatte Drakon keine Antwort. Stattdessen richtete sich Valeska an Baldor.

»Wie fühlst du dich, Rabe? Nach all den Wintern hast du nicht nur deine Mutter, sondern auch zahllose andere Seelen gerächt. Sel muss ausgesprochen zufrieden mit dir sein. Selbst Alvaron dürfte wohlwollend zugesehen haben. Ich habe die Beschreibungen gehört, was du den Damas angetan hast. Ich muss gestehen, ich war erstaunt, wie sehr du dich beherrschen konntest. Ich hätte sie weitaus mehr leiden lassen.«, meinte sie und brachte Drakon damit noch mehr aus der Fassung.

Der Barbar saß auf seinem Stuhl und brummte: »Ich habe Disziplin gelernt. Außerdem waren es zu viele, als dass ich Zeit für härtere Vergeltung gehabt hätte. Sie hätten weit mehr verdient als nur das, aber die Bedrohung zu beseitigen war wichtiger.«

»Das, was du mit diesen Leuten gemacht hast, war also sogar noch Zurückhaltung?«, wunderte sich der Anführer.

»Ich habe mich sehr zusammengerissen, diesen Bastarden nicht jedes Körperhaar einzeln auszureißen oder sie alle zu verbrennen. Du machst dir keine Vorstellung, was für Monster das waren. Ich bereue nicht, was ich getan habe. Ich bereue nur, dass ich keine Zeit hatte, es langsamer zu tun.«, knurrte Baldor.

Sie redeten noch eine Weile über die Geschehnisse, doch dann erzählte Drakon der Anführerin des Stammes von der Koalition gegen die Dominus.

Valeska schien nicht überrascht zu sein. »Die Eroberer aus dem Westen sind schon einige Zeit ein Problem. Bisher haben sie uns weitestgehend in Frieden gelassen, aber mir kamen einige Geschichten zu Ohren, darunter auch über Rakios. Ich bin nicht so blind und mit dem Kopf in den Wolken wie der grüne Prinz. Mir ist bewusst, dass die Dominus uns unterwerfen werden, wenn wir es zulassen. Da wir jetzt keine Angriffe mehr aus dem Sumpf fürchten müssen, kann ich meine besten Krieger von den Grenzen abziehen. Sollte es also ein Bündnis mehrerer Stämme geben, wird der Bärenstamm sich anschließen.«, verkündete sie.

Baldor sah Drakon erleichtert aufatmen.

Valeska stand auf und sagte: »Wenn es dir nichts ausmacht, Baldor, würde ich gern ein paar Worte mit dir allein wechseln.«

Daraufhin erhob sich der Bandenführer und kehrte zu den anderen zurück.

Die Stammesführerin sah den siegreichen Krieger an.

»Deine Kameraden mögen dir geholfen haben, aber mir und auch dem Stamm ist bewusst, dass du es warst, der den verhassten Sumpfstamm vernichtet hat. Damit hast du vielen Stämmen sehr geholfen. Nach dem Brauch des Ursus steht dem Sieger in der Schlacht Ehre, Met und weibliche Gesellschaft zu. Da Arania nun in Myrin wandelt, um dort auf ewig mit eurer Tochter in Frieden zu leben, ist es nur recht und billig, wenn ich diese Schuld begleiche.«

Als sie das sagte, öffnete sie die Schnallen ihrer Kleidung und ließ sie zu Boden gleiten. Baldor sah die Anführerin des Bärenstammes in all ihrer kriegerischen Schönheit vor sich stehen. Er zog sie zu sich heran und seine Hände wanderten von ihrem festen Po hinauf zu ihren üppigen Brüsten, während sie ihn mit Verlangen ansah. Er hob sie hoch und trug sie zu einem Fell vor dem Feuer, wo er sie hinlegte und den Rest der Nacht ihre Dankbarkeit auskostete.

***

Am folgenden Morgen erwartete ihn als Erstes der wissende Blick seines Bruders.

»Na, Casanova? All die Zeit hast du dir vorgestellt, wie es wäre, Valeska ordentlich ranzunehmen. War es so, wie du es dir ausgemalt hattest?«

Baldor grinste wie ein Jüngling. »Besser als das. Viel besser als alles, was ich mir hätte wünschen können. Diese Frau ... das kann man nicht beschreiben.«

Vargas kicherte, aber sein Blick wurde sofort ernst, als Cormac zu ihnen kam. »Was willst du hier, Sumpfratte?«

Der junge Mann ignorierte die Beleidigung und sagte zu Baldor: »Drakon hat sich wieder beruhigt. Ich habe noch lange auf ihn einreden müssen, bis er akzeptiert hat, dass es mit den Damas keine Einigung hätte geben können. Es fällt ihm trotz allem immer noch schwer, manche Dinge zu begreifen, die die Stämme betreffen. Dominium ist da völlig anders. Jedenfalls ist er jetzt nicht mehr ganz so sauer auf dich.«, erklärte er.

»Ich danke dir, Cormac. Es wird sicher nicht das letzte Mal sein, dass wir aneinandergeraten, aber danke, dass du ihn beruhigt hast. Ich schulde dir was.«, entgegnete Baldor freundlich, was Vargas irritierte.

Als der junge Mann verschwunden war, fragte er: »Was war denn das eben? Du warst nett zu diesem Mistkerl? Hast du immer noch Gift in deinem Körper? Ah, ich verstehe! Du bist immer noch verzaubert von deiner Nacht mit Valeska.«

Baldor rieb sich die Oberschenkel, als er auf einer Treppenstufe saß.

»Das ist es nicht. Während des Einsatzes habe ich einiges über ihn und seine Vergangenheit erfahren. Ich denke, wir haben ihm Unrecht getan. Er ist als Damas aufgewachsen und kannte nur ihre Wahrheiten. Wären wir dort geboren, hätten wir auch so gehandelt. Sobald er alt genug war, seine Fehler zu erkennen, hat er seine Familie verlassen und ist geflohen. Das hat viel Mut gekostet. Ich habe selbst gesehen, wie er von seinen früheren Stammesbrüdern bespuckt wurde. Er ist keiner von ihnen.«

»Einmal Damas, immer Damas. Man kann doch nicht Ayanerfleisch essen und dann einfach so tun, als wäre nichts gewesen. Wir können ihm nicht vertrauen.«, beharrte Vargas.

Baldor erhob sich und klopfte ihm auf die Schulter. »Ich habe meinen Groll in Vol Tur begraben. Jetzt muss ich mich auf die Dominus und Calder konzentrieren. Wenn Cormac uns dabei helfen kann, dann werde ich ihn nicht länger abweisen.«

Sein Bruder sah unzufrieden aus, aber Baldor betrachtete es als Fortschritt. In seinem Herzen war nur Platz für eine Fehde.

Die Kinder von Ymira

Einige Wochen nach dem Sieg über die Damas hatte sich diese Tat bereits in Anima unter den Stämmen und Anwohnern verbreitet, ebenso wie der Name desjenigen, dem man diese gefeierte Leistung zuschrieb: Baldor Raven, der Rabe, Herold von Sel. Er selbst dachte kaum noch daran, als die Truppe gerade in einem Dorf namens Juna am südwestlichen Rand des großen Grünwalds rastete. Sie hatten drei Dominus-Karawanen überfallen und damit die Last der Dorfbewohner erleichtert.

Drakon war zufrieden mit den Ergebnissen, wobei er dennoch jedes Mal das Gesicht verzog, wenn ein Passant Baldor zum Sieg im Sumpf beglückwünschte. Auch Vargas verhielt sich seinem Bruder gegenüber kühler, seit er regelmäßig mit Cormac plauderte und sie auch gemeinsam auf die Jagd gingen. Zwar konnte selbst der junge Krieger Baldor nicht beibringen, wie man einen Bogen richtig benutzte, aber sein Gespür für die Tierwelt erleichterte ihnen die Suche enorm.

Im Dorf brauchten sie jedoch zur Abwechslung einmal nicht jagen, weil sie einfach im hiesigen Gasthaus etwas von dem vielen erbeuteten Gold für hervorragend zubereitete Mahlzeiten ausgeben konnten.

Eines Abends saßen sie alle zusammen an einer langen Tafel und genossen ein ganzes Wildschwein mit diversen Soßen und Beilagen. Vargas saß neben Ulonga, um sich bei Ymira und Heylda für die Gaben zu bedanken, während Keros gedämpft mit Nivek redete. Drakon war schweigsam und Firian saß neben Algae bei Baldor und Cormac.

Der Rabe betrachtete, wie so oft, die vielen Narben der stillen Frau. Zuerst waren ihm aufgrund ihrer langen Kleidung nur die Spuren in ihrem Gesicht aufgefallen, doch auch ihre Handgelenke und Unterarme wiesen Schrammen und Fesselungsnarben auf.

»Ich weiß, du redest nicht viel, aber ich bin wirklich sehr neugierig, wie deine Geschichte lautet. Man kennt nur Gerüchte von den Augen Ymiras. Außerdem siehst du nicht aus, als kämst du aus Kaifu. Die Leute dort sollen helle Haut und schmale Augen haben. Du wirkst eher wie eine Xenerin oder sogar von noch weiter nördlich.«, fing er an.

Sie sah ihn kurz an und Cormac meinte: »Sie denkt nicht gern an ihre Vergangenheit zurück und nachdem sie es mir erzählt hat, verstehe ich auch, wieso.«

Sie legte ihre Hand auf seine und entgegnete: »Ist schon in Ordnung. Er ist schon lange bei uns und man sollte wissen, mit wem man gemeinsam die Schwerter zieht.« Ihre Stimme war leicht rau, aber kräftig und bestimmt.

»Man sieht es mir zwar nicht an, hoffe ich, aber ich bin jetzt 106 Sommer alt. Dein Blick täuscht dich nicht, ich wurde in Xenos geboren, an der Westküste nahe Zalinos. Als ich gerade 16 war, zogen wir wegen der wachsenden Zahl von Überfällen der Dargonier nach Kaifu. Wir lebten in Manju an der nördlichen Küste. Leider sind dort einige erfahrene Seefahrer und Piraten unterwegs, sodass unser Dorf überfallen wurde. Sie entführten mich und verkauften mich als Sklavin in Dargo. Vierzig Sommer lang wurde ich von Besitzer zu Besitzer weitergegeben und misshandelt, vergewaltigt und gebrochen. Daher stammen die Fesselungsnarben.«, erzählte sie erstaunlich neutral und ohne Wut oder Trauer.

»Du meine Güte ... das klingt furchtbar. Wie hast du das nur überlebt?«, fragte Baldor mitfühlend.

Firian brummte: »Weil sie eine knallharte Kämpferin ist, deswegen.«
Sie reagierte leicht grinsend. »Das war ich damals noch nicht. Ich war
ängstlich und gebrochen, vermutlich wäre ich in Gefangenschaft gestorben. Irgendwann lebte ich am nordwestlichen Rand von Dargo als
Dienerin eines niederen Fürsten. Ein Trupp wütender Banditen überfiel
sein Lager und das ermöglichte mir die Flucht ins benachbarte Reich
Yatai. Dort gibt es sehr viele Banden und Horden. Als heimatlose Frau
war ich leichte Beute für viele einsame Männer. Zum Glück rettete mich
ein Söldner mit Prinzipien. Er lehrte mich das Kämpfen, damit ich mit
ihm gemeinsam Aufträge erfüllen konnte. Das war eine gute Zeit.«

»Ich kenne viele starke Frauen bei den Stämmen, aber solchen Über-
lebenswillen habe ich noch nie erlebt. Ich bin zutiefst beeindruckt. Aber
wie bist du ausgerechnet in Anima gelandet?«, wollte Baldor wissen.

Sie schluckte einen Bissen Fleisch herunter. »Als der Söldner bei
einem Auftrag getötet wurde, zog ich alleine weiter, aber es ist schwer,
allein in Yatai zu arbeiten, besonders als Frau. Also beschloss ich, weiter-
zuziehen. Ich durchstreifte Nord- und Süd-Orania, Dargo, Xenos und
sogar für eine Weile Makonien, doch am Ende kehrte ich nach Kaifu
zurück. Ohne Familie oder Aufgabe fanden mich die Augen Ymiras und
nahmen mich auf. Sie waren meine Schwestern und nie habe ich mich
freier gefühlt.«

»Was genau tun die Augen?«

Firian antwortete. »Es sind Dienerinnen und Gesandte der Ymira, die
den Weg der Göttin der Jagd beschreiten. Sie bekämpfen Ungerechtigkeit, gehen gegen Wilderei vor und tun alle möglichen seltsamen
Sachen.«

Algae schmunzelte. »Die Augen wurden während des Feldzugs gegründet, um die dargonischen Ritualmeister zu jagen, die Kaifu und andere Reiche terrorisierten. Daraus wurden später auch andere Zielpersonen, die ihre Macht missbrauchten, um Unschuldige zu unterdrücken. Das gilt für Ayaner, ebenso wie für Tiere. Wir sind nicht ganz so edel und protzig wie die weißen Streiter, sondern subtil. Wir wurden geschickt, um die Situation mit den Dominus zu untersuchen. Während unserer Aufklärung wurden wir von Leonhardt überfallen und er hat all meine Schwestern brutal getötet. Nur ich bin übrig und ich kann nicht zurückkehren, solange die Tode meiner Schwestern nicht gesühnt sind. Der Weg der Ymira fordert Auge um Auge.«, beendete sie ihre Geschichte mit ernstem Blick.

»Wahnsinn ... du bist eine wirklich eindrucksvolle Frau, Algae. Ich bin dankbar, dass du mir das erzählt hast.«, sagte Baldor.

Er bemerkte, wie Cormac sie mit dezenter Begierde ansah, aber sofort damit aufhörte, als er dessen Blick auf sich spürte. Firian prostete der Schützin zu.

»Algae ist von uns allen am Längsten bei Drakon. Sie ist eine geborene Kämpfernatur. Mit niemandem ziehe ich lieber in die Schlacht!«, rief er etwas zu laut, da er angetrunken war.

Abgesehen von einem giftigen Blick von Vargas zu Cormac reagierte niemand darauf.

Als sie alle satt und zufrieden waren und sich bei ein paar Bieren und Met unterhielten, war auch der Rest der Taverne voll und die Leute redeten, lachten und tranken. Besonders Nivek und Cormac plauderten gern mit den Anwohnern, um den neuesten Klatsch und Tratsch zu hören und

Gerüchte aufzuschnappen. Manchmal kam sogar ein Auftrag dabei heraus.

An diesem Abend trat jedoch eine besondere Person an sie heran. Es war eine junge Frau in einer Montur aus Leder und Fell mit einer Kapuze, die aus einem Wolfskopf gefertigt worden war. Sie trug eine Axt und mehrere Messer bei sich und die meisten der Gäste hielten respektvoll Abstand, als sie vor Baldor trat, den man aufgrund seiner Rückentätowierung meist am schnellsten erkannte. Drakon bemerkte, dass etwas vor sich ging, und kam dazu.

»Du bist es! Du bist der, den sie den Raben nennen! Baldor Raven! Der Schlächter von Vol Tur!«, sagte sie mit ihrer hellen Stimme.

Der Angesprochene drehte sich ein Stück zur Seite und setzte seinen Becher ab, aus dem er gerade einen Schluck nehmen wollte.

»Bin ich. Was willst du?«, gab er zurück.

»Ich wurde geschickt, um nach dir und deinen Leuten zu suchen. Häuptling Nolvar-Tan vom Wolfsstamm lässt euch Grüße ausrichten und bittet darum, dass ihr ihn in unserem Dorf Wuun aufsucht. Er hat eine dringliche Angelegenheit mit euch zu besprechen und will euch für einen gefährlichen Auftrag anheuern. Es ist nicht weit von hier.«

Baldor erinnerte sich. »Wuun ... da war ich erst drei Male, wenn ich mich nicht irre. Euer Stamm lebt eher zurückgezogen, nicht wahr?«

Sie nickte. »Wir folgen dem Weg der Ymira und das erfordert im Falle von Ungerechtigkeit, Gleiches mit Gleichem zu vergelten. Deshalb sind die Leute in den umliegenden Dörfern ungern in unserer Nähe. Sie fürchten, wir könnten sie angreifen, weil sie genau wissen, dass sie sich falsch verhalten. Es ist selten, dass der Häuptling entscheidet, Außenstehende einzuladen.«

Drakon reichte der Frau einen Becher Met und sagte: »Ich kenne Nolvar. Vor ein paar Jahren, als ich noch Zenturio war, habe ich mit ihm über ein Stück Land verhandelt. Er wollte es uns nicht überlassen und ich habe das akzeptiert, obwohl meine Vorgesetzten eine gewaltsame Lösung verlangten. Er schien mir ein stolzer und ehrbarer Mann zu sein.«

Die Gesandte leerte den Becher in einem Zug und erntete beeindruckte Kommentare von Firian und Cormac.

»Für Fremde kann er manchmal schwierig zu verstehen sein, aber da ihr viele Stammesmitglieder in eurer Gruppe habt, dürfte es euch leichter fallen. Werdet ihr der Einladung folgen?«, erkundigte sie sich.

Es war Baldor klar, dass Drakon beleidigt wäre, sollte er im Namen der Gruppe sprechen, daher überließ er es ihm.

»Wir werden im Morgengrauen aufbrechen. Du kannst deinem Häuptling unsere Ankunft ankündigen.«

Sie nickte zufrieden und verließ das Lokal unter den skeptischen Blicken der Anwohner.

Drakon sah den Raben an. »Du scheinst deiner flüchtigen Berühmtheit nicht viel Bedeutung beizumessen. Das rechne ich dir hoch an, wo es doch kaum etwas Bedeutsameres bei den Stämmen gibt als einen Sieg in der Schlacht.«

Baldor nahm einen Schluck und entgegnete: »Ich gebe nichts auf Ruhm. Ebenso wenig kümmern mich die Wünsche der Götter. Ich will meine Blutrache und meinen Sohn, alles andere ist mir gleich.«

Dann stand er auf und ging schlafen.

***

Der folgende Tag begann früh und sie ritten gemächlich in den nahen Grünwald hinein, der eines der größten Waldgebiete im nördlichen Anima war. Sie brauchten ganze drei Tage auf einem gut ausgetretenen Waldweg, bis sie Wuun erreichten. Gorm schnüffelte gut gelaunt und brummte erfreut, als er einen Bienenstock entdeckte, der süßen Waldhonig versprach.

»Du altes Schleckermaul.«, meinte Baldor belustigt und klopfte ihm auf die Flanke.

Die anderen redeten miteinander und lachten, weil die kurze Reise angenehm und im warmen Frühsommerwetter fast schon entspannend war. Vargas ritt in der Nähe und der Rabe fragte ihn:

»Bruder, du warst doch öfter hier als ich. Was hältst du von den Leuten hier?«

Der Hüne mit den vielen Stammesbemalungen sah ihn neutral an.

»Sie sind weniger stolz als die Bärenclans, aber leichter reizbar. Ymira ist ihnen heiliger als alles andere, also sollte man im Umgang mit Tieren sehr vorsichtig sein. Sie jagen natürlich auch, aber nach den Regeln der Göttin der Jagd und des Kampfes. Kein unnötiges Leid, kein Töten zum Vergnügen und Respekt vor der Natur. Solange man also ihren Glauben und den Wald respektvoll behandelt, sollte es keine Probleme geben.«

»Dein Tonfall sagt mir, dass du unzufrieden bist. Mein Umgang mit Cormac scheint dir noch immer Sorgen zu bereiten.«

»Du hast dich entschieden, dem Feind zu vertrauen. Das ist deine Sache, aber ich kann dir nicht rückhaltlos vertrauen, wenn du dich auf ihn verlässt.«, brummte Vargas.

»Wenn du schon deine Meinung nicht ändern kannst, dann lass wenigstens deine Laune nicht davon trüben. Sieh dich um! Wir sind im

Grünwald. Da wollten wir doch immer hin und mit den Wölfen jagen oder die Statue im See sehen.«, versuchte Baldor, ihn aufmuntern.

»Falls unser Auftrag uns in diese Richtung führt.«, gab sein Bruder immer noch mürrisch zurück.

Baldor wollte es weiter versuchen, aber sie erreichten die Grenze des Dorfes und alle ihre Blicke wanderten über die Ortschaft.

Die Ansiedlung lag auf einer Anhöhe, die durch einen tiefen Felsgraben geteilt wurde, über den diverse Holz- und Hängebrücken führten. Die Gebäude waren aus solidem Holz gebaut und zum Teil zweistöckig. Ein paar Häuser waren uralte, verfallene Steinbehausungen der frühen Enai, die man mit Holz und Bruchstein geflickt hatte. Bäume mit Früchten oder bunten Blüten zwischen den Bauten und an den ausgetretenen Wegen erschufen ein behütetes Gefühl für alle Besucher. Eine große Wolfsskulptur aus verwittertem Stein aus der Zeit der Cossitar stand vor dem Langhaus des Häuptlings und diente als Dorfplatz und Versammlungsstätte für die Gläubigen von Ymira. Die vielen Anwohner waren kräftig, aber sehnig, sie waren hervorragende Bogenschützen und erfahrene Jäger und Waldläufer. Die meisten trugen Wolfskapuzen oder andere Tierfelle und Knochenschmuck. Einige domestizierte Wölfe hatten sie ebenfalls dort, die als treue Gefährten der Stammesmitglieder dienten. Vogelgezwitscher und das entfernte, leise Rauschen eines Baches vervollständigten das idyllische Bild.

Nivek hielt sein Pferd an und meinte: »Sagt, was ihr wollt, aber dieses Dorf ist hundertfach schöner als die Heimat der Baumhirten.«

Keros nickte schweigend und sein Bruder scherzte: »Hier tritt man auch nicht ständig in irgendwelche Pfützen.«

Es dauerte nicht lange, bis man ihre Ankunft bemerkte, denn Besucher waren in Wuun eher selten, besonders eine so bunt gemischte Gruppe wie Drakons Söldner. Sie alle stiegen von ihren Pferden ab und Baldor schickte Gorm los, sich den Honig zu holen, den er wollte. Anschließend gingen sie zu Fuß in das Dorf hinein, dessen Größe durchaus als Kleinstadt bezeichnet werden konnte.

»Hier gibt es eine Menge Ruinen. Seht ihr die Mauerreste und die reparierten Wohnhäuser? Das sieht aus wie Cossitar-Architektur.«, überlegte Nivek laut.

Algae antwortete: »Ist es auch. Der Grünwald war ein zentraler Teil des alten Reichs der Cossitar. Sie haben nur selten Steingebäude errichtet, aber wenn sie es taten, war es für die Ewigkeit. Dieser Wald war jedoch auch Teil des Enai-Gebiets. Weiter nördlich sollte es auch von ihnen einige Hinterlassenschaften geben.«

Baldor wunderte sich. »Woher weißt du das alles?«

»Die Augen Ymiras werden geschichtlich geschult. Wir reisen durch den ganzen Kontinent und es gibt vieles, was wir lernen können. Je mehr man weiß, desto klüger kann man agieren.«, erklärte sie ungewöhnlich gesprächig.

»Du redest doch sonst nicht so viel.«, wunderte sich Firian.

»Sonst redet ihr auch meist über Kämpfe, die Dominus oder anderen unwichtigen Unsinn. Dazu habe ich nichts zu sagen.«, gab sie zurück und der breit gebaute Feuerkrieger stutzte.

Ulonga schmunzelte über ihre Worte und betrachtete dann eine Frau, die aus Stroh und Seilen eine Skulptur baute, die einen Ayaner darstellen sollte, wobei das Ganze fast doppelt so groß war, wie sie selbst.

»Offenbar findet hier bald das jährliche Feuerfest statt, um Zalathir zu besänftigen und Waldbrände zu verhindern. Ironisch, dass man im Wald Feuer macht, um Feuer im Wald zu vermeiden.«, meinte der Schamane.

Bei dieser Aussage schüttelte Baldor den Kopf über die Bräuche und Traditionen der Stämme, sagte aber nichts. Sein Bruder bemerkte seinen Blick und wusste sofort, was er dachte, was seine Laune nur noch weiter verschlechterte.

Nivek stieß dem Raben den Ellenbogen in die Seite.

»He, hab ihr beide Ärger? Vargas wirkt noch mürrischer als gewöhnlich, wobei das natürlich bei ihm schwer zu sagen ist. Er ist ja meistens mies gelaunt.«

»Er kommt nicht darüber hinweg, dass ich meinen Geist geöffnet und Cormac akzeptiert habe. Ich verstehe ihn ja, immerhin habe ich selbst auch über ein Jahr und den Kampf gegen seinen ehemaligen Clan gebraucht, bis ich dazu fähig war. Es braucht seine Zeit. Die beiden müssten gemeinsam Gefahren überstehen, damit er merkt, dass der Junge in Ordnung ist. Dazu kommt jetzt noch meine übliche Skepsis gegenüber den vielen Ritualen für die Götter.«

Nivek lächelte erstaunt. »Ich habe nie mit dir über die Götter gesprochen, weil ich absolut kein religiöser Mann bin. Natürlich gibt es die gleichen Götter überall auf dem Kontinent, aber bis auf Dargo, Anima und vielleicht noch Kaifu beeinflusst die Religion das tägliche Leben eher wenig. Die Stämme sind die Einzigen, die sich der Anbetung noch so sehr verschrieben haben. Ich hatte allerdings erwartet, dass du als Herold des Sel durchaus an die Götter glaubst. Dieser Rabe, der dich verfolgt, ist ja nun nicht nur eine Einbildung.«

Sie liefen an mehreren Häusern vorbei. »Ich bezweifle die Existenz der Götter auch gar nicht, aber ich kritisiere die Bedeutung, die wir ihnen zuschreiben. Männer wie Vargas verbringen so viel Zeit damit, Rituale, Gebete und Opfergaben durchzuführen, dass es lächerlich wird. Wie oft habe ich schon Opfer gegen Krankheiten gesehen und die Leute sind trotzdem gestorben. Du kannst mir nicht erzählen, dass das Verbrennen von ein paar Strohpuppen den Feuergott davon abhält, einen Waldbrand zuzulassen. Wenn ich nach dem Fest einen Baum anzünde, brennt der Wald trotzdem ab. Es ist verschwendete Zeit.«, erklärte Baldor mit gedämpfter Stimme, um die Anwohner nicht zu verärgern.

»Nun ja, es ist ihr Glaube und gibt ihnen ein Gefühl der Sicherheit. Ich habe das bei den Bediensteten in Lorves oft beobachtet. Wer leidet und der Gnade anderer ausgesetzt ist, hofft auf die Götter. Die Mächtigen beten kaum, wenn überhaupt, weil sie keinen Grund haben. Ich selbst habe zu viel Ungerechtigkeit erlebt, um einem Gott zu huldigen. Keiner von ihnen hat das Leid der Leute verhindert, also verdient keiner von ihnen meine Anerkennung. Ich frage mich, weshalb ein Gott sich seinen Respekt nicht ebenso durch Taten verdienen muss, wie jeder andere auch.«

Dieses Gespräch gefiel Baldor sehr gut, denn er konnte nur selten mit anderen darüber sprechen. Die meisten Stammesmitglieder, selbst Ehemalige oder Verstoßene, konnten mit seinen Ansichten nichts anfangen und wurden sogar wütend bei derartigen Äußerungen.

Als er Nivek das erklärte, meinte der: »Ein eingeschränkter Geist zerbricht, wenn er die Grenzen seines Horizonts überschreiten soll. Ich sage immer leben und leben lassen. Es ist eine persönliche Entscheidung, woran man glaubt. Wenn die Leute hier sich besser fühlen, indem sie Stroh verbrennen, dann wünsche ich ihnen viel Spaß dabei.«

Da konnte Baldor ihm nicht widersprechen.

Die Gruppe erreichte den Felsgraben, der das Dorf in zwei Hälften teilte. Der nächste Übergang war eine stabil aussehende Holzbrücke, daher wählten sie diesen Weg, um hinüber zu gelangen. In der Mitte blieb Keros stehen und sah hinab. Als die anderen seinem Blick folgten, stellten sie fest, dass man den Boden gut sehen konnte. Die Kluft war nicht besonders tief und es wuchs sogar Gras dort. Die Brücken dienten eher der Bequemlichkeit als der Notwendigkeit.

Auf der anderen Seite lagen mehr Wohngebäude, aber dort war auch der Marktplatz zu sehen. Eine große, runde, freie Fläche mit nur wenigen Bäumen, umrundet von kleinen Holzgebäuden, in denen Handwerker ihrer täglichen Arbeit nachgingen, lud zum Schlendern ein. Dort gab es einen Schmied, einen Jäger, einen Gerber, einen Schneider, einen Handelsposten, einen Schmuckhersteller, eine Seherin und diverse andere Experten für verschiedene Güter des alltäglichen Gebrauchs.

Viele Anwohner liefen umher und Gruppen von Kindern jagten zwischen den Beinen der Erwachsenen hindurch und spielten Fangen. Es war weit geschäftiger und friedvoller als bei den Baumhirten oder dem Bärenstamm.

»Was für ein schöner Ort! Ymira hält ihre schützende Hand über das Dorf.«, freute sich Ulonga und Drakon stimmte ihm nickend zu.

Hinter dem Marktplatz konnten sie die Umrisse des großen Wolfs sehen, für den Wuun bekannt war. Als sie davor standen, musste selbst Baldor zugeben, dass es eine beeindruckende Nachbildung war. Auf einem rechteckigen, hüfthohen Sockel aus grauem, rissigem Stein lag ein

fast vier Meter hoher Wolf mit erhobenem Kopf und blickte ausdrucks-
los in die Ferne. Es war ein recht einfach gehaltenes Abbild ohne viele
Details und ein Teil eines steinernen Fußes war neben dem Kopf zu
sehen.

»Das ist wohl nicht die ganze Skulptur.«, vermutete Vargas und
betrachtete die unregelmäßige Fläche, wo ein Bein sein müsste.

Algae legte ihre Handfläche sachte auf eine Pfote des Wolfs. »Das
hier war vor tausenden von Sommern eine Statue von Ymira, wie sie in
groß auf einer Insel vor der Westküste von Dominium steht. Viele
Gottesabbildungen wurden von den Dargoniern zerstört. Es ist gut, dass
zumindest Lobos noch heil ist.«

»Ja, das ist ein Glück. Der Stammvater aller Wölfe ist nicht so leicht
zu entfernen, wie die Anhänger der Finsternis es gerne hätten. Nur aufgrund dieses Kunstwerks wurde Wuun an genau diesem Ort gegründet.«, sagte eine raue Stimme.

Sie gehörte einem etwas kleineren, hageren und sehnigen Mann in
einer Lederkluft mit einem kompletten, schwarzen Wolfsfell als Kapuze
und Mantel. Er trug eine Kette mit einem goldenen Amulett daran und
dazu eine Menge Schmuck aus Wolfszähnen. Die Krieger bemerkten
sofort die vielen Krallennarben an seinen Armen und einer seiner kleinen Finger fehlte.

»Für jemanden, der Wölfe als heilige Tiere verehrt, trägst du erstaunlich viele Überreste von ihnen am Körper.«, meinte Baldor und Vargas
sah ihn sofort tadelnd an.

Der Mann grinste jedoch nur und sagte: »Ah, aber ich habe diese
Wölfe nicht getötet. Sie starben, als ihre Zeit gekommen war, und ihre
Zähne und ihr Fell erinnern uns daran, dass auch wir den Lauf der Dinge

akzeptieren müssen. Es mag wie ein alberner Brauch wirken und sogar leicht ironisch anmuten, aber es hat eine spirituelle Bedeutung, vermutlich ebenso wie deine Tätowierung, Rabe.«

Seine Worte waren wohl gewählt und er wirkte trotz des ruppigen Rufs des Wolfsstammes weder wild noch unberechenbar, ganz im Gegenteil. Er schien ein gebildeter und weitsichtiger Mann zu sein, daher gingen sie alle davon aus, es mit Nolvar-Tan zu tun zu haben.

So adressierte Drakon ihn auch sofort: »Ihr habt uns hergebeten, Nolvar-Tan, und wir sind eurer Bitte gefolgt. Ich bin Drakon, der Anführer dieser Gruppe.«

Nolvar betrachtete ihn. »Ich erinnere mich an dich, Zenturio Drakon. Von allen Dominus, die ich je das Pech hatte, treffen zu müssen, warst du der Einzige, der meinem Volk mit Anstand und Respekt begegnet ist. Dennoch vertrauen weder ich noch meine Leute einem deiner Art, nicht einmal, wenn er abtrünnig geworden ist. Du irrst dich. Ich habe nicht nach deiner Bande gerufen, ich habe den Raben gerufen. Da er jedoch in eurer Begleitung reist, seid ihr hier willkommen, solange er mein Gast ist. Auch das Auge darf uns begleiten.«

Diese Ablehnung war Drakon nicht gewohnt und er hatte sichtlich Mühe, diese erneute Bevorzugung von Baldor zu akzeptieren. Dennoch hatte er kaum eine Wahl und musste zulassen, dass der Rabe und Algae allein mit dem Häuptling in dessen steinernes Langhaus gingen, um sein Anliegen anzuhören.

Das Innere des Gebäudes war warm und gemütlich, denn man hatte die kalten Steinwände mit Fellen und Stoffen verdeckt und die Decke mit Holz ausgekleidet. Nolvar bot ihnen Felldecken zum Sitzen an und ließ sich selbst auf einem weißen Wolfsfell nieder. Hinter ihm hingen mehrere Bögen und gebogene Jagdmesser an der Wand, die ihrem Zustand nach alle oft benutzt worden sein mussten.

»Ich habe nur euch beide eingelassen, weil die Angelegenheit problematisch ist. Nur jene, die lange in einem Stamm gelebt haben und den Weg des Wolfes kennen, können das wirklich nachvollziehen. Es ist uns im Übrigen eine Ehre und Freude, ein Auge Ymiras bei uns zu Gast zu haben, meine Liebe.«, richtete er das Wort an Algae.

»Es ist selten, dass man uns aktiv ruft, um ein Problem zu lösen. Es muss etwas Dringliches oder besonders Schwieriges sein, wenn du dafür extra Boten aussendest.«, vermutete sie.

Er nickte. »So ist es. Wie ihr vielleicht wisst, liegt Wuun als einziges Dorf der Wolfsstämme im großen Grünwald, nachdem sich vor einigen Jahrhunderten verschiedene kleinere Stämme zusammengeschlossen haben. Das macht uns besonders, aber es macht uns auch verwundbar, da es viele Wochen der Reise sind, um den nächstgelegenen Wolfsstamm zu erreichen. Unser Wissen und unsere Artefakte sind an unser Überleben gebunden.«

»Riskant. Warum spaltet ihr euch nicht einfach wieder auf?«, fragte Baldor.

»Damit würde ich Familien auseinanderreißen und unnötiges Leid verursachen. Es hätte abgesehen von der Bewahrung unseres Wissens auch keine anderen Vorteile. Diese Region, insbesondere der Grünwald selbst, ist reich an Ressourcen. Wasser, Wild und Holz gibt es hier in rauen Mengen, ebenso wie einige Erzvorkommen in Höhlen zwischen den Wurzeln. Aus diesem Grund sind die Eroberer der Dominus bereits mehrfach in der Gegend unterwegs gewesen, um zu spähen und wie euer ehemaliger Zenturio da draußen Land zu kaufen. Als würde uns das

Land gehören und man könnte es wie einen Gegenstand veräußern. Lächerlich!«, regte er sich über die Verblendung der Dominus auf.

»Also habt ihr Schwierigkeiten mit ihnen? Greifen sie euch an?«, wollte Algae wissen.

Er beruhigte sich wieder. »Nein, nein. Der Grünwald ist so riesig, dass es einfacher für sie ist, an anderen Stellen einzudringen, als sich mit uns anzulegen. Unsere Jäger sind ihnen hier im Waldgebiet bei weitem überlegen und das wissen sie. Es würde sie nur Leute kosten. Wir haben jedoch seit ein paar Wochen ein neues Problem. Jäger verschwinden und kehren nicht zurück. Manchmal finden wir ihre Leichen in den Bäumen oder zwischen den Wurzeln. Sie sind weder zerfleischt noch gefressen worden und ihre Wunden, so sie denn welche haben, sind keiner Klaue, keinem Reißzahn und keiner Waffe zuzuordnen, die wir kennen. Diejenigen, die die Leichen gefunden haben, berichteten mir von einer düsteren Aura in dem Gebiet nordwestlich von hier. Sie haben es als eine Art Finsternis beschrieben, die Angst und Schrecken ausgelöst hat, obwohl dazu kein erkennbarer Grund vorlag. Außerdem sind die Wildtiere wesentlich aggressiver als normal und sie greifen teilweise sogar grundlos unsere Jäger an.«

»Und warum rufst du dann mich?«, fragte Baldor und rieb sich das Kinn.

Der Häuptling lehnte sich zurück. »Ich hörte von deinem Sieg über die Damas vor einigen Wochen. Wir selbst hatten zwar kaum je Berührung mit ihnen, aber ihr finsterer Ruf war uns dennoch wohlbekannt. Dir ist gelungen, was Krieger verschiedener Stämme lange Zeit nicht geschafft haben. Du bist der Herold des Sel und hast sogar die Vernichtung deines ganzen Stammes überlebt. Wenn jemand ein solches Problem lösen kann, dann wohl du.«, vermutete Nolvar und trommelte mit den vier Fingern seiner einen Hand auf seinem Oberschenkel herum.

Algae wirkte nachdenklich und hörte nicht zu, daher fragte Baldor: »Was geht dir durch den Kopf?«

Sie rieb sich mit den Fingern über ihren Oberarm, als sie sagte: »Eine finstere Aura ist nichts, was ein Stamm, eine Gruppe oder eine gewöhnliche Einzelperson verursachen könnte. Es gibt zwar einige Tiere, die so etwas zur Jagd nutzen, aber nicht in dem Umfang, den du beschrieben hast, Nolvar.«

Der Häuptling fragte: »Also denkst du an die Götter? Könnten wir Ymira verärgert haben? Oder einen anderen Gott?«

»Wäre das erste Mal, dass ich eine direkte göttliche Einmischung erlebe.«, meinte Baldor skeptisch.

»Düstere Auren wären auch nicht typisch für die meisten der Götter. Man könnte es vielleicht einem der dunklen Brüder zuschreiben, aber weder Zef noch Chal haben je Interesse an einzelnen Leben gezeigt und Sel hätte uns keinen Herold geschickt, wenn er direkt eingreifen wollte.«, überlegte sie.

»Könnte es ein Racheakt von Chal sein, weil einer seiner Stämme vernichtet wurde?«, fragte Nolvar.

Baldor zuckte mit den Achseln und brummte: »Damit hattet ihr ja nichts zu tun.«

»Und doch bist du hier, um nachzuforschen. Es wäre also möglich, dass er sich so an dir rächen will.«, erwiderte der Häuptling.

Algae verneinte das. »Was du hier beschrieben hast, ist viel zu klein, zu banal, als das es von einem Gott stammen würde. Außerdem könnten nur Ymira, Sel oder Heylda die Tiere des Landes direkt beeinflussen. Ich habe schon von ähnlichen Dingen gehört, in Legenden aus alter Zeit. Den Geschichten nach waren die frühen Hexen der Cossitar in der Lage, durch heidnische Rituale derartige Effekte zu erreichen. Es wäre denkbar, dass eine Nachfahrin dieser weisen Frauen auch heute dazu imstande ist.«

Der Häuptling rieb nachdenklich über das Fell, auf dem er saß.

»Eine Wildhexe so weit im Norden? Ich habe nie gehört, dass sie die südliche Wildnis verlassen, außer um zu uralten Stätten zu pilgern. Doch sie bleiben nicht dort. Welchen Grund hätte eine von ihnen, hiesige Jäger zu töten?«, wunderte sich Baldor.

Sie entgegnete: »Nun, genau das müssen wir herausfinden. Es ist jedoch wahrscheinlicher als eine göttliche Strafe. Zumindest hoffe ich das. Eine Wildhexe kann man aufhalten, einen Gott nicht.«

Nolvar lächelte zufrieden. »Ich sehe schon, es war klug, euch um Hilfe zu bitten. Keiner aus unserem Stamm kennt sich mit derlei Dingen aus, seit unser letzter Schamane gestorben ist. Die Anbetung Ymiras erfordert nur wenig schamanischen Beistand, daher hatten wir immer nur alle paar Jahrzehnte einen hier. So etwas wie das hat es noch nie gegeben. Werdet ihr euch dieser Sache annehmen und uns helfen?«

Baldor sah, wie Algae sofort nickte, und er sagte: »Ich kann nur für uns beide hier sprechen, aber wir werden euch zur Seite stehen. Ich bin sicher, auch die anderen aus unserer Gruppe werden helfen. Einige von ihnen haben praktische Fertigkeiten, die uns von Nutzen sein könnten. Im Gegenzug habe ich jedoch auch eine Bitte an dich, Häuptling. Die Dominus haben nicht alle Anwohner von Rakios getötet. Einige wurden als Sklaven verschleppt, darunter auch mein Sohn. Wir versuchen, eine schlagkräftige Truppe zusammenzustellen, um sie zu befreien, sobald wir sie gefunden haben. Ich brauche die Jäger des Wolfsstamms.«

Auf diese Anfrage hin erhob sich Nolvar und der Rabe tat es ihm gleich. Er legte dem Krieger eine Hand auf die Schulter.

»Der Wolfsstamm legt großen Wert auf Loyalität, denn wir sind ein Rudel. Wer uns hilft, dem werden auch wir zur Seite stehen. Wenn du den Wald wieder sicher machst, hast du mein Wort, dass wir da sind, wenn du uns brauchst.«, versprach Nolvar.

***

Nachdem alles geklärt war, kehrten die beiden zu den anderen zurück und setzten sie ins Bild.

Ulonga war besorgt. »Wildhexen sind gefährlich. Wir sollten die Lage nicht unterschätzen.«

Drakon hingegen war froh, dass Baldor sofort ein Bündnis geformt hatte.

»Das war gut mitgedacht, Rabe. Vielleicht sind wir das Ganze bisher falsch angegangen. Eine persönliche Schuld und Loyalität sind einfacher, als an die Vernunft zu appellieren.«

Der Anführer wollte noch weiterreden, aber Baldor erkannte zwischen den Anwohnern des Dorfes ein bekanntes Gesicht und er lief darauf zu. Auch Vargas schien es bemerkt zu haben und folgte ihm.

»Tracker? Manuki, bist du das?«, rief er laut.

Die Angesprochene sah zu ihnen herüber und lächelte erfreut. Sie hatte sich in den Monaten seit ihrem letzten Treffen kein bisschen verändert, nur ihre Reisekleidung war neu, aber dennoch abgewetzt und rissig.

»Die Gebrüder Blutrache! Ich dachte, ihr wärt damals getötet worden! Ich bin froh, euch noch atmend zu sehen!«

Sie umarmten sich kurz.

Vargas fragte: »Bist du immer noch als Botin und Waldläuferin tätig? Du konntest ja noch nie stillsitzen.«

»Und ob ich das bin, obwohl es immer schwieriger wird, den ganzen Dominus auszuweichen. Sie haben inzwischen gefühlt auf jeder Straße einen Außenposten. Und ihr? Seid ihr jetzt Söldner?«, erkundigte sie sich.

Baldor reagierte: »Ja und nein. Wir sind Teil dieser Gruppe, aber wir alle wollen im Grunde die Dominus vernichten. Das macht sie zu meiner besten Chance, meinen Sohn zu finden.«

Manuki setzte einen mitfühlenden Blick auf. »Wenn ihn jemand befreien kann, dann du, Rabe. Also warst du das mit den Damas vor ein paar Wochen? Ich hörte davon, aber ich hielt dich für tot und dachte, dass jemand Neues den Spitznamen Rabe benutzt.«

»Ja, das waren wir. Man erzählt gerne, ich wäre es allein gewesen, aber wir alle waren daran beteiligt. Ich war nur derjenige, der den Mut hatte, dem Ganzen endlich ein Ende zu setzen und ihren Schamanen und Anführer zu beseitigen.«, erklärte Baldor und sein Bruder schien ihm dafür Anerkennung zu geben.

Die Frau meinte: »Wie auch immer, du hast damit ein großes Problem beseitigt. Natürlich waren das nicht die einzigen Damas da draußen, aber es war einer ihrer größten Stämme.«

Sie redeten noch eine Weile länger, doch Drakon signalisierte ihnen, dass es erst früher Nachmittag war und sie in den Wald aufbrechen wollten, um noch ein Stück Weg hinter sich zu bringen.

Als sie das hörte, sagte Manuki: »Ach ihr seid diejenigen, die sich das Problem anschauen sollen? Dann reisen wir wohl wieder gemeinsam. Ich habe ein paar der toten Jäger auf dem Weg hierher gefunden. Ich weiß, wo ihr mit eurer Untersuchung beginnen könnt. Es sind einige Tagesmärsche bis dorthin, weil wir einen ziemlichen Umweg gehen müssen. Ich hole meine Reiseausrüstung und dann können wir los!«

Die Wildhexe

Mit Tracker als Führerin verließ die gesamte Truppe um Drakon das Dorf Wuun und sie traten tiefer in den Wald hinein.

Der Anführer erkundigte sich bei ihr: »Als erfahrene Reisende kennst du Anima sicher besser als die meisten anderen Leute. Glaubst du, die Stämme würden sich gegen die Dominus zusammenschließen?«

Manuki schmunzelte. »Trotz aller Probleme, die sie überall verursachen, müsste die Lage deutlich schlimmer sein, damit die einzelnen Stämme ihre Differenzen vergessen und zusammenarbeiten. Bis das passiert, ist es vermutlich längst zu spät. Die Leute von Anima sind nicht wirklich ein Volk oder eine Nation. Jeder Stamm lebt so sehr für sich, dass es einfach ist, das Land zu erobern.«

Drakon brummte: »Das hatte ich befürchtet. Mit den Ressourcen von Anima und den vielen Sklaven, die sie zu Soldaten ausbilden, hätte der Imperator genug militärische Macht, um seine Eroberungspläne umzusetzen. Er will einen eigenen Feldzug beginnen und dort erfolgreich sein, wo die Dargonier einst versagten.«

»Das würde unglaubliches Leid über die Welt bringen.«, stellte Keros fest.

»Genau deshalb versuchen wir ja, sie auszubremsen, wo wir nur können.«, warf Nivek ein.

Cormac fragte ihre Führerin: »Sag mal, Tracker, wohin gehen wir eigentlich genau? Der Grünwald ist riesig und der Häuptling sagte etwas von Nordwesten, trotzdem bewegen wir uns gerade nach Nordosten.«

Manuki grinste wissend. »Habt ihr den Grünwald schon auf einer Karte gesehen? Er sieht aus wie ein einfacher Wald, aber das ist nicht ganz richtig. Was keine Karte euch zeigt, ist der Felshang, der sich von Westen bis fast in die Mitte des Waldes zieht und dabei immer flacher wird. Er folgt einem Fluss bis zu einem kleinen See. Würden wir von Wuun direkt nördlich gehen, müssten wir den Abhang hinunterklettern. Das ist ohne entsprechende Ausrüstung kaum möglich. Deshalb müssen wir außen herum gehen und einen Bogen machen. Es gibt im nördlichen Teil des Waldes nur wenig, woran man sich orientieren kann, also halten wir auf den Grünsee zu und gehen von dort geradewegs nach Westen in das Zielgebiet.«, erklärte sie gemächlich und laut, damit es alle hörten.

Da die Bäume im Wald an einigen Stellen sehr dicht standen, hatten sie ihre Reittiere im Dorf zurückgelassen. Die Schritte der Reisegruppe wurden vom feuchten Blattwerk auf dem Erdboden geschluckt. Während die südlichen Waldgebiete Animas vermehrt Nadelwälder waren, wuchsen nördlich eher Laubbäume. Es hatte mehrere Tage lang geregnet, sodass der Boden noch immer leicht schlammig und feucht war. Die graue Wolkendecke ließ die bemooste Umgebung kalt und unfreundlich wirken. Hin und wieder huschte ein Reh vorbei oder ein Hornschwein grunzte irgendwo in der Nähe.

Das klamme Wetter ließ Baldor einige seiner frischeren Narben spüren und er rieb sich über die Brust. Ayaner froren zwar nicht so schnell, doch er wünschte sich in dem Moment, er hätte einen Mantel dabei.

»Für das kühlere Wetter hier im Norden bin ich falsch gekleidet, wie es scheint.«, meinte er zu Ulonga.

Er hatte stets eine Hälfte des Oberkörpers unbedeckt, schien es aber nicht als unangenehm zu empfinden.

»Ich komme vom Himmelsstamm. Die meisten von uns leben in den Bergen, wo es wesentlich kälter ist. Für mich ist das hier Sommerwetter.«, scherzte er.

»Ich kann mich nicht erinnern, oft Oberkörperbekleidung getragen zu haben. Du etwa, Bruder?«, fragte Baldor Vargas.

Der schmunzelte: »Du musstest schon immer deine Muskeln präsentieren. Vielleicht wolltest du aber auch einfach deine Tätowierung nicht verdecken. Arania fand das schließlich sehr anziehend.«

»Wirklich? Ich meine, sie hat mir zwar gesagt, dass sie mich attraktiv findet, aber ...«

Vargas lachte: »Was? Sie hat dir das nie gesagt? Mir hat sie erzählt, sie liebt es, dass du immer oben ohne rumläufst.«

Die beiden genossen es, ein paar Anekdoten aus ihrem alten Leben auszutauschen. Dennoch war ihre Stimmung angespannter als früher.

Um die Lage zu verbessern, schickte Drakon an diesem Abend Vargas mit Cormac auf die Jagd. Das funktionierte jedoch nicht, denn eine Stunde später kam der junge Krieger allein zurück und schleifte keuchend einen großen Keiler hinter sich her. Erst am kommenden Morgen tauchte Baldors Bruder wieder auf, murmelte etwas von einem Ritual für Heylda und marschierte dann schweigend Tracker hinterher.

Cormac lief neben dem Raben und meinte: »Wird nicht besser, was?«

»Mein Bruder war noch nie besonders gut darin, seine Meinung zu ändern. Er ignoriert es lieber oder wird wütend, statt sich den Tatsachen zu stellen. Man gewöhnt sich daran.«

Unerwartet landete ein Flugeichhörnchen auf seiner Schulter und machte rasend schnelle Schmatzgeräusche.

Keros kam näher, um sich das Tier anzusehen.

Baldor nahm mental Kontakt zu dem Wesen auf und musste lächeln.

»Was ist? Hat es dir einen Witz erzählt?«, scherzte Cormac, der es immer wieder lustig fand, wie manchmal Tiere mit dem Ayaner zu reden schienen.

»Nein, die junge Dame ist einfach nur ziemlich neugierig. Es kommen nicht oft Ayaner hier durch und sie hat gespürt, dass ich anders bin. Ich habe ihr zu Verstehen gegeben, dass wir keine Gefahr sind.«

Kurz darauf kamen ein Dutzend weiterer dieser Wesen aus den Ästen gesegelt und landeten auf ihnen allen. Sie kletterten an ihnen herum, wühlten in ihren Taschen und schmatzten dabei unaufhörlich. Firian wollte sie verscheuchen, Nivek und Ulonga lachten vor Freude und die anderen hielten unsicher still, bis die Tiere sich wieder zurückzogen.

»Das war ... seltsam.«, meinte Drakon, während Manuki eines der Tiere mit einem Finger streichelte.

Baldor grinste. »Es schadet nie, sich ein paar tierische Freunde zu machen.«

***

Am dritten Tag nach ihrem Aufbruch aus Wuun erreichten sie ein Gebiet, in dem die Bäume weiter auseinanderstanden. In einiger Entfernung sahen sie bereits das Glitzern einer unruhigen Wasseroberfläche im Licht des freundlichen Tages. Das Wetter war umgeschwungen und es war nun warm und hell.

»Dort vorne ist der Grünsee, der größte See des Waldes.«, deutete Tracker auf das Wasser.

Vargas wurde ganz aufgeregt. »Der Grünsee! Die heilige Stätte der großen Mutter!«

Als sie ans Ufer des Gewässers traten, wussten sie alle, was er damit gemeint hatte. Der See war so groß, dass man fast einen Tag brauchte, um auf die andere Seite zu gelangen. Ziemlich genau in der Mitte lag eine künstliche Insel, auf der eine gewaltige Statue stand, die eine Frau darstellte. Sie war schlank und nur spärlich mit einem Tuch bekleidet, das lediglich ihren Schambereich verdeckte. Trotz der Entfernung konnte man das kluge und gütige Gesicht erkennen, das sehr gut erhalten war.

Baldor hatte im Gegensatz zu seinem Bruder keine Ahnung, warum dieses Kunstwerk abgesehen von seiner Größe etwas Besonderes war. Überall um den See herum erkannte er verfallene Steinruinen, die einst Mauern und Gebäude gewesen sein mussten. Sie wirkten glatter und makelloser als die Überbleibsel der Cossitar.

»Weißt du, was das hier ist, Algae?«, fragte Baldor die erfahrene Kämpferin.

Sie lächelte erfreut, weil er an ihrem Wissen teilhaben wollte.

»Dieser See war einst das Zentrum einer großen Stadt der Enai. Sie errichteten sie um das Wasser herum und es soll seinerzeit ein wahres Wunder gewesen sein. Die Dargonier haben viele der Gebäude zerstört und die Steine für den Bau ihrer Wachtürme benutzt, sodass nur noch wenige Ruinen übrig sind. Die Statue haben sie jedoch nie angerührt. Das ist Savi, die Göttin der Schöpfung, Frau des Göttervaters Balgr und Mutter aller Götter. Da ihr keine Kräfte der Natur zugeschrieben werden und sie sich aus den Angelegenheiten der Sterblichen meist heraushält, kennt man sie kaum und huldigt ihr noch seltener. Das hier ist die einzige Abbildung von ihr, die es gibt. Ihr zu Ehren nannten die Enai ihre Stadt Savilas.«

»Wer genau waren eigentlich diese Enai? Die Cossitar waren die Ureinwohner von Anima und Dominium, aber wer waren die Enai dann?«, wunderte sich Firian und streckte sich.

Ulonga erklärte: »Die Enai waren das erste Volk, das nach dem Ende der Kreth und dem Krieg zwischen Thorald Stahlfaust und den Göttern den Kontinent bewohnte. Man sagt, Savi habe sie erschaffen, damit die Welt nicht leer blieb. Sie lebten überall auf Kala Tersos, deswegen findet man noch heute Ruinen ihrer Bauwerke von Nord-Orania bis hier nach Anima. Es war das größte Reich der Geschichte.«

»Und was wurde aus ihnen?«, wollte Drakon wissen.

Algae übernahm. »Sie strebten eine friedvolle Koexistenz an, als andere Völker wie die Cossitar auftauchten. Manche vermuten sogar, dass alle anderen Völker von den Enai abstammen. Die Dargonier waren neidisch auf ihre Errungenschaften und haben viele von ihnen während des Feldzugs ausgelöscht. Es blieben nur so wenige übrig, dass sie ausstarben. Eines Tages waren sie einfach verschwunden. Sie sollen sehr fortschrittlich gewesen sein. Kunst, Musik, Philosophie, Architektur und viele andere Bereiche haben die Enai zur Meisterschaft gebracht. Das alles ging mit ihnen verloren.«

»Eine Schande ...«, brummte Nivek mit Blick auf die riesige Statue.

Sie betrachteten die Umgebung und die Abbildung von Savi noch eine Weile, aber dann setzten sie sich wieder in Bewegung.

Zwei Stunden lang blieben sie am Ufer des Sees, doch dann bog Tracker nach Westen ab, da in dieser Richtung die düstere Aura lag.

»Fühlt sich noch irgendjemand unwohl dabei, auf eine unbekannte Magie zuzulaufen, die alle Tiere aggressiv macht?«, fragte Firian, aber niemand antwortete ihm.

Schon bald begannen sie, die ersten dunklen Gedanken am Rande ihrer Wahrnehmung zu spüren.

»Ab hier wird es unangenehm. Je weiter wir nach Westen kommen, desto stärker wird dieses beklemmende Gefühl werden. Leider müssen wir bis zum Ursprung, wo es am stärksten ist.«, meinte Drakon und verzog den Mund.

Sekunden später klatschte eine Art glibberige Substanz in sein Gesicht und er versuchte gedämpft stöhnend, den Fremdkörper zu entfernen. Keros half ihm dabei und als sie es näher betrachteten, realisierten sie, dass es ein Spinnennetz war.

»Was zum ...?«, fragte der Feuerkrieger, als sich ein Wesen mit quietschendem, klickendem Zischen auf ihn stürzte.

Dutzende weitere dieser Kreaturen kamen zwischen den dichten Bäumen hervor und griffen sie an. Baldor konnte einen Blick auf sie werfen.

Es waren mannshohe Tiere, die aufrecht auf zwei haarigen, seltsam abgeknickten Beinen liefen. Ihr Korpus war der einer braunschwarzen Spinne, wobei der Unterkörper glatt und der Oberkörper haarig waren. Aus dem Brustraum ragten sechs dünne, lange Spinnenarme mit spitzen Enden. Die Köpfe waren von glattem Chitin überzogen, sie hatten nur zwei gelb leuchtende Augen und der Mund voller schmaler, nadelartiger Zähne wurde von zwei dicken, behaarten Greifzangen geschützt, die aufgeregt klapperten. Ein solches Scheusal war selbst dem tierliebenden Baldor noch nicht begegnet.

Er zog sein Schwert und schlug einem herannahenden Monster drei Arme ab, mit denen es ihn angreifen wollte. Kurz darauf spuckte es eine Netzkugel nach ihm, die er mit dem Arm abwehrte, der sofort voll mit dem klebrigen Material hing. Es war sehr schwierig, mehreren der Kreaturen zeitgleich zu begegnen, da so viele Arme kaum im Blick zu behalten waren. Er versuchte, geistigen Kontakt herzustellen, doch keines der Wesen konnte ihn hören. Sie alle schienen wie in einer Art Trance zu sein.

Baldor sprang aus dem Weg, als eines davon von Ulonga mit einem Windstoß fortgeschleudert wurde. Der Schamane wirbelte seinen Stab und hielt die Tiere effektiv auf Abstand, aber er rief:

»Haltet sie mir vom Leib, dann kann ich euch gegen ihre Angriffe abschirmen!«

Daraufhin traten die Zwillinge an seine Seite und sahen sich an. Firian hielt sein seltsam gebogenes Schwert vor sich und die gesamte Klinge brannte lichterloh. Damit halbierte er eines der Monster und lachte dabei bösartig. Keros hatte wortlos seine beiden Krummschwerter gezogen, und sein Körper färbte sich feuerrot, als er komplett in Flammen gehüllt wurde, samt seiner Waffen. Mit gnadenloser Präzision schlitzte er jeden Feind auf, der sich näherte, und verbrannte dessen Fleisch. Die sengende Hitze hielt die Spinnenwesen auf Abstand, die ansonsten eher Düsternis und Kälte gewohnt zu sein schienen.

In der Nähe drehte sich Drakon um sich selbst und sein Speer pfiff dabei durch die Luft. Er lehnte sich ein Stück zurück und wich damit einer Netzkugel aus, bevor er dem Angreifer die Klinge mit einem blitzschnellen Stoß durch das Maul und den Kopf rammte. Ein Tritt beförderte den leblosen Kadaver zu Boden, über den Algae sprang, um zwei Pfeile abzuschießen. Sie rannte zwischen drei Monstern hindurch und machte vier schnelle Schritte einen Baumstamm hinauf, um neben der dort hockenden Manuki anzukommen und den Kampf zu überblicken.

Cormac und Nivek standen Rücken an Rücken und während der junge Krieger tödliche Pfeile verschoss, übernahm der Baron jede Kreatur, die zu nahe kam. Er schmetterte sie mit seiner schweren Hellebardenklinge zu Boden und trennte dabei meist mindestens ein Körperteil ab. Als es immer mehr Spinnenwesen wurden, wechselte Cormac zum Schwert und spieße einen Gegner auf, wobei er jedoch von einem spitzen Arm am Bein getroffen wurde und kurz aufschrie.

Das lenkte Baldor so sehr ab, dass ein Netz seinen Schwertarm erwischte und gegen einen Baum schlug, wo er sofort festklebte. Das Rabenschwert flog davon und eines der Monster hechtete kreischend auf ihn zu. Schnell zog er eine Wurfaxt und schlug es zur Seite, aber noch andere hatten seine prekäre Lage bemerkt und eilten herbei. Er riss und zog und brüllte, doch sein Arm löste sich nicht. Als eine weitere Kreatur ihn packen wollte, zog er sich daran hoch und warf die Beine in die Luft, sodass sie gegen den Stamm prallte und er sich auf deren Körper stellte und den Kopf zertrampelte. Ein Spinnenarm erwischte ihn knapp unterhalb der Brust und ritzte seine Haut auf.

»Verfluchte Scheiße!«, knurrte er über den Schmerz hinweg.

Der nächste Gegner, der sich näherte, wurde von einem feurigen Schlag in die Flucht getrieben. Firian Stand neben Baldor und hielt seine Klinge kurz an das Netz, damit es sich auflöste und er die Hand wieder benutzen konnte.

»Ich danke dir, mein Freund!«

Der Krieger nickte knapp und warf sich auf die nächsten Monster. Die Feuerkräfte der beiden Kämpfer waren in dieser Auseinandersetzung unbezahlbar. Ein Pfeil von Algae erledigte eine Kreatur direkt hinter Baldor und er war dankbar. In einiger Entfernung sah er, wie sein

Bruder die Spinnenmonster mit seiner Keule erfolgreich auf Abstand hielt. Die lange Holzwaffe war enorm effektiv, doch Vargas humpelte leicht und seine Wade blutete. Der Rabe lief los, um ihn zu unterstützen, musste aber ausweichen, als mehrere Netzangriffe an seinem Kopf vorbei sausten.

Drakon vollführte einige sehr beeindruckende Speerangriffe und schien bislang völlig unverletzt zu sein. Eine Langwaffe war gegen solche Wesen ein klarer Vorteil. Das bemerkte auch Nivek, dessen Hellebarde kurzen Prozess mit vielen von ihnen machte.

»Wie viele sind das denn?!«, rief Cormac keuchend, der an einen Ast sprang und sich mit den Füßen voran gegen den Kopf einer Bestie warf, um dann mit einem Salto eine Weitere aufzuschlitzen.

Baldor hatte seinen Bruder fast erreicht, als ein Netz ihn im Gesicht traf und umwarf. Er konnte nicht atmen, nichts sehen und Panik wallte in ihm auf, als er vergeblich versuchte, die klebrige Masse zu entfernen. Mit viel Mühe gelang es ihm, mit den Fingern zwei Luftlöcher zu öffnen, damit er wieder atmen konnte. Mit einer Hand fummelte er in seinem Gesicht herum, während er mit der anderen eine Wurfaxt wild hin und her schwang, um etwaige Angreifer auf Abstand zu halten. Er spürte einen stechenden Schmerz am linken Oberschenkel und schlug dorthin. Daraufhin hörte er ein wütendes Kreischen und der Schmerz verstärkte sich.

Sekunden später schallte ein zorniges, lautes Brüllen durch den Wald, das er sehr gut kannte. Es stammte von einem Säbelzahntiger. Vargas hatte sich verwandelt. Kurz darauf spürte Baldor einen Ruck, als sein Bruder das angreifende Wesen von ihm herunterzog und dessen Kopf zerbiss. Grünes Blut spritzte in alle Richtungen. Der Rabe konnte das Netz endlich von seinem Gesicht ziehen und tief durchatmen, doch ein weiteres Monster sprang auf ihn. Instinktiv winkelte er die Beine an und presste die Knie genau an die Stelle, wo die sechs Arme aus der Brust ragten. So konnte das Wesen ihn nicht damit angreifen. Die beiden Zangen im Gesicht kamen seinem jedoch immer näher und er packte beide, um nicht gebissen zu werden. Zudem spürte er, wie das Tier mit dem Stachel am unteren Ende des Torsos nach ihm stechen wollte, ihn aber nicht erreichte. Das Kreischen war ohrenbetäubend und widerlich stinkender Speichel troff aus dem Maul, wo er die nadelartigen Zähne erkennen konnte. Die Kreatur kam mit aller Kraft näher und seine Arme waren zum Zerreißen gespannt, als er die Maulzangen von sich drückte. Seiner Kehle entwich ein angestrengter Schrei.

Kurz bevor seine Kraft ihn verließ, wurde das Monster mit einer kleinen Druckwelle von ihm heruntergeschleudert. Baldor bemerkte, wie seine Arme und auch der restliche Körper von einer Art Wind umhüllt waren. Er wollte nach seiner Axt greifen, aber sie wurde davon geweht, als er zu nahe kam. Drei der Bestien sprangen ihn an und er wollte sich schützen, doch sie alle flogen mit voller Wucht in den Wald zurück, bevor sie ihn berühren konnten. Er sah sich um und bemerkte, dass auch die anderen von Wind umhüllt worden waren und keines der Wesen sie noch angreifen konnte. Sie kreischten zornig und versuchten es weiter, doch die Mitglieder der Gruppe waren unberührbar geworden.

Als Baldor sich weiter umsah, entdeckte er Ulonga, der im Zentrum einer Kuppel aus Wind stand und seinen hellblau schimmernden Stab fest in beiden Händen hielt, mit dem unteren Ende auf dem Boden. Er murmelte leise vor sich hin und hatte die Augen geschlossen. Scheinbar nutzte er seine schamanischen Kräfte, um den Wind und die Luft als

Schutzschild zu nutzen. Eine solche Macht hatte Baldor noch nie gesehen.

Vargas stand in der Nähe als Säbelzahn und sein mächtiger Brustkorb wölbte sich beim Atmen. Die Augen waren jedoch auf Ulonga geheftet.

Einige Minuten lang versuchten die Monster weiterhin, sie anzugreifen, doch je mehr vom starken Wind erwischt wurden, desto weniger wurde es. Nach einer Weile war es vorbei und auch die letzten von ihnen zogen sich tiefer in den Wald nach Norden zurück. Erst als auch das letzte Kreischen in der Ferne verebbt war, löste Ulonga den Zauber und sie beruhigten sich etwas. Keros hörte langsam auf zu brennen und sah sich die vielen Kadaver an, die überall herumlagen.

»Was sind das für Dinger?«, wollte er wissen.

Algae und Manuki ließen sich von ihrem Ast fallen und die Fährtenleserin sagte: »Das sind Kumoros. Sie leben normalerweise in den Ästen der höchsten Bäume weiter nördlich und in Höhlen in den Bergen. Eigentlich jagen sie ihre Beute mit Netzfallen und Gift, nicht mit Angriffen im Rudel. So etwas ist völlig untypisch für sie. Ich bin schon oft durch ihr Territorium gereist. Wenn man ihre Fallen erkennt, kann man sie problemlos umgehen, weil sie sich nicht trauen, Ayaner offen anzugreifen. Es muss an dieser Aura liegen.«

»Das war heftig ... alles klar, Baldor? Ich habe gesehen, wie sie dich malträtiert haben.«, erkundigte sich Cormac.

Der Rabe betrachtete die tiefe Stichwunde am Oberschenkel und setzte sich auf einen Stein. Der Riss am Oberkörper war nicht tief und blutete bereits nicht mehr.

»Das könnte mich etwas langsamer machen.«

Algae kniete sich neben ihn und löste eine Tasche von ihrem Gürtel.

»Der Stärke der Blutung nach würde ich sagen, dass keine wichtige Arterie verletzt ist. Ich rühre dir einen Umschlag an. Hier, iss das!«, sagte sie und hielt ihm eine Kugel getrockneten Krauts vor die Nase.

Bevor er etwas sagen konnte, meinte sie: »Frag nicht, sondern tu es einfach! Das lindert die Schmerzen.«

Er folgte ihrer Anweisung und Drakon erklärte ihm: »Ihre Heilkünste haben uns allen schon den Arsch gerettet.«

Vargas verwandelte sich zurück und zog seine Kleider wieder an. Anschließend trat er neben Ulonga.

»Was war das für eine göttliche Kraft, die du da angewendet hast? Heylda selbst muss dir ihre Macht geschenkt haben!«

Der Schamane schob seinen Stab in sein Rückenhalfter und winkte ab. »Das war ein einfacher Luftschild. Die Himmelsstämme nutzen diese Technik oft beim Klettern, wenn Stürze tödlich sein können. Es erfordert viel Konzentration, aber es ist ein effektiver Lebensretter. Eine Gabe der Naturgöttin in der Tat.«

»Ich persönlich finde ja Keros immer noch beeindruckender als alles andere.«, kam es von Nivek, der einen Riss in seinem Ärmel begutachtete und das Gesicht verzog, als die Wunde darunter schmerzte.

Der wortkarge Krieger erklärte ruhig: »Bei unserem Stamm nennt man mich einen Feuergänger, einen von Zalathir Erwählten. Es ist eine seltene, aber nicht einzigartige Gabe.«

Firian knuffte seinen Bruder. »Und natürlich nutzt er sie kaum und gibt auch nie damit an. Er ist manchmal in frustrierendem Maße bescheiden.«

»Klingt für mich wie Neid, mein Lieber.«, kam es von Cormac.

»Ein bisschen vielleicht.«, räumte Firian grinsend ein.

Tracker wartete, bis Algae Baldors Bein mit Leinenstoff verbunden hatte und er einigermaßen laufen konnte, bevor sie sagte:

»Die Kumoros sind zwar abgezogen, aber es waren sicher nicht die letzten Tiere, die uns vom Ursprung der Aura fernhalten wollen. Wir sollten weitergehen.«

**

Zwei weitere Tage lang liefen sie nach Westen und versuchten dabei, so leise wie möglich zu sein. Immer stärker spürten sie die Belastung durch die Aura, die sich wie eine dunkle Decke über den Geist legte und finstere Gedanken hervorbrachte. Baldor musste oft an die Nacht denken, in der seine Frau und Tochter starben. Es war lange nicht mehr so präsent gewesen und es trübte seine Stimmung. Auch die anderen waren wortkarg und schlecht gelaunt.

Mehrmals mussten sie tollwütig wirkenden Wolfsrudeln und Bären ausweichen, die sofort angegriffen hätten. Baldors Tierkräfte waren glücklicherweise stark genug, um zumindest Vögel von ihnen fernzuhalten.

Am Nachmittag entdeckten sie inmitten einiger besonders großer und dunkler Bäume etwas Ungewöhnliches. Neben einem Mauerrest und einer zerfallenen Statue ragte ein Pfahl aus mit Seilen zusammengebundenen Ästen aus dem Boden. Am oberen Ende hing ein Hirschschädel.

Algae sagte ernst: »Ich hatte recht. Das ist ein Totem, wie sie von den Wildhexen verwendet werden, um die Reichweite ihrer Rituale zu vergrößern. Wir haben es mit einer mächtigen Hexe zu tun, wenn sie einen ganzen Teil des Waldes mit ihrer Macht vergiftet.«

Vargas trat neben sie und zerschmetterte den Schädel mit seiner Keule. »Unheilige Zauberei!«, fluchte er.

Sofort bemerkten sie, wie die Finsternis ein wenig nachließ.

»Was schlägst du vor, wie wir vorgehen sollten, Algae? Dein Wissen ist der einzige Vorteil, den wir haben.«, erkundigte sich Drakon.

Sie trat auf die Reste des Schädels. »Ich sage es nicht gerne, aber wir sollten uns aufteilen. Eine Wildhexe besitzt einige sehr mächtige Kräfte und ist schwer zu töten. Baldors Tierkräfte verschaffen ihm eine natürliche Immunität gegen ihre Kontrolle, also muss er dabei sein, wenn wir ihr gegenübertreten. Ansonsten sollte ich selbst gehen, weil ich ein paar Kniffe kenne. Drakon, dein Speer könnte ebenfalls von Nutzen sein. Und ich möchte Keros mitnehmen. Feuergänger sind eine mächtige Waffe gegen Naturkräfte. Der Rest sollte in der Umgebung nach weiteren dieser Totems suchen und sie zerstören.«

»Woran erkennen wir die Hexe, wenn wir sie sehen? Ich meine, ist es eine normale Frau?«, fragte Nivek.

»Ihr solltet hoffen, ihr nicht zu begegnen. Sie kann in allen möglichen Formen erscheinen. Wildhexen besitzen Wandlungskräfte. Sie können sich in jedes Tier verwandeln, das sie wollen. Ein Grund mehr, euch von den Waldbewohnern fernzuhalten.«, warnte sie die anderen.

Drakon richtete seinen Schulterschutz und meinte: »Nun denn! Ich vertraue in dieser Angelegenheit auf Algaes Erfahrung. Seht euch um und zerstört so viele Totems, wie ihr finden könnt. Wir suchen den Ursprung dieses Zaubers und beenden ihn. Manuki, gibt es in der Nähe einen Ort, den wir als Treffpunkt nutzen können?«

Tracker sah sich um und blickte in den Himmel, dann sagte sie: »Ein Stück westlich von hier liegen die Ruinen einer weiteren uralten Stadt der Enai. Es ist der einzige Ort, der sich hier vom Rest des Waldes unterscheidet.«

»Perfekt, dann treffen wir uns in genau einem Tag dort, egal ob wir bis dahin Erfolg hatten oder nicht. Wir dürfen uns nicht verlieren.«, entschied er.

Da alle wussten, was sie zu tun hatten, trennten sich ihre Wege. Baldor ging mit Algae, Drakon und Keros weiter nach Westen. Sie war der Ansicht, dass eben diese Ruinen als Versteck für eine Wildhexe ideal wären, da sie oft verborgene Schreine und andere religiöse Stätten beherbergten, die von den Hexen als Machtquelle genutzt wurden.

✳✳✳

Drei Stunden später entdeckten sie die ersten steinernen Ruinen vor sich. Sie waren Teil einer Mauer, an der man noch immer die Schäden einer Belagerung sehen konnte. Der helle Stein war inzwischen überwuchert und grünlich, doch man erkannte die Bauweise als Enai.

»Mir war nie bewusst, wie viel Geschichte dieses Land zu bieten hat. Jetzt wüsste ich gern noch wesentlich mehr über die früheren Zivilisationen und die Zeit vor dem Feldzug.«, gab Baldor zu, dem immer wieder bewusst wurde, wie klein seine Welt in Rakios gewesen war.

»Du und eine Menge Historiker. Es ist nur sehr wenig überliefert worden. Beispielsweise weiß niemand, was aus den Überlebenden des Feldzugs wurde. Bis heute hat man weder Gräber noch sonstige Hinweise gefunden, wann die letzten von ihnen gestorben sind.«, meinte Algae.

Keros berührte den kühlen Stein, als sie durch eine Lücke der Mauer kletterten. »Weißt du, wo wir hier sind?«

Sie ließ sich auf der anderen Seite fallen. »Ich habe eine Vermutung. Wir könnten hier in den Überresten der uralten Tempelstadt Uyanoki stehen. Sie soll einst ein Wallfahrtsort gewesen sein, wo man alle Götter anbetete, selbst Chal und Zef. Sie alle hatten hier ihren Platz. Seht dort!«

Sie zeigte auf einen uralten Steinpavillon am Ende eines langen Aufgangs aus Stufen. Das Symbol von Alvaron war dort zu erkennen, dem Gott der Meere, Weisheit, Ehre und der Gerechtigkeit. Unweit davon standen noch drei Säulen eines anderen Pavillons, in dem die bröckeligen Reste einer Skulptur zu sehen waren, die man gerade noch als Bolt erkannte, den Bergvater, Gott des Himmels und der Erde.

»Hier waren selbst jene Götter vertreten, die üblicherweise nie zusammen genannt werden. Man sagt, die Dargonier verabscheuten die Idee, die finsteren Brüder am selben Ort wie die anderen Götter zu verehren, da sie völlig gegensätzlich sein sollten.«, erklärte sie.

Baldor brummte: »Vargas hat mir einst erzählt, dass alle Götter gleichgestellt und Teile eines Ganzen seien. So wie es Licht und Schatten geben muss, muss es auch Leben und Tod geben. Beides ist nötig, um das Gleichgewicht zu wahren. Daher sind die Götter keine Feinde.«

»Eine weise Erkenntnis.«, bestätigte Algae und sie wanderten durch die Überreste eines Ortes, der einst unermessliche Bedeutung gehabt haben musste. Dort standen die Ruinen von Gebäuden, deren Kunstfertigkeit selbst die modernen Baumeister von Makonien oder Süd-Orania vor Neid erblassen lassen würde. Tempel, Wohnhäuser, Skulpturen und ausgetrocknete Brunnen und Bäder vermittelten eine Vorstellung von der einstigen Pracht der Stadt.

Baldor betrachtete, wie Algae mit eingeübter Disziplin jeden Winkel in Augenschein nahm und jede Kleinigkeit registrierte.

Er fragte sie: »Läuft da was zwischen dir und Cormac? Ich habe da so ein gewisses Funkeln in seinen Augen bemerkt, wenn er dich ansieht.«

Sie hielt inne und blickte zu ihm herüber. »Er ist jung. Wenn man eine Vergangenheit wie seine hat, sucht man nach Zuneigung und Weisheit gleichermaßen. Ich verkörpere für ihn beides, weil ich Drakon damals überzeugte, ihn in die Gruppe aufzunehmen. Ich war die erste Person, die ihn akzeptierte, wie er war. Es ist nicht verwunderlich, dass er eine gewisse Anziehung verspürt.«

»Und du? Wie siehst du das?«, hakte er nach.

»Ich bin mehr als siebzig Sommer älter als er. Was er sucht, kann ich ihm nicht geben. Er mag ja ganz gut aussehen und auch eine freundliche und leichtfertige Natur haben, aber das macht den Altersunterschied nicht wett.«, sagte sie sachlich, allerdings mit ein klein wenig Traurigkeit in der Stimme.

Baldor meinte: »Was für ein Unsinn! Wenn du ihn gut findest, dann kann es doch nicht schaden, es zuzulassen. Es sagt ja keiner, dass ihr für immer ein Paar werden müsst. Aber etwas Zärtlichkeit könntet ihr beide gut gebrauchen, jeder könnte das. Wieso hinter dem Alter verstecken? Ich meine, er ist jünger als du, aber dann hat er auch entsprechende Ausdauer, wenn du verstehst ...«

Sie lächelte leicht und entgegnete: »Mit dem Alter kommt einiges an Erfahrung, Baldor. Und ich bin immer noch ziemlich fit.«

»Ja eben! Genau das meine ich doch. Wenn er Interesse an dir hat und du auch nicht abgeneigt bist, dann solltet ihr endlich loslegen. Habt Spaß zusammen! Wieso denn auch nicht? Überleg doch, wie dein Leben war und wie unseres jetzt ist! Wir könnten jeden Tag draufgehen. Scheiße, ich wäre in den letzten eineinhalb Jahren sogar mehrmals fast gestorben und habe meine große Liebe verloren. Das Warten lohnt sich nicht.«

Sie schien über seine Worte nachzudenken, sagte aber nichts mehr dazu, sondern untersuchte den Kopf einer Statue.

Sie kamen an einem Haus mit dem Symbol der Liebesgöttin Numairi vorbei, in dem sie ein weiteres Totem bemerkten. Drakon zerschmetterte es und sie atmeten auf, als die dunkle Aura etwas nachließ.

»Sie ist hier. Ich kann es spüren.«, sagte Keros leise.

Baldor presste Algae an eine Wand, als ein großer Bär an dem Gebäude vorbeikam. Er hielt die Schnauze schnüffelnd in den Wind, doch der Rabe nutzte seine Gabe, um das Tier abzulenken, sodass es gemütlich in eine andere Richtung weiterzog.

»Das war sie nicht.«, sagte er, denn der Geist einer Hexe war sicherlich nicht identisch mit dem eines Bären.

Leise und vorsichtig durchkämmten sie die gesamte Stadt, bis es dunkel wurde. Ein kaum hörbares Krächzen lenkte Baldors Aufmerksamkeit auf den Valdah, der auf einer Säule hockte und nach Westen schaute. Also stieg er eine Treppe zur Mauer hinauf und entdeckte in einiger Entfernung ein leichtes Flackern aus einer großen Höhlenöffnung. Er winkte die anderen zu sich und es war klar, dass ihr Ziel sich im Inneren befinden musste.

Kaum atmend pirschten sie sich an die Höhle heran, deren Öffnung sehr hoch war, da sie zu einem Felskomplex gehörte, der sich dem Anschein nach noch weit in Richtung Westen erstreckte. Drakon und Keros näherten sich von der linken Seite, Baldor und Algae kamen von rechts. Sie hatte ihren Bogen bereit und beide spähten um die Ecke hinein.

Dort brannte ein großes Lagerfeuer zwischen mehreren Totems und von der Decke hängenden Knochen und Kräutern. Auf Holzkisten und einem steinernen Altar lagen alle möglichen Phiolen, ein Mörser und Stößel, weitere Pflanzen und eine geopferte Ziege samt Schalen voller Blut. Eine nackte Frau stand am Feuer und vollführte eine seltsam verrenkte Bewegungsabfolge, während der sie einen monotonen Sprechgesang von sich gab.

Baldor betrachtete ihren Körper und sie erinnerte ihn an seine Partnerin Arania. Sie war schlank, hatte aber dennoch runde Brüste und einen vollen Hintern. Ihr Bauch und Oberkörper, die Arme und Beine waren mit Symbolen überzogen, die sie dem Anschein nach mit dem Ziegenblut gemalt hatte. Ihr Haar schimmerte schwarz und lila im Feuerschein. Es reichte bis auf ihren oberen Rücken und sie hatte einige Rabenfedern hineingeflochten. Schweißtropfen liefen an ihrer Haut herunter, während sie sich immer schneller und angestrengter bewegte.

Man roch den beißenden Duft verbrannter Kräuter, gemischt mit Blut und nassen Haaren. Ihre Worte hallten von allen Seiten der Höhle wider und schufen die Illusion eines Chorgesangs.

Drakon machte einen vorsichtigen Schritt nach vorne und erwischte dabei einen kleinen Stein, der ein Stück davonrollte. Das Geräusch genügte, damit die Frau innehielt und lauschte.

Mit einer samtenen, betörenden Stimme sagte sie: »Wie mir scheint, habe ich Zuschauer. Wie unhöflich, mich heimlich anzustarren. Bei meinem Volk gilt das als Respektlosigkeit, die mit Blendung bestraft wird. Werft noch einen guten Blick auf mich, denn es war euer Letzter!«

Über ihnen schienen sich die Wolken zuzuziehen und aus allen Richtungen kam Wolfsgeheul. Knurren, Brummen und Brüllen erschallte von überall. Wie im Zeitraffer wuchsen der Frau gekrümmte, schwarze Klauen, ihr Rücken wurde bucklig, das Haar färbte sich weiß und strähnig. Ihre Nase wurde hakenartig, das Kinn länger und sie bekam Warzen und gelbe Zähne. Die Rabenfedern in ihren Haaren fielen herunter und bedeckten ihre Schultern, während ein Rabe von hinten auf sie zuflog und die Schwingen ausbreitete. Sofort verwandelte er sich in einen schwarzen Umhang, der sie spärlich bedeckte. Ihre gelblichen Augen erfassten die Eindringlinge und ihre Stimme wurde rau und krächzend.

»Die Natur wird euch vernichten, wie es schon immer hätte sein sollen!«

Dann warf sie grünlich leuchtende Kugeln nach Drakon und Keros, der sofort in Flammen stand, um einige Ranken zu verbrennen, die von der Höhlenwand in ihre Richtung wuchsen wie greifende Finger.

Algae wirbelte herum, als ein Falke auf sie herabstieß und Baldor spürte das Trippeln von Wolfspfoten im Boden. Er sah einen alten, zerrissenen Vorhang nahe dem Höhleneingang und riss ihn herunter. Das Lederband, mit dem er festgebunden war, wickelte er sich schnell unsauber um den linken Unterarm. Gerade als der erste Wolf aus dem Unterholz sprang, rammte er dem Tier das Leder ins Maul, um sich vor dem Biss zu schützen. Sofort riss er eine Wurfaxt aus seinem Halfter und schlug das Raubtier damit zu Boden. Mehrere weitere der Tiere kamen auf ihn zu und einer wurde sofort von einem Pfeil durchbohrt.

Knurrend versetzte Baldor einem von ihnen einen Tritt gegen den Kopf, der den Wolf auf Abstand zwang, während ein anderer an seinem Arm zerrte. Der Rabe warf das Tier über seine Schulter zu Boden und erschlug es, aber es rückten immer mehr nach.

Keros wollte helfen, doch die Ranken und Kletterpflanzen wuchsen im Zeitraffer und wollten Algae und Drakon umschlingen, sodass er sein Feuer darauf konzentrieren musste. Die brennenden Schwerter waren sehr effektiv dagegen, aber im Wald gab es nahezu unbegrenzt neue Pflanzen, die ihren Platz einnahmen.

Derweil warf sich Drakon aus dem Weg, als eine weitere grüne Kugel neben ihm einschlug. Er rollte sich ab und schnippte mit dem Speer einige Steine nach der Rabenhexe, die sich mit ihren Armen schützte und unheilvoll kreischte. Algae spannte den Bogen und legte auf sie an, doch weitere Vögel pickten an ihr herum. Zudem kamen nun auch fliegende Käfer dazu, die sie umkreisten und ihr die Sicht nahmen.

Obwohl Baldor sich gegen die Wölfe behaupten konnte, wurde die Lage nicht besser, als ein großer Braunbär um die Ecke kam, der mit seinen mächtigen Pranken träge nach ihm ausholte. Der Krieger musste sich wegrollen, um nicht erwischt zu werden. Er wollte nicht noch mehr Tiere töten, konnte sie geistig aber nicht erreichen, solange der Zauber der Hexe Bestand hatte. Stattdessen warf er sich in einem günstigen Moment auf den Rücken des Bären und umklammerte dessen Hals, sodass er wie bei einem Rodeo versuchen musste, nicht abgeworfen zu werden. Er lenkte das Tier zu Algae, damit die wild umherschlagenden Pranken die Flugtiere zerstreuten und ihr das Zielen ermöglichten. Leider erwischte eine Eule ihren Arm im Augenblick des Schusses und der Pfeil sauste an der Hexe vorbei.

Keros nutzte eine ruhige Sekunde, um mit einem Feuerschwall alle Insekten zu verbrennen, sodass sie sich wieder auf die anderen Tiere konzentrieren konnten. Die Bogenschützin vermied es, die Lebewesen der Natur zu töten, was es ihr wesentlich schwerer machte.

Währenddessen war Drakon durch Ausweichen und seinen Speer nah genug an die Hexe herangekommen, um direkt mit ihr zu kämpfen und ihre magischen Kugeln zu verhindern. Ihre Klauen und übernatürliche Körperkraft waren jedoch auch im Nahkampf extrem gefährlich. Mit dem Schaft seiner Waffe wehrte er tödliche Hiebe ab, doch er schien schnell zu merken, dass seine Kraft gegen diesen Feind nicht ausreichte, denn er wich zurück. Die Rabenfrau setzte ihm nach und bedrängte ihn weiter, während sie die anderen mit den Pflanzen und Tieren in Schach hielt. Ihre Macht war beeindruckend und furchterregend zugleich.

Baldor wurde abgeworfen und rollte über den von Wurzeln durchzogenen Boden, was ziemlich schmerzte. Glücklicherweise verhinderten Keros' Feuerangriffe, dass besagte Wurzeln ihn festhalten konnten.

»Wir müssen uns auf die Hexe konzentrieren! Sonst geht das ewig so weiter!«, rief der Feuerkrieger.

»Das sagst du so leicht!«, keuchte Algae und schlug mit dem Bogen einen Wolf zur Seite.

Sie versuchten, sich zu koordinieren, um Drakon zu helfen, aber die angreifenden Tiere waren zu zahlreich. Während Keros trotz seines Feuers immer mehr von Ranken bedrängt und umschlossen wurde, sorgten die Wildtiere dafür, dass weder Baldor noch Algae die Gelegenheit bekamen, sich der Hexe zu nähern. Drakon war nun fast am Höhlenausgang angelangt und nutzte Drehungen oder wirbelte seinen Speer, um den unnachgiebigen Hieben der Frau auszuweichen. Mit einer blitzschnellen Bewegung konnte sie ihn jedoch entwaffnen. Sofort packte sie ihn an der Kehle und hob ihn hoch, als wäre er federleicht.

»Jetzt lernst du, was all jenen blüht, die diesen Wald betreten!«, zischte sie finster.

Baldor lag auf dem Rücken und hielt sich mit einem Arm einen Wolf vom Leib, während er mit dem anderen die Pranke des Bären auf Abstand hielt. Er keuchte, weil er wusste, dass er das nicht durchhalten konnte. Er schrie vor Anstrengung auf und sein Geist sendete eine massive Energiewelle aus, die alle Tiere im Umkreis erreichte und genug irritierte, um sie kurz innehalten zu lassen. In diesem Moment kam der Valdah zwischen den Baumkronen heruntergeflogen und krähte laut, bevor er auf einem niedrigen Ast landete und die Hexe ansah.

Sie hatte Baldors mentalen Kontakt gespürt und erkannte auch die Natur des Götterboten. Sie sah den Ayaner an, der zwischen Wolf und Bär am Boden lag.

»Du! Du bist kein einfacher Mann, nicht wahr? Du bist ein Gezeichneter, einer der Ägir. Warum bist du hier?«, fragte sie und alle Angriffe stoppten augenblicklich.

Baldor keuchte, weil die Pranke des Bären auf seiner Brust stand und ihn festhielt. »Ich weiß zwar nicht, was ein Ägir ist, aber ich bin gezeichnet, das stimmt. Wenn du mir gestattest, mich umzudrehen, kannst du das Zeichen sehen.«

Das Tier zog sich ein wenig zurück und er richtete sich auf, um ihr die Tätowierung zu zeigen. Sie murmelte etwas Unverständliches und setzte Drakon ab.

»Du trägst das Zeichen des Varmori, des Rabengeistes. Dein Schicksal ist mit der Natur und dieser Welt verflochten, ob du dir dessen bewusst bist oder nicht. Es ist verboten, einem Gezeichneten zu schaden.«, sagte sie und verwandelte sich zurück in ihre schöne Ayanergestalt, während sich Tiere und Pflanzen zurückzogen.

»Warum seid ihr hier und stört meine Rituale?«, fragte sie mit ihrer nun wieder sanften Stimme. Der schwarze Umhang bedeckte sie nur spärlich, doch das schien sie nicht zu kümmern.

Drakon sagte: »Wir wurden geschickt, um herauszufinden, warum die Jäger des Wolfsstammes verschwunden sind. Wir sollten die Gefahr beenden.«

Die Frau ignorierte ihn und fixierte weiterhin nur Baldor.

»Ich habe keinen Streit mit den Anbetern von Ymira im Süden. Meine Zauber dienen dem Schutz des Waldes. Gelegentlich kann es vorkommen, dass Unbeteiligte dazwischengeraten. Das ist die Natur.«, erklärte sie gleichgültig.

Der Rabe fragte sie: »Wer bist du und warum tust du das? Wovor willst du den Wald schützen?«

Sie musterte ihn von oben bis unten. »Mein Name ist Maryana. Ich bin eine Drashyr der Cossitar, ihr nennt es Wildhexe. Mein Clan hat mich verstoßen, weil meine Ansichten ihren alten Traditionen widersprechen, also zog ich nach Norden, um die uralten Orte der Althexen aufzusuchen. Sie ermöglichen meinesgleichen Einblick in die Geisterwelt und die Natur.«

»Von diesen Orten gibt es in Anima viele. Wieso gerade hier?«, erkundigte sich Algae.

»Hm, ein Auge der Ymira so weit im Süden. Selten. Es stimmt, es gibt viele solche Plätze hier, doch dieser hat besondere Bedeutung. Der Grünwald ist ein heiliger Ort mit großer Kraft, wenn man sie zu nutzen weiß. Ich habe mich hier niedergelassen, aber eine Bedrohung erhebt sich im Westen. Ich kann es überall spüren, in der Luft, im Boden, selbst im Wasser. Dominus. Sie dringen in den Wald ein, holzen die Bäume ab und töten die Wildtiere in besorgniserregendem Tempo. Sie stellen eine Gefahr für den Wald und das empfindliche Gleichgewicht der Natur dar, wie es sie seit Jahrhunderten nicht mehr gegeben hat.«, erzählte Maryana mit düsterer Mine.

Baldor verschränkte die Arme. »Und deshalb tötest du einfach alles und jeden, der sich dem Wald nähert?«

»Meine Kräfte können die Natur lenken und dafür sorgen, dass die Pflanzen und Tiere sich selbst schützen. Die Aura soll die Dominus dazu bringen, diesen Ort freiwillig zu meiden. Meine Totems sind überall im nördlichen Grünwald verteilt. Sie verstärken meine Macht und erweitern den beeinflussten Bereich, aber die Dominus haben schon zu viele davon zerstört. Es war nicht meine Absicht, die Jäger des Wolfsstammes anzugreifen, doch sie gerieten zwischen die Fronten. Normalerweise kommen sie nicht so weit nach Norden. Ohne mein Eingreifen wären diese Eroberer bereits in ihrem Dorf eingefallen.«, erklärte die Wildhexe.

»Wirst du deine Rituale fortsetzen? Es muss möglich sein, einen Frieden mit den Bewohnern von Wuun zu schließen.«, überlegte Algae.

Die Hexe faltete ihre Hände vor ihrem Schoß. »Wie gesagt: Ich betrachte sie nicht als Feinde. Hätte ich gewusst, dass sie manchmal hier oben jagen, hätte ich sie aus meinen Ritualen ausgeschlossen. Künftig werde ich das tun, wobei ich nicht weiß, wie lange ich die Dominus noch ausbremsen kann. Würden mir die Jäger helfen und meine Totems für mich platzieren und beschützen, könnten wir weit mehr erreichen. Wenn ihr zurückkehrt, unterbreitet dieses Angebot ihrem Anführer.«

»Das werden wir mit Freuden tun. Dann kehren wir nun nach Wuun zurück.«, verkündete Drakon zufrieden, doch wieder ignorierte sie ihn und blickte erwartungsvoll zu Baldor, bis dieser nickte.

»So geht in Frieden.«, verabschiedete sie sie, ließ ihren Mantel fallen und setzte ihren nackten Sprechgesang fort.

Sie trafen die anderen aus der Gruppe am folgenden Vormittag an der Grenze zu den Ruinen und machten sich nach einer Erklärung gemeinsam auf den Rückweg. Die finstere Aura war verschwunden und auch die Tiere ließen sie in Frieden. Offenbar hielt die Hexe Wort.

***

Der Rückweg dauerte trotz Trackers Führung wieder fünf Tage durch den dichten Wald. Drakon war zusehends unzufrieden, dass Baldor von den Stämmen eher als Anführer gesehen wurde als er. Keros, Ulonga und Algae erklärten ihm wiederholt, dass die Stammesmitglieder ihresgleichen stets schneller und mehr vertrauen würden, als Außenstehenden, insbesondere einem Dominus, abtrünnig oder nicht. Er schien es für den Moment zu akzeptieren, obwohl er weiterhin verstimmt wirkte.

Das verbesserte sich auch nicht, als sie bei ihrer Rückkehr von Nolvar-Tan empfangen wurden, der erneut nur mit Baldor und Algae sprechen wollte. Sie klärten ihn über Maryana auf.

»Also ist es tatsächlich eine Wildhexe ... faszinierend! Ich bin niemals einer von ihnen begegnet, da sie sehr verschlossen sind. Diese Totems dienen der Verstärkung ihrer Zauber und schützen den Wald vor Eindringlingen, sagt ihr?«, hakte er nach.

Der Rabe nickte. »So ist es. Sie bietet euch an, ihr dabei zu helfen. Im Gegenzug werdet ihr nicht länger von den Auswirkungen beeinflusst.«

Nolvar brummte: »Das klingt durchaus vernünftig. Denkt ihr, wir könnten sie auch für Heilerdienste aufsuchen? Eine fähige Kräuterkundige wäre von unschätzbarem Wert, da die Schülerin unserer letzten Schamanin nicht mehr die Jüngste ist.«

Algae hob mahnend einen Finger. »Ich würde den Bogen nicht überspannen, Häuptling. Dass sie mit euch redet, ist bereits mehr, als die meisten anderen von einer Wildhexe sehen. Eine Zusammenarbeit sollte euch helfen, also würde ich ihr Angebot annehmen.«

Der Anführer schmunzelte und sagte zu Baldor: »Ich hatte also recht. Der Rabe kann jedes Problem lösen, selbst wenn es sonst niemand kann. Ich bin beeindruckt. Wie lautet euer Preis?«

»Wir versuchen, einige Stämme für einen Schlag gegen die Dominus zu vereinen. Das würde ihnen klar machen, dass sie nicht einfach nach Anima kommen und sich wie Besatzer aufführen können. Idealerweise retten wir dabei die Überlebenden meines Dorfes und meinen Sohn. Den Wolfsstamm zu unseren Verbündeten zu zählen, wäre ein mächtiger Zugewinn für uns.«, erklärte er und verwendete Drakons Worte, um diplomatischer zu klingen, als er war.

Nolvar runzelte die Stirn. »Ihr wollt mehrere Stämme zusammenbringen? Es wäre eine erstaunliche Leistung, wenn es euch gelänge, Ayaner mit verschiedenen Glaubensrichtungen unter einem Banner zu vereinen.«

»Sie alle glauben an dieselben Götter, sie haben nur andere Favoriten. Und es geht nicht um eine Vereinigung auf Dauer. Wir streben ein Zweckbündnis an, weil wir alle den gleichen Feind haben. Die Dominus rauben unsere Kinder, brennen unsere Dörfer nieder und töten uns, wo sie nur können. Das muss aufhören!«, knurrte Baldor.

Der Häuptling seufzte. »Ich sehe keinen Erfolg bei diesem Vorhaben, Rabe, doch der Wolfsstamm schuldet dir etwas, und wir begleichen unsere Schulden immer. Wenn du uns brauchst, dann musst du es nur sagen. Unsere Bögen werden für dich singen.«, versprach Nolvar.

Zufrieden mit dem Ergebnis verließen die beiden das Haus des Häuptlings und berichteten den anderen davon. Obwohl Drakon nach wie vor säuerlich war, erfreute es ihn sehr, dass Baldor ein Bündnis gesichert hatte.

Da sie in den letzten beiden Wochen beinahe permanent durch Waldgebiet gewandert waren, wollten sie sich eine kleine Auszeit gönnen und wurden vom Stamm freudig eingeladen, ein paar Tage zu bleiben. So fanden sie sich am Abend auf einer von Blumen bewachsenen Veranda wieder, die von Obstbäumen umgeben war. Eine kleine Gruppe Frauen spielte gemeinsam Lieder auf Zupfinstrumenten, während viele der Anwohner den Rhythmus mit Klatschen unterstützten.

Ein paar von ihnen waren bereits schlafen gegangen, aber Baldor saß noch mit Vargas, Nivek und Keros an einem Tisch und ließ sich das dortige Ale schmecken. Aus dem Augenwinkel bemerkte er, wie Cormac dicht bei Algae stand und wenig später mit ihr ins Unterholz verschwand. Er musste lächeln, weil er sich für die beiden freute. Sie konnten ein bisschen Abwechslung und Zerstreuung gut brauchen, so wie sie alle.

»Was grinst du denn so?«, fragte Keros.

»Ach weißt du, ich bin einfach zufrieden. Manchmal vergesse ich vor lauter Rachedurst, die kleinen Siege zu feiern. Sieh dich um! All die Leute sind gut gelaunt, wir haben starke Getränke, Musik und es duftet nach gebratenem Fleisch. Was könnten wir noch wollen?«, entgegnete der Rabe.

Vargas prostete ihm zu. »So kenne ich meinen Bruder!«

Auch Nivek hob seinen Becher. »Ich hätte nie gedacht, mich eines Tages bei einem Stamm in Anima so wohlzufühlen, aber hier sind wir.«

»Ist es denn in Lorves so anders?«, fragte Keros.

»Nun ja, wenn man sich in ländlichen Gegenden bewegt, gibt es dort natürlich auch Volksfeste und Stammtische in den Dörfern. Es ist jedoch kein Vergleich zum Leben in den großen Städten wie Radogon. Dort kann man nicht einfach entspannt am Tisch sitzen und trinken. Jedes Wort will wohlüberlegt sein, denn alles ist politische Taktiererei. Es ist anstrengend, sage ich euch.«, erzählte er und nahm einen tiefen Schluck.

Vargas schüttelte den Kopf. »Wie kann man nur an so etwas Gefallen finden? Klingt furchtbar.«

»Stammesangelegenheiten und Traditionen sind auch nicht immer schön, mein Freund. Bei uns gab es einige Rituale, auf die ich gerne verzichtet hätte.«, meinte Keros zu ihm.

»Ach, die gibt es immer, aber so ist das eben mit den Göttern. Zumindest musst du dich an einem Ort wie hier nicht sorgen, ob dein Gegenüber dich hinterrücks erdolchen will. Wenn das einer vorhat, macht er es offen und ehrlich.«, lachte Vargas und bestellte ein neues Getränk.

»Du bist so still, Baldor. Was beschäftigt dich?«, erkundigte sich Nivek.

Er setzte seinen Becher ab. »Ich denke über Maryana nach, die Hexe. Sie hat erzählt, sie wurde verstoßen und zog deshalb nach Norden. Ihre Bräuche scheinen den unseren gar nicht so unähnlich zu sein. Sie wählte einen anderen Namen für Sel … Varmori. Aber ansonsten scheinen sie dieselben Götter zu verehren, nur anders.«

»Die Welt hat unendlich viel zu bieten, das wir noch nicht kennen. Eigentlich ist es verrückt, dass wir uns mit den Dominus herumärgern, anstatt einfach fortzugehen.«, überlegte Keros.

Nivek hob die Brauen. »Ich komme aus Lorves, weil es dort beschissen war. Ulonga kam aus Makonien, Algae aus Kaifu. Egal, wohin du gehst, es gibt überall Probleme und Konflikte. Ist es da nicht besser, die Eigenen zu lösen, statt jedes Mal davonzulaufen? Sie holen dich am Ende immer wieder ein.«

Mit diesem ernüchternden Gedanken gingen sie eine Weile später schlafen.

Neue Spur

Zwei volle Tage genossen die müden Reisenden die angenehme Umgebung von Wuun und erholten sich ausgiebig. Baldor konnte sogar eine Nacht ruhig und entspannt schlafen, ohne von Erinnerungen oder Albträumen geweckt zu werden. Er saß vormittags auf einer steinernen Bank beim Marktplatz und betrachtete das Treiben vor den Verkaufsständen.

Er überlegte gerade, was er zu Mittag essen sollte, als sein Bruder zu ihm kam.

»Da bist du ja! Drakon hat uns zusammengerufen. Offenbar gibt es Neuigkeiten zu den Dominus.«, sagte er angespannt.

»Also gut, dann hören wir uns das mal an.«

Die beiden zogen los zur Wolfsskulptur, wo die anderen warteten. Drakon stand neben einem Wolfskrieger, der anhand seiner Reisekleider wohl ein Späher sein musste.

»Da kommen die beiden. Baldor, wo hast du dich nur rumgetrieben? Egal. Das hier ist einer von Nolvars Spähern. Er hat Dominus-Aktivitäten ganz in der Nähe entdeckt, um die wir uns kümmern sollten.«, grüßte Drakon und kam direkt zum Punkt.

Der Mann erzählte: »Ich bin in einem der Spähtrupps, die den Süden auskundschaften sollen. Wir behalten die Straßen im Blick und überprüfen die bekannteren und größeren Lichtungen und Flächen, wo man lagern könnte. Dabei bin ich auf gleich drei kleine Feldlager der Dominus gestoßen, die sich in nur wenigen Stunden Abstand zueinander befanden. Das ist unüblich in dieser Gegend. Ich befürchte, sie planen etwas.«

Drakon bedankte sich bei dem Mann und richtete dann das Wort an die Gruppe. »Er hat recht. Wenn die Späher drei Lager gefunden haben, dann sind da sicher noch weitere. Und wenn die Dominus ihre Lager taktisch verteilen, planen sie einen größeren Angriff. Schwer zu sagen, auf was sie es abgesehen haben, aber was es auch ist, es darf nicht passieren. Wir sollten sofort losziehen und die kleinen Lager nacheinander ausradieren.«

»Denkst du, Leonhardt ist dort?«, wollte Baldor wissen.

»Möglich. Wenn es ein koordinierter Einsatz ist, muss mindestens ein Zenturio da sein, um alles zu überwachen. Da mein früherer Schüler sich in Anima auskennt, wäre er eine gute Wahl dafür.«

Firian meinte: »Ein Grund mehr, die Bastarde aufzumischen!«

***

Sie verabschiedeten sich vom Wolfsstamm und machten sich auf den Weg nach Süden, wo der Späher eines der Lager ausgemacht hatte. Der Ritt dauerte knapp vier Tage, doch dann erreichten sie ein kleines Wäldchen, an dessen Rand mehrere Feuer brannten. Algae und Cormac kehrten gerade zurück, nachdem sie alles aus der Ferne beobachtet hatten.

Der junge Krieger trug nun keine Bandagen mehr an den Armen, sodass man seine Bluttätowierungen sehen konnte. Zwar störte sich Vargas daran, aber die anderen freuten sich, dass er seine Vergangenheit nun akzeptiert hatte und sich nicht länger dafür schämte.

»Sieht mir wie ein gewöhnliches Lager aus, Drakon. Acht Zelte mit dem Dominus-Wappen, schätzungsweise um die fünfzig Mann. Die meisten sind normale Fußsoldaten mit einfacher Ausrüstung und Speeren oder Schwertern. Ich habe auch einige Schildträger gesehen, aber nichts Ungewöhnliches und auch kein Befehlshaber.«, berichtete er.

»Das klingt machbar. Fünfzig sind viele, aber die meisten Infanteristen sind keine Gefahr für uns. Wenn wir sie überraschen erst recht nicht.«, kam es selbstsicher von Keros.

Drakon sagte laut: »Wir gehen bei Dämmerung und greifen von zwei Seiten an. Ein Zangenangriff auf ihr Waffenzelt sollte genug Chaos stiften, um sie zu leichten Zielen zu machen. Deckt euch gegenseitig und verwendet ihre Disziplin gegen sie!«

Die Gruppe nutzte die Stunden des Nachmittags dafür, sich vorzubereiten. Baldor flickte seinen Waffenrock und schärfte das Rabenschwert. Cormac kam zu ihm und deutete auf seinen linken Arm, an dem noch immer Bissspuren der Wolfsangriffe zu sehen waren, die das Leder durchdrungen hatten.

»Das sieht nicht gut aus, Mann. Ich weiß ja, dass ihr vom Vogelstamm es nicht so mit Rüstungen habt, aber ... hier.«, sagte er und reichte Baldor eine lederne Armschiene mit Kettenpanzer-Elementen.

Der Rabe nahm das Stück entgegen und betrachtete es.

»Es ist nichts Besonderes, aber da dein Schwertarm rechts ist, solltest du sie links tragen, damit der nächste Wolf oder Ayaner dich nicht ganz so hart erwischt.«, erklärte Cormac.

Nachdem Baldor das Rüstungsteil angelegt und angenehm befestigt hatte, drehte er den Arm und begutachtete alles.

»Das ist ein kostbares Geschenk, mein Freund. Ich danke dir.«, sagte er ernst zu ihm und legte Bedeutung in jedes Wort, um seinen Dank zu betonen. Es war in der Tat ein Zeichen ihrer aufkeimenden Freundschaft, dass sich der junge Mann sorgte.

»Kein Problem. Ich habe sie vor Monaten einem Banditen abgenommen und habe sie kürzlich im Gepäck entdeckt. Da dachte ich mir, bevor sie da drin rostet, gebe ich sie jemandem, dem sie nutzt.«

»Das weiß ich zu schätzen, Cormac. Ich werde sie klug einsetzen.«, versprach er.

***

Als Mahaki unterging, waren sie kampfbereit und begierig auf die Schlacht. Sie alle fühlten sich gut, wenn sie Dominus töten konnten, weil jeder von ihnen mehr als einen Grund hatte, sie zu hassen.

Als sie den Waldrand erreichten, sahen sie das mittelgroße Lager und es erinnerte Baldor schmerzhaft an seinen letzten Überfall auf einen solchen Ort, bei dem er beinahe gestorben wäre. Drakon ging mit Keros, Algae, Ulonga und Nivek weiter auf die andere Seite. Der Rest verhielt sich still und wartete auf das Angriffssignal. Vargas blieb in Ayanergestalt und hielt seine Keule bereit, während Cormac auf einen Ast kletterte und den ersten Pfeil anlegte. Firian fuhr mit dem Finger über den Rücken seiner Klinge mit der seltsamen, hakenartigen, runden Form am Ende. Sein Blick war eisern und voller Wut. Baldor kannte diesen Ausdruck zu gut von sich selbst. Immer wenn er einen Dominus sah, flammte der alte Hass auf.

Er hielt das Rabenschwert fest in der rechten Hand und eine Wurfaxt in der Linken. Als ein eindeutiges Vogelpfeifen ertönte, das nur Algae imitieren konnte, war es Zeit für den Angriff.

Vargas stürmte voraus und brüllte laut, als er im Sprung über einen dicken Ast den Keulenkopf direkt auf den Helm der ersten Gegnerin krachen ließ. Auch Firian schrie auf, ließ sein Schwert in Flammen aufgehen und steckte damit eines der Zelte in Brand.

»Brennt in Brujun, ihr miesen Drecksäcke!«, rief Keros, der auf der anderen Seite Flammen und Tod verbreitete.

Baldor war seltsam gesammelt und wich knapp einem Speerhieb aus, der unerwartet durch eine Zeltplane kam. Er packte die Waffe und zog daran, sodass der Angreifer strauchelte und gegen die Plane lief. Der Rabe durchbohrte dessen Körper mit dem Schwert, schlug mit dem Schaft einer Frau die Beine weg und schleuderte die Waffe im Anschluss in den Körper eines Bogenschützen, der auf einem hölzernen Hochsitz kauerte.

Sofort musste Baldor sich zurücklehnen, um einem brennenden Pfeil auszuweichen, der auf Firian gerichtet war. Der duckte sich rechtzeitig und öffnete mit einem wütenden Hieb den Bauch eines Feindes, dessen Innereien auf die Erde klatschten, bevor er auf sie fiel. Sofort warf der Rabe eine Axt, um Nivek zu retten, der ansonsten hinterrücks von einer Schwertkämpferin durchbohrt worden wäre.

»Pass mal besser auf, Baron!«, rief er, als er herumwirbelte und die Waffe zur Abwehr erhob. Der Angreifer ließ jedoch seinen Speer fallen und fiel tot zu Boden, einen Pfeil im Hals.

»Du auch, Baldor!«, schallte es von Cormac herunter.

Algae war nicht in sicherem Abstand geblieben, sondern steckte mitten im Nahkampf mit drei Schwertkämpferinnen, die sie mit dem Bogen in Schach hielt. Neben ihr drehte sich Drakon stetig um sich selbst und wirbelte seinen Speer so schnell, dass der Schaft manchmal kaum noch zu sehen war.

Kurz darauf entdeckte Baldor einen gerüsteten Mann, dessen Körpergröße ungewöhnlich auffällig war. Er trug einen langen Zweihänder und schwang ihn mit Mühe, da er so schwer war. Sobald er seine Aufmerksamkeit auf den Barbaren konzentrierte, war Baldors Körper gespannt wie eine Bogensehne. Er richtete seine Schwertklinge nach hinten und lenkte so den ersten Hieb zur Seite weg. Ein Tritt gegen das Bein des Hünen ließ ihn stolpern, aber nicht stürzen. Es folgte ein weiterer schwerer Angriff, doch der Rabe wich aus und drehte sich in eine Schlitzbewegung hinein, die den Kerl an der Hüfte erwischte, da seine Rüstung in der Eile nicht richtig geschlossen war. Ein wütendes Knurren folgte und Baldor bekam den Knauf hart in den Rücken. Er keuchte erschrocken und rollte aus dem Weg, als die lange Klinge des Großschwerts die Erde aufwirbelte.

Mit einem Schlag entwaffnete der Kerl den Barbaren, doch das erzürnte Baldor nur. Er spürte den Folgeschlag ins Gesicht kaum und verpasste dem Hünen einen mächtigen Haken. Anschließend zog er eine Wurfaxt und hieb sie seitlich gegen dessen Bein. Mit einem Tritt knickte der Kerl ein und hockte in einer umständlichen Position mit einem ausgestreckten Bein in einer halben Hocke. Sofort setzte er einen weiteren Schlag nach, griff sich das Großschwert und schlug damit mehrfach auf den Kopf seines Gegners. Zunächst riss dieser schützend die Arme hoch, doch nach dem dritten Schlag erschlafften seine Glieder und er blieb liegen. Mit einem letzten, heftigen Tritt gegen den Helm ließ Baldor die blutige Masse von Mann zurück und nutzte den Zweihänder, um damit gleich drei Feinde zu erschlagen und einen Vierten zu enthaupten. Zum Schluss warf er die Waffe mit aller Kraft über seinen Kopf nach vorne und holte damit eine Speerträgerin von den Füßen.

Nach kurzer Suche fand er sein eigenes Schwert und machte sich auf den Weg dorthin, sah sich aber sofort drei Feinden gegenüber. Es gelang ihm, den ersten abzublocken und die Klinge des Zweiten mit der Axt zu parieren, doch die dritte Angreiferin stieß mit dem Speer zu. Es wäre sein Ende gewesen, hätte Firian nicht genau in diesem Moment den Schaft mit seinem Feuerschwert zerschlagen und die Frau mit dem abgebrochenen Ende aufgespießt. So hatte Baldor Zeit, die anderen beiden zu erledigen und das Rabenschwert aufzuheben.

»Danke dir, Firian!«

»Komm schon, lass uns noch mehr von ihnen töten!«, rief der Krieger im Kampfrausch.

Ulonga schleuderte seine Schneekugeln und lenkte damit viele Dominus ab, sodass die anderen sie ausschalten konnten. Insbesondere Algae war dabei sehr effizient, obwohl sie nicht einen einzigen Pfeil brauchte. Sie nutzte ihren Bogen als Nahkampfwaffe und mit tödlichen Techniken erledigte sie fast die meisten Feinde.

Der ganze Kampf dauerte kaum eine Viertelstunde, obwohl sie nur acht Kämpfer gegen fünfzig Soldaten waren. Dennoch war ihre Macht bedeutend größer.

Drakon lehnte sich keuchend auf seinen Speer und meinte: »Ich werde bald zu alt für sowas ... trotzdem wirklich hervorragende Arbeit! Das war allerdings erst ein Lager und da draußen sind noch mehr davon. Seht euch mal um, ob ihr Pläne oder Befehle findet, die uns weiterhelfen. Es wäre hilfreich, zu wissen, was sie genau vorhaben.«

Sie machten sich nicht die Mühe, die Leichen zu beseitigen oder gar zu verbrennen. Keiner von ihnen wollte diesen Monstern auch nur das geringste Mitgefühl entgegenbringen. Ein Teil von Baldor dachte jedoch daran, dass er denselben Hass für die Damas verspürt hatte und Cormac dennoch einen Freund nannte. Es schien ungerecht, all diese Leute mit Verachtung zu betrachten, wo doch viele von ihnen nur Befehle befolgten, gegen die sie nichts tun konnten. Er verwarf den Gedanken jedoch für den Moment. Sein Zorn hielt ihn am Leben und das musste noch eine Weile so bleiben.

Firian und er untersuchten eines der noch stehenden Zelte, doch darin fanden sich nur ein paar Kisten mit Proviant, ein Fass Wein und einige saubere Kleidungsstücke. Der Feuerkrieger genehmigte sich ein Stück Pökelfleisch und griff sich einen Kelch, den er mit Wein füllte.

Als Baldor ihn belustigt ansah, meinte er nur kauend: »Wäre doch Verschwendung.«

Als sie wieder ins Freie traten, verteilte Firiran mehr von dem guten Essen an die anderen und Drakon war hocherfreut über einen edlen Tropfen aus seiner Heimat. Nach einer Weile kam Vargas zurück und hatte ein kleines Bündel Schriftrollen im Arm.

»Das hier waren die einzigen Schriften, die ich finden konnte, aber ich kann sie nicht lesen, also ...«

Drakon nahm sie entgegen und breitete sie auf einem provisorischen Holztisch aus. »Kein Problem, Vargas, man kann nicht alles können. Dann wollen wir doch mal sehen, was sie jetzt wieder vorhaben.«

Während er die Unterlagen studierte, neckte Baldor seinen Bruder.

»Lern doch endlich mal lesen. Wie du merkst, lesen dir die Götter den Inhalt solcher Schriften nicht laut vor, nur weil du all deine Zeit ihnen widmest.«

»Ach halt den Rand, Baldor! Ich bin deine blasphemischen Kommentare wirklich leid!«, knurrte er zurück.

»Das war keine Beleidigung, Bruder. Selbst Ulonga kann lesen, obwohl er Schamane ist. Schieb es nicht auf den Glauben, das ist allein deine Entscheidung.«, zuckte er mit den Schultern.

Drakon unterbrach ihr Gezänk, als er berichtete:

»Hier haben wir es doch! Die Dominus wollen das Gebiet nordwestlich von Argons Heimstatt einkreisen und einen Wall errichten, damit sie es als Ackerland nutzen können.«

»Also haben die allen Ernstes vor, einen Bereich von Anima zu beanspruchen und Höfe zu bauen?«, fragte Nivek kopfschüttelnd.

»Und ich hatte recht, wie es scheint. Der befehlshabende Zenturio ist Leonhardt. Er hat sich bis auf Weiteres mit einer größeren Truppe südöstlich von hier bei Huon niedergelassen.«, erwähnte Drakon.

Daraufhin spannten sie sich alle an, denn nach langer Suche war ihr Erzfeind nun endlich in greifbarer Nähe. Besonders Baldor verspürte direkt den alten Zorn und wäre am liebsten sofort losgerannt.

Der Anführer bemerkte die Stimmung und sagte: »Wir sollten ohne Umschweife dorthin reiten. Wenn wir mehr kleine Lager attackieren, wird er gewarnt sein und kann sich vorbereiten oder sogar Jagd auf uns machen. Jetzt rechnet er nicht mit uns.«

Diese Aussage schien auf Zustimmung zu stoßen und sie alle kehrten zu ihrem Gepäck zurück, um noch an diesem Abend ein paar Wegstunden zurückzulegen.

***

Der Ritt nach Huon dauerte zwei Tage, da sie einen Umweg nehmen mussten, um eine Brücke über einen Fluss zu finden. Das Gebiet war weitläufig und eine der wenigen Regionen von Anima ohne größere Waldgebiete. Der Boden war fruchtbar, das Gras saftig grün und es gab viel Wild, das über die Ebenen zog. Für Landwirtschaft war dieser Ort in der Tat ideal, musste Baldor zugeben.

Bereits aus der Ferne sahen sie den Ort, den man Huon nannte. Er hatte immer gedacht, es sei ein gewöhnliches Dorf, wie es viele gab. Dass es auf der Landkarte abgebildet war, deutete meist darauf hin, dass es ein größerer Ort war. Was er nun jedoch sah, überraschte ihn.

Es gab zwar Wohngebäude mit strohgedeckten Dächern, doch die umzäunten Felder waren frei von Nutzvieh, es gab kaum Bewegung dort und ein paar Gebäude schienen niedergebrannt zu sein. Das hervorstechendste Merkmal war jedoch das riesige Bauwerk dahinter. Es sah aus wie eine kreisrunde, teilweise eingestürzte Steinstruktur mit vielen Säulen, die zu Statuen gehauen worden waren, die die nächste Ebene abstützten. Große Bereiche waren leer, wie eine endlose Aneinanderreihung von Fenstern. Baldor schätzte den Durchmesser des Konstrukts auf etwa 200 Meter.

Er sah sich nach Algae um, und ihrem Gesichtsausdruck nach zu urteilen hatte sie bereits darauf gewartet, dass jemand die Frage stellte.

»Das ist Huhonlati, die große Kampfarena der Cossitar. Sie war zur Zeit ihres Reiches ein beliebter Ort für Krieger, um sich miteinander zu messen und Streitigkeiten auszutragen. Dort wurden auch Kriminelle und Verstoßene öffentlich hingerichtet.«

»Wenn dieser Ort so beliebt war, wieso sehe ich dann keine anderen Ruinen in der Nähe? Sollte hier keine Stadt sein?«, wunderte sich Ulonga und kratzte sich am Kopf.

Drakon antwortete: »Die Dominus haben die meisten der Steine abtransportiert, als sie Argons Heimstatt eingenommen haben. So konnten sie Reparaturen durchführen und den Ort besser befestigen, ohne viele Lieferungen aus den Steinbrüchen von Dominium anzufordern.«

»Nichts für ungut, aber dein Volk nimmt sich wirklich einfach alles und erobert es.«, kam es missbilligend von Firian.

Dagegen konnte Drakon nichts einwenden. Er schien es auch gar nicht zu wollen.

Cormac warf ein: »Die haben den Ort übernommen und es gibt garantiert Wachen, die die Umgebung im Auge behalten. Wir sollten uns im Schutze der Nacht nähern, sonst können wir uns auch gleich ergeben.«

Da es weit und breit keinen Sichtschutz gab, blieben sie mitten auf dem Feld stehen und machten es sich im Gras bequem, bis es dämmerte.

»Wie viele Soldaten haben die da wohl stationiert? Das sind bestimmt hunderte von denen. Selbst mit einem Plan können wir da vermutlich nicht viel ausrichten.«, überlegte Keros.

Drakon merkte an: »Und wie ich meinen ehemaligen Lehrling kenne, ist er genau in der Mitte, geschützt von all diesen Leuten. Er lässt sich gern bewundern und hat alles im Blick. Anschleichen dürfte unmöglich sein. Eine Ablenkung könnte helfen.«

Firian meinte: »Lasst uns ein paar Häuser in Brand stecken. Wenn sie los eilen, um das Feuer zu löschen, ist es in der Arena etwas leerer.«

Algae verteilte Brot an alle, weil sie kein Lagerfeuer machen konnten, da der Rauch sie verraten hätte.

»Es wäre klug, das Gebäude vorher zumindest grob auszukundschaften. Unbemerkte Zugänge, wenig benutzte Wege, vielleicht gibt es auch Tunnel, die wir nutzen können. Ein solcher Anschlag muss gut durchdacht werden.«, sagte sie.

Vargas reinigte seine Holzkeule und beteiligte sich am Gespräch.

»Sollte es uns gelingen, Leonhardt zu erledigen, müssen wir danach sofort verschwinden. Wir können uns kaum mit allen dort anlegen.«

»Das hat dich und Baldor doch früher auch nicht aufgehalten.«, scherzte Nivek.

»Wird es auch diesmal nicht.«, kam es eisern von Baldor. »Leonhardt wird für seine Taten bezahlen. Wenn es mein Leben kostet, dann habe ich dennoch meine Blutrache vollzogen. Nicht einmal die Götter können ihn vor mir beschützen.«

Drakon ermahnte ihn: »Lass dich nicht von deinem Zorn leiten. Denk daran: Disziplin und Selbstbeherrschung sind der Schlüssel zum Erfolg.«

»So oder so wird das ein denkwürdiger Abend werden. Acht Verrückte, die einen Stützpunkt voller Soldaten angreifen ... davon wird man sich noch lange erzählen, egal wie es ausgeht.«, schmunzelte Nivek.

***

Sie alle achteten darauf, dass ihre Ausrüstung möglichst nicht klapperte oder andere unnötige Geräusche machte. Lautlosigkeit war für diesen Einsatz unerlässlich. Baldor hatte damit kein Problem, denn seine vier Wurfäxte und das Rabenschwert waren stets fest in ihren Halftern. Er stand am Rand ihres kleinen Lagers und berührte mit den Fingern den Silberring am Lederband seiner Tochter.

Bald ist euer Tod gerächt und der Verantwortliche brennt auf ewig in Brujun. Bald. Hoffentlich finden eure Seelen Frieden in Myrin, bis ich zu euch komme.

»Denkst du, wir schaffen es diesmal, den Bastard auszuweiden?«, fragte Vargas, der neben ihm stand.

»Wir werden es so langer weiter versuchen, bis es geschafft ist. Dieses Monster verdient nichts Geringeres als das schlimmste Leid, das die Götter ihm antun können.«

»Sind alle bereit? Dann lasst uns loslegen, bevor uns klar wird, wie dumm diese Aktion ist.«, kam es von Drakon.

Sie nahmen die Reittiere mit, weil sie im Erfolgsfall schnell verschwinden mussten. So konnten sie sehr nah an die ersten Gebäude herankommen. In der Dunkelheit der Nacht war es einfach, ungesehen zu bleiben. Cormac wies sie auf Schützen oben auf dem Rand der Arena hin, die in die Ferne spähten, aber das war bei den nächtlichen Lichtverhältnissen sinnlos. Kein Mond war an diesem Tag zu sehen. Die einzige Lichtquelle war die Reflexion des Mahakilichts von den beiden überkreuz verlaufenden Staubringen des Planeten, doch das war nicht besonders hell.

Die Häuser waren fast alle verlassen, bis auf ein paar wenige Gebäude nahe an der Arena. Sie schlichen zwischen ihnen entlang und mieden das Licht der Fackeln, die die benutzten Wege erleuchteten. Algae und Cormac bogen ab und würden Kletterhaken und Seile nutzen, um an der Außenseite der Arena hinaufzuklettern und sich ein Bild der Lage zu machen. Die anderen teilten sich ebenfalls auf, um Zugänge und Wachen zu überprüfen.

Baldor pirschte mit seinem Bruder hinter eine Hausecke und beobachtete die beiden gelangweilten und müden Wachen am Nordzugang, die sich auf ihre Speere stützten und leise plauderten. Einer hing ganz besonders schlapp halb über seinem eckigen Turmschild, der auf dem Boden stand.

»Die rechnen nicht mit einem Angriff.«, meinte Vargas.

»Wieso auch? Was wir hier tun, ist ziemlich lebensmüde.«

»Überleben war doch für dich ohnehin kein Ziel, Bruder. Ich habe geschworen, dir zu helfen. Diesen Schwur vor den Göttern werde ich halten, was auch kommt.«, versicherte er ihm.

Sie bewegten sich weiter nach Westen, als ein argloser Soldat die Tür eines Hauses öffnete und sie entdeckte.

»Hey!«, rief er, und Baldor musste sofort reagieren.

Er machte zwei schnelle Sätze auf den Kerl zu und schlug ihm mit der Faust in den Hals, damit er nicht schreien konnte. Mit einem Schulter-stoß beförderte er ihn zurück hinein, wo jedoch sieben andere Personen saßen, die gerade ein Würfelspiel spielten.

Vargas folgte seinem Bruder und schloss dann grinsend die Tür, als die Männer und Frauen mit ernsten Gesichtern aufstanden. Sie waren nicht bewaffnet, weil sie nicht im Dienst waren. Abgesehen von drei Messern hatten sie nichts, was sie nutzen konnten.

Baldor zog zwei seiner Äxte und schlug eine davon direkt in den Hals einer Frau. Der Treffer war so hart, dass es sie von den Füßen hob und er sie in ihren Kameraden warf. Mit der anderen Axt wehrte er ein Messer ab, bevor sein Bruder den Angreifer packte und ihm das Genick brach.

Der Rabe gab dem Spieltisch einen Tritt, um zwei der Männer darunter zu begraben. Anschließend schlug er einer Frau ins Gesicht, sodass sie vor lauter Blut nichts mehr sehen konnte. Die andere schmet-terte er mit dem Kopf auf eine hölzerne Stuhllehne, was ihr die Nase brach. Derweil kümmerte sich Vargas um die beiden Kerle unter dem Tisch, indem er sie tot prügelte. Baldor schlug dem letzten Mann zwei-mal hart mit der Axt seitlich gegen den Hals, sodass der darauffolgende Schlag seinen Kopf abtrennte. Das Blut spritzte über die gesamte Wand und auch Vargas bekam es voll ab. Anstatt jedoch angewidert zu sein, schien es ihn sogar zu beleben.

»Glaubst du, jemand hat das gehört?«, fragte der Rabe.

»Vermutlich, aber ist doch egal. Ich will mehr!«, knurrte sein Bruder begeistert.

»Nicht bevor wir Leonhardt gefunden haben.«

Sie gingen wieder raus und schlichen vorsichtig zum Nordwestzugang, wo ebenfalls zwei Wachen standen, die allerdings professioneller wirkten, aber auch jünger waren.

Während sie alles im Blick behielten, hörten sie schwere Stiefel auf dem gepflasterten Weg direkt neben ihnen. Ein Mann in voller Zenturiorüstung lief dort entlang. Sie glänzte selbst im Dunkeln, so sehr war sie poliert. Der ausdruckslose Vollvisierhelm mit den weißen Borsten ließ nicht zu, dass sie ihn identifizieren konnten, doch Baldor wusste, dass es Leonhardt war. Wie viele andere Zenturios gab es hier schon?

Die beiden Wachen standen stramm, als der Mann sie passierte.

»Guten Abend, Zenturio.«, sagte einer eilfertig.

Der Befehlshaber hielt kurz inne. »Steht bequem. Es ist eine milde, angenehme Nacht. Holt euch eine der Sklavinnen, wenn ihr wollt. Hier greift uns niemand an.«

Die Stimme war vom Helm gedämpft, doch Baldor erkannte sie sofort. Er hörte sie jede Nacht, bevor er seine Familie sterben sah. Seine Fäuste ballten sich unwillkürlich und er sah hinterher, als der glänzende Kerl im Inneren der Arena verschwand.

»Was tun wir?«, wollte Vargas wissen. »Die anderen können überall sein und wir treffen uns erst in einer Stunde vor dem Osttor.«

In diesem Moment konnte Baldor nicht mehr klar denken. Tief im Inneren wusste er, dass es dumm war, jetzt zu handeln, doch er spürte nur noch, wie sein Körper sich in Bewegung setzte. Er lief los und fing an zu rennen. Dabei zog er sein Schwert und eine Axt, die er im Lauf schleuderte und damit eine der Wachen erledigte. Noch bevor der zweite Kerl etwas tun konnte, rammte er ihm die Klinge durch den Hals und warf ihn zu Boden. Sofort sah er in die Arena, konnte den Zenturio jedoch nicht entdecken.

Vargas blieb neben ihm stehen und meinte: »Die beiden wird man definitiv finden. Hier gibt es kein Versteck für die Leichen. Sieht aus, als hätten wir jetzt ein schrumpfendes Zeitfenster, bevor man unsere Anwesenheit bemerkt.«

Das war Baldor völlig egal. Er lief durch den Torbogen und blieb dicht an der Wand. Das Innere der Arena war ein flacher Platz, auf dem zahlreiche Zelte standen, die mit hölzernen Gestellen verstärkt wurden, da sie dort dauerhaft stehen sollten. Man sah Übungspuppen, mehrere Feuerstellen, einige Soldaten, die sich gut gelaunt unterhielten und ansonsten herrschte Stille. Viele der Truppen schliefen wohl bereits. Rund um den Platz befand sich eine Tribüne mit Zuschauerrängen, die stufenartig hinaufreichte, bis sie mehrere Meter unterhalb des Rands der Außenwand endete. Die eingestürzten Bereiche waren mit Palisaden geschlossen worden, sodass nur Fassadenkletterer in der Lage wären, die Wachen zu umgehen.

Auf den Rängen sah er einige Personen auf- und abgehen. Patrouillen. Ganz oben standen noch immer die Bogenschützen, wobei ein paar bereits fehlten. Cormac und Algae schalteten sie unbemerkt nacheinander aus.

Vargas deutete auf einen Platz neben einem der größeren Zelte.

»Da drüben ist das Schwein!«, flüsterte er.

Baldor folgte seinem Finger und entdeckte den Zenturio bei ein paar leicht gerüsteten Männern und Frauen, die dort tranken und lachten. Mehrere in Lumpen gekleidete, gebeugt gehende Personen kehrten den Boden oder trugen schwere Gegenstände herum. Sklaven. Gefangene aus Dörfern wie Rakios, die in Knechtschaft leben mussten. Seine Wut stieg dadurch nur noch weiter an.

Eine Weile beobachteten sie nur, was passierte, doch dann realisierte Baldor, dass er, wenn er schnell war, den Blicken der Soldaten lange genug entgehen konnte, um Leonhardt zu erreichen. Sofern sein Erstschlag richtig saß, brauchte es keinen Zweiten. Was danach geschah, kümmerte ihn nicht.

Ohne Vorwarnung rannte er los. Er eilte am ersten Zelt vorbei und schwang sich über einen niedrigen Zaun, hinter dem drei Hornschweine schliefen, die jedoch einfach ungerührt weiter schnarchten. Eine Wurfaxt beendete das Leben einer Frau, die sich vor einem anderen Zelt die Haare flocht und ihn gesehen hätte. Im Lauf riss er sie aus ihrem Schädel und rannte weiter. Er passierte drei Übungspuppen und hielt genau auf den Zenturio zu. Sofort warf er zwei Äxte, da die Gesprächspartner des Mannes ihn bereits entdeckt hatten. Sie wurden beide getroffen und als Leonhardt sich umdrehte, sprang Baldor in die Luft und zielte mit der Spitze seines Schwertes genau auf die Stelle zwischen Helm und Brustpanzer.

Der Zenturio senkte den Kopf leicht und wurde mit voller Wucht erwischt, jedoch nicht getötet. Die beiden rollten über den staubigen Boden und der Barbar riss dem Kerl den Helm herunter. Das Rabenschwert war davongeflogen, aber er nutzte seine letzte Axt, um auf ihn einzuschlagen. Mit den Unterarmen wehrte der Mann ihn ab und versetzte ihm einen Schlag ins Gesicht.

Das Gerangel fiel schnell auf und kurz darauf ertönte eine Glocke, die als Alarm diente. Die erhöhte Aufmerksamkeit der Soldaten im gesamten Lager genügte, dass auch die anderen entdeckt wurden, und sie hörten überall Kampfgeräusche.

»Wen haben wir denn da?«, fragte Leonhardt angestrengt, um sich die Axt vom Leib zu halten.

Es gelang Baldor, ihm die Wange aufzuritzen, doch dann wurde er von vier Männern gepackt und von dem Zenturio heruntergezogen. Ein Schwert schnitt ihm in die Hüfte. Man schleifte ihn auf den Übungsplatz und zwang ihn auf die Knie. Er konnte sehen, wie in einiger Entfernung Feuer ausbrachen, wo die Zwillinge kämpften, doch nach wenigen Minuten war es vorbei. Cormac und Algae wurden zu ihm geworfen, Vargas brüllte irgendwo zornig und dann kamen Drakon und Nivek mit erhobenen Händen und sechs Speeren, die auf ihre Rücken gerichtet waren, zu ihnen gelaufen.

»Du dämlicher Vollidiot! Wegen dir und deiner blinden Rache sind wir alle tot!«, rief der Anführer Baldor zu.

Sie warteten eine Weile länger, bis die Soldaten auch die anderen zu ihnen brachten, entwaffneten und umstellten.

Leonhardt stand vor ihnen und sie alle starrten ihn wütend an, als man sie fesselte.

»Nicht zu fassen. Der gute, alte Drakon kommt extra aus der Versenkung, nur um mir seine Aufwartung zu machen. Hast du das Leben in der Verbannung sattgehabt und willst dich nun dem imperialen Gericht stellen? Und dann all die anderen zornverzerrten Gesichter hier. Ich sehe ein überlebendes Auge von Ymira. Ich dachte wirklich, ich hätte sie damals alle erwischt.«

Algae blickte nur finster.

»Zwei Mitglieder des Feuerstammes. Nun, ich habe schon viele von euch getötet, aber keiner darunter erschien mir sonderlich bedeutsam. Offenbar seht ihr das anders.«, spottete er.

Keros schwieg, doch Firian knurrte und brüllte Verwünschungen und leere Drohungen, die der Zenturio ignorierte.

»Dann wären da noch ein Schamane und ein ehemaliger Adliger ... eine seltsame Kombination fürwahr. Und dann ihr beiden. Ich erinnere mich gut an euch. Die zwei sturen Überlebenden aus dem Vogeldorf. Nächtliche Überfälle sind nicht so euer Ding, oder? Andererseits war bislang niemand sonst bereits zwei Male so nah dran, mich zu erwischen. Das verdient Respekt.«

Baldor sagte hasserfüllt: »Du wirst für deine Taten bezahlen, Dominus! Egal, wie lange es dauert, oder wie oft ich es versuchen muss, eines Tages wirst du meine Klinge schmecken! Selbst wenn du mich tötest, kehre ich als Geist aus Brujun zurück, um dich zu holen!«

Leonhardt legte den Kopf leicht schief und grinste ein wenig. »Ihr Wilden und eure Wahnvorstellungen. Dieser Aberglaube, der euch trennt, ist der Grund, wieso wir euch so leicht unterwerfen können. Du scheinst mir jedoch anders zu sein. Ich erkenne das Zeichen auf deinem Rücken. Du bist der, den man den Raben nennt, nicht wahr. Deine Taten sind selbst bis zu mir vorgedrungen. Ich sollte dir wohl danken, dass du den nördlichen Sumpfstamm beseitigt hast. Das hat unsere Routen um einiges sicherer gemacht.«

Baldor zerrte an den Fesseln und wehrte sich, doch die Wachen hielten ihn gnadenlos fest und schlugen ihn.

»Eure kleine Gruppe von Missgeburten hat dem Imperium einigen Ärger gemacht. Allein in den letzten Monaten werdet ihr im Zusammenhang mit dem Verschwinden von einem guten Dutzend Einheiten genannt. Ihr seid effektiv und schwer zu finden. Ich werde sicher reichbelohnt, weil ich euch erwischt habe.«, meinte er mit seiner arroganten Stimme.

Drakon ergriff das Wort. »Was ist nur aus dir geworden? Du hast alles, was ich dich gelehrt habe, einfach weggeworfen. Du handelst grausam und ehrlos. Nichts davon habe ich dich gelehrt.«

»In der Tat, das hast du nicht. Du lehrtest mich Durchhaltevermögen und Disziplin, aber deine Methoden waren lange überholt. Mit Ehre erobert man keine Reiche, und ganz bestimmt steigt man damit nicht im Rang auf. Deine altmodischen Werte waren dein Untergang.«, schüttelte Leonhardt den Kopf.

»Und was jetzt? Tötest du uns alle einfach, wie du es mit meinem Dorf getan hast? Oder versklavst du uns, wie meinen Sohn?«, fletschte Baldor die Zähne.

»Ach ja, dein Sohn ... Calder, nicht wahr? Er macht sich wirklich gut als Rekrut. Eines Tages wird er ein hervorragender, braver Soldat. Dann schicke ich ihn los, um die Leute zu töten, die ihn einst geliebt haben. Ich genieße derartige Ironie, muss ich zugeben. Aber so gerne ich dich zusehen lassen würde, bist du mir dann doch etwas zu widerspenstig, um dich als Sklave zu halten.«, sagte der Zenturio überheblich.

Der Barbar schäumte vor Zorn und spürte die Schläge der Wachen kaum.

Drakon versuchte es erneut. »Wenn noch irgendetwas von dem in dir steckt, was ich dich lehrte, dann fordere ich ein Ehrenduell!«

Einige der umstehenden Soldaten murmelten gedämpft, was Leonhardt durchaus bemerkte und lächelte.

»Sehr clever, Drakon. Du nutzt meinen Stolz gegen mich. Du weißt genau, dass ich eine Herausforderung nicht einfach ignorieren kann. Also schön, alter Mann. Du bekommst dein Duell, allerdings kann ich die Regeln frei wählen, wie du weißt. Aber es ist spät und ich will euch unsere Gastfreundschaft nicht vorenthalten.«

Der Zenturio nahm ein kurzes Messer, betrachtete die Klinge einen Moment und meinte: »Schmerz ist ein so guter Lehrer. Man sollte ihn viel öfter einsetzen, da manche Leute es einfach nicht anders begreifen.«

Dann rammte er die Waffe bis zum Griff in Baldors Bauch. Der keuchte und verlor nach einem Schlag mit der behandschuhten Faust das Bewusstsein.

Duell des Willens

Als Baldor zu sich kam, war es der Schmerz, der ihn weckte. Für ihn war das jedoch nichts Neues und fast schon normal. Es hätte ihn eher gewundert, zur Abwechslung einmal ohne eine Wunde aufzuwachen.

Als er die Augen öffnete, entwich seiner Kehle ein leises Stöhnen, als sein Bauch heftig krampfte. Aufgrund der Verbände konnte er nur sehen, dass der Stoff sich mit Blut vollgesogen hatte, aber die Wunde selbst war verdeckt. Was er jedoch wusste, war, dass es eine Stichwunde von einem Messer war. Außerdem mussten seine Organe halbwegs verschont geblieben sein, sonst würde er sich diese Gedanken jetzt nicht machen. Der Schnitt an seiner Hüfte war bereits mit Schorf überzogen und heilte, wobei eine übel riechende Wundsalbe den Prozess unterstützte.

Er fragte sich, wieso man ihn verarztete, obwohl er ein Gefangener seines Todfeindes war, was die Ketten an seinen Armen deutlich zeigten. Sie klimperten bei jeder Bewegung und sorgten dafür, dass er das Bett nicht verlassen konnte. Neben ihm war ein Fenster, durch das er einen kaum benutzten Gehweg sah, auf dem gelegentlich einzelne Soldaten vorbeiliefen. Auf einem Holzpfosten hockte der Valdah und starrte zu ihm herunter. Baldor hätte schwören können, es läge Belustigung in seinen Augen.

»Spar dir den Spott, Federvieh ... ich weiß selbst, dass das eine blöde Aktion war. Aber wie standen denn die Chancen? So hatte ich den Mistsack fast.«

»Federvieh? So hat mich noch nie jemand genannt.«, kam die Antwort einer Frau im Raum, die er bislang nicht bemerkt hatte, weil sie leise an einem Tisch stand und Kräuter mischte.

»Das war nicht an dich gerichtet, Dominus.«, sagte er abfällig.

Sie drehte sich um und kam zu ihm, um sich auf einen Stuhl zu setzen. Ihr Blick war ungewöhnlich gütig für eine Soldatin, was sie eindeutig war. Er erkannte es an diversen Anzeichen.

Es war eine Frau, dem Anschein nach um die dreißig Winter alt. Ihr Gesicht war anmutig und schön, trotz der hellen Haut der Dominus. Geschwungene Lippen, eine schmale Nase, tiefblaue Augen und rabenschwarzes Haar, das ihr bis auf den Rücken fiel, verliehen ihr eine ungewöhnliche Schönheit, wie Baldor fand. Sie trug ein schlichtes, hellblaues Kleid aus Leinen, das ihre Körperform jedoch nicht gänzlich verbarg. Sie war schlank, hatte aber deutlich erkennbare Brüste und wohlgeformte Schenkel, was auf körperliche Ertüchtigung hindeutete.

»Du wirkst nicht verärgert.«, stellte er fest.

»Ich bin eine Dominus. Ich wäre überrascht, wenn man mir außerhalb des Imperiums nicht mit Abscheu begegnen würde. Es ist nicht schön, aber so ist das, wenn man Teil einer Besatzungsarmee ist.«, meinte sie und ihre Stimme war samtig weich. Er wollte sie weiterreden hören, was ungewöhnlich für ihn war.

»Sagst du mir, warum ich zusammengeflickt werde? Leonhardt hat mich doch nicht erstochen, um mich dann wieder zu heilen. Ich will ihn töten und habe viele seiner Leute erledigt. Es ergibt keinen Sinn, mich am Leben zu lassen.«

Sie legte sie Hände auf ihre Oberschenkel. »Nun ja, Zenturio Leonhardt ist ... besonders. Er respektiert Stärke und Durchhaltevermögen.

Ich vermute, deine Taten haben ihm eher imponiert, als ihn zu verärgern. Er mag es nicht, wenn Talent vergeudet wird.«, erklärte sie.

»Also was? Will er mich rekrutieren, nachdem er meine Familie zerstört hat?«, fragte Baldor knurrend.

»Nein, das wohl nicht. Allerdings wurde eine Herausforderung ausgesprochen. Die Ehre des Zenturios wurde in Zweifel gezogen. Trotz seiner Neigung, ohne Regeln zu handeln, steht der Respekt seiner Untergebenen hier auf dem Spiel. Jedoch erlaubt es die Tradition, einen Streiter auszuwählen, statt selbst zu kämpfen. Da du derjenige bist, der deine Gruppe in diese Lage gebracht hat, hat Drakon dich als Kämpfer benannt. Das Duell wird also aufgeschoben, bis du so weit genesen bist, dass du wieder kämpfen kannst.«, klärte sie ihn auf.

Er schnaufte. »Selbst jetzt hilft Drakon mir noch ... ich sollte ihm danken. Nun kann ich Leonhardt doch noch töten, vor den Augen all seiner Leute.«

Sie nahm eine Schale mit Wundsalbe und rieb seine Hüftwunde damit ein, während sie sagte: »Das denke ich nicht. Da Drakon nicht selbst in den Ring steigt, wird auch der Zenturio einen Streiter erwählen. Das Ganze ist eher zeremonieller Natur. Sofern keine Zusatzbedingungen ausgehandelt werden, wird man euch unabhängig vom Ergebnis als Gefangene nach Dominium bringen. Für dich gilt das natürlich nur, wenn du nicht stirbst.«

»Darf ich fragen, wer du bist? Es ist ungewöhnlich, eine Soldatin in Verkleidung zu schicken, um einen Kriegsgefangenen zu versorgen.«, erkundigte er sich mit mehr Höflichkeit.

Sie hielt inne und fragte: »Woher willst du wissen, dass ich Soldatin bin?«

Er schnaufte belustigt. »Hab wenigstens den Anstand und sei ehrlich zu mir. Du bist zwar eine Frau, aber das sagt nichts über deine Fähigkeiten aus. Dominus denken pragmatisch und geradlinig. Selbst Heiler müssen kämpfen können. Dein Körper ist trainiert, der Stoff an Armen und Beinen ist gespannt, weil du muskulöser bist, als die Frauen, für die dieses Kleid gemacht wurde. Deine Haltung zeigt, dass du selten ein Kleidungsstück wie dieses trägst, denn du achtest nicht darauf, dass man deine Beine unter dem Rock sehen kann, wenn du sitzt. Deine Handflächen sind nicht weich, sondern schwieliger als bei Hausfrauen. Das bedeutet, du hast oft einen Schwert- oder Speergriff in der Hand. Deine Finger sind schlank und nicht kraftvoll, also bist du keine Bogenschützin. Deine Stimme ist sanft, doch es schwingen Autorität und innere Kraft mit. Das deutet darauf hin, dass du häufiger laut reden musst, also Befehle geben oder bestätigen. Also nochmal: Wieso du?«

Sie musste lachen, als sie das hörte. »Du bist sehr aufmerksam, Rabe. Es stimmt, ich bin Soldatin. Mein Name ist Kassandra Korvinus. Ich bin die Tochter eines Adelshauses von Paratus, der Hauptstadt von Dominium.«

»Und wieso sollte eine Adlige als Soldatin dienen?«

»Üblicherweise werden wir jung verheiratet, das stimmt. Baron von Koren hat dich offenbar ein wenig in die Bräuche der gehobenen Gesellschaft eingeführt. Ich war nie eine Vorzeigetochter. Ich wollte nicht mit irgendeinem verweichlichten Jungspund verheiratet und als präsentables Sexspielzeug behandelt werden, um ein politisches Bündnis zu besiegeln. Also stellten meine Eltern mich vor die Wahl: Politik oder Militär. Ich wurde ausgebildet und bin jetzt Anwärterin auf den Rang eines Zenturios. Allerdings habe ich ein Händchen für die Heilkunst, also übernehme ich solche Aufgaben gelegentlich.«, erzählte sie.

»Ich danke dir für deine Freundlichkeit. Es ist mehr, als ich erwarten konnte oder verdiene.«, entgegnete er.

Sie sah ihn freundlich an. »Wir alle sind das Ergebnis unserer Erlebnisse. Ich habe deine Geschichte gehört, Baldor Raven. Ich weiß von deinem Vater, dem Schicksal deiner Mutter, deiner Gabe und deinem Verlust durch den Zenturio. Ich kann nicht behaupten, ich würde dich nicht verstehen oder mit dir fühlen. Die Folgen der Eroberung sind immer unschön und voller Leid.«

»Das klingt fast so, als wärst du mit den Methoden von Leonhardt nicht einverstanden.«, hakte Baldor nach.

»Das bin ich auch nicht. Er ist unnötig brutal und gnadenlos, aber er ist nun einmal mein Vorgesetzter. Ich halte auch die Eroberungspläne von Imperator Circinus für gefährlich. Der Dargonische Feldzug war das größte Unheil in der Geschichte und mein Volk will es nun genauso machen. Das kann nur böse enden.«, meinte sie und seufzte.

»Warum wehrst du dich dann nicht dagegen?«

»Zu welchem Zweck? Ich bin nur eine Frau in einem Heer aus Kriegstreibern und Feiglingen, die mich ohne Zögern den Wölfen zum Fraß vorwerfen würden. Sieh in den Spiegel! Das ist alles, worauf man in dieser Welt hoffen kann, wenn man Widerstand leistet. Stattdessen mache ich das Beste aus dem, was ich habe. Es ist nicht ideal, aber immer noch besser, als im Kerker oder unter der Erde zu landen.«

Baldor hörte deutlich die Verbitterung in ihrer Stimme.

»Ich mag vielleicht voller Narben sein, endlosen Schmerz erdulden müssen und werde erfolglos sterben, aber ich trete den Göttern stolz und ohne Reue entgegen, wenn meine Zeit gekommen ist.«, sagte er, doch sie vermied es, ihn anzusehen.

»Ich wünschte, es wäre so einfach.«, meinte sie, stand auf und ging hinaus.

***

In den folgenden Tagen kam Kassandra immer mehrere Stunden lang zu ihm und kümmerte sich um seine Verletzungen. Sie blieb meist-wesentlich länger bei ihm als nötig, um zu plaudern. Als Heilerin stellte sie niemand infrage. Die beiden lernten sich dabei besser kennen. Baldor hatte wachsenden Respekt für die starke Frau, die sich in ihrer Welt behauptete, trotz aller Widrigkeiten. Er entwickelte sogar Zuneigung für sie, was ihn selbst verwunderte.

Kassandra schien im Gegenzug ebenfalls gern Zeit bei ihm zu ver-bringen und ließ sich von ihm Geschichten seiner Reisen und seines Lebens beim Vogelstamm erzählen. Seine nüchterne Sicht auf den Glau-ben der Bewohner von Anima schien sie zu amüsieren. Einmal brachte sie ein gefangenes Flughörnchen mit und war fasziniert, als er mit dem Tier kommunizierte und es daraufhin auf ihr herumkletterte.

Eines Nachmittags, als Baldor sich bereits wieder halbwegs schmerz-frei aufsetzen konnte, ging die Tür auf.

Er fragte: »Hast du was vergessen, oder willst du nur mehr Zeit mit mir verbringen?«

Unerwartet stand jedoch Leonhardt in der Tür und sofort schoss der Zorn durch seinen Körper und er sprang auf, bis seine Ketten gespannt waren.

Der Zenturio grinste und trat ein, gefolgt von Kassandra und Drakon, dessen Hände gefesselt waren.

»Wie ich sehe, hast du dich mit Leutnant Korvinus angefreundet. Wie schön. Und deine Wunden sehen auch schon besser aus. Ich muss mich entschuldigen. Ich wollte dich eigentlich ausbluten und ganz langsam und qualvoll sterben lassen, aber mein guter alter Freund Drakon hat dich zu seinem Streiter im Ehrenduell bestimmt. Das hat alles etwas verzögert und wir mussten dich zusammenflicken, bevor wir dich endgültig erledigen. Das Leben ist manchmal ironisch.«, meinte Leonhardt mit dezenter Belustigung in der Stimme, während Kassandra stramm stand. Ihre Augen strahlten Hilflosigkeit aus.

Drakon wollte wissen: »Warum bringst du mich hierher? Ist es dein üblicher Sadismus oder gibt es einen wirklichen Grund?«

Der Zenturio reagierte mit gespielter Empörung. »Deine Meinung von mir ist schockierend, Drakon. Aber du hast recht, es gibt einen Grund. Ich hatte jetzt fast zwei Wochen Zeit, mir über das Duell Gedanken zu machen, und mir ist in den Sinn gekommen, dass wir das Ganze etwas interessanter gestalten können. Seht ihr, ich habe eure Streiche in ganz Anima verfolgt und dabei ist mir auch bewusst geworden, dass ihr Verbündete gegen mich sammelt. So unwahrscheinlich es auch ist, dass ihr damit Erfolg habt, ist es dennoch ein – wenn auch kleines – Risiko. Das macht meine Arbeit in Anima um einiges spannender. Wisst ihr, trotz eurer Taten seid ihr für mich und das Imperium keine Bedrohung. Ihr seid mehr so etwas wie Training für meine Rekruten. Es wäre also nicht in meinem Interesse, euch einfach umzubringen. Sonst wäre die Eroberung viel zu einfach.«

Baldor hatte ein ganz mieses Gefühl bei der Sache.

»Wieso passen wir also die Duellbedingungen nicht etwas an? Ich werde eure Gruppe in jedem Fall ziehen lassen, wer auch gewinnt. Ich will mich zuvor nur ein wenig amüsieren. Ein bisschen Zerstreuung ist für die Soldaten genau das Richtige. Damit ihr euch aber trotzdem Mühe gebt, habe ich einen zusätzlichen Anreiz. Einige meiner Truppen sind jetzt gerade weiter oben im Norden in der Nähe eines Ortes namens Filin. Sagt euch der Name etwas?«

Drakons Gesichtsausdruck wurde panisch.

»Ganz richtig, mein Lieber. Das große Dorf des Widderstammes, mit dem du schon vor Jahren ein Bündnis geschlossen hast. Der Ort ist umstellt und man wartet nur noch auf meinen Befehl, den gesamten Stamm auszulöschen. Solltest du, Baldor, das Duell gewinnen, werde ich dir verraten, wo dein Sohn Calder und die anderen Überlebenden des Vogelstamms sich aufhalten und sie werden freigelassen. Allerdings werde ich meine Leute befehligen, alle Anwohner von Filin restlos zu vernichten.«

Endlich hatte Baldor die Möglichkeit, seinen Sohn zu retten, doch war sein Leben das eines ganzen Dorfes wert?

Der Zenturio fuhr fort: »Wenn du verlierst, bleiben deine Leute weiterhin in Gefangenschaft, aber der Widderstamm wird überleben und ich ziehe meine Leute ab. Das sind die Bedingungen. Ich hatte eigentlich vor, dich persönlich zu besiegen und deinen Kampfeswillen zu brechen, aber ich habe es mir gerade anders überlegt. Da du dich so gut mit Leutnant Korvinus verstehst, wird sie dir im Ring gegenüberstehen. Ich bin schon sehr gespannt, wie du dich entscheidest.«

Anschließend verließ er den Raum mit Drakon und Kassandra blieb mit verzweifeltem Blick zurück.

Baldor war wie gelähmt, als ihm die Tragweite seiner Entscheidung bewusst wurde.

»Dieses von den Göttern verfluchte Monster!«, rief er nach einer Weile aus. »Wie kann man nur so mit den Leuten spielen?! Als wären wir nichts als Nutzvieh!«

Kassandra starrte zu Boden und er fragte, weshalb sie so geschockt war, da er sie nach den Regeln für einen Sieg nicht töten musste.

»Du scheinst die Verschlagenheit von Leonhardt noch immer zu unterschätzen. Er will sehen, was du tun wirst. Es interessiert ihn, ob du dich für dein eigenes Wohl oder das der Mehrheit entscheidest, um deinen Charakter einzuschätzen. Solche kranken Spiele spielt er häufiger. Er hat bemerkt, dass wir uns mögen, also hat er mich als zusätzlichen Einsatz benutzt. Für ihn zählt die Frage, ob du mich besiegen kannst, obwohl du es nicht willst.«

Er entgegnete: »Wie gesagt, ich könnte dich doch zur Aufgabe zwingen. Dafür muss niemand sterben.«

Sie sah ihn traurig an. »Er wird nicht zulassen, dass du gewinnst, Baldor. Wenn ein Streiter im Duell versagt, aber nicht getötet wird, ist die Strafe für dieses Versagen die Hinrichtung. Dadurch wird sichergestellt, dass mit vollem Einsatz gekämpft wird. Falls du siegreich bist, wird er mich und den Widderstamm töten. Verlierst du, überleben zwar alle, aber du hast nichts erreicht, selbst wenn du nicht getötet wirst. Bei diesem Spiel kannst du nicht gewinnen.«

Nachdem sie gegangen war, ging er die Optionen durch und grübelte, ob es einen Weg gab, die Regeln zu beugen und gegen den Zenturio zu verwenden. Leider war er kein sonderlich guter Taktiker, daher fiel ihm nichts ein. Er war wütend und verzweifelt, doch es gab keinen Ausweg. Da Leonhardt nicht selbst kämpfte, konnte er nicht einmal seine Blutrache vollenden. Er musste nun entscheiden, ob ihm die Freiheit seines

Sohnes das Leben eines ganzen Dorfes und das von Kassandra wert war. Wieder hatte der Mörder seiner Familie ihn besiegt und würde seinen Kampfgeist brechen.

Er wusste, was seine Kameraden sagen würden. Drakon würde ihn beschwören, nachzugeben, weil sie es sich nicht leisten konnten, den Widderstamm als Verbündete zu verlieren. Zudem war die Ausgangslage dadurch unverändert und sie konnten Calder noch immer zu einem späteren Zeitpunkt retten.

Vargas würde ihn auf seinen Racheschwur hinweisen und darauf, dass sie den anderen Stämmen nichts schuldig waren. Wenn es eine Chance gab, die Überlebenden aus dem Vogelstamm zu retten, musste er es tun. Wen kümmerte schon das wertlose Leben einer einzigen Dominus-Soldatin oder ein völlig fremdes Dorf? Sein Bruder dachte noch immer ebenso schwarz und weiß, wie er selbst es einst getan hatte.

Letztlich war es jedoch nur seine Entscheidung, nicht die von Drakon oder Vargas. Er allein musste mit den Konsequenzen seiner Wahl leben.

***

Am folgenden Tag kam Kassandra wieder und nahm seinen Verband ab. Die Wunde sah gut aus und würde ihn im Kampf kaum noch beeinträchtigen.

»Leonhardt hat das Duell auf den morgigen Tag gelegt. Du kannst dich vorbereiten und darauf einstellen, aber du darfst deine Freunde nicht sehen. Er will nicht, dass sie den Ausgang beeinflussen können. Wie geht es dir?«, fragte sie.

Er lächelte leicht. »Ganz die Heilerin, was? Wie es den anderen geht, hat Vorrang. Wie soll es mir schon gehen? Die Situation ist beschissen. Mein Sohn ist endlich in greifbarer Nähe und ich hadere mit dem Preis.«

Sie antwortete: »Du wärst ein Monster wie Leonhardt, wenn es dich kalt lassen würde. Es tut mir aufrichtig leid, dass du diese Entscheidung treffen musst. Nimm bitte keine Rücksicht auf mich. Ich habe mein Schicksal selbst gewählt, als ich zum Militär ging. Wenn mein Tod das Leben deiner Leute retten kann, sie vor der Sklaverei beschützen kann, dann gebe ich es gerne.«

Er schüttelte den Kopf. »Ich tausche keine Leben ein. Du bist nicht weniger eine Sklavin. Auch du hattest kaum eine wirkliche Wahl. Es wird kein einfacher Tag und ich weiß nicht, wie ich mich entscheiden werde, aber du sollst wissen, dass ich dich schätze. Obwohl du als Dominus mein Feind sein müsstest, betrachte ich dich nicht als solchen.«

Sie setzte sich und sagte: »Weißt du, deine Situation erinnert mich an die Legende von Herakian. Kennst du die Geschichte?«

»Grob. War er nicht ein Held der Cossitar während des Feldzugs?«

Sie nickte. »Das stimmt. Herakian war ein einfacher Bauer im Süden ihres Reiches. Als die Dargonier seine Familie töteten und seinen Hof niederbrannten, griff er zum Schwert. Die meisten anderen seines Volkes debattierten darüber, sich zu unterwerfen, um zumindest am Leben zu bleiben, doch Herakian war der Ansicht, dass ein Leben in Ketten kein Leben ist. Er brachte sich das Kämpfen bei und setzte sich zur Wehr. Nach und nach scharten sich Gleichgesinnte aus allen Regionen um ihn. Letztlich führte er eine Gruppe an, in der eine Wildhexe, ein Enai, ein Krieger aus dem weiten Norden, eine Kämpferin des verlorenen Felsstamms und der Sage nach sogar ein Kreth vertreten waren. Gemeinsam traten sie den aussichtslosen Kampf an und fügten den Dargoniern solch empfindliche Schläge zu, dass es das gesamte Volk der

Cossitar beflügelte, sich zu erheben. Am Ende führten sie damit den Untergang von Dargo herbei.«, erzählte sie.

»Warum erzählst du mir diese Geschichte?«, fragte Baldor.

»Weil ich glaube, dass du ein solcher Mann bist, wie es Herakian einst war. Du gibst niemals auf und kämpfst immer weiter gegen eine Macht, die du unmöglich zu besiegen hoffen kannst. Aber genau diese Sturheit ist es, die am Ende auch andere mit Hoffnung erfüllt und ihnen den Mut gibt, sich zu erheben. Wer weiß? Vielleicht wirst du der Held einer Sage sein, die man sich in tausenden von Jahren am Feuer erzählt. Was glaubst du, wie sich Herakian an deiner Stelle entschieden hätte?«, fragte sie und ließ ihn wieder mit seinen Gedanken allein.

***

Das Duell war für den folgenden Vormittag geplant. Man hatte ihm die Ketten am Vorabend abgenommen und Wachen vor seinem Raum abgestellt. Baldor wachte früh auf und machte einige Dehnübungen, die Drakon ihm gezeigt hatte, um die Muskeln für kommende Anstrengungen aufzuwärmen. Den Schmerz der Wunde unterdrückte er mit einem speziellen Wurzelpulver, das eine betäubende Wirkung hatte.

Als die Zeit gekommen war, holte man ihn ab und flankiert von zwei bulligen Schildträgern wurde er durch den Nordzugang in die Arena geführt. Viele der Soldaten standen lässig herum und beobachteten ihn. Einige spuckten sogar in seine Richtung aus. Sie näherten sich einer großen, freien Fläche, an deren Rand seine Kameraden standen. Sie alle waren gefesselt, aber sie durften sich ansonsten frei bewegen und konnten zusehen. Man verhinderte allerdings, dass sie mit ihm sprachen.

In der Arena warteten Leonhardt in seiner Rüstung ohne Helm, Drakon in seiner Montur, gefesselt, und Kassandra. Sie trug die Rüstung der Dominus mit blauem Stoff und Kettenrüstungselementen, sodass sie beweglicher war, als ihre Kameraden mit Plattenpanzerung. Ihr Helm ähnelte dem von Leonhardt, nur dass er die Mundpartie freiließ. An ihrer Hüfte hing ein leicht gebogenes Krummschwert, wie sie auch von Keros benutzt wurden.

»Da ist ja unser zweiter Kämpfer! Wie fühlst du dich heute, Baldor?«, erkundigte sich der Zenturio.

»Fick dich.«, gab er kalt zurück.

»Ziemlich garstig, wenn man bedenkt, dass ich euch nicht töten werde. Eine solche Milde könntet ihr von keinem anderen Befehlshaber erwarten.«

Drakon machte *Tss*. »Verkauf deine sadistische Wahl nicht als Geschenk. Wir wissen alle, dass du der Einzige bist, der das hier genießt.«

»Das tue ich in der Tat, mein lieber Drakon. Und als weiteres Zeichen meiner Großmütigkeit darf dein Kämpfer sogar seine eigenen Waffen verwenden.«

Auf ein Winken hin brachte man Baldor das Rabenschwert und seine vier Wurfäxte. Es juckte ihn in den Fingern, den Bastard sofort zu enthaupten.

»Na na, Baldor. Ich sehe doch, was du denkst. Wenn du etwas Dummes tust, sorge ich dafür, dass dein Sohn den Rest seines jämmerlichen Lebens mit bloßen Händen Scheiße aus dem Kanal von Paratus schaufeln muss. Außerdem werdet ihr alle getötet. Alles, was du tun musst, ist, diesen Kampf auszufechten. Danach könnt ihr gehen und wieder eure sinnlosen Widerstandspläne verfolgen.«, warnte Leonhardt.

Kassandra stand still neben ihm und sah betreten zu Boden.

»Nun denn, dann wollen wir mal! Es gab seit hunderten von Jahren keinen Kampf mehr in dieser Arena. Wird Zeit, die alte Tradition wieder aufleben zu lassen!«, rief er und viele der umstehenden Soldaten jubelten begeistert.

Die beiden Männer verließen den Platz und Kassandra sagte zu Baldor: »Es geht hier um mein Leben, also erwarte keine Rücksicht.«

»Alles andere hätte mich beleidigt.«, erwiderte er.

Sie rückte ihren Helm zurecht und zog ihre Waffe, die sie zwei Male um ihr Handgelenk kreisen ließ, bevor sie die Spitze auf ihn richtete.

Er packte das Rabenschwert und nahm eine Axt in die andere Hand. Anschließend lockerte er seine Nackenmuskulatur und fixierte sein Gegenüber. Noch immer wusste er nicht, was er tun sollte, doch ihre Waffe war scharf, also konnte er nicht einfach stillhalten.

Als sie blitzschnell von oben zuschlug, parierte er ihre Angriffe mit seinem Schwert und versuchte, mit der Axt Treffer zu landen, aber sie war schnell und wich jedes Mal rechtzeitig zurück. Er drehte sich um sich selbst und schwang beide Waffen nach ihren Beinen, doch sie machte einen seitlichen Salto darüber und ritzte ihm mit der Klingenspitze ins Knie. Es war kaum der Rede wert, aber er sah sie erstaunt an.

Kurz darauf folgte eine schnelle Abfolge von Stößen und Hieben, der er auswich oder die Angriffe parierte. Es gelang ihm, eine Lücke in ihrer Deckung für einen Stoß mit dem Axtkopf zu nutzen, der ihren Helm traf und ihren Kopf zurückwarf. Diesen Moment nutzte er, um ihr ein Bein wegzuziehen. Sie konnte jedoch dagegenhalten, indem sie seine Arme festhielt und ihre Beine mit einem Satz nach oben schwang. Sie klemmte seinen Kopf zwischen ihre starken Schenkel und nutzte den Schwung, um ihn umzuwerfen.

Überrascht rollte er zurück auf die Füße und warf die Axt, doch sie wehrte sie mit dem Schwert ab und eilte auf ihn zu. Er täuschte einen Angriff an, trat ihr aber stattdessen in den Bauch, woraufhin sie keuchte und ihm in die Weichteile schlug. Schmerz durchzuckte seinen Körper, doch der Kampfrausch ließ ihn weitermachen.

Mit dem Griff verpasste er ihr einen harten Treffer, der den Helm verrutschen ließ, aber sie ging mit einem akrobatischen Radschlag auf Distanz, um ihn zu richten, bevor sie seine Axt aufhob und zurückwarf. Er hatte das jedoch lange Zeit geübt und fing sie auf, um direkt damit anzugreifen.

Die Zuschauer belohnten ihre beeindruckenden Manöver mit begeisterten Ausrufen oder wütenden Schmähungen. Eine Weile lang kam es den beiden vor wie ein Tanz, bei dem sie die Bewegungen des anderen studierten und sich anpassten, ohne jemals wirklich zu treffen. Das konnte jedoch nicht ewig so weitergehen. Bald musste er seine Wahl treffen, ob er sie ernsthaft verletzen wollte oder sich besiegen ließ. Viele Leben hingen von seiner Entscheidung ab.

Während er weiterhin ihre unnachgiebigen Angriffe abwehrte und hin und wieder einen kleinen Schnitt kassierte, ging er die Folgen durch. Dabei dachte er weniger an das Leid der Leute, sondern mehr daran, ob er mit der Schuld leben konnte. Jedes Mal, wenn er seinen Sohn ansähe, würden ihm die Toten einfallen, die dieser Blick gekostet hätte. So sehr er Leonhardt töten und seine Rache vollenden wollte, so konnte er diesen Preis nicht mit sich vereinbaren. Auch Arania hätte das nicht gewollt.

Er schlug sie und trieb sie bis zur hölzernen Barriere am Rand des Rings, der einem Zaun ähnelte. Sie stieß dagegen, sprang schnell darüber und schoss mit den Füßen voran zwischen zwei Stangen des Zauns zurück hinein, um ihn zu Boden zu werfen. Auf dieses gewitzte Manöver reagierte er instinktiv, packte ihre beiden Füße und schleuderte sie unsanft auf die Erde. Sofort warf er sich auf ihren Rücken und presste ihren Kopf auf den feuchten Boden.

Während die Zuschauer dachten, er würde mit ihr ringen oder sie erniedrigen wollen, zischte er ihr ins Ohr.

»Ich kann nicht um den Sieg kämpfen, Kassandra! Der Preis ist zu hoch! Besiege mich, aber lass es echt aussehen!«

Ihre blauen Augen fixierten ihn kurz und sie blinzelte ihm zu, dass sie verstanden hatte. Sekunden später lockerte er seinen Griff und sie warf ihn ab und setzte sich rittlings auf ihn. Das hatte perverse und zweideutige Ausrufe und Pfiffe zur Folge, doch sie schlug auf ihn ein, während er sich schützte. Kurz darauf hielt er ihre Arme fest und zog sie von sich. Mit dem Schwert in der Hand ging er wieder in Kampfposition.

»Na los! Das dauert viel zu lange!«, forderte er sie heraus.

Sie rannte auf ihn zu, schlug sein Schwert beiseite und warf sich mit den Füßen gegen seine Brust, sodass er nach hinten geworfen wurde und rollend liegen blieb. Er konnte kaum aufstehen, als sie ihm schon nachsetzte und mit einem bewusst unsauberen Schlag die Wange aufschlitzte. Für unaufmerksame Zuschauer sah es wie ein Volltreffer aus, da das Blut spritzte. Während er sich ins Gesicht fasste, trat sie ihm in die Seite und gegen das Knie, schlug ihm das Schwert aus der Hand und hielt ihm die Spitze ihrer Waffe an die Kehle.

Kniend sah er zu ihr auf und sie kam nah an ihn heran.

Laut rief sie: »Du bist wohl nicht so stark, wie dein Ruf vermuten lässt, Rabe!«

Während Leonhardt zufrieden zu Drakon sah und die anderen Zuschauer grölten, flüsterte sie: »Nimm das!«

Dann fuhr sie spielerisch mit der Hand über seine Brust und er ergriff sie, als wollte er sie daran hindern. Dabei nahm er einen kleinen Stofffetzen entgegen und steckte ihn unter seinen Gürtel, indem er so Tat, als würde ihn der Tritt schmerzen.

Der Zenturio trat in den Ring und klatschte langsam.

»Wirklich ein eindrucksvoller Kampf, trotz eurer offensichtlichen Zuneigung. Ich bin erstaunt, dass ein so simpel gestrickter Barbar wie du seinen eigenen Sieg zugunsten der Leben anderer aufgegeben hat. Ich bin kein Narr, Baldor. Es war deutlich, dass du dich hast besiegen lassen. Und ebenso, dass Leutnant Korvinus dich nicht mit aller Macht bekämpft hat. Du hast ihn verschont. Warum?«, verlangter er von ihr zu erfahren.

Sie nahm den Helm ab, unter dem sie ein großes Veilchen hatte.

»Deinen Bedingungen entnahm ich, dass du ihn erniedrigen und am Boden sehen willst. Der Tod wäre ein zu einfacher Ausweg gewesen. War dem nicht so?«

Leonhardt sah sie mit erhobener Braue an.

»Du maßt dir an, meine Absichten zu kennen? Deine Aufgabe war es, im Ring zu siegen. Das hast du zwar, aber Gnade ist etwas, das kein Zenturio jemals walten lassen darf. Persönliche Neigungen dürfen dich nicht beeinflussen. Ich sollte auf dieser Mission deine Eignung prüfen. Du magst deine Befehle befolgt haben, aber du bist nicht bereit, in die Reihen der Befehlshaber aufzusteigen. Ich werde dich degradieren. Vielleicht helfen dir ein paar Monate Wachdienst, dich an die Pflichten deiner Stellung zu erinnern.«, sagte er hart und schickte sie fort.

Dann fiel sein Blick auf Baldor. »Nun, auch wenn du es nicht glaubst, bin ich ein Mann, der zu seinem Wort steht. Du hast verloren, also kannst du mit deiner Gruppe abziehen. Ich bezweifle allerdings stark, dass unser nächstes Wiedersehen lange auf sich warten lässt.«

Blutrache

Nachdem man überraschenderweise allen aus der Gruppe die Fesseln abgenommen und ihnen ihre Waffen zurückgegeben hatte, begleitete eine kleine Prozession sie bis zum nördlichen Rand des Dorfes. Leonhardt blieb ebenfalls dabei, vermutlich, um sich noch etwas weiter über sie lustig zu machen.

Vargas sah seinen Bruder kopfschüttelnd an. »Erst freundest du dich mit dem Damas an und jetzt verschonst du eine Dominus? Was ist nur in dich gefahren, Bruder? Du bist weich und feige geworden! Hast du den Geruch des brennenden Fleisches unserer Brüder und Schwestern etwa schon vergessen? Den Anblick deiner Familie, als du sie begraben musstest? Ich erkenne dich nicht wieder.«

Mit dieser Reaktion hatte Baldor gerechnet. Vargas war stets direkt und niemals subtil oder vorausschauend. Solange die Götter es nicht verlangten, wich er nicht von seinem Weg ab. Ebenso berechenbar reagierte Drakon.

Er sagte zu Baldor: »Das war die richtige Entscheidung. Wir werden weiter nach deinem Sohn suchen, doch das Bündnis mit dem Widderstamm ist zu wertvoll, um es zu opfern. Ich bin froh, dass du etwas aus deiner Zeit bei uns gelernt hast.«

Sie blieben am Rand des Dorfes stehen und Leonhardt kicherte leise. Ihnen allen war klar, dass er noch einen weiteren seiner üblen Scherze ausgeheckt hatte.

»Jetzt, wo du es erwähnst, Drakon, ich war nicht ganz ehrlich zu euch, was Filin betrifft. Wir haben das Dorf zwar umstellt, aber nicht, um die Bewohner anzugreifen. Das wäre unklug, wo wir doch seit einigen Wochen Verbündete sind.«

Bei diesen Worten entglitten Drakon seine Gesichtszüge.

»Das wusstest du nicht? Sie haben erkannt, dass sie uns niemals besiegen können, also haben sie sich unterworfen. Im Austausch dafür lassen wir sie in Frieden ihren albernen Ritualen nachgehen. Selbst, wenn der Rabe gesiegt hätte, hätte ich die Leute dort nicht ausgelöscht. Das war nur ein Test, um zu sehen, wie sich euer Herold der Götter entscheidet. Enttäuscht hat er nicht. Ein Krieger, der sich für andere aufopfert und sich selbst zurückstellt, wenn es erforderlich ist. Eine Schwäche, die man wunderbar ausnutzen kann. Glaubst du, ich hätte Leutnant Korvinus zufällig zu dir geschickt, Baldor? Ich wusste, dass sie etwas für euch Wilde übrig hat und dir schöne Augen machen würde. Du konntest gar nicht gewinnen. Im Gegensatz zu dir befolge ich keine Regeln. Ich opfere alles und jeden für meine Ziele. Es gibt keine Ehre, keine Moral, kein Mitgefühl. Es gibt nur Stärke oder Schwäche. Und deshalb wird das Imperium immer über euch Narren triumphieren!«

Drakon mahlte mit den Zähnen und die anderen hielten sich mit Mühe zurück, doch Baldor sah den Zenturio nur kalt an.

»Was ist denn, Rabe? Hat es dir die Sprache verschlagen? Du bist stark, schnell und wärst durchaus eine Gefahr für uns, aber dein Geist ist schwach. Deine Gefühle halten dich zurück, ebenso wie es bei Korvinus der Fall ist. Leute wie ihr werden immer von Leuten wie mir besiegt. Ich schrecke vor nichts zurück, doch du hast ein Gewissen. Und jetzt verpisst euch!«

Drakon seufzte: »Gehen wir. Wir kämpfen an einem anderen Tag weiter, aber wenigstens behalten wir unsere Ehre.«

Die anderen setzten sich langsam in Bewegung, doch Baldor blieb wie angewurzelt vor dem Zenturio stehen.

»Was ist? Hast du noch immer nicht genug? Wie oft muss ich dir noch alles nehmen, bis du einsiehst, dass du nicht das Zeug hast, mich aufzuhalten? Geh mit Drakon, dem ehrenhaften Narren, und sieh zu, wie dein Land unter unserer Hand Ordnung lernt!«

Der Rabe atmete langsam ein und aus. »Weißt du, warum ich noch lebe? Ich trage den Segen des Sel in mir, dem Gott des Todes. Ich bin nicht irgendein Wilder, der mit Steinen gegen eine Felsmauer wirft und brüllt. Nichts und niemand kann mich aufhalten. Du scheinst zu denken, du wärst unantastbar, weil du eine Armee hast und deinen Feind zu kennen glaubst. Ganz offensichtlich hast du keine Vorstellung davon, dass es etwas gibt, wovor dich nichts schützen kann, nicht deine Männer, nicht dein Imperator, nicht mal die Götter.«

Der Zenturio lachte und fragte überheblich: »Und was soll das sein?«

Baldor antwortete: »Das bin ich.« Sofort schlug er ihm gegen den Kehlkopf, zog blitzschnell sein Schwert, schlitzte einen Speerträger links und einen Schildträger rechts von Leonhardt auf und bevor der gerüstete Befehlshaber reagieren konnte, rammte der Rabe ihm seine Klinge bis zum Heft durch den Hals.

Mit vor Überraschung aufgerissenen Augen starrte der Kerl den Barbaren an, aber außer Röcheln und Blut kam nichts aus seinem Mund.

Mit einer flüssigen Bewegung zog Baldor das Schwert heraus, drehte sich um sich selbst und trennte ihm den Kopf von den Schultern.

Während die meisten Soldaten noch unter Schock standen und nicht wussten, was sie tun sollten, brüllte Firian: »Weg hier!«

Sofort setzte sich die Gruppe in Bewegung. Sie rannten, als wären Zef und Chal persönlich hinter ihnen her. Pfeile und Speere schlugen um sie herum ins Gras ein, als sie im Zickzack und Haken schlagend das Weite suchten. Algae stieß einen lauten Pfiff aus und Baldor schickte seinen Geist aus, um die Pferde und Gorm zu rufen, die in der Nähe grasten. Sofort kamen sie angaloppiert. Die rennenden Kämpfer schwangen sich in die Sättel und gaben ihren Reittieren die Sporen.

Gorm kam angelaufen, schmetterte einen Verfolger mit der Pranke zu Boden und brach ihm dabei sämtliche Knochen. Baldor sprang auf seinen Rücken und sie eilten den anderen hinterher.

Mehrere berittene Soldaten hefteten sich an ihre Fersen, doch Algae und Cormac schossen aus dem Sattel heraus auf sie und erwischten viele von ihnen. Zeitgleich kam der Valdah mit einigen weiteren Raben aus einem nahen Wäldchen und attackierte die Reiter ebenfalls.

Die Gruppe ritt noch eine ganze Stunde lang so schnell es die Pferde erlaubten, bevor sie eine kurze Rast machten und verschnauften.

Vargas, Cormac, Firian und Algae liefen direkt zu Baldor und klopften ihm auf die Schulter oder lobten seine Aktion. Selbst Keros, Nivek und Ulonga grinsten zufrieden im Hintergrund.

Drakon war jedoch außer sich. »Was bei Sels haarigen Eiern war das bitte?! Du hast die Waffenruhe gebrochen und einen Zenturio getötet, trotz eines vereinbarten friedlichen Abzugs! Du hast deine Ehre beschmutzt, um deine primitiven Rachegelüste zu befriedigen! So etwas tun wir nicht!«

Der Rabe blieb unberührt. »Du hast immer gewusst, wieso ich euch beigetreten bin. Leonhardt war mein Ziel, von Anfang an. Das hat sich nie geändert. Es war nie die Rede davon, ihn zu verschonen. Glaubst du ernsthaft, er hätte uns ziehen lassen? Er hätte uns mit Pfeilen gespickt, sobald wir uns umgedreht hätten!«

»Da hat er recht, Drakon. Der Mistsack war unberechenbar.«, warf Nivek ein.

»Das ist unerheblich! Es gibt in meiner Truppe nur eine Regel: Wir verhalten uns zu jeder Zeit ehrenhaft! Wir sind nicht so wie sie!«, rief der Anführer zornig.

Baldor wurde nun auch ungehalten. »Und warum nicht? Solche Typen schlägt man nur mit ihren eigenen Mitteln! Was bringt dir deine tolle Ehre, wenn du unter der Erde liegst, hm? Deine ach so wichtige Ehre ist vollkommen wertlos, wenn du deswegen immer wieder verlierst! Wenn ich jemandem in den Rücken stechen muss, um ihn aufzuhalten, dann werde ich es ohne Zögern tun. Diese Welt ist brutal und gnadenlos und wenn du es auch nur eine Sekunde zulässt, wird sie dich verschlingen. Es ist kein Wunder, dass du in all den Jahren nie etwas erreicht hast!«

Seine harten Worte hallten in den Ohren aller Anwesenden wider.

»Genau so sind Monster wie Leonhardt erst entstanden! Genau diese Einstellung ist der Grund, wieso Anima erobert wird! Weil sich keiner an irgendwelche Regeln hält!«, erwiderte Drakon hitzig.

»Ganz recht! Und das ändert sich auch nicht, nur weil du es dir ganz fest wünschst. Ich lebe in der Realität, und da schlägt man zu und redet nicht erst noch drei Stunden darüber, bis der Feind einen eingekreist hat.«, konterte der Rabe.

Keros meinte: »Wir alle wollten Leonhardt tot sehen und haben immer wieder versagt. Baldor hat getan, was wir anderen nicht konnten.

Es mag nicht ideal gewesen sein, aber das Dreckschwein ist endlich tot. Ist das nicht das Wichtigste?«

Cormac stimmte zu. »Ja, wieso ist das so schlimm für dich, Drakon? Ich meine, am Ende ist es das Ergebnis, das zählt.«

Der alte Zenturio schüttelte den Kopf. »Jetzt wissen sie, dass wir vor nichts zurückschrecken. Das ändert die Lage erheblich.«

Vargas brummte: »Jetzt können sie uns nicht mehr so leicht einschätzen und müssen auf der Hut sein. So wie ich das sehe, ist das ein Vorteil.«

»Ist es nicht. Als sie uns für schwach hielten, waren sie leichtsinniger und haben uns unterschätzt.«, beharrte Drakon.

Baldor widersprach ihm. »Haben sie nicht, denn das würde ja bedeuten, wir hätten unerwartete Aktionen gegen sie nutzen können. Das haben wir aber nicht, weil es deinem Ehrgefühl widersprochen hätte. Wir haben uns mit diesem Blödsinn selbst eingeschränkt.«

Der Anführer trat dicht an den Raben heran. »Und was jetzt? Willst du wie ein wilder Eber alles niederwalzen, was sich dir in den Weg stellt? Willst du kopflos in die Schlacht rennen und dich umbringen lassen, wie beim letzten Mal? Da hat es ja auch ganz toll funktioniert.«

Baldor ließ sich nicht einschüchtern, sondern machte langsame Schritte nach vorne, woraufhin Drakon schrittweise zurückweichen musste.

»Mag sein, dass es nicht immer reibungslos läuft, aber betrachten wir doch mal die Tatsachen, wie wäre das? Du hast diese Gruppe lange Zeit durch Anima geführt, aber kaum Bündnisse oder Erfolge verzeichnen können. Dann kam ich dazu und plötzlich siegen wir. Wer hat den Kreth überlebt und das Lager bei den Baumhirten ausgehoben? Das war ich.

Wer hat die Damas vernichtet und damit ein Bündnis geschlossen, während du noch am Debattieren warst? Das war auch ich. Wer hat die Wildhexe aufgehalten und den Wolfsstamm zur Loyalität verpflichtet? Erkennst du ein Muster? Und jetzt habe ich den Mann getötet, den wir alle vernichten wollten. Wenn wir durch das Land reisen, ist es mein Name, den die Leute mit Ehrfurcht aussprechen, nicht deiner. Und woran liegt das? Weil ich Ergebnisse liefere, während du dich hinter deiner nutzlosen Ehre verkriechst.« Die letzten Worte untermalte er, indem er seinen Zeigefinger gegen die Brust des Anführers stieß.

Drakon mahlte wütend mit den Zähnen, doch die anderen schienen Baldor in diesem Punkt zuzustimmen.

»Er hat nicht ganz Unrecht. Wir haben uns oft zurückgehalten oder Konflikte umgangen.«, kam es von Ulonga.

Firian warf ein: »Außerdem gelten hier die Regeln von Anima. Stärke wird respektiert. Wenn man Gegner bezwingt und Überlegenheit demonstriert, folgen einem die Leute und bejubeln den Sieger. Deine subtilen Taktiken mögen auf lange Sicht hilfreich sein, aber damit gewinnt man keine Herzen bei den Stämmen.«

Da sie alle hinter Baldor standen, knurrte Drakon nur: »Reiten wir weiter, damit wir noch mehr Abstand zu den Verfolgern gewinnen. Wir befassen uns später mit diesem Problem. Ich muss in Ruhe nachdenken.«

***

Mehrere Tage lang ritten sie nach Nordwesten, bis sie die Ausläufer des Grünwalds erblickten. Jedoch hatten sie keinen Grund, zurück nach Wuun zu reisen. Sie brauchten ein neues Ziel.

Drakon sprach kaum und verbrachte die meiste Zeit allein und zurückgezogen, um nachzudenken. Die anderen waren Baldor gegenüber besonders freundlich und eine Befriedigung machte sich unter ihnen breit. Neben ihrem Anführer war Vargas der Einzige, der sich dem allgemeinen Hochgefühl nicht anschloss. Als sein Bruder ihn danach fragte, reagierte er wie üblich sehr direkt.

»Du kennst meine Gedanken, Baldor. Du bist nicht mehr der Bruder, den ich einst kannte. Dein Spott über die Götter war zwar schon immer ketzerisch, aber ich habe es toleriert. Doch trotz deiner Gabe und dem Valdah redest du noch immer blasphemisch und benutzt die Götter nur dann als Argument, wenn es dir gerade in den Kram passt. Dein Hass auf die Damas brannte einst noch inniglicher als meiner, und jetzt trinkst du gemeinsam mit einem von ihnen am Feuer und vertraust ihm in der Schlacht! Aber das Schlimmste ist, dass du sogar eine Dominus verschont hast. Du magst ja bei Leonhardt kurz zur Vernunft gekommen sein, aber ich wette, du bereust es nicht einmal, die Frau am Leben gelassen zu haben.«

»Nein, tue ich nicht. Sie ist eine warme, freundliche Person, die ihr Schicksal ebenso wenig selbst gewählt hat wie wir. Hinter den meisten Leuten steckt mehr als das Volk, dem sie angehören. Sie haben Familien, Wünsche, Träume, Gefühle. Wie kann ich jemanden töten, der mir nichts als Güte entgegengebracht hat? Das ist nicht Heyldas Weg, Vargas, das weißt du.«, argumentierte der Rabe.

Sein Bruder verzog das Gesicht. »Du hast kein Recht, mit den Göttern zu argumentieren! Nicht bei mir! Diese Frau stand zwischen dir und Calders Rettung und du hast dich für sie entschieden! Du hast deine Familie verraten! Du hast eine Dominus über dein eigenes Blut gestellt!

Wie könnte ich dir jetzt noch vertrauen, ohne zu fürchten, dass du auch mich ohne Zögern gegen einen unserer Feinde eintauschst?«

»Das ist doch Schwachsinn! Ich habe meine Blutrache erfüllt! Und ich habe geschworen, Calder zu retten, aber das bedeutet nicht, dass ich das Blut Hunderter Unschuldiger vergießen muss, um das zu erreichen. Wie könnte ich ihm danach in die Augen sehen? Könntest du es? Was, wenn er fragt, wie ich ihn gefunden habe? Soll ich ihm sagen, dass ich Frauen und Kinder habe sterben lassen, um ihn zu befreien? Ein tolles Vorbild wäre ich für ihn!«, sagte Baldor laut, doch am Gesicht seines Bruders konnte er sehen, dass seine Worte an ihm abperlten.

Vargas war nicht bereit für die Wahrheiten, die er auf die harte Tour hatte erkennen müssen. Ihm war klar, dass sein Bruder diese Dinge im eigenen Tempo verstehen musste, sofern es ihm überhaupt jemals gelingen würde.

Da Baldor keinen Weg sah, ihn zu überzeugen, ging Vargas mit Wut im Bauch davon. Cormac setzte sich stattdessen zu ihm.

»Ärger in der Familie?«, fragte er.

»So kann man das auch ausdrücken, schätze ich. Er ist noch immer nicht bereit, zu verstehen. Vielleicht wird er es nie sein, wer weiß? Aber ich habe mich weiterentwickelt. Wenn er das nicht akzeptieren kann, ist es seine eigene Herausforderung, damit umzugehen.«

»Geht es um das, was er vor Leonhardts Tod gesagt hat? Über deine Gegnerin?«

Baldor nickte. »Er ist der Meinung, ich würde meinen Sohn verraten, weil ich sie nicht getötet und das Dorf geopfert habe.«

Darüber musste Cormac lachen. »Ja klar, warum hast du nicht gleich jeden dort massakriert und ihr Blut getrunken, wo du schon dabei bist? Ein echter Damas wie ich hätte das so gemacht.«

Die beiden schmunzelten und gingen zu den anderen.

Nach einer Weile kam Drakon zu ihnen.

»Ich habe lange über das nachgedacht, was ihr gesagt habt. Auch wenn Baldors Worte hart waren, sehe ich ein, dass meine bisherigen Methoden recht engstirnig waren. Es war nicht richtig, die Maßstäbe des früheren Dominium hier in Anima anzulegen, wo sie nicht funktionieren. Ich werde weiter darüber nachdenken, wie wir in Zukunft agieren sollten, damit es besser läuft. Bis auf Weiteres bin ich natürlich auch froh, dass die Missetaten meines gefallenen Schülers der Vergangenheit angehören. Wenn ich ehrlich sein soll, bin ich mir ziemlich sicher, dass man ihn auf eine andere Weise niemals hätte schlagen können. Es war wohl nötig.«, räumte er ein.

Baldor kam ihm gern entgegen. »Ich war zu hart zu dir, Drakon. Deine Taktiken und Disziplin haben mich erst in die Lage versetzt, diesen Tag erleben zu können. Dennoch musste ich dir diese Dinge sagen, um dich aus deinem Panzer der Ehre zu holen. Erfolg in Anima erfordert flexibles Vorgehen.«

»Ja, das erkenne ich jetzt. Deine Wildheit ist nicht das Fehlen von Disziplin, sondern die passende Reaktion auf dein Umfeld in Anima. Ich denke, wir verstehen einander künftig besser. Allerdings brauchen wir jetzt ein neues Ziel. Wohin sollen wir uns wenden? Aufträge haben wir derzeit keine.«

In diesem Moment fiel Baldor der Stofffetzen ein, den er von Kassandra bekommen hatte. Er zog ihn hervor und faltete ihn auseinander.

Darauf stand eine handgeschriebene Nachricht, die er nicht entziffern konnte, weil die Schrift seltsam verzerrt war. Er reichte den Stoff an Nivek weiter, der sich mit geschriebenen Worten am besten auskannte.

»Hmm, deine neue Freundin hat das wohl in großer Eile und mit ungeeigneter Kohle geschrieben, aber ich kann ein paar Worte entziffern. Ich sehe hier die Worte *Rakios*, *Sohn*, *Ausbildung*, *Steinbruch* und das am Ende ist irgendwas mit *Gyl* ... schwer zu sagen.«

Drakon grinste zufrieden und sagte: »Sie hat dir die Information gegeben, die du wolltest. Dein Sohn und die anderen Gefangenen aus Rakios werden offenbar teilweise zur Zwangsarbeit in einem Steinbruch eingesetzt. Einige andere wurden zwangsrekrutiert und durchlaufen eine Militärausbildung, vermutlich auch dein Sohn. Der einzige Ort, der gleichzeitig Steinbruch und Trainingscamp ist, ist Fort Gylath an der Ostgrenze des Imperiums.«

Baldor nahm den Stoff wieder entgegen und hielt ihn fest. »Danke, Kassandra ... mit diesem Wissen können wir etwas tun. Wo genau liegt dieser Ort?«

Drakon deutete in eine Richtung. »Das Fort liegt mit dem Pferd etwa fünf Tagesreisen westlich von hier. Etwas weiter im Süden vielleicht. Aber Baldor, auch wenn wir künftig offensiver vorgehen als früher, kannst du den Ort unmöglich unüberlegt angreifen. Ich kenne Gylath. Es ist eine befestigte Anlage um einen großen Kalksteinbruch. Da leben hunderte von Soldaten und fast ebensoviele geknechtete Arbeiter. Da kommen wir niemals lebend rein, geschweige denn wieder raus. Dafür brauchen wir Unterstützung.«, warnte er.

Obwohl Baldor den heftigen Drang verspürte, sofort loszureiten, war ihm auch bewusst, dass Drakon mehr Erfahrung hatte.

»Was also schlägst du vor? Was immer es ist, es sollte nicht zu lange dauern.«

Der Anführer seufzte. »Das habe ich mir schon gedacht. Nun, du hast uns zumindest ein paar neue Bündnisse gesichert, aber selbst mit dem Bären- und Wolfsstamm können wir das nicht schaffen. Der Großteil der Befestigungen besteht aus Holz. Ich sage es nur ungern, aber wir haben nur eine Chance, wenn der Feuerstamm uns unterstützt. Wir brauchen die Rote Horde.«

Keros schnaufte belustigt. »Du kannst nicht einfach zu Häuptling Yaru gehen und ihn bitten, uns seine besten Krieger auszuleihen.«

Sein Bruder ergänzte: »Hm, das vielleicht nicht, aber er hasst die Dominus auch und er legt wert auf Loyalität. Wenn es uns gelänge, sein Vertrauen zu gewinnen, könnte er uns ein Bündnis anbieten.«

»Und wie gewinnt man sein Vertrauen?«, fragte Nivek.

»Nicht leicht, das kann ich dir sagen.«, meinte Keros.

Baldor war entschlossen, denn sein Sohn war in greifbarer Nähe.

»Wir müssen es versuchen. Er hat sicher nichts dagegen, seinem Feind einen herben Schlag zu versetzen.«

Drakon stimmte zu. »Wenn das unser Ziel ist, dann müssen wir uns auf den Weg zum nördlichen Feuerstamm machen.«

»Und das wäre wo?«, erkundigte sich Cormac.

Firian antwortete: »Falathar liegt etwa drei Wochenreisen nördlich von hier, in einer flachen Region voller weiter Wiesen und Felder.«

»Wenn man läuft vielleicht. Mit den Pferden können wir es in der Hälfte der Zeit schaffen.«, ergänzte Keros.

Baldor meinte: »Dann sollten wir uns auf den Weg machen.«

Gott des Feuers

Der Ritt war für die Gruppe ungewohnt, da sie diesmal nicht von Wald zu Wald oder auf Trampelpfaden unterwegs waren, sondern sich auf einer endlosen Grasebene fortbewegten. Es gab kaum Sichtschutz, geschweige denn angenehme Lagerstellen.

»Ich war noch nie so weit im Norden. Es ist so kahl hier.«, staunte Vargas und schien die freie Fläche als angenehm zu empfinden.

Nivek reagierte lächelnd. »Ja, oder? Es gibt einem ein ansonsten eher seltenes Gefühl der Freiheit. So als könnte man einfach in jede Richtung gehen und alles tun.«

Cormac schmunzelte. »Und dabei kann man eigentlich gar nichts tun, da hier nichts ist. Ein zweifelhaftes Vergnügen.«

Die Zwillinge waren zwar still, doch man sah ihnen an, dass sie sich zuhause fühlten.

»Und von hier stammt ihr beiden? Es muss eine ziemliche Umstellung gewesen sein, plötzlich durch Wälder zu reisen.«, meinte Baldor, der gemütlich auf Gorm saß.

Keros sah ihn gut gelaunt an. »Nicht wirklich. Die Rote Horde reist recht oft durch die Lande. Wir sind nicht nur Krieger, sondern auch Leibwächter der Botschafter in anderen Stämmen.«

»Ja, wir waren schon so ziemlich überall in Anima. Es ist aber schön, mal wieder nach Hause zu kommen.«, kam es von Firian.

Es dauerte nicht mehr lange, bis sie Falathar in der Entfernung ausmachen konnten. Das Dorf war weitläufig, bestand aber nur aus kleinen Gebäuden. Es leuchtete bereits aus großer Ferne. Anders als bei anderen Stämmen bestand der Schutz des Ortes nicht aus einem Holzzaun oder einer Mauer. Er hatte einen Wall aus Feuer, der zwei Meter in die Höhe ragte, ohne dabei den Ort vollständig vor Blicken abzuschirmen.

»Also sowas habe ich auch noch nicht gesehen ...«, meinte Baldor erstaunt.

»Ja, der berühmte Feuerwall. Den gibt es nur hier. Die anderen Feuerstämme bekommen das nicht hin, weil der Zauber so alt ist, dass sie ihn nicht mehr kennen.«, erklärte Keros.

Eine Menge Wildkühe mit zotteligem, braunem Fell und langen, gebogenen Hörnern grasten im Bereich um das Dorf herum. Einige Personen bürsteten ihnen das Fell oder molken sie.

»Ihr habt also Züchter hier?«, erkundigte sich Ulonga.

Firian nickte begeistert. »Aber ja. Die Leute im Dorf lieben Milch und Fleisch, daher haben wir eine große Herde.«

Sie näherten sich dem Dorfrand. Die Pferde und auch Gorm scheuten das Feuer, sodass sie abstiegen und die Tiere einem der Kuhhirten anvertrauten. Er schien besorgt, weil der Bär einen gierigen Blick auf eine Kuh geworfen hatte.

Baldor beruhigte den Mann: »Keine Sorge, Freund. Der Dicke ist zufrieden, wenn er ein bisschen Fleisch bekommt. Er wird keines eurer Tiere reißen.« Dasselbe sagte er geistig zu dem Bären, der zwar unzufrieden schnaubte, sich aber plump auf den Hintern setzte.

Als das geklärt war, folgte der Rabe den anderen zum Feuerwall, der eine Passage freigab, als die Wachen die Zwillinge erkannten.

»Firian und Keros, so wahr ich hier stehe!«, rief eine Frau mit brauner Haut und feuerroten Haaren, wie sie viele der Anwohner hatten. Ihr langer Pferdeschwanz reichte bis zu ihrem Po und schwang umher, wenn sie beim Reden den Kopf bewegte. Sie umarmte beide und betrachtete die anderen Besucher.

»Grüß dich, Peta! Es ist wirklich zu lange her.«, gab Firian zurück.

»Wen habt ihr denn da alles angeschleppt? Ich hatte euch nie für die Art sentimentale Burschen gehalten, die Streuner mitbringen.«, scherzte sie und die beiden stellten die anderen vor.

Keros erklärte: »Das ist Peta, Wachhauptmann des Dorfes und Veteranin der Horde. Sie war unsere Ausbilderin, bis wir den Zenturio jagen gingen.«

Sie verpasste Firian eine Ohrfeige und meinte: »Anscheinend war ich nicht streng genug, wenn deine Deckung so unsauber ist. Am liebsten würde ich dich hoch zum Goria schicken.«

»Das ist der Meister der Disziplinierung der Horde.«, erklärte Keros den anderen leise.

»Was führt euch her?«, erkundigte sich die Frau, während Baldor sie interessiert musterte. Ihre Statur ähnelte der von Arania. Als Kriegerin war sie gut in Form und gemäß der Traditionen des Feuerstammes war ihre Kleidung sehr freizügig und zeigte viel Haut. Viele von ihnen besaßen das innere Feuer und froren trotz der zum Teil frischen Temperaturen im Norden Animas niemals.

Drakon überließ es den Zwillingen, ihr Anliegen vorzubringen.

Firian wusste, dass sein Bruder effizienter kommunizierte, daher sagte Keros: »Wir haben unser Ziel erreicht. Zenturio Leonhardt ist tot und Leria ist gerächt.«

Petas Blick wurde weich. »Es ist gut, zu wissen, dass ihre Seele nun Frieden finden kann. Sie starb als Kriegerin und weilt nun an der Seite Alvarons in Valtur. Bedeutet das, dass ihr zum Stamm zurückkehrt?«

»Noch nicht ganz. Wir haben Baldor etwas versprochen. Dieses Versprechen werden wir einhalten, bevor wir endgültig heimkehren. Wir müssen Yaru sehen.«, antwortete Keros.

Die Frau nickte. »Er sollte in seinem Heim sein. Hat sogar gute Laune heute, also habt ihr Glück.« Sie bemerkte Baldors Blick auf sich und grinste ihn zweideutig an. »Ich sehe euch sicher noch ein paar Male, bevor ihr wieder aufbrecht.«

Die Gruppe betrat das Dorf. Es wirkte nicht wie ein gewöhnlicher Ort. Alle Wohnquartiere waren große, runde und breite Zelte mit spitzen Dächern. Einige verfügten über aus gebranntem Ton oder Lehm geformte Anbauten, doch man sah nirgends Holzkonstruktionen. Auch Gehwege gab es keine, sondern man lief überall dort entlang, wo zwischen den Zelten Platz war.

»Wieso gibt es hier kein Holz?«, wunderte sich Vargas.

Firian stellte eine Gegenfrage. »Was würde wohl passieren, wenn man im Herzen des Stammes des *Feuers* Holzhäuser bauen würde?«

Keros erklärte: »Nun ja, es gibt einige Dinge aus Holz, wie zum Beispiel die Gestänge der Zelte und das zentrale Herdfeuer. Allerdings ist das kein normales Holz, sondern sogenanntes Kaltholz. Das ist ein sehr seltenes Material, das man nur in ein paar Waldgebieten auf Kaifu findet. Es ist durch normales Feuer praktisch nicht zu entzünden, aber wenn man es zum Brennen bringen kann, dann brennt es im Grunde ewig. Es ist hart wie Stein und fühlt sich immer kalt an.«

Von einem solchen Material hatte Baldor noch nie gehört, aber es faszinierte ihn.

Drakon fragte die beiden: »Was könnt ihr uns über euren Häuptling sagen? Ich kenne nur seinen Namen und seinen Ruf, sehr direkt und unberechenbar zu sein.«

Firian schlängelte sich an ein paar Kindern vorbei, die sich mit Feuerbällen bewarfen. »Yaru? Ja, der ist etwas Besonderes. Er ist sowohl Häuptling als auch Schamane des Stammes. Wenn ihr ihn seht, werdet ihr sofort bemerken, dass er kein Ayaner ist. Ich kann nicht sagen, ob es stimmt, aber er behauptet, ein Nachkomme der ausgestorbenen Feuerkobolde zu sein.«

»Was soll denn das sein?«, wollte Cormac wissen.

Algae konnte etwas Licht ins Dunkel bringen. »Die Kobolde lebten zur Zeit der Enai überall auf dem Kontinent. Sie waren ebenso intelligent wie sie, wurden aber aufgrund ihrer Erscheinung und ihrer Naturkräfte teilweise als gefährlich angesehen. Man sagt ihnen hitziges Temperament nach, was ihrem Ruf nicht gerade förderlich war. Als Bedrohung der Religion mehrerer Reiche, wurden sie im Rahmen einer großen *Säuberung* noch vor Beginn des Feldzugs ausgerottet. Wie bei jedem Genozid kann man niemals restlos alle Mitglieder einer Spezies vernichten, sodass es durchaus möglich ist, dass ein paar überlebt haben. Immerhin sind wir im Süden ja auch einem Kreth begegnet.«

Das Zelt des Schamanenhäuptlings stand bei einem Lagerfeuer, in dem man Kaltholzäste einen Meter hoch gestapelt hatte, sodass die Flammen fast dreimal so hoch loderten. Rundherum standen Lehmöfen, an denen Brote gebacken und Fleisch gegrillt wurde. Der würzige Duft ließ ihnen das Wasser im Mund zusammenlaufen und man hörte Magenknurren von mehreren Seiten.

»Das Herdfeuer ist unsere Art, Zalathir zu huldigen. Er steht nicht so auf Darstellungen seiner Person.«, erklärte Firian.

Hinter dem Feuer stand das große Zelt des Yaru, dessen Name offenbar auch als Bezeichnung seiner einzigartigen Art diente. Es war ausladend und breit, mit einem Loch in der Mitte, aus dem dichter Rauch quoll. Farblich war es ebenso beige und leinenfarben wie alle anderen Zelte, lediglich ein paar rote Borten unterschieden es vom Rest.

Ohne lange Umschweife traten Drakon, Baldor und die Zwillinge ein, während die anderen sich etwas von dem wohlriechenden Essen besorgten.

Das Innere des Zeltes war voller weicher Felle und mehrerer Dutzend Seile und Fäden, die kreuz und quer hingen. An jedem davon baumelten tote Hasen, Kräuterbündel, Töpfe und diverse andere Dinge. Auf Regalen aus Kaltholz standen Knochenfiguren, aber es gab auch einige Schriften, Behältnisse und Truhen. Ein großes Bett mit Fellen war am hinteren Rand zu sehen, während in der Mitte ein weiteres Feuer loderte, allerdings ohne Brennmaterial.

Davor saß der Yaru. Er war von kleiner Statur, aber extrem sehnig und muskulös. Seine gekreuzten Beine steckten in einer weiten, roten Stoffhose, während seine klauenartigen Füße bandagiert waren. Eine grüne Schärpe und zwei große Goldreife an seinen Waden vervollständigten die Kleidung. Sein Oberkörper war frei, sodass man die Flügeltätowierung auf seiner Brust sah. Sein Gesicht wirkte gemein, da er tief sitzende, gelbe Augen, einen breiten Mund mit schmalen Lippen und ungewöhnlich weiße Zähne hatte. Die Ohren liefen spitz zu und waren mit je einem Goldohrring geschmückt. Seine rotbraunen Haare standen stachelig in alle Richtungen ab.

»Sieh an, wer heimgekehrt ist! Die rachsüchtigen Zwillinge kommen, um ihre Erfolgsmeldung zu verbreiten. Ich bin ehrlich gesagt überrascht, euch wiederzusehen. Zenturio Leonhardt war gewiss kein leichtes Ziel und euer Tod war zu erwarten.«, grüßte er Firian und Keros mit seiner hohen, schelmischen Stimme.

»Du bist also Yaru der Feuerkobold.«, meinte Baldor frei heraus und Drakon sog angespannt die Luft ein.

Der kleine Mann grinste hinterhältig. »Direkt und ohne Umschweife, das gefällt mir! Setzt euch!«, forderte er sie auf. »Deine Tätowierung ist mir wohlbekannt. Also ist der Rabe nun bei meinem Stamm erschienen. Man hört ja so einiges über deine Taten in ganz Anima. Deine Erscheinung enttäuscht nicht. Und du musst dann wohl Drakon sein, der ewige Rebell, der sich gegen sein eigenes Volk stellt.«

Der Angesprochene reagierte: »Du bist gut informiert für jemanden, dessen Stamm derart weit abseits lebt.«

»Es hat Vorteile, wenn man auf einige der uralten Kräfte der Kobolde zurückgreifen kann. Ich würde ja fragen, weshalb die Zwillinge euch herbrachten, aber ich habe da schon so eine Vermutung. Eure bisherigen Bündnisse mit anderen Stämmen reichen für das, was ihr offenbar vorhabt, nicht aus. Nun wollt ihr die Hilfe des Feuerstammes und der Roten Horde, ist es nicht so?«

Baldor musste grinsen. »Ich kenne einige der Häuptlinge Animas, aber keiner von ihnen ist auch nur annähernd so wie du. Da du direkte Aussagen schätzt, werde ich gleich zum Punkt kommen. Deine beiden Krieger bekamen ihre Rache durch mich. Ich habe Leonhardt getötet. Zum Dank haben sie mir versprochen, mir bei der Rettung meines Sohnes aus den Fängen der Dominus zu helfen. Er wird in einem Fort festgehalten, das man nur angreifen kann, wenn man die Macht des Feuers auf seiner Seite hat. Also ja, wir brauchen eure Hilfe dabei. Die Frage ist nun, was wir dafür tun müssen.«

Yaru lächelte zufrieden. »Ich mag deine Art, Rabe, das tue ich wirklich. Die Zwillinge können dir bestätigen, dass das nicht oft vorkommt. Wenn ich es richtig verstanden habe, seid ihr Söldner, die den Stämmen bei Problemen helfen und im Gegenzug deren Hilfe einfordern können. Das wird euch hier nicht weiterbringen, weil wir unsere Probleme selbst lösen. Es gibt nichts, wofür ich euch brauchen würde.«

Drakon erkannte eine Gelegenheit. »Die Art, wie du das sagst, lässt darauf schließen, dass du dennoch eine Bedingung im Sinn hast, die uns deine Hilfe zusichern könnte. Was genau ist es, dass du für deine Unterstützung verlangst?«

Erneut grinste der Feuerkobold. »Du bist ein erfahrener Diplomat, Drakon. Es gibt in der Tat etwas, das ihr tun könnt. Der Feuerstamm ist seit jeher ein sehr loyales Volk. Es gibt nur einen Weg, unsere Hilfe zu bekommen. Man muss einer von uns sein oder den Segen von Zalathir erhalten.«

Keros sagte: »Wir gehören dem Stamm an und bitten dich um Hilfe.«

Darauf reagierte Yaru etwas ungehalten. »Ihr beiden durftet uns verlassen, um eure Rache zu finden. Weitere Gefälligkeiten müsst ihr euch erst wieder verdienen.«

Baldor ahnte, worauf es hinauslaufen würde. »Du willst sehen, ob nicht nur Sel, sondern auch Zalathir mir seinen Segen schenken wird. Warum kümmert dich das?«

Der Kobold deutete auf eine Zeichnung an der Zeltplane neben sich, die eine Person zeigte, die verschiedene Kräfte zu haben schien. Sie alle waren mit Sinnbildern und Symbolen dargestellt.

»Kennst du die Legende des Gotteskriegers?«

Als der Rabe den Kopf schüttelte, erzählte Yaru: »Es ist eine alte Erzählung des Koboldvolkes. Zu der Zeit, als Thorald Stahlfaust den Göttern den Krieg erklärte, waren sie zunächst nicht beeindruckt. Wozu sollten sie sich dazu herablassen, einen weltlichen Feind zu bekämpfen? Sie erwählten daher eines ihrer Geschöpfe aus, einen Sturmkobold namens Tachi, und stellten ihm eine Reihe von Aufgaben. Eine von jedem Gott. Mit jeder bestandenen Prüfung verlieh ihm der entsprechende Gott eine seiner Kräfte. Am Ende war Tachi das mächtigste Wesen der Welt, ausgestattet mit einer Kraft jedes Gottes, selbst von Zef und Chal. Er sollte ihr Streiter gegen Thorald sein. Leider versagte er und fiel dessen monströser Axt zum Opfer, doch seither gab es niemanden mehr, der in der Gunst aller Götter stand. Ich bin in meiner langen Zeit auf dieser Welt nur sehr wenigen Personen begegnet, denen eine göttliche Gabe gegeben wurde. Gewöhnliche Kräfte der Stämme schon, aber kaum jemand ist gezeichnet wie du.«

»Gezeichnet? So nannte mich eine Wildhexe im Grünwald auch.«, erinnerte sich Baldor.

»Das glaube ich gerne. Auch die Cossitar kennen Legenden solcher Ayaner aus ihren Erzählungen. Man sagt, der große Herakian sei ebenfalls gezeichnet gewesen. Wenn du als Günstling des Sel, der von allen Göttern am Seltensten einen Sterblichen segnet, auch ein Zeichen von Zalathir bekommst, betrachte ich dich als Ehrenmitglied meines Stammes. Zudem zeigt uns der Segen, dass dein Ansinnen mit dem Willen des

Feuergottes in Einklang steht. In diesem Fall werden wir dir bei deinem Vorhaben beistehen. Das ist meine Bedingung.«, stellte Yaru klar.

Drakon hatte die Arme verschränkt. »Nun, in dem Fall kann ich wenig tun. Das ist deine Entscheidung, Baldor.«

Der Rabe musste nicht lange überlegen. »Also gut, Yaru. Dann sage mir, wie ich den Segen des Zalathir erbitten kann.«

Der Häuptling stand auf und führte Baldor zu einer Karte der nördlichen Ebenen.

»Falathar besitzt keinen richtigen Schrein für so etwas. Wenn unsere jungen Anwärter für die Rote Horde bereit sind, nehmen sie den Weg nach Norden zum Altar des Zalathir auf sich. Er liegt etwa zwei Tagesreisen entfernt auf einem Hügel am Fluss. Dort lebt eine Priesterin, die dir den genauen Ablauf des Segensrituals erklären kann. Kehrst du mit einem Zeichen des Flammenfürsten wieder, ist dir unsere Hilfe sicher.«

***

»Klingt einfach.«, meinte Drakon, als die vier das Zelt verließen.

Firian hob den Zeigefinger. »Ganz so leicht ist es nicht. Das Ritual erfordert viel Konzentration, Selbstbeherrschung und Durchhaltevermögen. Du wirst es sehen, wenn du dort ankommst.«

»Begleitet ihr mich nicht? Immerhin habt ihr es schon erlebt und könntet mir helfen.«, fragte Baldor.

»Leider nicht. Jeder Anwärter muss das Ritual allein begehen, sonst funktioniert es nicht. Zalathir schätzt Mut und Initiative, keine Mitläufer.«, erklärte Keros.

Da alles an ihm hing, wollte er keine Zeit verschwenden. Er ließ die anderen in Falathar zurück und lief zu Gorm, der am Südrand des Dorfes weitestgehend allein auf dem Gras lag und ein Nickerchen machte. Wildkühe, Samtschafe und Hirten hielten sich allesamt von ihm fern. Da die Aufenthalte in Ortschaften meist mehrere Tage dauerten, war der große Schwarzbär sichtlich erfreut, seinen Freund so schnell wiederzusehen.

»Na, mein Dicker? Hast du gedacht, ich lasse dich wieder allein? Diesmal reiten nur wir zusammen für ein paar Tage los, was hältst du davon?«

Gorm brummte zufrieden und Baldor reichte ihm ein Stück gewürztes Grillfleisch, was er mit Freude verschlang. Anschließend schwang sich der Ayaner in seinen Sattel und folgte der Wegbeschreibung der Zwillinge nach Norden bis zum Fluss.

***

Am darauffolgenden Tag erreichte er den zweiten Fluss und rastete dort mit seinem tierischen Begleiter bis zum nächsten Morgen. Das Gebiet wurde wieder baumreicher. Die beiden bewegten sich gemächlich auf einem schmalen Trampelpfad, umgeben von dichtem, hohem Blattwerk und einigen Pflanzen mit roten, violetten oder blauen Blüten. Ein uralter, grob behauener Steinbogen überspannte den Weg.

»Sieh dir das an, Gorm. Sieht nicht so aus wie die anderen Bauwerke der Enai oder Cossitar. Grober und irgendwie ... düsterer. Muss dargonisch sein.«

Hinter dem Bogen lagen einige alte Ruinen, doch ihr Zweck war nicht mehr erkennbar.

Während des Vormittags stieg das Gelände an und nach einer halben Stunde etwas steileren Aufstiegs kamen die beiden am höchstgelegenen Punkt eines Hügels an. Dort lag ein flaches, rundes Steinplateau, umrandet von verschieden großen Steinsäulen und mit einem alten, von Kerben und Rissen durchzogenen Steinaltar in der Mitte.

Baldor stieg von Gorms Rücken und klopfte ihm auf die Flanke, bevor er die Fläche betrat. Zuerst ließ er den Blick über das Umland schweifen. Er sah nicht nur die entfernten Ebenen im Süden, sondern auch das wilde, von kleinen Wäldern durchzogene Hügelland im Norden und die gewaltigen Berge im Westen, die die nördliche Grenze Animas bildeten. Nie zuvor war er so nah an einem anderen Reich gewesen, oder auch nur so weit nördlich. Rakios lag mehrere Wochen im Südosten.

»Wer hätte gedacht, dass ich eines Tages hier stehen würde?«, fragte er seine Frau und Tochter, deren Anwesenheit er gelegentlich zu spüren glaubte. »Du wolltest immer gern mehr von der Welt sehen, Arania, aber ich hatte zu viel Angst vor dem Unbekannten. Dabei ist die Welt voller Wunder und es tut mir so sehr leid, dass ich sie dir nicht zeigen konnte, als du noch lebtest. Stell dir nur vor, was unsere kleine Enjaya bei dieser Aussicht für große Augen gemacht hätte.«

So redete er eine ganze Weile mit sich selbst und spürte dabei auch ein paar Tränen auf seiner Wange. Man hatte ihm oft gesagt, Zeit würde alle Wunden heilen, aber selbst nach anderthalb Wintern spürte er den Verlust noch immer wie am ersten Tag.

»Schmerz ist ein Lehrmeister, dessen Lektionen man nicht hören will und die oft zu spät kommen, doch sie formen uns mehr, als es irgendeine andere Erfahrung je könnte.«, sprach eine weibliche, leicht rauchige Stimme hinter ihm.

Er drehte sich um und sah eine Frau von zeitlosem Anblick. Ihr Alter war unmöglich einzuschätzen, da sie gleichzeitig jung und schön war, aber auch enormes Alter und große Weisheit ausstrahlte.

»Du musst die Priesterin des Zalathir sein, von der man mir berichtete. Die Anwärter der Roten Horde kommen zu dir, um den Segen des Flammenfürsten zu erbitten.«

»Ist das eine Frage oder eine Feststellung?«, erwiderte sie rätselhaft.

Sie hielt still, als er sie von oben bis untern musterte. Sie hatte hellbraune Haut, wie viele Ayaner, auf der mehrere dunkelrote Tätowierungen zu sehen waren, die Zalathir gewidmet zu sein schienen. Neben einer Schärpe mit langen Stoffenden vorn und hinten trug sie nur einen weiten, schwarzen Umhang mit hellroten Rändern und einer sehr weiten Kapuze. Er war halb offen und Brüste sowie Bauch waren zur Hälfte sichtbar. Ihr Gesicht war bemerkenswert, denn sie hatte sehr volle Lippen und ihre grünen Augen schienen einen zu durchbohren.

»Gefällt dir, was du siehst?«, fragte sie sachlich und in keiner Weise anzüglich oder abfällig.

»Du bist eine Erscheinung, die ich nur schwer beschreiben könnte. Zwar bist du ganz eindeutig eine Frau, doch deine Worte und deine Augen deuten auf mehr hin als das. Ich kenne dieses Phänomen von der Knochenmutter unten im Süden. Ich nehme daher an, dass auch du über viel Wissen verfügst.«, antwortete er ehrlich.

Sie zog einen Mundwinkel leicht zu einem Lächeln hoch. »Du bist Hinumah begegnet und lebst noch? Interessant. Lass mich dir nun sagen, was ich sehe, wenn ich dich betrachte.«, sagte sie und begann, um ihn herumzugehen, während sie sprach.

»Ich sehe einen kraftvollen und begabten Mann vor mir, der von einem Gott berührt, aber nicht verdorben wurde. Du besitzt große Kraft und eine seltene Gabe, doch beides setzt du mit Bedacht ein, anstatt die ganze Welt beeindrucken zu wollen. Während die meisten anderen ein derartiges Geschenk zur Schau stellen würden, um von ihrem Umfeld bewundert zu werden, verfügst du über eine für Ayaner aus Anima ungewöhnliche Bescheidenheit. Deine Wünsche sind gering und doch unerreichbar. Dennoch änderst du sie nicht, sondern lässt dich vom Wind treiben, wohin er dich auch trägt. Dein Geist hat enormes Potenzial, ist jedoch vernebelt von Trauer und Zorn. Du hast in sehr kurzer Zeit sehr viel gesehen und erlebt, doch es hat dich stärker gemacht.«

Ein Schauer lief ihm über den Rücken, als sie sein innerstes Wesen vor ihm ausbreitete, als wäre er ein offenes Buch.

»Wie kannst du all das von mir wissen?«, wunderte er sich.

Sie blieb wieder vor ihm stehen. »Ich weiß es nicht, doch ich kann es spüren. Ich spüre auch gewaltiges Potenzial in dir, eine Zukunft, wie ich sie nicht für möglich gehalten hätte. Wäre es nicht so deutlich, würde ich es für ein Trugbild halten. Dein Weg wird gesäumt sein von Leid, aber auch von unbändiger Macht. Du wirst Dinge erleben und vollbringen, die dir niemand je glauben wird. Ich sehe, wie man deinen Namen in einem Atemzug mit Legenden wie Thorald Stahlfaust, Tachi oder Herakian dem Großen nennen wird.«

»Übertreibst du da nicht etwas? Herakian war ein Cossitar, ein gewöhnlicher Ayaner, dessen Taten ihn zum Helden werden ließen. Das ist zwar unwahrscheinlich, doch es ist zumindest möglich. Aber ein Streiter der Götter oder gar die Stahlfaust selbst? Das sind doch nur Geschichten, die im Laufe der Zeit immer mehr ausgeschmückt und übertrieben wurden.«, widersprach Baldor.

Die Priesterin lächelte. »Du bist ein natürlicher Skeptiker. Das zeugt von einem wachen Verstand und einem klugen Geist. Lediglich dein Temperament hält dich gelegentlich zurück, nicht wahr?«

Er schüttelte den Kopf, um sich von dem Gedankenchaos zu befreien, welches sie in ihm ausgelöst hatte.

»Wie auch immer. Ich kann keine Zeit mit Rätseln und Weissagungen verschwenden, solange mein Sohn in Gefahr ist. Ich bin hier, um ...«

»Du bist gekommen, um auf Anweisung des Yaru um den Segen von Zalathir zu bitten. Ich kenne dein Ansinnen. Bist du denn auch bereit, um den Segen zu bitten?«

»Was muss ich tun?«

Sie machte eine leichte Handbewegung und eine kurze Stichflamme loderte auf dem Altar. Sekunden später stand dort eine steinerne Schale.

»Zalathir ist der Flammenfürst, der Gott des Feuers, der Zerstörung, aber auch der Energie. Er steht für Veränderung, Entwicklung und das Leben, sowohl den Verlauf als auch das Ende. Er verlangt drei Dinge. Alles, was ist, muss irgendwann enden, damit daraus Neues entstehen kann. Das ist der Lauf der Dinge. Üblicherweise müssen Anwärter des Feuerstammes etwas auf dem Altar opfern, das ihnen lieb und teuer ist, um zu beweisen, dass sie diese Weisheit verstanden haben. Wer zu sehr an etwas hängt und es festhalten will, wird dadurch unbewusst sich selbst verlieren. Lässt man es los, öffnet man seinen Geist für den Verlauf des Lebens. Du hast diese Lektion jedoch bereits gelernt, und zwar auf die schmerzhafteste Art. Der Flammenfürst weiß das.«

So weit konnte Baldor ihr folgen.

»Die zweite Weisheit ist die Befreiung von der Angst. Sie ist es, die uns den Weg versperrt, unser wahres Selbst zu befreien und das Leben so anzunehmen, wie es sein sollte. Du hast nur selten Angst, aber der Grund dafür ist dein Temperament. Dein Zorn blockiert deine Angst nur, aber sie ist noch immer da. Um wirklich zu wachsen, musst du lernen, wie man sie ablegt. Trink aus der Schale auf dem Altar. Es wird dich in eine Trance versetzen, die dich deine schlimmsten Ängste durchleben lässt. Du wirst gezwungen sein, dich ihnen zu stellen. Wer schwach ist, wird daran zerbrechen. Ich bin sicher, du wirst gestärkt daraus hervorgehen.«, erklärte sie.

Baldor trat zum Altar und leerte den Inhalt der Schale mit einem Zug. Anschließend setzte er sich auf den Boden und wartete darauf, dass die Wirkung einsetzte.

***

Die folgenden Stunden waren wie ein Fiebertraum, eine Abfolge von Albträumen, die immer furchtbarer wurden. Dennoch war es für ihn überraschend leicht, die Bilder zu verarbeiten, da er den Tod seiner Frau und Tochter und die Furcht vor dem, was aus seinem Sohn werden würde, ohnehin jede Nacht durchlebte. Er hatte keinerlei Angst um sein eigenes Leben, fürchtete weder Schmerz noch Tod oder Leid. Das alles hatte er schon erlebt und es überwunden.

Als er am Abend wieder zu sich kam, war er ruhig und gesammelt. Die Priesterin sah ihn mit festem Blick an.

»Du bist erstaunlich, Gezeichneter. Nie zuvor sah ich jemanden, der diesen Prozess so stoisch und gelassen überstanden hat. Du lebst jeden einzelnen Tag mit jeder deiner Ängste und überwindest sie wieder und wieder aufs Neue. Du hast meine Bewunderung und auch mein Mitgefühl.«, sagte sie mit weichem Blick. »Du hast ein ungewöhnlich selbstloses Wesen. Persönlicher Gewinn, egal ob materiell oder anderweitig, sind für dich kein Motivator. Dein Handeln ist weder auf Reichtum, noch auf Macht, Sex oder Ruhm ausgerichtet. Du handelst aus Liebe und

Freundschaft. So etwas ist selten und es macht dich stark, aber auch verwundbar.«

Baldor richtete sich auf. »Genug der mysteriösen Worte. Was ist die dritte Prüfung?«

Sie sah ihn mit unergründlichem Blick an. »Ich würde gern sagen, es sei Geduld, denn davon könntest du etwas mehr gebrauchen. Aber nein, es geht um Vertrauen. Nicht gegenüber einer Person, nicht einmal gegenüber einem Gott, sondern Vertrauen in das Leben selbst. Die meisten Ayaner fürchten Zalathir, weil er Flammen und Zerstörung bringt, doch diese Dinge dienen immer einem Zweck. Wunden werden ausgebrannt, um zu heilen. Schmerz lehrt uns. Feuer verbrennt, aber es wärmt auch. Alles hat zwei Seiten. Wenn etwas zerstört wird, können wir darum trauern, oder es akzeptieren und die Stärke daraus ziehen, etwas Neues und Besseres zu daraus entstehen zu lassen. Dasselbe gilt für Schmerz und Leid. Beides gehört zum Leben dazu und wir können uns entweder selbst bemitleiden, oder Kraft daraus schöpfen.«

Sie ließ eine weitere Schale erscheinen.

»Die Flüssigkeit in dieser Schale wird dir große Schmerzen bereiten und kann dich sogar töten. Wenn du Angst hast, dich dem Leid hingibst und verkrampfst, wird es nur schlimmer. Akzeptiere den Schmerz, nimm ihn an, mache ihn dir zunutze. Wenn dir das gelingt, erweist du dich Zalathir als würdig und wirst seinen Segen erhalten.«, erklärte sie.

Auf ihre Anweisung hin trank er die Flüssigkeit. Sofort brannte sie in seiner Kehle und danach in seinem Magen. Er legte sich auf den Altar und schloss die Augen, um sich mental vorzubereiten. Der angekündigte Schmerz setzte jedoch völlig unvermittelt mit extremer Stärke ein. Sein ganzer Körper brannte von innen heraus, seine Innereien fühlten sich an, als würden sie zerreißen und explodieren. Sein Blut schien zu kochen, Druck lag auf den Ohren, die Augen rollten unkontrolliert umher und es war so heftig, dass er nicht einmal schreien konnte. Jede noch so kleine Bewegung löste eine Kettenreaktion von Martyrien aus, sodass er so still wie möglich hielt. Das Ganze fühlte sich wie eine Ewigkeit an und schien niemals wieder enden zu wollen.

Er versuchte, verschiedene Muskeln anzuspannen, um sich darauf zu konzentrieren, doch immer kamen andere Schmerzen dazu, die dadurch noch stärker wurden. Für eine Weile dachte er, er würde den Verstand verlieren. Als das Leid auch nach einer Stunde noch nicht abflaute, versank Baldor ganz langsam in eine Art tiefe Meditation. Sein Geist löste sich von seinem Körper und kam trotz der unnachgiebigen Krämpfe und dem unaufhörlichen Brennen zur Ruhe. Je länger das Leid andauerte, desto besser konnte er es ertragen. Es rückte in den Hintergrund und obwohl er es stetig wahrnahm, konnte er nach und nach trotzdem wieder die Kontrolle über seinen Körper erlangen. Jede Bewegung war eine Qual, doch irgendwann setzte ein merkwürdiges Gefühl ein. Wenn es irgendwo für einen kurzen Augenblick weniger schmerzte, fehlte es ihm beinahe. Dann bewegte er sich etwas, damit der Schmerz wieder zunahm.

Baldor hatte kein Zeitgefühl mehr. Es konnten Minuten oder Tage vergangen sein, aber irgendwann bemerkte er, dass sein Körper, wenn er schmerzfrei war, sich weniger leistungsfähig anfühlte. Der Schmerz zeigte nicht nur seine Grenzen an, sondern half ihm auch dabei, diese zu überwinden. Er gab ihm Kraft und Antrieb. Als er zu dieser Erkenntnis gelangte, konnte er die Augen öffnen und die Pein ließ nach.

Zu seiner Verwunderung bemerkte er, dass die Priesterin breitbeinig auf ihm saß. Sie hatte die Augen geschlossen, die Arme in die Luft gestreckt und murmelte unverständliche Worte in den Himmel. Zuerst dachte er, sie hätte ihn bestiegen, während er im Delirium war, doch das war nicht der Fall. Sie hatte damit verhindert, dass er vom Altar fiel. Zeitgleich schien sie Gebete an Zalathir zu sprechen, also gehörte das wohl zum Ritual dazu.

Nach einigen Minuten verebbte der Schmerz vollständig und sie senkte ihre Arme, blieb aber auf ihm sitzen.

»Du hast es verstanden. Schmerz ist viel mehr als ein Lehrmeister. Er ist ein Antrieb, ein Motivator und er macht uns stärker, als wir es je für möglich gehalten hätten. Wer diese Wahrheit verinnerlicht hat, den kann nichts und niemand aufhalten. Genau diese Erkenntnis ist es, die die Krieger des Feuerstammes für die Rote Horde qualifiziert. Das ist der Segen des Flammenfürsten. Er nimmt dir den Schmerz nicht, sondern lehrt dich, ihn dir zunutze zu machen.«, erklärte sie und stieg von ihm herunter.

Als er sich aufgerichtet hatte und wieder auf den Beinen stand, bemerkte er, dass der Morgen dämmerte.

»Ich habe die ganze Nacht lang hier gelegen und mit dem Schmerz gekämpft?«

»Ja. Die Dauer des Rituals ist bei jedem anders. Du hast dafür recht lange gebraucht, weil du eine hohe Schmerztoleranz hast. Dennoch, du hast es geschafft.«, sagte sie zufrieden.

Baldor kratzte sich am Hinterkopf. »Und das ... war alles? Habe ich jetzt den Segen von Zalathir? Es geht nur um dieses Wissen?«

Sie lächelte und fragte: »Fühlst du dich jetzt nicht anders als zuvor? Spürst du etwas in deinem Inneren, das vorher nicht dort war?«

Auf diese Frage hin horchte er in sich hinein und achtete darauf, ob ihm etwas auffiel. Tatsächlich bemerkte er nach einer kurzen Weile, dass in seiner Magengrube eine ungewohnte Wärme spürbar war. Es war nicht vergleichbar mit Alkohol oder einem wohligen Gefühl, sondern es glich eher einer Mischung aus Wut und eingesperrter Energie.

Sie konnte ihm ansehen, dass er es bemerkt hatte. »Was du da fühlst, wird dich künftig stets begleiten. Man nennt es innere Energie oder auch das Herz von Zalathir. Manchmal pocht es wie ein solches in deinen Eingeweiden. Es schmerzt nicht, aber es stärkt dich. Spürst du es noch woanders?«

Wieder ging er in sich und verfolgte den Verlauf der Energie bis zu seinen Händen. »Es ist in meinen Fingerspitzen, so als könnte ich mit diesem inneren Feuer etwas verbrennen. Es fühlt sich ungeheuer mächtig an.«

Sie reichte ihm das Rabenschwert und er ergriff die Waffe seines Vaters.

»Der Segen des Flammenfürsten kann sich auf verschiedene Arten äußern. Manch einer, wie dein Wegbegleiter Keros, kann diese innere Kraft am ganzen Körper spüren und sich dadurch vollständig in Feuer hüllen. Andere können gar keine äußeren Effekte erzeugen, sind aber immun gegen Kälte oder heilen besser. Du spürst es in deinem Magen. Das gibt dir mehr Energie und macht dich resistenter gegen Schmerz. Diejenigen, die die Kraft in ihren Händen spüren, können sie durch sie ableiten. Versuche einmal, die Energie in deinen Händen loszulassen. Lass sie einfach fließen, anstatt sie festzuhalten!«, forderte sie ihn auf.

Als er ihrer Aufforderung folgte, fühlte es sich an, als würde die Energie durch den Griff der Waffe hindurchfließen und sie zu einem Teil seines Körpers werden lassen. Fasziniert sah er zu, wie die gesamte Klinge von Flammen umspielt wurde. Dabei konnte er zwar die Hitze spüren, doch es brannte nicht auf der Haut und auch der übliche Schmerz blieb aus, weil das Feuer aus ihm selbst kam.

»Das ist der Segen des Zalathir.«, sagte sie feierlich. »Du hast dich dessen würdig erwiesen. Seit Jahrhunderten bist du der erste Gezeichnete, der in der Gunst gleich zweier Götter steht. Wie gesagt, wir dürfen Großes von dir erwarten.«

Er ließ die Waffe wieder erkalten. »Ich tat es nicht deswegen. Mir liegt nichts an dieser Kraft. Das alles habe ich nur getan, um mein Kind zu retten.«, sagte er.

»Ich weiß. Und genau deshalb bist du anders als die Meisten. Deine Taten werden die Leben vieler Ayaner beeinflussen, wenn nicht sogar die ganze Welt. Es sind stets jene, die nicht nach der Macht streben, die dazu ausersehen sind, sie zu besitzen. Denn nur sie sind ihrer wahrhaft würdig.«

Zerbrechliche Allianz

Als Baldor nach Falathar zurückkehrte, wurde er von seinen Kameraden freudig begrüßt. Selbst Drakon schien guter Dinge zu sein und war neugierig, was ihm auf seinem Ausflug widerfahren war. Gemeinsam gingen sie zu Yarus Zelt. Der Schamane hielt sich in der Nähe auf und lud sie alle ein, auf dem Platz vor dem großen Feuer zusammen mit ihm Brot und Fleisch zu genießen. Zudem ließ er Feuermet servieren, einen besonderen Met, der ein rauchiges Aroma hatte.

Noch bevor es zur Sprache kam, zog Baldor sein Schwert und setzte die Klinge in Brand. Daraufhin staunten alle anderen, die Zwillinge sahen ihn wissend und mit neuem Respekt an und Yaru erhob sich und trat vor ihn.

»Dann hat mich mein Gefühl nicht getrügt, Rabe. Du bist nicht einfach nur ein Herold des Totengottes, du bist ein Vachril, ein Günstling der Götter. Männer wie du sind von ihnen für eine besondere Aufgabe erwählt worden. Da Zalathir dies bestätigt hat, bist du ab sofort ein Ehrenmitglied des Feuerstammes und Teil der Familie. Sei willkommen bei uns!«, rief Yaru fröhlich und vollführte eine Bewegung mit beiden Armen, wobei er ein Symbol aus Flammen in die Luft zeichnete, das sofort wieder verschwand.

Begeisterte Ausrufe kamen von überall aus dem Dorf und Flammensäulen stiegen rundherum in den Himmel, als man ihn nach Sitte des Stammes begrüßte.

»Du hast bewiesen, dass du vertrauenswürdig bist. Als Bote der Götter ist es deine Aufgabe, uns dorthin zu führen, wo sie uns haben wollen.«, erklärte der Häuptling.

Baldor versuchte, seine Skepsis so respektvoll wie möglich zu äußern.

»Ich bin froh über eure Freundlichkeit, ich bin völlig begeistert von meiner neuen Fähigkeit und ich bin dankbar, dass du mir deine Hilfe zusicherst ... aber ...«, fing er an und sah, wie Vargas die Augen verdrehte und Drakon ihm Vorsicht signalisierte. »Nun ja, ich mag von zwei Göttern gesegnet worden sein, doch ihren Willen kenne ich nicht. Es ist nicht so, als hätten sie mir eine Liste mit Aufgaben und Zielen gegeben, die ich abarbeiten soll. Es kam nicht ein einziges Wort. Wofür ich eure Hilfe brauche, ist mein ganz eigenes Ziel.«, sagte er, wohl wissend, dass es Ärger geben konnte.

Yaru lächelte jedoch nur und klopfte ihm auf den Arm. »Die Götter sprechen niemals direkt zu uns, mein lieber Baldor. Sie teilen uns ihren Willen auf vielen Wegen mit, darunter auch, indem sie das Leben so gestalten, dass unsere eigenen Entscheidungen in die von ihnen beabsichtigte Richtung führen. Wir merken es oft nicht einmal, aber am Ende können wir es sehen. Du magst nicht wissen, wohin deine Reise geht, doch du wurdest erwählt, uns anderen den Weg zu weisen. Wohin auch immer du uns führen willst, dort sollen wir sein. Wenn es dein Wunsch ist, deinen Sohn zu retten, dann spielt er wohl eine Rolle in der Zukunft, die die Götter für uns vorgesehen haben. Also werden wir ihn retten.«

Baldor war überrascht. »Ehrlich gesagt hatte ich nicht mit dieser Reaktion gerechnet.«

Yaru schien völlig entspannt zu sein. »Ich bin Schamane, schon vergessen? Es ist meine Aufgabe, den Willen der Götter zu deuten und den Sterblichen dabei zu helfen, ihren Weg in dieser Welt zu finden. Skepsis und Zweifel gehören zum Glauben dazu. Ohne sie wäre es schließlich kein Glauben, sondern eine Tatsache. Es ist eine Freiheit, die die Götter uns zugestehen, dass wir ihren Willen und ihre Zeichen individuell auslegen können. Sie geben das Ziel vor, aber wir dürfen entscheiden, wie wir es erreichen wollen. Es ist eine Symbiose, die nur wenige sehen können.«

Ulonga saß neben Vargas und meinte zu ihm: »Siehst du? So geht man mit Skeptikern um. Man darf sie nicht verurteilen und zurechtweisen. Man muss auf ihre Zweifel eingehen und sie zur Weisheit hinführen. Wenn du Schamane werden möchtest, musst du mit Blasphemie umgehen können, ohne die Beherrschung zu verlieren.«

Baldor konnte sehen, wie schwer seinem Bruder dieser Gedanke fiel.

Yaru sagte: »Da ein Überfall auf eine befestigte Einrichtung der Dominus einiges an Zeit und Planung erfordert, sollten wir die ersten Schritte sofort unternehmen. Du erwähntest Gylath, nicht wahr? Ich weiß, wo der Ort liegt. Es ist mehr als drei Wochen südlich von hier. Wenn du vorhast, deine Verbündeten zusammenzurufen, sollten wir ein Lager unweit des Zielgebiets aufschlagen. Es gibt eine Flussgabelung zwei Tage westlich von Gylath, wo man uns nicht bemerken dürfte, bis wir bereit sind. Mit deiner Zustimmung entsende ich Boten nach Wuun und Dolo Ursu, um den Wolfs- und Bärenstamm zu informieren. Wir werden uns in fünf Wochen dort mit ihnen treffen.«

»Das ist ein guter Plan. Machen wir es so. Dann können wir deine Leute in den nächsten Tagen marschbereit machen und gen Süden ziehen.«, stimmte Baldor mit einem bestätigenden Blick von Drakon zu.

»Wunderbar! Ich werde dir morgen noch ein paar Dinge zeigen, die dich interessieren könnten, aber heute feiern wir deine Aufnahme!«, rief er laut und schon kurz darauf kamen Musikanten und die Anwohner versammelten sich auf dem großen Platz um das Kaltholzfeuer und feierten. Es erinnerte den Barbaren an die Feiern des Vogelstamms, die eine gefühlte Ewigkeit her waren.

Nach längeren Unterhaltungen mit einigen Stammesmitgliedern, einer Menge Feuermet, Fleisch und Brot, saß der Rabe spät am Abend an einem Tisch bei den Zwillingen.

Firian war neugierig. »Wie war es für dich? Das Ritual, meine ich. Ist die Priesterin immer noch so heiß wie damals?«

»Sie ist ein Hingucker, das steht fest. Hätte ich nicht unter dem Einfluss dieses Schmerztranks gestanden, wäre es mir schwergefallen, nichts zu versuchen, als sie auf mir saß.«, scherzte Baldor und nahm einen Bissen Brot.

Der Feuerkrieger stutzte. »Sie hat auf dir gesessen?! Ich hätte ihr den Umhang vom Leib gerissen und mein ganz eigenes Ritual mit ihr durchgeführt.«, schwärmte Firian.

Keros erklärte grinsend: »Viele Anwärter der Horde schwärmen von ihr, obwohl sie seit Jahrhunderten dort oben ist. Sie sieht immer noch umwerfend aus, hat aber nie Interesse an körperlichen Freuden gezeigt. Und glaub mir, viele von uns haben es versucht.«

»Ich habe aber von keinem gehört, dass sie auf ihm gesessen hätte. Wenn das unter den Kriegern die Runde macht, bist du ihr Held.«, lachte Firian und leerte seinen Becher.

Darüber musste Baldor grinsen. »Wie war das Ritual für euch? Diese Tränke waren ziemlich heftig. Ich habe eine komplette Nacht unter Schmerzen verbracht.«

Keros staunte: »Das hat so lange gedauert? Firian und ich haben keine halbe Stunde gebraucht und die meisten anderen kommen nach spätestens zwei Stunden wieder zu sich. Das muss grauenvoll gewesen sein.«

»Ich hatte kein Zeitgefühl, also ist das vermutlich relativ. Es war natürlich keine angenehme Erfahrung, aber wenigstens war dieser Angsttrunk nicht weiter schlimm.«, meinte der Barbar und erntete dafür ungläubige Blicke von den beiden. »Was denn?«

Firian sagte: »Der Schmerz war für mich eine Erleichterung nach dem Horror in meinem Kopf. Wie konntest du das so einfach wegstecken? Ich hatte noch Wochen später Albträume ...«

»Hm, die Priesterin meinte, meine Ängste seien für mich Alltag, sodass ein Trank das Ganze nicht wirklich verschlimmert.«

Keros schüttelte kauend den Kopf. »In diesem Fall hast du mein Mitgefühl, Rabe. Wenn du das jeden Tag erlebst, würde ich nicht mit dir tauschen wollen.«

Nach einer Weile kamen sie auf die Feuerkraft zu sprechen.

»Ich vermute mal, dass es sich für dich ebenso anfühlt, wie bei mir, Firian?«, wollte er wissen.

»Vermutlich nicht so ganz. Die Ausbilder haben es uns so erklärt, dass es sich für jeden von uns anders anfühlt. Das hat körperliche Gründe, hängt aber auch von unserer Vergangenheit ab. Manche sind resistenter gegen Schmerz, andere sind stoisch gegenüber Angst, wieder andere haben Verletzungen erlitten. Alles Mögliche kann sich darauf auswirken, wo und wie stark man das innere Feuer spürt.«

»Das macht Sinn. Ich bin aber schon neugierig, wie es sich für dich anfühlt Keros. Ich meine, es ist eine Sache, wenn man diese Wärme und Kraft in Bauch und Händen wahrnimmt, aber überall? Du musst dir vorkommen wie ein wandelndes Inferno! Hast du nicht das Gefühl, zu jeder Zeit explodieren zu können?«

Keros setzte gelassen seinen Becher ab. »Das kommt auf dein Gemüt an. Du und mein Bruder, ihr seid wilde Krieger mit haufenweise Energie und unverarbeiteten Aggressionen. Ihr kämpft gerne und sucht die Konfrontation. Ich bin ein ruhiger Mann. Ich richte meine Energie nach innen und bin nicht ganz so unausgeglichen. Die Energie ist überall in mir, doch sie will nicht gewaltsam ausbrechen, sondern existiert harmonisch im Einklang in mir. Sie schwebt im Gleichgewicht. Es ist schwer zu beschreiben.«

»Und schwer zu verstehen.«, scherzte Firian und knuffte seinen Bruder.

»Wer ist der beste Krieger der Horde? Wen würdet ihr nicht herausfordern wollen?«, war Baldor neugierig.

Die Zwillinge sahen sich an und Keros erzählte: »Erinnerst du dich noch an unsere Geschichte? Wie wir an der Grenze von den Dominus und Leonhardt überfallen wurden? Das war eigentlich unmöglich, weil wir nie unvorbereitet losziehen. Sie kannten unsere Schwachpunkte.«

»Sie kannten sie so gut, dass sie sie nur von einem der unseren erfahren haben konnten. Unsere Schwester starb durch die Hand des Zenturios, doch er erreichte sie nur, weil er von jemandem hereingelassen wurde. Jimali. Verdammte Verräterin!«, spuckte Firian aus.

»Und wer ist das?«, erkundigte sich Baldor.

Keros fuhr fort. »Sie war die beste Kämpferin der Horde. Unerreicht im Schwertkampf verlieh Yaru ihr das Flammenschwert, ein einzigartiges Breitschwert aus Vulkankristall, welches die Hitze des Feuers noch weiter vergrößert, wenn man die Klinge entflammt. Ihr Können war so groß, dass wir sie einfach nur noch die Loderklinge nannten. Sie berauschte sich am Kampf und am Tod, daher sah sie bei den Dominus eine Gelegenheit, ihre Fähigkeiten besser zu nutzen als zur Verteidigung ihres Zuhauses. Tja, und nun ist sie eine hochrangige Offizierin des Imperiums. Wir sollten hoffen, ihr niemals wieder zu begegnen, denn sie könnte dich ohne einen zweiten Blick in Scheiben schneiden.«

Hinter den Brüdern lief die Kriegerin Peta vorbei. Sie wurde langsamer und warf Baldor einen langen Blick zu, während sie merklich mit dem Hintern wackelte. Der Barbar erkannte die Zeichen und richtete sich auf.

»Wisst ihr was? Ich war zwar aufgewühlt, aber ich kann nicht behaupten, es hätte mich kalt gelassen, als die Priesterin mit gespreizten Beinen auf mir saß. Ich denke, ich suche mir nächtliche Gesellschaft. Wir sehen uns morgen.«

Er folgte Peta an ein paar Zelten vorbei und dann zog sie ihn in eines hinein. Innerhalb von Sekunden hatte sie sich ausgezogen, Baldor auf ein Fell gestoßen und sprang auf ihn. Den Rest der Nacht genoss er ihre Zuneigung nach Art des Feuerstammes: lodernd und feurig.

**

Als er am folgenden Morgen zu Yarus Zelt kam, wartete der Häuptling schon auf ihn. »Ah, da bist du ja! Hat dir das Fest gefallen?«

»Sehr. Seit mein Dorf vernichtet wurde, habe ich keine solche Feier mehr erlebt. Es hat mich an früher erinnert. Außerdem habe ich viele aus dem Stamm kennengelernt. Das war sehr angenehm.«, sagte er und bedankte sich.

»Wir sind ein gastfreundlicher Haufen.«, grinste Yaru. »Da wir in wenigen Tagen nach Süden aufbrechen, wollte ich dich der Roten Horde vorstellen. Außerdem habe ich noch ein Geschenk für dich, das dir in den kommenden Kämpfen nützlich sein wird. Komm! Ich zeige dir die Quartiere der Horde.«

Gemeinsam verließen sie das Dorf und wanderten ein Stück nach Nordosten. Dort lag ein weiterer Ort mit einem Feuerwall. Die Gebäude darin waren größer und aus Stein gebaut, wenn auch mit wenigen Verzierungen und eher einfacher Architektur. Immer wieder sah man Flammen aufblitzen und hörte kleine Explosionen.

»Die Krieger leben und trainieren hier, wenn sie nicht gerade unterwegs sind.«, erklärte Yaru und sie betraten den Bereich.

Zwischen den steinernen Kasernen sah Baldor Übungspuppen aus Kaltholz, hartgesottene Kämpfer beim Nahkampftraining und anderen Arten der täglichen Ertüchtigung. Viele von ihnen kämpften mit brennenden Schwertern, Speeren oder Bögen, während andere den Umgang mit Sprengpulvern ausprobierten.

»Wir haben unsere Neigung für Feuer mit unserem Wissen über Erze und Metallstaub kombiniert und besondere Pulver und Mischungen entwickelt. Man kann sie in kleine Behälter füllen und gefahrlos an taktisch wichtigen Stellen hinterlegen und dann mit einem einzigen Funken ... Bumm! Damit werden die Dominus in kürzester Zeit aus unserem Territorium verschwinden.«, meinte Yaru zufrieden.

Weiter hinten berichtete Firian ein paar jüngeren Kämpfern von ihren Reisen, während Keros mit anderen Kriegern kontrollierte Bewegungsabläufe übte, wobei sie alle vollständig in Flammen gehüllt waren.

Neben all den militärischen Vorgängen fanden sich auch die Schmieden des Stammes dort. Sie näherten sich einer davon, wo eine Frau auf einem glühenden Stab herumhämmerte, bis es Funken gab.

»Unser Stamm hat eine historische Verbundenheit zu Metall, da es durch Hitze formbar wird und wir nun einmal Experten für Hitze sind. Daher sind wir die besten Waffenschmiede der Welt, auch wenn die Meister aus Lorves sich diesen Titel selbst zugestehen. Sie sind gut, keine Frage, aber sie verstehen die Facetten und die Sprache der Flammen nicht so wie wir es tun.«, erklärte Yaru und die Frau nickte bestärkend, als sie die glühende Stange mit bloßen Händen anhob und begutachtete.

Baldor bemerkte, dass viele der Waffen der Horde aus einem Metall bestanden, das etwas dunkler war, als gewöhnlicher Stahl oder sonstige übliche Legierungen.

»Woraus bestehen eure Klingen und Kriegsgeräte?«, erkundigte er sich.

Die Schmiedin deutete auf die Esse, in der das Feuer heiß loderte. Daneben stand ein Fass mit schwarzem Pulver darin.

»Man sagt, du seist der einzige Außenseiter, dem Zalathir seit Jahrhunderten seinen Segen gegeben hat. Du kannst dein Schwert entflammen, ja? Sieh dir die Schneiden deiner Waffe mal genauer an.«

Baldor zog das Rabenschwert und betrachtete es näher. Er stellte fest, dass die Klinge unsauber geworden war und nicht mehr ganz so scharf erschien, wie er es in Erinnerung hatte.

»Was du da siehst, ist der Glüheffekt. Metallwaffen werden durch Hitze geformt und durch Abkühlung gefestigt. Wenn du gewöhnliche Metalle und Legierungen mit dem inneren Feuer in Brand steckst, erreicht das Feuer eine Temperatur, die einer Schmiede gleicht. Wenn man das zu lange aufrechterhält, wie beispielsweise während eines Kampfes, dann wird das Metall weich. Zuerst werden die Schneiden stumpf und irgendwann verformen sich die Waffen oder sie brechen. Deshalb haben wir eine besondere Legierung entwickelt, die dem standhalten kann. Wir nennen sie Zunderstahl.«

Er begutachtete eine Axt aus dem Material. Die Oberfläche war rauer als Metall, aber schien ebenso hart zu sein. Wenn man mit dem Auge nahe heranging, erkannte man eine körnige Struktur aus Silber und Grau.

»Wie entsteht dieser Effekt?«

»Ich mische im erhitzten Zustand immer wieder Zunderasche unter das Metall. Es sind drei verschiedene Sorten Erz und die Zunderasche ist die Asche von verbranntem Kaltholz. Es ist sehr aufwändig herzustellen, aber erfüllt als einziges Material die Anforderungen an Härte und Hitzebeständigkeit.«, erklärte die Frau.

Yaru deutete auf das Rabenschwert und sagte: »Da du diese Waffe nicht lange gebrauchen kannst, wenn du deine neue Kraft nutzt, kannst du sie hier umschmieden lassen.«

»Sowas ist möglich? Die Waffe hat einen sentimentalen Wert, daher würde ich ungern auf sie verzichten.«

Die Frau meinte: »Ja, es ist machbar. Ich fertige aus der Grundform deines Schwertes eine Gussform, schmelze es ein, bringe die Asche hinein und schmiede es neu.«

Obwohl es ihm schwerfiel, die Klinge seines Vaters abzugeben, willigte er ein, da sie bereits nach drei kurzen Augenblicken in Flammen nicht mehr so scharf war.

Die beiden schlenderten daraufhin weiter über das Gelände und beobachteten, wie mehrere Dutzend gestählte Krieger in Reihe und Glied standen und synchron Bewegungsabläufe ausführten.

Yaru sah Baldor an und fragte: »Nun, was hältst du von der Roten Horde? Ihr Ruf ist in ganz Anima bekannt, aber was denkst du, jetzt, wo du sie gesehen hast?«

»Ich habe schon an der Seite vieler Jäger und Krieger gestanden, teilweise auch in Gruppen. Bislang war Drakons Bande die effektivste Einheit, die ich je gesehen habe. Aber das hier ist eine völlig andere Stufe. Sie sind gut ausgebildet, verfügen über die Macht des Feuers und ich vermute, selbst die Dominus dürften ihnen Respekt entgegenbringen.«

Mit dieser Antwort schien der Häuptling zufrieden zu sein.

»Das ist der Grund, weshalb sie uns in der Vergangenheit bereits mehrfach angegriffen haben, obwohl unser Land hier nicht sonderlich interessant für sie ist. Es hat keinerlei taktische Bedeutung, wenn man Anima erobern will. Sie fürchten uns. Diese Furcht werden wir gegen sie verwenden.«

***

Zwei Tage lang verbrachte die Gruppe in Falathar, bis die Kämpfer des Feuerstammes marschbereit waren. Am Tag des Aufbruchs überreichte der Yaru ihm das neu entstandene Rabenschwert, dessen Griff mit hochwertigem Spezialleder gewickelt und das Metall von dunklen Partikeln durchzogen war. Die Schneide war so scharf wie zuvor, doch das Gewicht hatte sich verändert. Die Waffe war schwerer geworden, aber Baldor erwartete nicht, dass ihn das lange stören würde. Er war nur froh, dass der Rabenkopf am Knauf wieder so aussah, wie er es gewohnt war.

Er ließ die Flammen über die Klinge tänzeln und sah, wie sich das helle Licht des Feuers in den Partikeln spiegelte und gelegentliches Glitzern verursachte.

»Beeindruckend! Sei bedankt, Yaru. Mit dem Segen des Flammen-fürsten und dieser Waffe kann ich noch mehr Tod und Verderben über unsere Feinde bringen.«, sagte er mit Vorfreude in der Stimme.

Die anderen aus der Gruppe bewunderten das Schwert ebenfalls und selbst Vargas zeigte Interesse und untersuchte es kurz.

Sie sammelten sich vor dem Dorf und bis auf eine Verteidigungs-truppe waren alle Krieger bereit, sie nach Süden zu begleiten. Der Feuer-stamm war nicht beritten, sodass es ein Fußmarsch werden würde. Dadurch brauchten sie spürbar länger, als die Gruppe auf dem Hinweg hatte einplanen müssen.

***

Mehr als vier Wochen dauerte der Marsch an der Grenze nach Domi-nium, bis die große Truppe den Flusszweig erreichte, der als Treffpunkt mit den anderen Verbündeten der Gruppe um Drakon vereinbart war. Es war keine Überraschung, dort bereits Zelte und größere Personengrup-pen vorzufinden. Sowohl die Jäger des Wolfsstammes als auch die Krie-ger des Bärenstammes waren versammelt und tauschten Geschichten aus oder kämpften freundschaftlich miteinander.

»Das sind überraschend viele.«, staunte Drakon, als er die große Ansammlung betrachtete.

»Mit all diesen Kämpfern können wir das Fort angreifen und siegen.«, überlegte Cormac zufrieden.

Yaru meinte: »Lasst euch nicht von Zahlen und Worten hinreißen. Dominium ist ein Reich voller befestigter Burgen und aufmerksamer Wachen. Selbst mit einer Streitmacht könnte man dort nicht unter Garantie siegreich sein. Immer wachsam und vorsichtig bleiben.«

Obwohl die Stimmung gut war, als die beiden anderen Stämme die Horde erblickten, spürte man auch die Reserviertheit, weil sich ihre Traditionen zum Teil unvereinbar unterschieden.

»Wir brauchen dringend einen Vermittler bei den Besprechungen und auch ein paar aufgeschlossene Geister unter den Kriegern, wenn wir Konflikte vermeiden wollen.«, kam es von Drakon.

Vargas fiel sofort heraus, weil sein Glaube auch ohne Stammesdifferenzen schon unflexibel war. Nivek, Ulonga und Algae erklärten sich bereit, sich unter die Leute zu mischen und bei Bedarf zu vermitteln. Die anderen ließen sich müde an einem Feuer nieder, während Drakon mit Baldor und Yaru zu einem besonders großen Zelt ging, das man mit Holz verstärkt hatte.

Das Innere war geräumig und dort fanden sich einige Schriften in Regalen, ein paar Töpfe und Teller sowie ein massiver Holztisch mit einer Landkarte und einer Vielzahl verschiedener Spielsteine darauf.

An diesem Tisch standen Nolvar-Tan und Valeska Steintatze, beide in einen hitzigen Disput vertieft, während er auf die Karte deutete.

»Westen ist der logische beste Angriffspunkt! Damit rechnet niemand und wir erwischen sie unvorbereitet!«, knurrte er.

Die Frau keifte zurück: »Und wie willst du deine Leute unbemerkt um eine besetzte Festung im Feindgebiet führen? Sie wissen sowieso nicht, dass wir kommen!«

Sie bemerkten die drei Neuankömmlinge und beim Blick auf den Yaru blieben sie distanziert und kühl.

»Yaru. Ist lange her.«, meinte Valeska.

Nolvar nickte einfach nur stumm.

»Die noblen Anführer seid ihr beiden? Meine liebe Valeska! Es ist mir ein Vergnügen, dich wiederzusehen. Deinem Gesicht entnehme ich, dass du immer noch nicht überwunden hast, dass ich mich nach unserem Treffen in Juna nicht mehr gemeldet habe.«, meinte der Schamane stichelnd und die Frau sah ihn giftig an. »Und der große Nolvar, der noch immer im Schatten seines Vaters steht. Ich habe damals versehentlich euer Fest für Ymira entweiht, aber das war noch lange kein Grund für eine Fehde, die inzwischen fast drei Jahrzehnte andauert.«

Der Wolfshäuptling meinte ernst: »Du hast nicht nur die Nachbildung der Göttin verbrannt, sondern auch die Hälfte unserer Opfergaben gleich mit! Bis heute hast du keine Wiedergutmachung geleistet! Dein Stamm verehrt den Gott der Zerstörung, also kann man euch unmöglich vertrauen.«

Drakon versuchte, eine Eskalation verhindern, doch wie zuvor wollte keiner der Anführer auf einen Dominus hören. Er sah seufzend Baldor an. »Kannst du das übernehmen? Ich scheine hier nicht so recht erwünscht zu sein.«

Der Rabe stimmte zu, auch wenn er von Verhandlungen keine Ahnung hatte. Er verließ sich, wie so oft, auf sein Gefühl.

»Ich sehe schon, dass ihr drei eine Vorgeschichte hat. Das wundert mich nicht, immerhin gibt es ja Gründe, weshalb die Stämme für sich leben und Bündnisse vermeiden. Diese Uneinigkeit ist aber auch der Hauptgrund, wieso sich genau jetzt eine fremde Armee im Herzen unseres Landes ausbreitet, uns schikaniert, unsere Dörfer niederbrennt und unsere Kinder holt. Ihr müsst eure kleinlichen Zwistigkeiten vergessen und stattdessen zusammenstehen!«

»Du hast leicht reden, Baldor! Der Vogelstamm war immer dafür bekannt, keine Seite zu wählen und mit jedem befreundet sein zu wollen! Ihr wart schlimmer als diese albernen Baumhirten!«, kam es von Valeska.

»Und was ist daran schlimm? Sich mit den anderen Stämmen Animas gutzustellen hat sehr viele Vorteile. Geteiltes Wissen, gemeinsame Bräuche, gemischte Verbindungen oder auch nur eine größere Stärke im Angesicht eines Feindes.«, argumentierte der Rabe.

Yaru meinte: »Es geht hier nicht um logische Vorteile, Baldor. Es geht einzig und allein um die Unvereinbarkeit der Überzeugungen. Mein Stamm und ich widmen uns Zalathir, der im Pantheon der Götter zu den sogenannten Finsteren gehört, weil er für Zerstörung steht. Wir sind in den Augen der anderen Stämme nicht besser als die Damas. Ich habe ihre Rituale nie verurteilt oder auch nur kritisiert, aber sie können meinem Glauben nicht dieselbe Höflichkeit zugestehen.«

»Es geht hier nicht nur um zwei Meinungen, Yaru! Du hast unser heiligstes Fest sabotiert, weil du unsere Bräuche nicht respektieren kannst!«, kam es von Nolvar.

Valeska stimmte mit ein. »Und über Ursus hast du immer wieder gelacht, als wäre er ein Witz ohne jede Macht!«

Der Schamane reagierte belustigt. »Das ist er ja auch. Ihr betet Bären und Wölfe an. Beide Tierarten greifen euch sofort an und wollen euch fressen, wenn ihr nicht aufpasst, aber ihr kniet nieder und bettelt um irgendwelche Gaben wie gute Ernte oder fruchtbare Frauen. Als hätten Ymira oder Ursus darauf einen Einfluss. Sie sind für die Jagd und die Freiheit zuständig, nicht für Pflanzenwachstum.«

»Und du bist besser? Dein Stamm kümmert sich nur um Zalathir und kennt nichts als Feuer und Zerstörung. Kein Wunder, dass ihr abseits lebt und keine Verbündeten habt!«, sagte Valeska wütend.

Baldor trat vor. »Ihr alle solltet euch bewusst sein, dass wir in einer Welt mit vielen Göttern leben, die alle ihre Daseinsberechtigung haben. Jeder Stamm wählt diejenige Gottheit, die seinen Bedürfnissen am ehesten entspricht und ignoriert dabei alle anderen. Das ist weder gut noch schlecht, es ist Auslegungssache. Seit den Enai hat niemand mehr alle Götter gleichermaßen geehrt. Egal ob Zalathir, Ursus oder Ymira, sie alle haben ihre Stärken. Doch gemeinsam sind sie noch stärker. Und vergesst nicht: Wir stehen den Dominus gegenüber, einem Volk, das keinen unserer Götter anerkennt und auf sie alle spuckt. Es geht hier nicht darum, wessen Gott der Bessere ist. Es geht um weltliche Belange. Jeder von euch hat unter unseren westlichen Nachbarn gelitten. Sie nehmen unser Land und töten jeden, der sich gegen sie zur Wehr setzt. Während ihr hier sitzt und diskutiert, wessen Gott durch welches Verhalten beleidigt wurde, nehmen sie euch alles weg, was euch lieb und teuer ist.«

Nolvar schien verärgert zu sein. »Deine ketzerischen Ansichten sind uns bekannt, Rabe. Du magst uns geholfen haben, aber du hast kein Recht, dich über die Götter lustig zu machen!«

»Das tue ich nicht. Ich sage euch nur, dass niemand in euren Stämmen direkte Anweisungen oder auch nur ein einziges Wort oder einen Hinweis erhalten hat, was einer eurer Götter will oder nicht. Ihr vermutet es und hofft auf das Beste. Das ist die Grundlage eures Glaubens und darüber urteile ich nicht. In der Rangfolge steht das, was ihr glaubt, allerdings an zweiter Stelle. Zuerst sollten wir alle auf das reagieren, was wir wissen. Es wäre sicherlich im Sinne aller Götter, wenn wir unser

Land nicht von gierigen und brutalen Eroberern verwüsten lassen.«, versuchte Baldor, ihnen klar zu machen.

Yaru ergänzte: »Ich verstehe euch, ihr beiden. Als der Rabe zu uns kam und um Hilfe bat, war ich ebenso skeptisch. Wieso sollte ich meine Leute für einen Angriff aufs Spiel setzen, der uns keinen erkennbaren Vorteil bringt? Außerdem muss ich dafür mit euch zusammenarbeiten, was keiner von uns so richtig will. Allerdings habe ich auch gesehen, dass Baldor nicht nur ein Herold von Sel ist, sondern nun auch ein Gesegneter von Zalathir.«

Um die Aussage zu untermauern, entzündete der Barbar kurz sein Schwert.

»Er ist ein Gezeichneter, ein Günstling der Götter. Keiner von uns betet Sel an, und doch fürchten wir ihn, denn er ist der große Gleichmacher. Er holt uns alle, egal welchem Gott wir dienen. Würde Alvaron mir einen Boten senden und meine Hilfe erbitten, würde ich ihn nicht abweisen, auch wenn er nicht von Zalathir kommt. Am Ende respektieren und ehren wir alle Götter. Wir haben hier eine Person unter uns, die von gleich zwei von ihnen auserwählt wurde. Was immer er auf dieser Welt tut, er verrichtet den Willen der Götter. Wer sind wir, ihre Wahl anzuzweifeln?«

Auf diese Ausführung erwiderten die beiden anderen Häuptlinge zunächst nichts, denn er hatte recht. Sie mochten sich Ymira und Ursus verschrieben haben, doch sie ehrten und fürchteten auch alle übrigen Götter. Es wäre töricht, einen Gesandten des Todes und der Zerstörung zu ignorieren. Beides konnte ansonsten ihre Dörfer ereilen.

Valeska sprach als Erste. »Ich ... sehe ein, dass es keine gute Idee ist, Sel und Zalathir zu verärgern. Außerdem hat der Rabe die Damas vernichtet und uns damit sehr geholfen. Wir schulden dir unseren Dank und unsere Hilfe.«, sagte sie zu Baldor. »Wenn wir dafür mit den anderen beiden Stämmen zusammenarbeiten müssen, dann werden wir unsere Vorbehalte vorerst vergessen.«

»Steintatze spricht die Wahrheit. Du hast uns sehr geholfen, Rabe. Es mag mir nicht gefallen, mit dem Kobold zu arbeiten, aber ich bin es dir schuldig. Danach sind wir allerdings quitt. Wenn du wirklich ein Herold der Götter bist, will ich ein Zeichen von Ymira selbst, bevor ich dir noch einmal folge.«, kam es ernst von Nolvar.

Yaru schien guter Dinge zu sein. »Ich für meinen Teil werde dem Willen Zalathirs folgen und das tun, was sein Günstling für richtig hält. Den Gott der Zerstörung und Energie verärgert man besser nicht. Wenn ich dafür euch zwei abergläubische Narren ertragen muss, ist das ein geringer Preis.«

Baldor schlug sich die Hand auf die Stirn, weil der Schamane den soeben beinahe entstandenen Frieden mit seiner Aussage wieder ins Wanken gebracht hatte. Es würde noch Stunden dauern, bis er sie alle zu einer halbwegs stabilen Übereinkunft geführt hatte.

Fort Gylath

Am Abend kam Baldor völlig ermattet aus dem Zelt, wo die Häuptlinge noch immer hitzig diskutierten. Drakon trat an ihn heran und fragte mit gerunzelter Stirn: »Immer noch uneins? Wenn sie sich nicht bald einigen, wird man uns hier entdecken oder sie bekämpfen sich gegenseitig.«

»Nein, sie haben inzwischen zumindest vereinbart, den Angriff für uns durchzuführen. Jede weitere Hilfe wird künftig wieder neue Gegenleistungen erfordern, aber für den Moment werden sie uns helfen. Jetzt streiten sie darüber, wer das Kommando übernehmen soll. Yaru will mich, aber ich habe keine taktische Erfahrung, auch wenn ich der Grund für das Ganze bin. Valeska und Nolvar wollen beide selbst den Befehl, aber die Rote Horde wird nur mir folgen. Es ist zum Verrücktwerden! Ich hasse diese ganzen Diskussionen! Das nutzt niemandem und hält uns nur auf!«, knurrte Baldor und fluchte laut.

Der Anführer der Gruppe seufzte und blickte in den dämmernden Himmel. »Weißt du, ich war in meiner Jugend auch so wie du. Wild und voller Tatendrang. Wenn meine Vorgesetzten Pläne machten, wollte ich am liebsten allein losziehen und den Kampf beginnen. Eines Tages ließ man mich genau das tun. Ich lief in eine Falle und wurde fast getötet. Wochenlang war ich ans Bett gefesselt und es dauerte drei Monate, bis ich wieder halbwegs einsatzfähig war. Nachdenken und Planen ist manchmal nötig. So ungern ich es zugebe, aber diese Leute da drin sind nicht meinetwegen hier. Sie alle kamen deinetwegen her und werden für dich ihre Leben riskieren. Es mag dir nicht zusagen, doch wenn du das

Kommando nicht übernimmst, werden sie sich wieder zerstreuen und alles war umsonst.«

Baldor sah ihn erstaunt an. »Du bist ungewöhnlich gelassen, wenn man bedenkt, wie gern du dich als Anführer siehst. Du hasst es doch, dass sie mich dir vorziehen. Warum die Hilfe?«

»Weil ich inzwischen weise genug bin, zu wissen, wenn ich jemand anderem den Vortritt lassen muss. Gylath ist kein leichtes Ziel und ohne Einigkeit sind wir alle tot. Es ist also in meinem Interesse, dass diese Streithähne sich einigen, anstatt sich gegenseitig die Schädel einzuschlagen. Geh wieder da rein und sei der Anführer, den sie gerade brauchen. Ruf mich, wenn du Rat brauchst.«

Es gefiel ihm tatsächlich nicht, aber Drakon hatte recht. Nur er konnte die drei Gruppen führen, ohne dass sie sich gegeneinander wendeten.

Er unterbrach ihre Diskussion. »Hört mit dem Gezänk auf! Für drei Stammesführer ist das ziemlich peinlich. Ich werde den Angriff anführen, damit ihr euch nicht andauernd gegenseitig misstraut.«

Überrascht, aber zufrieden stellten sie sich alle zur Karte der Region. Auf einen Ruf hin kam Drakon hinein und der Rabe bat ihn, sie zu informieren, was er über ihr Ziel wusste.

»Gylath ist ein Marmor- und Kalksteinbruch. Aufgrund der Bedeutung des dort abgebauten Materials für die Städte des Reiches wurde der Ort mit einem Palisadenwall umschlossen und mit Wachtürmen verstärkt. Da die Arbeit hart und unnachgiebig ist, werden gefangene Anwohner von Anima versklavt und zur Arbeit gezwungen, bis sie irgendwann sterben. Um das weitläufige Gelände nicht nur als Gefangenenlager zu nutzen, werden dort auch die jungen, kräftigen Ayaner gebrochen und unter Zwang zu militärischen Rekruten gemacht. Man formt sie zu Soldaten und erzieht sie zu loyalen Dienern des Imperiums mit speziellem Wissen über Anima und seine Schwächen.«, fing Drakon an und erntete dabei finstere Blicke der Häuptlinge.

»Er ist seit Jahren keiner mehr von ihnen. Es ist nicht sein Fehler, was sie unseren Landsleuten dort antun, aber es ist unsere Schuld, wenn wir es jetzt nicht beenden. Weißt du, wie der Ort aufgebaut ist?«, fragte Baldor.

»Der Steinbruch besteht aus dem eigentlichen Bruch, dem Rekrutenlager, dem Materialzwischenlager und dem Aufsichtsbereich. Ein Felsmassiv ragt über den Bruch, an dessen Seite hölzerne Plattformen und Leitern angebracht wurden, von wo aus Bogenschützen und Späher alles im Blick behalten und ein Warnfeuer entzünden, sollte es Ärger geben. In dem Fall würden Verstärkungstruppen aus umliegenden Militärlagern innerhalb weniger Stunden anrücken. Der Bruch selbst ist ein Graben im Boden, aus dem verschieden große Steinblöcke gehauen und für den Abtransport mit Seilzügen zum Zwischenlager transportiert werden. Es liegt nahe dem Westtor, wo jeden Tag ein Dutzend Karren das geförderte Material abholen. Zudem gibt es mehrere Tunnel, in denen Erze und mehr Marmor abgebaut werden. Das Rekrutenlager liegt auf einer freien Fläche mit Gras und Steinboden, wo die Ausbilder und Rekruten in Zelten leben und täglich trainieren. Man kann von außen eigentlich nur die Palisaden und die Beobachtungsposten am Felshang sehen. Sobald sich jemand nähert, wird Alarm gegeben.«

»Wir brauchen einen Plan. Es dürfte nicht ganz einfach sein, überhaupt erstmal hinein zu gelangen. Wie kommen wir nahe genug ran, ohne Alarm auszulösen?«, erkundigte sich Valeska.

»Indem wir unsere besten Späher als Vorhut entsenden. Algae und Cormac werden eine Gruppe Bogenjäger und Kletterer des Wolfsstamms nehmen und sich dem Fort von Norden nähern, wo die ungeschützte Rückseite des Felshangs liegt. Sie klettern hinauf und schalten jeden lautlos aus, der uns sehen könnte.«, erklärte Baldor, der bereits länger darüber nachgedacht hatte.

Nolvar nickte. »Das können meine Leute problemlos tun. Aber was dann? Selbst wenn sie die Schützen weiter oben erledigen, muss jemand das Tor von innen öffnen.«

Auch das hatte der Rabe berücksichtigt und im Gespräch mit Vargas und Ulonga war ihm eine Idee gekommen.

»Leise werden wir das Fort ohnehin nicht angreifen können. Es geht nur darum, den Alarm zu verhindern. Danach müssen wir den Spähern Zeit verschaffen, bis wir da sind. Ich werde Vargas und Ulonga mit ihnen schicken. Sie werden für eine Ablenkung sorgen, damit alle Augen nach innen gerichtet sind. Sobald wir angekommen sind, werden die Feuerteufel der Horde den Palisadenwall in Brand stecken.«, fuhr Baldor fort.

Yaru überlegte laut. »Das Feuer wird höchstwahrscheinlich für Panik und Chaos sorgen, welches die Späher nutzen können, um das Tor zu öffnen, sollte es nicht bereits von fliehenden Gefangenen oder Soldaten geöffnet worden sein. Das ist gar nicht mal schlecht.«

»Valeska, deine Krieger und du werdet hineinströmen, sobald sich ein Zugang öffnet. Der Rest meiner Gruppe begleitet euch. Auch die Horde wird folgen, sobald alles brennt. Ihr könnt so viele Dominus töten, wie ihr wollt, aber die Gefangenen werden befreit und in Sicherheit gebracht. Da viele Rekruten unfreiwillig dort sind, könnten sie uns helfen.«, meinte Baldor.

Drakon berührte ihn sachte an der Schulter. »Da wäre ich vorsichtig, mein Freund. Viele von ihnen, besonders wenn sie schon länger dort sind, werden gegen euch kämpfen. Sie wurden umerzogen und folgen der Doktrin des Imperiums. Sofern sie ihre Rüstungen tragen, könnt ihr sie zudem schwerlich von richtigen Soldaten unterscheiden.«

»Das heißt, wir müssen sehr aufmerksam sein und die weniger kampferprobten, unentschlossenen oder ängstlichen Gegner gefangen nehmen, anstatt sie zu töten. Dasselbe gilt für bekannte Gesichter.«, stellte Valeska klar.

»Ein paar Verluste werden wir aber wohl nicht vermeiden können.«, machte Yaru ihnen bewusst.

»Das ist der Lauf der Natur, wie Zalathir und Heylda es wollen.«, entgegnete Baldor und verhinderte damit einen erneuten Streit. »Wenn wir alle Gefangenen haben, können wir nicht lange bleiben. Die brennenden Palisaden sind ebenso problematisch wie der Alarm. Der Qualm wird Verstärkungen anlocken. Wir fackeln alles restlos nieder und verschwinden wieder hierher. Da man uns suchen wird, müssen wir die Geretteten ihren Stämmen zuteilen und den Rest aufteilen. Anschließend marschieren wir getrennt zurück nach Hause. Es wird Folgen haben, denn das ist der erste Angriff auf das Reich. Der Imperator wird das sicher nicht ignorieren, also sollten wir bereit sein.«

Bevor die drei murren konnten, warf Drakon ein: »Ihr alle seid Circinus ohnehin bekannt. Eure Stämme zählen zu den größten und stärksten im nördlichen Anima. Jetzt wo Leonhardt tot ist, hat er seinen besten Experten für das Land verloren. Er wird auf klassische, militärische Vorgehensweisen zurückfallen und euch so oder so bald angreifen. Besser ihr seid darauf vorbereitet und habt erbeutete Waffen, Rüstungen und gerettete Leute.«

»Das könnte Krieg bedeuten ...«, sagte Nolvar besorgt.

»Es herrscht bereits Krieg. Es wird langsam Zeit, dass wir uns endlich gegen sie wehren.«, kommentierte Baldor hart.

***

Die Gruppe saß nach der Besprechung zusammen an einem Feuer. Sie hatten den Plan gehört und bereits früh am morgen würde die Vorhut aufbrechen. In ein bis zwei Tagen würden sie Gylath erreichen und den Kampf beginnen.

Vargas war aufgeregt, endlich gegen die Ungläubigen in die Schlacht zu ziehen, aber Ulonga bremste seinen Enthusiasmus ein wenig.

»Sie sind dennoch Ayaner und Teil dieser Welt. Nichts, was die Götter erschaffen haben, sollte man leichtfertig auslöschen.«

Cormac meinte zu Baldor: »Muss ich beleidigt sein, dass du mich mit deinem mich hassenden Bruder losschickst, anstatt mich in deiner Nähe zu behalten, wo ich dir den Rücken decken kann?«

Der Rabe spielte an dem Ring an seinem Lederband und reagierte mit einem Grinsen. »Ich gebe dir die Chance, alle Feinde zu erledigen, bis ich ankomme. Wenn das kein freier Rücken ist, dann weiß ich auch nicht. Außerdem kannst du mit Algae gehen. Ich weiß doch, dass ihr beiden den gemeinsamen Kampf genießt.«, zwinkerte er seinem Freund zu.

Der musste lächeln. »Du hinterhältiger Schweinehund! Hast es also gemerkt, was? Nun ja, wir kriegen das schon hin. Bis du ankommst, gehört der Laden schon uns.«

»Gibt es Rituale vor einem Kampf, wo du herkommst?«, fragte Baldor Nivek, der neben den Zwillingen saß.

»Nicht so, wie ihr es tut. Die meisten Lorveser glauben nicht wirklich an die Götter, also bitten sie sie auch nicht um Beistand oder Segen. Mein Volk besinnt sich eher auf die eigenen Fähigkeiten und bereitet sich im Geiste auf das Kommende vor. Was das angeht, ähneln wir den Xenern, auch wenn wir nicht ganz so sehr auf Kämpfe brennen wie sie.«, erklärte er.

»Was ist mit euch?«, wollte Firian von Drakon wissen.

»Dominus-Soldaten sind Werkzeuge. Sie werden für den Krieg ausgebildet und sind mental darauf vorbereitet. Sie brauchen keine Motivation, Ermutigung oder Vorbereitung.«

»Klingt ziemlich kalt und trostlos.«, meinte Keros.

»Ja, manchmal ...«, gab der Veteran zu.

Baldor erhob sich und hielt seinen Metbecher vor sich.

»In wenigen Tagen beginnt unsere bisher größte Schlacht! Es wird das erste Mal sein, dass wir die Dominus auf ihrem Gebiet schlagen werden. Es mag nur ein kleiner Moment sein, verglichen mit dem, was uns in Zukunft bevorsteht, doch es ist einer der wichtigsten Augenblicke in unser aller Leben. Ihr habt Vargas und mich vor einem Winter in eure Gruppe aufgenommen, obwohl ihr uns weder kanntet, noch an uns glaubtet. Seit dieser Zeit haben wir sehr viel von jedem von euch gelernt. Ich habe euch liebgewonnen und in mein Herz geschlossen, daher ist es mir wichtig, euch vor diesem Kampf dafür zu danken. Ihr habt mir gezeigt, dass es neben meiner Rache und dem Töten noch andere Gründe gibt, weiterleben und weitermachen zu wollen. Es ist mir eine große Freude, gemeinsam mit euch zu reisen, und ich hoffe sehr, mein Sohn empfindet genauso, sobald wir ihn gerettet haben. Danke!«

Es war nur eine kurze Rede und als Trinkspruch etwas sentimental, aber sie alle erhoben ihre Becher und tranken auf ihre Kameradschaft und all die gemeinsam erlebten Abenteuer.

***

Der übernächste Vormittag sollte den Beginn des Kampfes einläuten. Bereits am Morgen hatte einer von Nolvars Spähern sie erreicht und gemeldet, dass die Bogenschützen des Feindes eliminiert waren. Sie hatten vereinbart, dass Vargas und Ulonga wenig später mit ihrer Ablenkung starten würden. Daher setzten sich die Krieger in Bewegung, immer Fort Gylath vor Augen. Die Anlage stand in einer kargen Umgebung voller wild verstreuter Felsen und knorriger Bäumchen. Obwohl der Wall erst später deutlich erkennbar wurde, konnte man den Felshang bereits von Weitem sehen.

Baldor saß auf Gorm und ritt neben den Zwillingen, Nivek und Valeska, die ihre übliche, etwas luftige Kleidung durch eine mit Fell verzierte Rüstung getauscht hatte und eine schwere Streitaxt über der Schulter hielt. Drakon und Nolvar ritten ein Stück entfernt. Sie würden einen anderen Eingang nehmen und die Späher dabei unterstützen, die Gefangenen zu befreien und gemeinsam mit ihnen den übrigen Soldaten in den Rücken zu fallen, wenn der Rest die Aufmerksamkeit auf das Ausbildungslager zog.

Der Späher hatte berichtet, dass einige der Leute von Leonhardt zur Besatzung des Steinbruchs gestoßen waren, um neue Rekruten auszuwählen. Auch Kassandra Korvinus wurde dort gesehen. Der Befehlshaber der Anlage war ein gewisser Hauptmann Tyron, ein Veteran mehrerer Kämpfe und begnadeter Schwertkämpfer. Baldor grübelte beim Reiten, wie er Calder und Kassandra beschützen konnte, während er auch seine Gruppe lebend wieder dort herausbringen wollte.

»Hör auf zu grübeln, Rabe. Der Plan steht und wenn sich etwas ändert, müssen wir improvisieren. Alles andere lenkt dich jetzt nur noch ab.«, riet Keros ihm.

Dem konnte er kaum widersprechen. Selbst der ansonsten meist gut gelaunte Nivek schien ernst und hielt seine Hellebarde bereits während des Ritts seitlich von sich, so als müsste er jeden Moment zuschlagen.

»Alles gut, Baron?«

»Das hier wird meine erste größere Schlacht. Ich bin also etwas nervös, wenn man meine bisherigen Erlebnisse mit derartigen Dingen bedenkt.«

»Geht mir ähnlich, mein Freund. Solange wir zusammenbleiben, werden wir es durchstehen.«, machte er ihm Mut.

Sobald sie in Bogenreichweite waren, sausten die ersten Pfeile auf sie zu. Die Krieger des Bärenstammes traten mit breiten Schilden nach vorne und schirmten die anderen ab. Das würde jedoch nicht lange funktionieren, da sie sich näher heranwagen mussten.

Nach einer gefühlten Ewigkeit der Anspannung und einigen ersten Verlusten erreichten die vordersten Krieger das südliche Tor. Auf einen Wink von Yaru hin verteilten sich die Mitglieder der Horde rund um den gesamten Komplex. Baldor stieg von Gorm und trat neben Firian und Keros vor das hohe, massive Holztor. Die Schützen auf den Wällen wurden nun zusätzlich von innerhalb ihrer Mauern abgelenkt. Donner und Knurrgeräusche zeigten deutlich, dass Vargas und Ulonga zusammen mit den Spähern einiges an Aufsehen erregten, sodass sie Stellung beziehen konnten.

»Dann wollen wir mal für Aufruhr sorgen.«, grinste der Barbar und entflammte sein Schwert. Die Klinge steckte er zwischen zwei der dicken Holzstämme. Firian, Keros und unzählige andere Feuerkrieger taten es ihnen gleich, sodass innerhalb kürzester Zeit der gesamte Wall in Flammen stand. Dichter Qualm vernebelte den Schützen die Sicht und panische Ausrufe erschallten aus dem Inneren.

Ein lautes Knarzen verriet ihnen, dass das Tor in Kürze geöffnet wurde.

»Bereitmachen!«, brüllte Baldor und packte sein Schwert fester. Keros umhüllte sich mit Feuer und Nivek hielt die Waffe nach vorne gerichtet.

Als das Tor nach außen aufschwang, eilten einige Soldaten des Feindes ängstlich oder sogar brennend heraus und flohen. Sie wurden nicht aufgehalten, da es unnötig war. Sofort nutzten die Angreifer die Gelegenheit und stürmten hinein. Dasselbe war auf der Ostseite passiert, wo nun ebenfalls die ersten Kampfgeräusche erklangen.

Baldor rannte an einigen Feinden vorbei und suchte alles ab, um Kassandra oder seinen Sohn zu entdecken. Er wurde jedoch angegriffen und musste sich den Gegnern widmen.

Einen Speerhieb ablenkend versetzte er einem Messerkämpfer einen Tritt ins Gesicht und durchbohrte den Oberschenkel eines Hünen mit einer Zwillingsaxt. Der zweite Stoß ging durch sein Herz. Tot stürzte der Mann auf einen Kameraden, der sich nicht mehr rühren konnte, als Nivek ihn aufspießte.

Ein Kopf flog dicht an Baldors Gesicht vorbei. Valeska hatte ihre schwere Waffe offenbar fest im Griff. Das war gar nicht so leicht, da überall brennende Personen das Sichtfeld versperrten. Einige brannten freiwillig, andere nicht. Besonders Keros war ein einschüchternder Anblick, als er mit seinen beiden Krummschwertern herumwirbelte und dabei alles in Brand steckte, was er berührte.

Mit Schwung warf sich der Rabe gegen einen Feind mit einem dicken Schild. Der Kerl stolperte rückwärts und lief dabei direkt in Firians brennendes Schwert. Der zog es wieder heraus und nutzte die gebogene Hakenform der Klinge, um eine Soldatin am Hals zu sich zu ziehen, bevor er ihr das Genick brach.

Inmitten der kämpfenden Massen tauchte plötzlich ein Armbrustschütze auf, der auf Nivek angelegt hatte. Baldor trat vor ihn und der Bolzen sauste in seine Schulter. Daraufhin schrie der Barbar den Schmerz weg und spaltete die Armbrust samt ihres Trägers mit seiner brennenden Klinge bis zum Rumpf. Niveks Hellebarde schoss neben ihm vorbei und durchbohrte einen Axtwerfer, bevor er auf Baldor zielte.

Die beiden sahen sich an und reichten sich kurz die Hände.

Vom Hang aus flogen die Pfeile der Späher auf die Dominus, woraufhin Algae und Cormac sich abseilten und am Boden weiterkämpften. Während sie jede Klinge mit ihrem Bogen abwehrte und die Gegner mit Pfeilen durchbohrte, nutzte Cormac sein schlankes Schwert. Er bewegte sich geschickt und flink wie eine Schlange, wobei er zwischendurch Messer warf, um einzelne Ziele auszuschalten. Er traf sich am Rand zu den Rekrutenzelten mit Baldor und dem Baron.

»Wie läuft es bisher? Alles nach Plan?«, wollte er keuchend wissen.

Nivek schlug einem Feind die Beine weg und der Rabe beendete es mit einer seiner Äxte.

»Wir sind drin, oder nicht? Ich brauche mehr Luft, um Calder zu finden.«, antwortete er.

»Wir halten hier mit Algae die Stellung! Geh und finde dein Kind!«, rief der Baron und schlug gleich zwei Feinde nieder.

Baldor eilte davon in Richtung Ausbildungslager, wo die Kämpfe am heftigsten tobten. Im Augenwinkel sah er, wie eine weibliche Soldatin mehrere der Horde mit schnellen Schwerthieben erledigte. Er erkannte Kassandra an ihrer besonderen Rüstungskombination, die sonst niemand hatte. Er lief auf sie zu, doch auch zwei Kämpfer des Bärenstammes tauchten neben ihm auf und wollten helfen. Er konnte sie kaum aufhalten, daher versuchte er, sie zumindest zu retten, denn die Frau war absolut tödlich.

Sofort zischte ihre Waffe durch die Luft und hielt ihren Ansturm auf. Mit einer schnellen Bewegung hatte sie einen der Kämpfer an eine Felswand geschmettert, um ihn dort mit einem Schnitt ins Genick zu töten. Die übrigen beiden waren bereit und wichen ihrem nächsten Angriff aus, doch sie war unglaublich flink und erwischte ihn am Arm. Sein kurzes Zucken genügte ihr schon, um die Deckung des anderen Kriegers zu durchbrechen und seinen Kopf zu durchbohren.

Keuchend blieb sie stehen und Baldor nutzte die Chance, um ihr die Waffe mit einem der Schilde aus der Hand zu schlagen.

»Ich bin es, Rabe! Kassandra!«, sagte sie eindringlich.

»Das weiß ich, aber ich kann dich ja kaum meine Verbündeten töten lassen, oder? Verschwinde von hier!«, bat er sie.

»Ich kann nicht einfach abhauen oder dir helfen! Wenn man das sieht, wäre ich tot, bevor ich auch nur irgendetwas sagen könnte.«, erklärte sie.

Er schlug nach ihr und sie wich zurück, als einige andere Krieger vorbeieilten.

»Wo ist mein Sohn?«

»Er ist bei den Rekruten da drüben. Aber dort kämpfen sie am Härtesten.«, warnte sie ihn.

»Zieh dich zurück, Kassandra!«, rief er ernst und entzündete sein Schwert, um einen Dominus zu fällen, der sich an ihn heranschleichen wollte. »Bevor ich dich zwingen muss.«

Anschließend eilte er auf das Kampfgelände zu und riss sich dabei mit einem Schrei den Armbrustbolzen aus der Schulter, der seine Bewegungen eingeschränkt hatte. Mit Wut und Schmerz warf er einen aufgehobenen Speer, um einen Bogenschützen zu erledigen. Im Anschluss wehrte er einen Schwerthieb ab und setzte mit der Axt nach. Mit beiden Waffen, von der eine in Flammen stand, stellte er sich einem ganzen Dutzend disziplinierter Kämpfer. Eine Frau versuchte, seine Feuerwaffe mit einem Metallschild zu kontern, doch er warf sich dagegen und spießte sie auf einen hervorstehenden Holzpflock des Übungsgeländes.

Unweit seiner Position kämpfte Firian wie ein Wilder und schlug mit seinem brennenden Schwert auf alles ein, was sich bewegte. Einige Leichen hatten sich bereits zu seinen Füßen gesammelt.

»Meine Güte!«, rief Baldor und duckte sich unter einem fliegenden Körper weg, der von Keros weggesprengt worden war.

Der schlanke Krieger brannte von oben bis unten, wobei die bloße Hitze seiner Nähe bereits viele Feinde in die Flucht trieb. Er schwang seine beiden Schwerter stilvoll und kaum ein Schwertkämpfer war ihm gewachsen.

Der Rabe sah Vargas, wie er einen Rekruten auseinanderriss und eine Hälfte kopfschüttelnd ausspuckte. Sein anschließendes Gebrüll war angsteinflößend, da eine Menge Blut an seinem Fell hing und von den Klauen und Zähnen troff.

»Vargas! Die Gefangenen brauchen deinen Schutz! Geh und hilf ihnen, sich zu wehren!«, rief sein Bruder ihm zu. Der Säbelzahn hörte es und rannte dicht an ihm vorbei. Dabei warf er eine Frau um und trampelte sie tot. Weiter hinten konnte Baldor Nolvar, Valeska und Drakon ausmachen, die gemeinsam beim Steinbruch kämpften. Gorm und Yaru hielten sich dicht am Tor auf und sicherten den Fluchtweg, während Ulonga auf einem Wachturm stand und Blitze und Eiskugeln schleuderte, ohne dabei Feuer zu löschen. So weit schien alles nach Plan zu verlaufen und auch das Warnfeuer war nicht entzündet worden, wobei der Rauch des Walls ausreichen durfte, um Verstärkung zu rufen.

Zwischen den vielen angestrengten und verzerrten Gesichtern entdeckte der Barbar endlich die vertrauten Züge seines Sohnes. Calder trug eine rote Uniform mit Kettenpanzer und führte ein Schwert mit nach hinten gerichteter Klinge. Schnell und effizient entwaffnete er eine Kämpferin des Wolfsstammes und durchschnitt ihre Kehle.

Baldor riss entsetzt die Augen auf. Er war bereits vom Kampf berührt worden und hatte Leben genommen. Der Rabe lief auf den Jungen zu, der seit ihrem letzten Tag zusammen ein gutes Stück gewachsen und breiter geworden war. Die beiden sahen sich über den Kampf hinweg in die Augen und Calder erstarrte, als er seinen Vater erblickte. Dieser kurze Moment der Unaufmerksamkeit genügte, dass jemand ihm ein Schwert ins Gesicht schlug.

»Calder!«, brüllte Baldor und ignorierte einen Speerstoß in seine Seite, um seinen Sohn zu erreichen. Er konnte ihn jedoch nirgends sehen, weder liegend noch kämpfend. Er rief seinen Namen noch mehrere Male, doch der Schlachtenlärm übertönte alles.

Die Speerträgerin drehte ihre Waffe in seiner Wunde und er sah sie so zornig an, dass sie große Augen bekam und weglaufen wollte. Er halbierte den Speer mit seinem Feuerschwert und rammte ihr die Spitze senkrecht durch den Schädel, packte das untere Ende unter ihrem Hals und drehte es mit einem Ruck herum. Das Knacken war widerlich laut. Er riss die halbe Waffe wieder heraus und brüllte, als er sie einem weiteren Feind durch die Brust schmetterte. Einige umstehende Soldaten suchten panisch das Weite.

»Calder!«, rief er wiederholt.

Derweil entdeckte er, wie einige der Horde die ersten Gefangenen befreit hatten und sie durch das Osttor geleiteten, wo sie fliehen konnten. Das alles kümmerte den Raben jedoch gerade nicht. Nur sein Sohn war nun wichtig. Er sah sich immer wieder um und lief über das Gelände. Ständig musste er sich gegen Angriffe zur Wehr setzen, doch auch mehrere kleine Schnitte und Kratzer hielten ihn nicht auf.

Dann hörte er einen markerschütternden Schmerzensschrei. Sein Blick folgte dem Geräusch und er sah Ulonga, der sich den Stumpf seines linken Arms hielt, während er mit seinem eigenen Stab gewürgt wurde. Im Augenwinkel bemerkte er Vargas, der mit seinen Krallen den Wall erklomm und über die brennende Brustwehr rannte, um sich auf den

Angreifer zu stürzen. Der reagierte rechtzeitig und sprang herunter, wobei auch Ulonga abstürzte. Nivek und Firian eilten los, um zu helfen, während Algae alle anderen Soldaten auf Abstand hielt.

Neben Baldor stand kurz darauf Cormac mit gezogenem Schwert. Sein Bogen war fort und seine Messer aufgebraucht. Blut lief über seinen gesamten Schwertarm, doch er schien noch immer kampfbereit zu sein.

»Das ist Tyron, der Hauptmann. Wenn wir ihn erledigen, hauen die anderen vermutlich ab.«, meinte er angestrengt atmend.

»Siehst Scheiße aus.«, kam es trocken von Baldor.

»Sagt das wandelnde Hackbrett.«, erwiderte der junge Kämpfer nicht weniger trocken.

Die beiden grinsten sich an und traten dann auf den Hauptmann zu. Er war ein hochgewachsener Dominus mit heller Haut und einer Narbe über dem linken Auge, das erblindet zu sein schien. Er trug eine silberne Plattenrüstung mit rotem Umhang und hielt zwei Schwerter in Händen, ein gewöhnliches Langschwert und ein Breitschwert. Er schien es dennoch mit einer Hand zu führen, was auf große Kraft hindeutete.

Kein Wort kam über seine Lippen, als er beide Waffen anhob und sich bereitmachte.

Die zwei Barbaren rannten auf ihn zu und Funken schlugen, als die Klingen aufeinanderprallten. Trotz der schweren Rüstung war Tyron überraschend wendig und hieb Baldor seinen Knauf in den Rücken, während er Cormac mit einem Tritt in den Dreck beförderte. Beide richteten sich auf und griffen erneut an, aber die Verteidigung des Mannes war unnachgiebig. Der Damas duckte sich unter einem Hieb weg und stieß seine Klinge in die Achsel des Feindes, doch die Rüstung ließ den Angriff abgleiten. Tyron steckte das Breitschwert in den Boden und verpasste Cormac einen Faustschlag ins Gesicht, bevor er Baldors Kopf packte und auf den hochstehenden Griff knallte.

Der Rabe sah Sterne und torkelte ein wenig rückwärts, konnte aber einem tödlichen Schwerthieb mit einer Parade entgehen. Kurzerhand entflammte das Rabenschwert und Tyron kniff die Augen wegen der plötzlichen Hitze zusammen. Das konnte Baldor ausnutzen und ihm zwischen die Beine treten. Trotz Rüstung spürte der Kerl den Schmerz und keuchte. Cormac näherte sich in dem Moment von hinten und zog ihm eine Holzkeule über den Schädel, die er aufgehoben hatte, weil sein Schwert davongeflogen war.

Der nun wütende Hauptmann riss das Breitschwert aus dem Boden und durchbohrte mit dem anderen die Seite des Raben. Er schrie erschrocken auf, musste aber seine Waffe fallenlassen, um die Klinge zu packen, damit der Kerl sie nicht drehen konnte.

Cormac wollte helfen, doch ein Pfeil erwischte ihn und er fiel hin.

Tyron sah Baldor an. »Ihr Wilden solltet nicht versuchen, gegen zivilisierte Soldaten vorzugehen. Wir bringen euch Fortschritt und Aufklärung, damit ihr nicht mehr blind euren veralteten Gottesbildern folgen müsst. Seht ihr denn nicht, dass wir euch helfen wollen?«

Knurrend erwiderte der Rabe: »Indem ihr unsere Kinder gewaltsam entführt und sie zusehen lasst, wie ihre Familien verbrennen?! Wenn das eure Hilfe ist, wollen wir sie nicht!«

»Leonhardt war zu brutal, das kann ich nicht leugnen, aber was ihr tut, ist kein bisschen besser. Wie viele mussten heute sterben? Und wofür? Ihr könntet diesen Ort niemals halten und die Gefangenen kommen nicht weit. Das war unüberlegt und nutzlos.«, warf der Hauptmann ihm vor und zog sein Schwert aus der Wunde.

Baldor sah sich um und bemerkte überall Leichen. Zu seinem Entsetzen waren die meisten von ihnen Krieger der Stämme.

»Es ist noch nicht vorbei, Sklaventreiber! Drakon wird die kampferprobten Arbeiter in Kürze in eure Flanke lenken.«, keuchte er Blut spuckend.

Tyron sah nach Osten. »Sieht nicht so aus, mein Freund. Die Gefangenen sind fort. Alle geflohen. Aber du und deine Bande werdet hier nicht lebend rauskommen.«

Kassandra trat neben ihn und meinte: »Wir können uns halten, bis die Verstärkung eintrifft, aber wir haben keine Leute, um die Flüchtigen zu verfolgen.«

In dem Moment trat Drakon zu den beiden und wischte sich Blut vom Speer.

»Dieser Vargas ist schon ziemlich stark. Er ist entkommen, aber die nächsten Wochen wird er wohl niemanden mehr anfallen können.«, meinte er.

»Was redest du da? Du solltest ihnen in die Flanke fallen und unseren Sieg sichern!«, rief Baldor, doch Drakon trat ihm ins Gesicht.

»Tja, das wäre aber nicht in meinem Interesse, Rabe. Immerhin will der Imperator euch nicht siegreich sehen. Ihr sollt stärker werden, aber nicht gewinnen.«

»Ich verstehe nicht …«, stammelte Baldor und auch die anderen aus der Gruppe, die um Ulonga versammelt waren, starrten zu ihnen.

»Natürlich nicht. Du und dein dämliches Volk von fanatischen Gottesanbetern seid viel zu dumm, um Taktik zu verstehen. Dann werde ich dir mal auf die Sprünge helfen! Ich bin nie desertiert! Ich bin noch immer ein treuer Zenturio von Dominium! Leonhardt und ich wurden beauftragt, die Stämme Animas zu unterwandern und zu schwächen, damit wir sie ausradieren und unterwerfen können. Ihr seid stur, unberechenbar und verrückt. Es war zu riskant, euch durch einen direkten Krieg zu einen. Es ist besser, wenn ihr zerstritten und blind bleibt. Während Leonhardt euch einheizen sollte, war es meine Aufgabe, die stärksten Widersacher gegen Dominium zu finden und sie auszubilden. Wenn ihr lernt, so zu denken und zu kämpfen wie wir, dann können wir euch besser einschätzen und besiegen. Hätten wir euch einfach wie Wilde über uns herfallen lassen, wären die Verluste wesentlich größer. Aber jetzt geht ihr genau so vor, wie ich es euch beigebracht habe. Ihr könnt gar nicht mehr anders. Und dadurch seid ihr viel leichter zu schlagen.«

»Du hast uns die ganze Zeit über belogen und ausgespielt?«, fragte Baldor entsetzt.

»Nicht nur das. Ich habe eure Dörfer gesehen und alle möglichen Geheimnisse und Kräfte bezeugt, die ich dem Imperator bis ins Detail geschildert habe. Zeitgleich hat Leonhardt unwichtigere oder taktisch bedeutende Dörfer ausgelöscht, um euch zu schwächen. Das hat die Helden eures Volkes vortreten lassen, damit ich sie finden und schwächen konnte. Glaubst du, ich hätte diese Idioten jahrelang durch das Land geführt, ohne je auf Leonhardt zu treffen? Ich wusste immer, wo er war! Solange er existierte, wart ihr wie blind für alles andere! Ihr und eure primitiven Rachegelüste! Ich hatte alles genau geplant. Leonhardt sollte euch laufen lassen, damit wir euch eines Tages brechen und umdrehen konnten, aber du verdammter Bastard musstest ja mal wieder stur sein und wie ein Wahnsinniger angreifen! Sein Tod war nicht vorgesehen und zeigt nur, wie unberechenbar ihr Wilden seid!«, rief er zornig und trat ihn erneut.

Die anderen wollten ihm helfen, aber er schüttelte kaum merklich den Kopf und signalisierte ihnen, sich leise durch das Westtor davonzustehlen. Er würde sich opfern, damit sie entkommen konnten. Vargas war bereits fort und Cormac musste von Algae gezogen werden, doch sie akzeptierten seine Entscheidung und verschwanden im Chaos der noch andauernden Kämpfe überall auf dem Gelände.

Drakon hob seinen Speer. »Du hast zu viel Ärger gemacht, Rabe. Ich gewähre dir die Ehre, als Märtyrer zu sterben. Das ist sicherer, als dich am Leben zu lassen.«

Der Hauptmann packte die Waffe und hielt ihn auf.

»Das ist unehrenhaft, Zenturio. Er mag eine Gefahr sein, aber es ist nicht an uns, über sein Schicksal zu richten. Circinus wird das persönlich tun wollen.«

»Ich habe mich wohl verhört! Ich bin der ranghöhere Offizier hier, Tyron. Du hast meine Entscheidung zu akzeptieren.«

Der große Mann ließ jedoch nicht los. »In dieser Anlage bin ich der oberste Befehlshaber. Damit habe ich das letzte Wort, Drakon. Du kannst gern in der Hauptstadt Beschwerde einreichen, aber dieser Mann hat ehrenhaft gekämpft und wird nicht wie ein Häufchen Elend abgestochen. Nicht heute. Nicht in meinem Lager.«

Drakon funkelte ihn finster an und senkte den Speer. »Das wird Folgen haben, Tyron! Sich mir zu widersetzen ist mehr als töricht, glaub mir das!« Dann stampfte er zornig davon, um seinen Frust an anderen verletzten Kriegern auszulassen.

Der Hauptmann sah zu Kassandra und befahl: »Ich muss hier für Ordnung sorgen, Leutnant. Kümmere dich um ihn. Er soll noch atmen, wenn wir ihn nach Paratus bringen.«

»Zu Befehl, Hauptmann!«, sagte sie ernst.

Nachdem er gegangen war, kniete sie sich neben ihn und nahm den Helm ab.

»Es tut mir leid, Baldor. Ihr konntet nicht gewinnen. Zumindest sind viele Gefangene und etwa die Hälfte deiner Truppen nach Osten über die Ebene entkommen. Eine Verfolgung wäre zu aufwändig. Vorerst sind sie sicher. Ich kann dich vor den Wall bringen. Ich sage, du hast mich niedergeschlagen und bist geflohen.«

Der Rabe atmete rasselnd, denn er hatte viel Blut verloren und alle Wunden schmerzten nun gleichzeitig.

»Wo ist mein Sohn?«

»Er lebt. Hat einen tiefen Schnitt abbekommen und wird jetzt behandelt. Er könnte dich nicht begleiten, selbst wenn er wollte. Aber ich fürchte, er würde auch gar nicht wollen. Er hält dich für einen Fanatiker und Mörder.« Sie sah ihn mit unendlichem Mitgefühl an. »Wir müssen jetzt los, sonst schaffst du es nicht hier weg, bevor die Verstärkung eintrifft!«

»Nein.«, sagte Baldor. »Es hat keinen Zweck mehr. Ich wollte mein Kind retten, doch ich kam zu spät, weil Drakon mich hintergangen hat. Uns alle. Jetzt gibt es keinen Weg mehr, Calder aus ihren Fängen zu befreien. Ich habe Leonhardt getötet und meine Gefährtin und Tochter gerächt. Mehr kann ich nicht tun. Ich stelle mich meinem Ende mit Stolz. Wenn du mir wirklich helfen willst, Kassandra ... dann achte gut auf Calder. Tu was du kannst, damit er nicht so verdorben wird wie Drakon.«

Sie nickte. »Ich versuche es, Baldor. Ich sage es nicht gerne, aber es wäre das Beste für dich, wenn du noch hier auf dem Schlachtfeld stirbst. In Paratus erwartet dich nur Leid.«

Am Himmel sah er den Valdah kreisen und verstand, dass Sel ihn an diesem Tag nicht zu sich holen würde.

»Mein Schicksal ist es wohl, für mein Versagen bestraft zu werden. Ich kann hier noch nicht sterben. Es ist vorbei.« Eine Träne lief seine Wange herunter und sie packte seine Hand ganz fest, bis irgendwann mehrere Soldaten kamen und ihn in ein Heilerzelt schleiften.

Der Eisenrabe

Schwer verwundet und als in Ketten gelegter Gefangener wurde Baldor einige Tage später mit einem Militärkonvoi zur Hauptstadt von Dominium eskortiert. Er hatte keine Ahnung, was aus seinen Kameraden oder Gorm geworden war. Er hatte all ihre Leben geopfert und offenen Krieg mit Anima gebracht, nur um einen Sohn zu retten, der nicht gerettet werden wollte. Nun musste er den Preis für seine egoistischen Taten bezahlen.

Paratus war eine riesige Stadt voller stabiler Steingebäude aus Marmor und anderem Gestein. Die Straßen waren sauber gepflastert, die Bewohner ordentlich gekleidet und zivilisiert. Man bespuckte ihn und warf ihm fremdartige Schimpfworte an den Kopf, als er einige Wochen später in schweren Ketten zum Palast des Imperators geschleift wurde.

Das gigantische Gebäude thronte hoch über der Stadt und war überladen von Gold und roten Teppichen. Der Imperator trat auf einem Vorplatz zu ihm, während acht schwer gerüstete Wachen dem Raben lange Speere an den Hals hielten und man seine Arme in Ketten nach hinten gezwungen festhielt. Er kniete dort und sah die angewiderten Blicke der adligen Dominus.

Circinus war ein hochgewachsener, blasser Mann mit kurzem, schwarzem Haar, auf dem eine goldene Krone saß. Seine weiße Robe war mit Gold behangen, sodass er beinahe leuchtete. Neben ihm stand Drakon in seiner üblichen Kleidung und mit verschränkten Armen.

»Das ist also der berüchtigte Rabe, der Zenturio Leonhardt getötet hat? Ich gebe zu, er wirkt äußerst wild und grobschlächtig. Und dann diese hässliche Zeichnung auf seinem Rücken, das fettige Haar und diese vielen Narben ... wirklich unansehnlich.«, sagte die leicht schleppende Stimme des Regenten.

Drakon meinte: »Ich rate zur Hinrichtung. Er mag wie ein streunender Hund wirken, aber seine Leute sehen in ihm einen von ihren Göttern gesegneten Krieger.«

Circinus legte den Kopf schief. »Nun, dann wäre es wohl effektiver, ihn als abschreckendes Beispiel zu nutzen. Eine Art Trophäe sozusagen. Wir zeigen den Wilden, dass ihre Götter uns nicht gewachsen sind. Das sollte ihre ständigen Übergriffe beenden. Selbst wenn nicht, schwächt es ihren Kampfgeist. Ich weiß genau, was wir mit ihm tun werden. Wir haben doch im Norden von Anima in unserer Mine diese hässliche, alte Rüstung ausgegraben, oder nicht?«

»Korrekt, eure Exzellenz. Die Rüstung ist laut unseren Untertanen beim Widderstamm eines ihrer heiligen Relikte und gilt als unzerstörbar.«

»Nun, dann nutzen wir das doch und machen daraus sein Gefängnis. Er soll sie bis zu seinem Tod tragen und niemals wieder ablegen. Ein Leben der Demütigung und Schande erwartet dich, Rabe.«, sagte der Imperator selbstzufrieden und Drakon grinste hämisch.

***

Eine Woche später wurde Baldor nackt in ein Gestell gekettet und man holte die besagte Rüstung. Er erkannte die Form sofort. Es war die Rüstung von Bolt dem Bergvater, ein verschollenes Heiligtum. Für streng religiöse Ayaner wie Vargas wäre es ein gewaltiger Frevel, einen Sterblichen in die Rüstung eines Gottes zu stecken. Nach und nach fügten Schmiede die Teile an seinem Körper zusammen. Sie war enorm schwer und unbeweglich und auch nicht gefüttert, sodass es permanent unangenehm sein würde. Als Letztes setzte man ihm den engen Helm auf. Mit schweren Nieten und heißen Beschlägen sorgte man dafür, dass die Rüstung ohne enorme Schmerzen und professionelle Werkzeuge niemals wieder entfernt werden konnte.

***

In den darauffolgenden Wochen und Monaten wurde Baldor unter dem schändlichen Namen *Eisenrabe* beim Volk von Paratus bekannt. Aufgrund des Gewichts und der kaum beweglichen Glieder der Rüstung war er für niemanden eine Gefahr. Männer schubsten ihn um und lachten, wenn er sich mühsam aufrichten wollte, man bespuckte ihn, schüttete Eimer mit Unrat über ihn oder bewarf ihn mit faulem Gemüse.

Jede Woche musste er in einer Kampfarena unbewaffnet antreten. Seine Gegner waren einfache Bürger, die auf ihn einschlugen und so lange bearbeiteten, bis der Arenaleiter ihn anwies, umzufallen. Dann brüsteten sich die Leute mit ihrem Sieg über den mächtigen Eisenraben, sodass er in kürzester Zeit eine Lachnummer wurde. Niemand nahm die Krieger Animas noch ernst. Hätte Baldor seine Feuerkraft eingesetzt, hätte er sich damit nur selbst verbrannt.

Jede Nacht lag er in einer Zelle ohne jede Annehmlichkeit einfach auf dem Boden und starrte zur feuchten Decke. Er hatte versagt und jeden enttäuscht, der ihm vertraut hatte. Zwar hatte Drakon einen beträchtlichen Anteil an den Ereignissen, doch Baldor gab sich selbst die Hauptschuld. Er hatte versagt und nun würde sein Sohn seine eigenen Landsleute abschlachten und es auch noch genießen.

An diesem Abend klopfte es gegen das Gitter der Zelle. Mühsam kämpfte er sich in eine sitzende Position. Er war froh, dass er die hintere Klappe geschlossen hatte, durch die er sich erleichtern konnte.

Vor der Zelle stand Kassandra in einem dunkelgrünen Kleid. Ihr Haar war zurechtgemacht, sie trug goldenen Schmuck und Smaragdohrringe. Die Form des Kleids schmeichelte ihrem Körper sehr.

Seine Stimme hallte in seinem Helm wider, als er fragte: »Was tust du denn hier? Solltest du nicht irgendwo in einem Militärlager sein?«

Sie holte sich einen Stuhl und setzte sich. »Ich habe erst Leonhardt enttäuscht und dann hat Drakon gesehen, wie ich dich während der Schlacht verschont habe. Meine Schwäche für die Wilden hat mir eine hohe Strafe eingebracht. Ich muss zwei Jahre als Zivilistin leben und mich als Hofdame von höher angesehenen Adligen mit niederen Aufgaben demütigen lassen. Es ist ein Witz verglichen mit deinem Schicksal. Ich hatte ja gesagt, dass ein Tod in der Schlacht besser für dich gewesen wäre. Ich hatte mir Schlimmes ausgemalt, aber das ... eingepfercht in diesem metallenen Käfig und täglich gedemütigt von den Anwohnern. Das verdient niemand. Wie geht es dir?«

Sie winkte ihn zu sich und öffnete seine Mundklappe, durch die sie ihn mit Kartoffelstücken fütterte. Sonst bekam er nur trockenes Brot. Seine Lippen waren durch zu wenig Wasser aufgesprungen und das Essen tat ihm weh, während er würdelos auf allen vieren hockte, um auf ihrer Höhe zu sein.

»Es geht mir gar nicht. Ich fühle nichts mehr. Seit ich mein Versagen eingesehen und mein Schicksal akzeptiert habe, ist alles, was noch in mir ist, völlige Leere. Gleichgültigkeit. Es kümmert mich nicht, was die Leute sagen oder wie sie mich auslachen und misshandeln. Das alles ist mir egal, ich nehme es kaum wahr.«, beantwortete er ihre Frage.

»Deinem Sohn Calder geht es gut. Er ist jetzt zum Soldaten befördert worden und dient unter Hauptmann Tyron. Allerdings wurde auch er für sein Versagen bestraft und an einen trostlosen Ort im Süden versetzt. Zumindest gerät Calder dort nicht in Schwierigkeiten.«, sagte sie, um ihn aufzumuntern, was jedoch nicht half.

»Ich werde dich öfter besuchen, damit du wenigstens manchmal ein freundliches Gesicht siehst. Du hast nicht verdient, was du hier erdulden musst.«

Er entgegnete: »Das Leben ist nicht gerecht. Das war es nie. Aber ich habe erkannt, dass es keinen Sinn hat, dagegen anzukämpfen. Was soll ein einziger Mann schon verändern, wenn sich ihm so viele blinde Narren in den Weg stellen, die nicht einmal bemerken, dass sie nur Sklaven mit unsichtbaren Ketten sind? Männer und Frauen, die Freiheit mit Anarchie verwechseln? Mein Leben hat keine Bedeutung mehr. Ich werde hier in dieser Rüstung bleiben, bis ich irgendwann sterbe. Mein Leben hat keinen Sinn mehr.«

Trotz seiner apathischen Aussagen und seiner schwindenden Energie hielt Kassandra ihr Versprechen und besuchte ihn fast jeden zweiten Tag. Er war zwar dankbar dafür, doch es machte keinen Unterschied. Er hatte alles verloren, auch seinen Lebenswillen. Alles, was ihn bis zu seinem Ende noch erwartete, war Leid.

Epilog

Drei Jahre später ...

Die Tage verschwammen ineinander, da immer dasselbe passierte. Tagsüber wurde Baldor wie ein dressiertes Tier durch die Stadt geführt und am Abend musste er in der Arena als lebende Trainingspuppe für armselige Bürger herhalten, die sich stark fühlen wollten. Seine Apathie war nun schon ein fester Teil von ihm. Er folgte Anweisungen, redete abgesehen von Kassandra mit niemandem mehr und wartete darauf, irgendwann zu sterben.

Nach etwas mehr als drei Jahren in Gefangenschaft wurde er nicht einmal mehr eines Blickes gewürdigt. Kaum jemand machte sich noch die Mühe, ihn zu bespucken oder mit Dingen zu bewerfen. Er war eine Art trauriges Maskottchen des Imperators geworden, den er zu besonderen Anlässen im Palast aufstellen ließ.

Eines Nachts wartete er darauf, dass Kassandra ihn wie üblich besuchte, doch sie kam nicht. Es wunderte ihn nicht, denn er fragte sich ohnehin, weshalb sie immer noch ihre Zeit mit ihm verschwendete. Dann hörte er einen dumpfen Schlag und kurz darauf fiel etwas zu Boden. Die Tür zum Wachraum öffnete sich und ein Mann betrat den Gang mit den Zellen. Als das Licht durch das Gitterfenster auf die Person fiel, erkannte Baldor Baron Nivek, der ihn durch die Gitter angrinste.

»Hey, Rabe! Ich entschuldige mich, dass die Planung so verdammt lange gedauert hat, aber es ist nicht ganz einfach, ungesehen in die imperiale Hauptstadt einzudringen und einen schwerfälligen Metallklotz zu retten.«, grüßte er ihn.

»Wir kämen nicht mal bis auf die andere Straßenseite, Nivek. Ich bin froh, dich zu sehen, aber das kann nicht funktionieren. Wirf dein Leben nicht für einen Versager wie mich weg.«, antwortete Baldor kraftlos.

»Du meine Güte ... wir müssen dringend an deiner Einstellung arbeiten, aber eins nach dem anderen.«, meinte Nivek und öffnete die Zelle. »Die gute Kassandra sorgt am anderen Ende des Viertels für einen kleinen Aufruhr, damit wir unbemerkt verschwinden können.«, erklärte er. »In dieser schwarz-silbernen Rüstung siehst du übrigens ganz schön furchteinflößend aus.«

Obwohl Baldor nicht an einen Erfolg glaubte, hatte er nichts zu verlieren, daher stampfte er träge hinter dem Baron her.

»Ist noch jemand mitgekommen?«, fragte er.

»Cormac und Algae halten uns von oben den Rücken frei. Von den anderen haben wir seit Jahren nichts gehört.«, antwortete er und hielt seine Hellebarde bereit, als er den schwerfälligen Metallmann durch die Seitengassen führte.

***

Das Stadttor war bereits in Sicht, doch die Flucht war bis zu diesem Punkt alles andere als glatt verlaufen. Eine Menge Tote säumten den Straßenrand, aber letztlich war eingetreten, was Baldor erwartet hatte: Man hatte ihn umstellt.

»Ein Fluchtversuch nach drei Jahren, Eisenrabe? Respekt, dass du so weit gekommen bist, aber dein Amoklauf endet hier.«, meinte ein Wachmann. »Nach dieser Aktion wird der Imperator dich ganz sicher hinrichten lassen.«

Ein Speer hatte das Kniegelenk der Rüstung verkeilt, sodass er sich nicht vom Fleck bewegen konnte, als man ihn packen wollte. *Eine Hinrichtung wäre ein willkommenes Ende der Qualen*, dachte er.

Als er jedoch in den sternenklaren Nachthimmel blickte, begann einer der Punkte, immer heller zu leuchten. Er verfärbte sich zu einem tiefen, durchdringenden Rot und wurde stetig größer.

»Was ... ist das?«, fragte er und die Soldaten sahen ebenfalls nach oben und rätselten.

Der rote Punkt wuchs weiter, bis Baldor einen Schweif erkannte, den das Leuchten hinter sich herzog. Schlagartig wurde ihm klar, dass dieses Etwas auf die Stadt zuflog und deshalb immer größer wurde. Nur Augenblicke später brach Panik unter den Wachen aus und sie rannten in alle Richtungen davon. Ihn ließen sie einfach mitten auf der Straße stehen. Seine Rüstung spiegelte die grelle Farbe und er stöhnte vor Anstrengung, doch die Rüstung blieb still stehen.

Mit einer massiven Lichtexplosion schlug das Leuchten genau dort ein, wo er stand. Er wurde von den Füßen gerissen und krachte mit lautem Scheppern auf den Boden. Dann wurde ihm schwarz vor Augen.

Tauchen Sie in die Welt der Omni Legends ein

Weitere Kurzgeschichten, das Omni-Wiki mit allen wichtigen Charakteren, Orten, Gegenständen und Planeten, Links zu weiteren meiner Werke und die korrekte Lesereihenfolge aller Titel der Omni Legends-Reihe und ihrer Subreihen finden Sie auf www.omni-legends.com/de.

Bleiben Sie immer auf dem Laufenden und folgen Sie mir:

Facebook: https://www.facebook.com/OmniLegends/

Instagram: https://www.instagram.com/kevin.groh.autor/

Lesen Sie auch die Paladin-Reihe:

Omni Legends - Der Paladin: Illusion

ISBN-13: 978-3753459165

ASIN: B08Z73J6K4

Omni Legends - Der Paladin: Wandlung

ISBN-13: 978-3754305690

ASIN: B09DGLLQSJ

Omni Legends - Der Paladin: Beschwörung

ISBN-13: 978-3754357040

ASIN: B09J13ZRB8

Omni Legends - Der Paladin: Manipulation

ISBN-13: 978-3755755081

ASIN: B09NGNNF8G

9 783757 820312